古典文學研究輯刊

二一編

曾永義 主編

第11冊

從三元觀點論《聊齋誌異》中的家庭互動關係

林邠芬 著

國家圖書館出版品預行編目資料

從三元觀點論《聊齋誌異》中的家庭互動關係／林邠芬 著 ─
初版 ─ 新北市：花木蘭文化事業有限公司，2020〔民 109〕
目 4+218 面；19×26 公分
（古典文學研究輯刊 二一編；第 11 冊）
ISBN 978-986-518-058-4（精裝）
1. 聊齋誌異 2. 研究考訂
820.8   109000519

ISBN-978-986-518-058-4

古典文學研究輯刊
二一編 第十一冊   ISBN：978-986-518-058-4

從三元觀點論《聊齋誌異》中的家庭互動關係

作　　者　林邠芬
主　　編　曾永義
總 編 輯　杜潔祥
副總編輯　楊嘉樂
編　　輯　許郁翎、張雅淋　美術編輯　陳逸婷
出　　版　花木蘭文化事業有限公司
發 行 人　高小娟
聯絡地址　235 新北市中和區中安街七二號十三樓
　　　　　電話：02-2923-1455／傳真：02-2923-1452
網　　址　http://www.huamulan.tw 信箱 hml 810518@gmail.com
印　　刷　普羅文化出版廣告事業
初　　版　2020 年 3 月
全書字數　182185 字
定　　價　二一編 16 冊（精裝）新台幣 35,000 元

從三元觀點論《聊齋誌異》中的家庭互動關係

林邠芬　著

作者簡介

　　林邠芬，國立新竹師範學院語文教育學系學士，國立中興大學中國文學系碩士，現任國小教師。著有單篇論文〈聊齋疾病詞研究〉，收錄於《思辨集》。

提　　要

　　《聊齋誌異》雖事涉狐鬼，卻也是一本關乎世教之書，書中有大量的家庭互動描述。前人多透過此類情節來深究作者蒲松齡對倫理、愛情及性別的價值觀，而本論文希望別闢蹊徑，向家庭系統理論取經，以三元觀點重新看待小說中家庭成員間的互動樣態。此間包括橫向的婚姻關係、縱向的親子關係，以及橫向與縱向交涉的姻親關係。希望透過現象的觀察，讓明末清初時部分的家庭互動樣貌從《聊齋誌異》中豁顯。

謝　誌

　　從論文始建計畫，到小有所成，歷時三載，期間多蒙徐志平老師針砭錯誤，指點迷津，藉此論文出版機會特別感謝徐志平老師對我的悉心指導與推薦，同時也要感謝口考委員高桂惠老師和林淑貞老師給予我諸多寶貴的建議。老師們的提點讓我了解如何深化論文的內涵，並體會到做學問應有的細膩態度。吾資之昏，不逮人也，雖望塵莫及，然努力爲之，自知紕漏難免，猶祈海內博雅君子，有以教我。

　　最後，再次感謝研究期間一路陪我走過這段旅程的師友們！謝謝大家給我這麼多的包容和鼓勵，也謝謝您們的陪伴。有時，我甚至產生那麼一種錯覺，其實過程中我們彼此交織的溫暖，才是這本論文眞正的意義。

目
次

第一章　緒　論

第一節　研究動機與目的

　　《松軒隨筆》：「小說家談狐說鬼之書，以《聊齋》爲第一。」〔註1〕然其雖「談狐說鬼」，多寫幻境，最終仍回歸到對「人」的關懷。不論其對於異界、異類的描寫如何炫奇，如何引人入勝，但作者蒲松齡眞正關心的仍是對人世及人性的觀照。書中所寫的花、狐、精、妖、鬼、魅都大多是人類世界的替罪羊，爲人類無盡的慾望及惡劣本性替罪，使角色甚至是創作者得以在虛幻的世界裡暫時擺脫沉重的道德束縛，同時也是消解閱讀者焦慮的障眼法。說穿了整部《聊齋》其實是假藉異類來說人事，以抒發蒲松齡心中的不平抑鬱。

　　後世評論者認爲此部經典的創作目的並非只是搜神錄鬼聊以自遣而已，大有寄春秋筆法以勸善懲惡的目的。乾隆年間趙起杲：「其義則竊取《春秋》微顯志晦之旨，筆削予奪之權。可謂有功名教，無忝著述。」〔註2〕張元亦云：「著有《誌異》一書。雖事涉荒幻，而斷制謹嚴，要歸于警發薄俗，而扶樹道教，則猶是其所以爲古文者而已，非漫作也。」〔註3〕嘉靖二十三

〔註1〕〔清〕張維屏輯：《國朝詩人徵略初編》，收於《清代傳記叢刊》（臺北：明文書局，1985），頁508。

〔註2〕出自〈青刻本聊齋誌異例言〉收錄於〔清〕蒲松齡著，張友鶴輯校：《聊齋誌異（三會本）》（臺北：里仁書局，1991），頁27。

〔註3〕出自〈柳泉蒲先生墓表〉收錄於〔清〕蒲松齡著，路大荒整理：《蒲松齡集》（上海：上海古籍出版社，1986），頁1814。

年馮鎮巒更進一步說《聊齋誌異》是一部「有關世教之書」〔註4〕，點出《聊齋誌異》一書對倫理道德的重視。清代沈烺亦謂：「諦觀命意略不苟，直與子史相爭衡！中藏懲勸挽澆薄，外示詼詭欺縱橫。……周詳父子及夫婦，覼縷兄弟而友生。」〔註5〕說明《聊齋》藏勸世於奇幻，與正統文學分庭抗禮的創作意圖，其中對父子、夫婦、兄弟、朋友間的相處更是多所著墨。

另外，蒲松齡為了讓底層百姓也能接受教化以達移風易俗之效〔註6〕，又作十四種俚曲〔註7〕，其取材多與家庭生活有關，其中又有六種演繹《聊齋》故事，〈姑婦曲〉由〈珊瑚〉敷衍，是演婆媳間的故事；〈翻魘殃〉從〈仇大娘〉的故事而來，演的是出嫁的女兒如何幫助兄弟維持家庭運作、振興家業的故事；〈慈悲曲〉則由〈張誠〉的故事推演，演重組家庭中繼室與前妻之子的關係以及異母兄弟之間的手足之情；〈寒森曲〉則演女子在兄弟一籌莫展時，毅然出走為父報仇，是從〈商三官〉和〈席方平〉的故事而來。〈禳妒咒〉演悍婦虐夫，推演自〈江城〉的故事；〈富貴神仙〉和〈磨難曲〉源

〔註4〕 出自〈讀聊齋雜說〉收錄於〔清〕蒲松齡著，張友鶴輯校：《聊齋誌異（三會本）》，頁11。

〔註5〕 出自〈聊齋誌異題辭〉收錄於〔清〕蒲松齡著，張友鶴輯校：《聊齋誌異（三會本）》，頁36。

〔註6〕 蔡造珉於《寫鬼寫妖　刺貪刺虐──《聊齋俚曲》新論》中認為《聊齋俚曲》不論是在文學、思想甚至是音樂上都有超凡的表現，更匯前人之讚譽，認為《聊齋俚曲》之歷史地位足以與《聊齋》並列，足見此作品之重要性。而據〔清〕蒲松齡著，路大荒整理：《蒲松齡集》（上海：上海古籍出版社，1986），頁1818〈清故顯考歲進士、候選儒學訓導柳泉公行述〉：「如『志異』八卷……猶恨不如晨鐘暮鼓，可參破村庸之迷，而大醒市媼之夢也，又演為通俗雜曲，使街衢里巷之中，見者歌，而聞者亦泣，其救世婆心，直將使男之雅者、俗者，女之悍者、妒者，盡舉而匋於一編之中。」說明蒲松齡的俚曲是為教化底層百姓而作。其〈慈悲曲〉（〔清〕蒲松齡著，路大荒整理：《蒲松齡集》，頁891）中的〈西江月〉：「別書勸人孝弟，俱是義正詞嚴，良藥苦口吃著難，說來徒取人厭；惟有這本孝賢，唱著解悶開玩，情真詞切韻纏綿，惡煞的人也傷情動念。」除再次提到寫作動機，更說明蒲松齡並非想用宣教的方式灌輸觀念，而是希望以一種體貼、感同身受的方式，使觀者自覺被同理，進而接受感化。

〔註7〕 據羅敬之著：《蒲松齡及其聊齋志異》（臺北：國立編譯館，1986），頁90～95《聊齋俚曲》有〈牆頭記〉、〈姑婦曲〉、〈慈悲曲〉、〈翻魘殃〉、〈寒森曲〉、〈琴瑟樂〉、〈俊夜叉〉、〈禳妒咒〉、〈富貴神仙〉（後變〈磨難曲〉）、〈窮漢詞〉、〈蓬萊宴〉、〈醜俊巴〉、〈快曲〉、〈增補幸雲曲〉共十四種，其中〈富貴神仙〉和〈磨難曲〉都是編演《聊齋‧張鴻漸》，其內容大致相同，又劉階平認為〈磨難曲〉屬於「後變」，因此羅敬之將其歸為一種。

自〈張鴻漸〉，演張鴻漸為人捉刀而受牽連，拋家棄子遠走他鄉，幾經周折，後受狐仙幫忙而全家團圓。此六種皆是以人倫家庭為主題的創作，可見蒲松齡對家庭人倫關係之看重。

「家」是人類群體中最小的單位，也是人安頓生命的棲身之所，「是人類文明和倫理關係的起點」〔註8〕。美國學者韓書瑞（Susan Naquin）認為，中國人尤重家庭觀念，這種人與人之間關係的有序管理一直都是被關注的核心，至少從孔子開始（生活在公元前五世紀）人與人之間的等級關係就被當作是社會秩序的來源。〔註9〕這些禮法制定的目的無非是使人的生命有所遵循，以維持家國秩序的和諧。三綱中君臣、父子、夫妻三種從屬關係中，家庭人倫佔其二，中國傳統對於家庭秩序維持的重視不言而喻。蒲松齡出身書香世家，我們可以從他以孝悌齊家，畢生鍥而不捨的追求功名，《聊齋俚曲》富教育意義的創作動機，以及許多懷抱經世濟民之思的作品中發現其濃厚的儒家色彩。

因此「家」就成為《聊齋》眾多故事的展演場，反映蒲松齡個人及當代社會家庭的人際互動及心靈圖像。而《聊齋》的創作背景正值明末清初之際，此時學界正有「存天理，滅人欲」之反動，李贄的「童心說」、馮夢龍的「情教觀」都是這時期主張關照人性本真的先驅。《聊齋》中往往可見蒲松齡帶著同理的視角，肯定基本的人欲，進而發揚人類的真情至性。透過此類故事的敘寫可見世情愈益複雜，對於人倫禮教既衝撞又追求的時代脈動。

而龐大的家族體系是傳統中國的特色，組成份子既多，人與人間的相處勢必形成複雜的人際網絡，因此家族成員間的互動自然成為人終其一生的課題。過去學者對《聊齋》中家庭生活描寫的關注，大致分為兩個部份。其一，研究者以倫理的視角從《聊齋》中與家庭倫理相關故事析出蒲松齡的倫理觀，所得結論大多不出：蒲松齡注重孝道、肯定純潔的愛情、追求家庭圓滿、在故事中賦予因果報應思想、平等意識的萌芽等範疇。其二，從倫理或兩性的角度辯證蒲松齡的婚姻觀，這類研究大部分伴隨著思考蒲松齡的女性觀是超越還是仍局限於舊時代的觀念，主要通過家庭生活中兩性的行為模式進行蒐證分析。此部分留待文獻回顧探討。

〔註8〕劉海鷗著：《從傳統到啟蒙中國傳統家庭倫理的近代嬗變》（北京：中國社會科學出版社，2005），頁4。

〔註9〕韓書瑞（Susan Naquin）、羅友枝（Evelyn S.Rawski）著，陳仲丹譯：《十八世紀中國社會》（南京：江蘇人民出版社，2008），頁30。

　　本論文關切的對象乃是《聊齋》中的家庭倫理問題，綜觀前人的研究，發現前人多以文獻整理及傳統倫理學為研究方法來探討蒲松齡倫理、愛情及性別方面的價值觀，此類研究雖有豐厚的成果，卻缺乏對文本中家庭生活互動的探究。因此，本論文希望另闢蹊徑，轉化家庭系統理論中的三角模式為研究方法，並從心理層面深度探求《聊齋》中家庭場域下微妙而複雜的人際互動。其中雖也探性別角度，但不特重於女性或是男性，而是戮力於觀察在家庭系統的脈絡下是什麼引發家庭危機？當家庭發生變數時，家庭各成員出現什麼樣的行動，他們分別以什麼方法維持家庭平衡？這中間權力如何傾軋？感情如何流動？如此種種都是研究者所好奇的，冀望透過此三元觀點彰顯《聊齋誌異》中家庭成員間牽一髮以動全身的生存互動樣態。

第二節　文獻回顧

　　蒲學學界關於《聊齋誌異》的研究可說是車載斗量，彭美菁《《聊齋志異》影響之研究》針對《聊齋誌異》從民初到 1978 年後兩岸研究成果有詳盡的整理。依其觀察：大陸方面先後有研究機構、專輯和重要研討會；台灣方面只有羅敬之在文化大學任教期間組織「《聊齋志異》研究小組」。大致而言，大陸在《聊齋》研究上數量豐厚，但優劣參差；台灣的《聊齋》研究數量雖遠遠不及，不過在題目類型上有其可觀之處，論述觀點也較為持平。〔註 10〕以下列舉家庭倫理與生活相關之文獻探討：

一、《聊齋誌異》中家庭倫理研究的相關文獻

（一）期刊論文

　　與家庭相關的期刊論文大多著眼於夫妻關係的研究，吳興蘭和李漢舉的〈《聊齋志異》家庭倫理思想探析〉〔註 11〕是少數談及其他人倫關係的文章，也整理得比較完整。他們認為在中國以家族利益為紐帶、男尊女卑為前提下，本應以情感為基礎建立的婚姻，變成由父母為政治、經濟而包辦，《聊齋》中的夫妻倫理中既有拾封建宗法之糟粕，歌頌貞婦並合理化一夫多妻的思想，

〔註 10〕參考自彭美菁：《《聊齋志異》影響之研究》，國立中正大學中國文學系碩士論文，2002。第三章「《聊齋志異》在我國現代的影響」之第三～四節。

〔註 11〕吳興蘭、李漢舉：〈《聊齋志異》家庭倫理思想探析〉，《十堰職業技術學院學報》，第 19 卷，第 3 期，2006 年 6 月，頁 8～10。

又有讚頌女子才氣胸襟，成為家庭領導者顛覆傳統的作品。而蒲松齡對孝道甚為重視，所歌頌的是誠篤、質樸的至孝，並將孝道和禦侮抗暴結合，賦予社會意義，同時發現蒲氏在婚姻問題上認為父母應當尊重子女的意願的開明思想。而家庭和睦不只仰賴夫妻、親子的維持，手足、姻親也該相互維繫。因此，《聊齋》中特別譴責了家庭中以現實利益為計較的世態炎涼。吳興蘭、李漢舉根據康熙頒布的「聖諭」，要求人民「敦孝悌以重人倫」、「篤宗族以昭雍睦」想見朝廷極欲振興當時廢弛的人倫，因此以《聊齋》是當時家庭生活的體現，也包含蒲氏深層的心理情結。蒲氏超越時代的新觀念來自於自身經驗的體察和思想的通達，此和傳統儒家思維矛盾處，正是他對家庭問題的辯證思考。

該篇論文雖提及手足、姻親對維繫人倫的重要，惜未加以申論，但關注到政治、經濟所帶來的家庭問題，及發現蒲氏賦予孝道社會意義和親子間仍應以情感相維繫，皆具有參考價值。

（二）學位論文

在學位論文方面，探討《聊齋》家庭倫理的相關研究，台灣碩士學位論文只有 1977 年劉美華《聊齋志異中的家庭倫理觀》〔註12〕一篇，其他關於家庭的論述則散見於以婚姻、女性為主題的研究論文當中。《聊齋志異中的家庭倫理觀》以道德倫理的視角整理出《聊齋誌異》中的夫妻、親子、手足、婆媳、翁婿及姒娌間的人際互動，以此觀察蒲松齡的家庭倫理觀點，得出蒲松齡三項家庭倫理觀點：一、家庭倫理觀是蒲氏社會教育的基礎。二、因果報應是家庭倫理的理論解釋。三、蒲氏最終追求的是家庭的圓滿。該論文對《聊齋志異》中家庭倫理相關的書寫有詳盡的分類整理，而蒲松齡對家庭教育的重視是在此類論文中較不同的發現。然而其單純著重整理的工作，並以表象的觀察為多，留下許多深入探討的可能。

大陸地區，近年探討家庭倫理的學位論文有三篇，分別是：董佩娜《聊齋志異中的家庭倫理觀研究》、李昶《聊齋志異之倫理評析》、郭增光《聊齋志異家庭倫理題材小說與蒲松齡的家庭倫理觀研究》。

董佩娜的《聊齋志異中的家庭倫理觀研究》〔註13〕著重在系統的分析夫

〔註12〕劉美華：《《聊齋志異》中的家庭倫理觀》，輔仁大學中國文學研究所碩士論文，1977。

〔註13〕董佩娜：《《聊齋誌異》中的家庭倫理觀研究》，重慶師範大學政治與社會學院碩士論文，2008。

妻倫理觀、父子倫理觀及兄弟（姊妹）倫理觀三種關係〔註 14〕，以倫理學的視角佐以歷史唯物論，歸結出蒲松齡對家庭倫理正面和消極的價值取向。正面價值取向包括：主張家庭和諧、倡導家庭成員平等意識及懲惡揚善。消極的因素則有宗教迷信、男尊女卑的制度、對純孝的過度追求及部分封建頑固的貞潔觀念。最後透過以上種種反思大陸現代家庭倫理觀念，冀望從中獲得建構現代和諧家庭的啟示。

　　該論文引經據典，從歷代經典中對倫理的要求與當代具啟蒙思潮的時代背景與《聊齋》述及家庭倫理的作品相呼應，並試圖找出導致家庭問題的來源，是近來探討《聊齋》家庭倫理觀研究整理地最具系統的一篇論文。然而董佩娜帶著濃厚的道德眼光評述，重心在貞、義、孝、悌的德目，其次才是人情。作者在分類歸納時，並未特別將人類與異類分殊處理，而在談及婚姻觀時，對女性處境的關懷更勝男性，與筆者的關切點略有不同。

　　李昶《聊齋志異之倫理評析》〔註 15〕以倫理的視角，採用歷史唯物主義和辯證唯物主義的方法，既宏觀也微觀的看待貫穿《聊齋誌異》中的倫理色彩及其倫理價值取向。並探求作者倫理價值觀的思想淵源分別來自儒家、道家和佛教思想的影響，而以儒家思想為主要範疇。分別在生死觀、愛情觀和家庭倫理觀上做討論，並總結出其倫理思想庶民性、先進性、批判性及歷史侷限四種特性。由於蒲氏不能脫離儒家傳統思想的窠臼，所以其思想不可避免的含有封建主義的糟粕；另一方面，蒲氏身在民間，對生活體察入微，因此才有如夫妻應平等互重等超越時代的倫理觀念。

　　該論文與他篇相關論文不同之處在於，從哲學思想的脈絡來分析，且不侷限在研究家庭的倫理制度，將觸角延伸至社會、官場。對蒲松齡在《聊齋》中體現的各脈絡思想的探究具有意義。然而，作者在論述時分別有質或量的不足，有時針對一篇例證詳論，有時則將各例證一句帶過，顯得不夠細緻。另外，在肯定蒲松齡突出的思想時，其歷時性縱深的考究略顯不足，例如：作者認為「禮緣情制」的主張是蒲松齡首創的構想，事實上魏晉時期早有緣情制禮的提倡，唐代更有緣禮入律的行動，因此此構想並非蒲松齡首創，只能視為對宋明理學的反動。

〔註14〕其所謂父子倫理觀廣義地旁及倫理中各種長輩對晚輩的關係，包括：婆媳、女婿與岳家等關係，兄弟（姊妹）倫理觀，其實也包含妯娌、姑嫂、叔嫂等橫向的關係。此二者其實可改為親子倫理及同輩手足倫理觀會更為適切。

〔註15〕李昶：《〈聊齋誌異〉之倫理評析》，湖南師範大學碩士論文，2009。

　　郭增光《聊齋志異家庭倫理題材小說與蒲松齡的家庭倫理觀研究》〔註16〕認為倫理題材的寫作主要源自對當代宗法的淪落和道德的淪喪，因此希望透過小說繼承詩教的傳統，試圖開出濟世良方。此篇論文未說明研究方法，但仍以道德倫理為視角，站在前人的基礎上做社會—歷史的批評，看到蒲松齡受到明末對理學「存天理，滅人欲」的反動，因而產生家庭倫理無心之善和揚情守禮的獨特追求。在新舊思想激盪之際，提倡至情、雅情，試圖把外在倫理規範內化為內心的自覺行動。

　　該論文的特色在於對歷時性的時代背景有較為深入的認識和闡述，並且注意到朋友對家庭倫理的影響，也未將家庭和諧的責任單方面歸咎於女性。甚而在前人的研究基礎上更進一步注意到作者非常重視心的作用，將善惡的標準又做了劃分，強調自然血誠之善勝於有機心的為善，目的是撥正明末「以淫止淫」的傾向，尋求一種能維護綱常的至情。

二、《聊齋誌異》中其他與家庭生活研究相關的文獻

（一）期刊論文

　　陳翠英〈《聊齋誌異》夫婦情義的多重形塑〉〔註17〕認為《聊齋》中夫妻之外的其他人倫關係值得探索，但仍先著眼於夫妻關係討論。認為明末清初雜然紛呈的時代背景，豐富了蒲松齡的觀照視野，從而展開繁複多變的敘事語境。陳翠英在《聊齋》中的婚姻情境裡注入性別關懷以觀照《聊齋》中多元及複雜糾葛的婚姻生存經驗。認為《聊齋》中夫婦情誼講究的是智性及精神層面的追求，然而當遇上完璧有瑕時，終究以維護男性理想為優先。從夫妻面對離合無常時之貞義之守，認為貞節無疑揭示了以妻子為工具性存在的男權思維。並觀察《聊齋》中的性別界線產生游移及陰陽特質的互相滲透的現象。面對家庭中富有才智、持家的女性，男性顯得弱化，男權受到挑戰，然而兩性生命資源的不公，也導致女性終需雌伏的結果。婚姻中女性具有多重角色，人妻同時也是身為人女，面對岳婿衝突時，在夾縫裡生存，進退艱難，承受巨大的壓力。面對兩性對貞節的雙重標準，女性也成為男性情愛無

〔註16〕郭增光：《《聊齋誌異》家庭倫理題材小說與蒲松齡的家庭倫理觀研究》，青島大學國文學系碩士論文，2009。

〔註17〕陳翠英：〈《聊齋誌異》夫婦情義的多重形塑〉，《臺大中文學報》第 29 期，2008年 12 月，頁 269～316。

常的犧牲者。另外，由於《聊齋》對人欲的肯定，也產生更異質且真切的人倫揭現，包括：閨闈中的扮裝、女性間同性的情欲書寫，展現人情的錯綜。

此篇論文揭示了《聊齋》在人倫和性別上多音複調的特質，對許多篇章有深入且精彩的分析。她關照到人倫間角色具多重性（例如：人妻又同時兼有人母、人女的角色）且有理不清的複雜關係，當家族結構陷入困境時，女性是被要求者，需多重的承擔家庭人倫的負累。而面對死生、離合等外力及內在欲望介入時，子嗣生養、長輩奉養等問題是動搖解放婦女守貞的變數。其中對性別分工、情欲游移也有多有描寫。雖然，重點仍偏重詮釋女性在家庭生活中的處境，然其多面向的彰顯家庭糾葛仍深具啟發，正是本論文借鏡之處。

滕振國、董佩娜〈論《聊齋志異》中的夫妻倫理模式及其觀念〉〔註 18〕之論述與董佩娜〈論《聊齋志異》中夫妻倫理觀〉〔註 19〕後半篇重複。該篇論文雖進一步批判女性在男權世界中被物化的處境，但並未脫出吳興蘭和李漢舉〈《聊齋志異》家庭倫理思想探析〉對夫妻倫理的論述。另，董佩娜的〈論《聊齋志異》倫理中的「末日審判」〉〔註 20〕與以上兩篇皆整理收錄在董佩娜的學位論文《聊齋志異中的家庭倫理觀研究》中，已於學位論文項目中合述。

陳黎娜〈現實的婚姻生活——《聊齋志異》部分女性婚姻分析〉〔註 21〕指出《聊齋》雖演繹了許多動人心弦的愛情故事，但面對子嗣問題，就算是狐、仙都得向現實屈服。不孕又悍妒的女性則必須從良，否則將獲致不幸的下場。顯示《聊齋》沒有在愛情和婚姻間畫出必然的等號，蒲松齡雖然將追求幸福的權柄交給女性，卻始終難以超脫男權社會的框架。該論文指出面對《聊齋》婚戀故事中的子嗣問題，蒲松齡在婚姻前後有另一套取捨標準，可資參考。

另外，一直以來《聊齋誌異》中變化多端、風情萬種的女性描寫廣受研究者的青睞，學界因此對蒲松齡的性別觀點產生多種聲音。而傳統女性生活多囿限於家庭場域之中，所以但凡研究女性者莫不觸及其家庭生活的樣態。在《聊齋誌異》各篇故事中，是否存在進步的女性意識？相關的論辯，經由

〔註 18〕 滕振國、董佩娜：〈論《聊齋志異》中的夫妻倫理模式及其觀念〉，《棗莊學院學報》，第 24 卷，第 3 期，2007 年 6 月，頁 34～35。

〔註 19〕 董佩娜：〈論《聊齋志異》中夫妻倫理觀〉，《承德民族師專學報》，第 27 卷，第 1 期，2007 年 3 月，頁 28～30。

〔註 20〕 董佩娜、杜偉：〈論《聊齋志異》倫理中的「末日審判」〉，《承德民族師專學報》，第 26 卷，第 2 期，2006 年 5 月，頁 75～77、89。

〔註 21〕 陳黎娜：〈現實的婚姻生活——《聊齋志異》部分女性婚姻分析〉，《現代語文（文學研究版）》，第 7 期，2009 年，頁 73。

學者對於小說人物的戀愛行為和婚姻模式探討得出三種觀點：

其一，肯定《聊齋》表現女性意識的覺醒。如：何天杰〈《聊齋志異》情愛故事與女權意識〉〔註22〕一文認為蒲氏「開啓小說中女權意識之先」〔註23〕。《聊齋》婚戀故事中女性是主動者，並且在婚後家庭生活中掌有主控權。而對於悍婦現象的書寫應注意的是他對男性處境的辛酸尷尬，而非關注蒲松齡對悍婦的厭惡之情。何天杰從而認為此種「性別倒錯的描寫，實質隱含著蒲松齡對女性的正視，在文學史上是破天荒的」〔註24〕。並以一夫二妻的故事比例佔《聊齋》中情愛故事的比例不到三分之一，其中雙美的一方又遭蒲松齡有意識的淡化處理，反駁評論家對雙美共事一夫的詬病。並認為雙美其中一方的抗議其實已是蒲氏對一夫多妻制的懷疑。針對子嗣的問題，何天杰認為異類、仙人產子後離去，某種程度上象徵世俗女子對其超然態度的欣羨，正是蒲松齡為女性謀求子嗣問題的超脫。另外，何天杰也認為蒲松齡支持沒有親老子幼問題的女子改嫁，充滿了蒲氏對女性的寬容理解。最後，何天杰從《明史》和《清史稿》中的〈列女傳〉發現女性地位已略為提升，有助於研究者了解時代風氣的轉變。

雖然如此，何天杰卻未曾對其他同時代或前代文學作品考證，貿然給予蒲松齡開女權意識之先、《聊齋》性別倒錯的描寫是文學史上破天荒的等盛譽，難以取信於人。事實上，女強男弱及張揚女性意識的作品有其脈絡可循。而其為多妻問題和子嗣問題的辯護也顯得遷強。既然蒲氏歌頌的是任真純潔的愛情，並講究人情道義，《聊齋》中被刻意淡化的一方往往是正室，豈非還落在男性中心的思維中？

同樣推崇《聊齋》為女權伸張的尚繼武則能務實的提出適切的舉證。他在〈對男權的沖擊和消解——論《聊齋志異》女權伸張〉〔註25〕一文中認為《聊齋》吸收了前代小說中闡揚女性意識的精華，並能後出轉精，提出新的愛情觀和戀愛模式。《聊齋》中的女性形象比以往更加主動、執著並且剛烈，

〔註22〕何天杰：〈《聊齋志異》情愛故事與女權意識〉，《文學評論》，2004 年 5 月，頁 150～155。

〔註23〕何天杰：〈《聊齋志異》情愛故事與女權意識〉，《文學評論》，2004 年 5 月，頁 155。

〔註24〕何天杰：〈《聊齋志異》情愛故事與女權意識〉，《文學評論》，2004 年 5 月，頁 152。

〔註25〕尚繼武：〈對男權的沖擊和消解——論《聊齋志異》女權伸張〉，《《聊齋志異》研究》，2004 年 3 月，頁 41～54。

她們能為愛生死，也能理性擇偶選擇去留，情愛是由愛欲引發。社會地位也隨女子的經濟、政治、才能提高。尙繼武認為《聊齋》中進步和落後的女性觀並存的原因在於，在男權主宰的社會和文化空間下，蒲松齡是站在男性話語的立場，對現實女性形象和理想女性形象做感性的敘述，而非理性的批判與反思。他便在此情境下為她們開創新的生命向度，正是這裡展現他進步的女性觀。

其二，認為《聊齋》仍不脫男權思維的窠臼。如：馬瑞芳〈《聊齋志異》的男權話語和情愛烏托邦〉〔註26〕認為《聊齋》中愛情故事是蒲松齡以男權話語扭曲而成的情愛烏托邦想像，主要是滿足中下階層懷才不遇的士人的需求：女性必須絕對忠誠、利他且不求回報，尤其對子嗣的需求凌駕在一切之上。同時作者對兩性採用雙重標準，其「雙美一夫」的情節鋪排，使原本堅貞不渝的自由愛情最終又落入男權軌道。認為只有那些以男性爲中心酸腐的封建說教讓位於眞情眞性的作品，才是《聊齋》中最成功的作品。

其三，以其所處時代背景中文化社會的錯綜複雜，女性意識的覺醒並非一蹴可幾。因此一面肯定其進步的女性觀、一面批判其落後的封建思維。如：王向東在〈《聊齋志異》錯綜纏繞的性別言說——蒲松齡進步婦女觀的另一面〉〔註27〕認為蒲松齡的婦女觀錯綜複雜，不能只用「進步的」宏觀用語涵蓋，因此在同意蒲松齡描繪出不同流俗、新的女性形象的前提下，批判《聊齋》中的女性鮮少具備主體性，作者雖然「以非主流甚至反主流的姿態挑戰封建規約，卻有意無意間忠實地複製和傳播著主流文化關於女性的庸俗論述。」〔註28〕。

該篇在《聊齋》中發現蒲松齡女禍論的思維，認為兄弟間離齬的元凶即是女人。蒲松齡筆下女性是倫常的捍衛者，即使被賦予女中丈夫的形象終將為維護夫道、綱常而奉獻犧牲。女性在男性立場的婚戀模式中淪為棋子、試紙。王向東雖以此證明《聊齋》有支持傳統封建的一面，但透過以上幾點，我們也可

〔註26〕馬瑞芳：〈《聊齋志異》的男權話語和情愛烏托邦〉，《文史哲》，第4期（總第256期），2000年，頁73～79。

〔註27〕王向東：〈《聊齋志異》錯綜纏繞的性別言說——蒲松齡進步婦女觀的另一面〉，《揚州大學學報（人文社會科學版）》，第11卷，第4期，2007年7月，頁41～46、51。

〔註28〕王向東：〈《聊齋志異》錯綜纏繞的性別言說——蒲松齡進步婦女觀的另一面〉，《揚州大學學報（人文社會科學版）》，第11卷，第4期，2007年7月，頁46。

從中發現女性如何爲維繫家庭的和諧而努力，這些都是可資參考的對象。

其他如黃盛雄在〈《聊齋》女性的主宰力〉中希望對「男權宰制」的迷思重做檢討，提出不論在社會或是家庭上，雖然表面上是男性握有宰制的權力，但事實上女性才是一切幕後的操縱者。而《聊齋》中女性對古來社會中的女性來說具有很大的代表性。《聊齋》中女性深諳「知其雄，守其雌」的道理，她們發揮女性堅強的意志力、明通的見識、柔人的性情、練達的現實感和寬廣的包容力等五種能力來達到主宰作用。而其之所以能發揮主宰作用在於與道家相呼應的「柔和迂迴」的主宰之道。黃盛雄認爲：

> 有關男女兩性關係的論述，往往由相爭、相克著眼，家庭與社會於是成爲兩性的戰場。兩性關係也就產生如何克「敵」致勝的偏頗思維。事實上，兩性相合、相生的地方要比相爭、相克爲多，思考男女問題，似乎應以此爲重點，才有意義。〔註29〕

該篇透過女性柔和的特質看見《聊齋》中女性隱形的主宰力，並試圖以此化解女權及兩性關係研究上視兩性相處爲「敵對」的研究傾向，認爲應更重視兩性間的調和之處，提供了研究者另一項視野，是可資借鏡之處，然其以《聊齋》中的女性作爲古來社會女性皆能行沉潛深入的主宰力之證據，疑因篇幅所限，略顯粗略，其論述恐怕也難以獲得女性主義者的認同。

但本論文不欲介入性別意識之爭，而是汲取此類論文論辯過程中對婚姻行爲模式的觀察與探賾爲參考對象。

（二）學位論文

學位論文方面有李瑪麗《《聊齋志異》三角模式婚戀小說》及張麗敏《《聊齋誌異》婚姻問題研究》中有透過婚姻問題，聚焦體現蒲松齡的夫妻觀。

李瑪麗《《聊齋志異》三角模式婚戀小說》〔註30〕將婚戀中的三角戀模式分爲寫實的和幻異的。寫實性三角戀又分別有旱妻順妾型、男子負心型、互擇共處型。幻異性三角戀又分爲感恩型、情愛型和非婚共處的情人型、膩友型模式。繼而研究《聊齋志異》的藝術特色及作者的思想內涵和婚姻觀念。最後認爲在這樣的題材中有比過去更深廣的開拓，情感內容不但細膩且不再只依附於生活，而更具獨立性。對生活的描寫也更包羅萬象，展現了明末清

〔註29〕黃盛雄：〈《聊齋》女性的主宰力〉，《臺中師院學報》，第11期，1997年，頁203。引文中「相克」應爲「相剋」。

〔註30〕李瑪麗：《《聊齋誌異》三角模式婚戀小說》，湖南師範大學國文學系碩士論文，2006。

初複雜的生活樣態。

　　該論文特色首先是以三角婚戀的模式觀察，如此確實能提升男性在婚姻中的作用的關照，平衡兩性的論述，並發出別於以往的議論，例如：蒲松齡找不出更好的婚姻模式，無奈地認爲妻賢、妾順、夫自立是婚姻中最好的模式，認爲婚姻應重恩義，輕情愛。《聊齋》中愛情的專一性和排他性在現實婚姻中屢屢破局，現實婚姻中不可能有專一的情癡，所以只能期盼維持家庭的穩定。藉由李瑪麗以三角戀愛模式的方式分析，可初步見到三元視角推敲的可能。不過，可惜的是李瑪麗將重點放在歸結倫理上的思想內涵和婚姻觀念，並未進一步探究現象背後的意義，論述的過程中也只做概略論述，或直接道出現象未做舉證。其次，李瑪麗據小說中的物類分殊，做虛幻性和寫實性的分類。她忠實地認爲《聊齋》中人類發生的故事具有寫實性，傳遞的是對現實人生的認識；與異類交織的幻異故事則爲虛構，寄寓的是理想，是源於現實卻高於現實的故事。然而，如此就忽略了小說「虛實相半」的特性，不能說蒲松齡以異類表現幻異性題材毫無用意，也不能同意幻異故事中沒有偷渡社會現實或在所謂的寫實故事中摻雜迷離色彩的可能。

　　其他方面，對於論文的研究方法和選材範圍並未有詳細的說明，尤其論文中的數據前後不一，不知所據爲何，宜再核實。另外，本篇沒有做社會背景的闡述，並且先是太相信經書的內容會貫徹於生活中，例如：以《孟子・滕文公下》：「不待父母之命，媒妁之言，鑽隙相窺，逾牆相從，則父母國人皆賤之。」而認爲「情人」的存在是子虛烏有，由此貿然評斷現實生活中不可能存有情感膩友或具「現代」愛情糾葛的愛情，是單向度並且主觀的將經典推向歷史社會生活，而未顧及朝代的變異和現實生活的多樣性，難以令人信服。

　　張麗敏《《聊齋誌異》婚姻問題研究》〔註31〕誤以爲從未有人用女性主義的視角研究相關議題，因此藉女性主義的視角以女性爲主體且「人生而平等」的觀念來看待《聊齋誌異》的婚姻問題，對男權帶來的婚姻問題大加撻伐。但也認爲女性正是在缺乏正當位置的狀態下默默將自己的影響力滲透於家庭，擴散至社會之中。張麗敏雖知道「男尊女卑」在封建社會中並非絕對，仍以在男性強權中女性總是備受壓迫的觀點對《聊齋誌異》的婚姻問題做分析。最後再以和解的眼光將此現象放在當代的背景脈絡下，強調要看蒲松齡的積極處，諸如對女性的書寫顯得特別寬容、超越和具顛覆性。而其封建守

〔註31〕 張麗敏：《《聊齋誌異》婚姻問題研究》，山東師範大學國文學系碩士論文，2007。

舊處，則被歸因於時代的侷限。從該篇論文中除了可以發現《聊齋》中的婚姻問題及背後的因素，更可見到禮教對女性深切的束縛及女性如何做出抗爭。

綜上所述，《聊齋誌異》中描寫家庭活動的相關研究，大都使用倫理學的視角來探討，這類論文帶有濃厚的道德色彩，並且大陸方面的論文好用歷史唯物論和辯證法協助研究。而有關於《聊齋誌異》中婚姻及女性主題的研究論文，卻又多以女性主義的思維批判，並集中聚焦於《聊齋誌異》中婚姻型態和蒲松齡所表達的婚姻價值觀及女性觀。除了李瑪麗《《聊齋志異》三角模式婚戀小說》對婚姻中的兩性有較平衡的論述，其他鮮少撇開二元對立的方式，全面的討論夫和妻妾、親子、手足、婆媳、岳婿及其他親屬關係。因此，本文擬在前人研究的基礎上，借用家庭系統理論的三角模式，帶著持平的性別觀點，探討《聊齋誌異》中呈現的家庭互動現象。

第三節　研究範圍與方法

一、研究範圍

以下分別簡述文本研究範圍和時代研究範圍：

（一）文本研究範圍

以張友鶴輯校的三會本《聊齋誌異》為版本，尋找其中具有描寫家庭互動的篇章，再從其中析出具有三種以上角色影響力的篇章即為本論文討論之範圍。主要以夫妻關係為主軸，著眼於丈夫和妻妾間橫向的互動；再縱向的探討親子互動關係；最後擴大地觀看夫妻與雙方家庭蘊含橫向及縱向複雜的人際互動樣態。

（二）時代研究範圍

《聊齋》一書是蒲松齡蒐羅街談巷議加工改寫而成，因此主要以明末清初為時代背景。自明朝覆滅到滿清異族入關統治是一個充滿變動的時期，除了政局動盪，人口流動增加，經濟上，貿易繁盛，商品經濟高度發展，下層婦女開始活躍於市井之間，參與生產，婦女的生活空間有了向外拓展的機會。在思想上，泰州學派掀起了對程朱理學「存天理，去人欲」以理／禮束縛情慾的反動。李贄的「童心說」，湯顯祖的「玉茗堂四夢」，馮夢龍的「三言」都表達肯定情慾，追求真摯的愛情的立場，他們也透過各種作品，尤其是戲劇、小說傳達這樣的思維。於是滿清當局面臨人們向承載幾千年的壓抑反抗，

而拾起封建禮教大力宣傳，意圖力挽狂瀾，恢復正在脫軌的社會秩序，導致社會情狀千頭萬緒，例如：這時期既有大量的婦女守貞節，亦有許多婦女解放失節的例子，呈現出多元的社會樣貌。

二、研究方法

本論文主要以由家庭治療理論轉化而來的三元關係做文本分析，並視需求輔以其他三種方法。例如：小說背景有時需要社會——歷史批評法的補充，而在文本分析時，對於人物心理需要心理學批評法。以下細述之：

（一）家庭系統理論

本論文主要借用家庭系統理論中的三角關係來探究《聊齋誌異》中家庭成員的互動。《家庭會傷人：自我重生的新契機》中提到：

> 系統論起初是在生物學的領域中發展出來的。德國生物學家柏塔朗非（Von Bertalanffy）對於系統的界定是「一群互動的份子」。他也推論出一套可以運用於任何系統的原則，即一般系統理論。〔註32〕

而家庭系統理論正汲取此一論點著眼於家庭中整個體系的運作，觀察家庭成員間的互動關係，家庭成員是如何參與家庭系統，生存於同一家庭的孩子為何發展出極大的個別差異。該書亦透過此一視角認為傳統規訓代代相傳的過程中，由於強調的是整體的運作，因此家庭中某成員病態的行為即是整個家庭體系的病態的突顯，並且反應出整體社會的病態，而此一行為病態的家庭成員多半是家庭系統出問題的替罪羊。〔註33〕而家庭系統分封閉式及開放式兩種。封閉式的回饋圈是負向的，使系統固著不變，角色刻板僵硬；反之，開放式的回饋圈是彈性、正向的，打破舊規陋習，提供新出的信念，使角色靈活。

美國維琴尼亞·薩提爾（Virginia Satir，1916-1988）的薩提爾模式（The Satir Model）強調系統思考，關注家庭成員間的溝通互動、情感經驗和自我價值，認為「家庭是塑造人性的工廠」〔註34〕，「每個人都是家庭價值觀的

〔註32〕 約翰·布雷蕭（John Bradshaw）著，鄭玉英、趙家玉譯：《家庭會傷人：自我重生的新契機》（臺北：張老師出版社，1993），頁42～43。

〔註33〕 參考約翰·布雷蕭（John Bradshaw）著，鄭玉英、趙家玉譯：《家庭會傷人：自我重生的新契機》，頁41～57有關於家庭系統論中所使用一般系統理論的重點，包括：整體論、家人關係、新的信念、家庭規則、滿足家庭的需求等方面的簡述。

〔註34〕 維琴尼亞·薩提爾（Virginia Satir）著，吳就君譯：《新家庭如何塑造人》（臺北：張老師文化事業有限公司，1994），頁2。

呈現」〔註35〕。依薩提爾觀察，人們溝通時有其固定的型態，因而歸納出四種求生存的姿態，包括：討好型、責備型、超理智型及打岔型，屬於破壞性溝通型態，另外一種則是帶來和諧溫暖的一致型的溝通型態，這五種溝通型態尤其在人面臨壓力和威脅時表現出來以保護自尊，並產生連鎖反應。〔註36〕而互動模式受兩大要素影響，其一是人們處事時所遵循的「家庭規條」。家庭成員都是家庭系統的一部份，它會發展出一套家庭規範，有些是明確的，有些則是潛規則（如：家庭禁忌、家庭秘密），這些規則影響了家庭資源（不單指物質上，也可能是情感）的支配和成員彼此間的親疏遠近；其二則是從人們如何聆聽、感受、反映、防衛和評論的「應對型態」中所反映的自我價值感。

　　另外，她認為人際間的各種遊戲都表現在三角關係上，利用家庭網畫出家庭地圖可藉此澄清家庭成員的組成和運作，如此可以發現人們不自覺身處於複雜的關係中並深陷三角關係的陷阱裡。對她而言，家庭組合就好比是可動裝置，所有零件不論大小或形狀都經由把繩子加長或縮短，重新安排零件間的距離和重量來調整，牽一髮而動全身，沒有人可以孑然獨立。而在任一動靜維持平衡的過程中，個體也將自願或非自願付出代價。〔註37〕

　　三角關係正是本論文最主要借鏡之處。薩提爾說：

　　　　三角關係總是兩個人再加一個人。……因為同一時間互動，只有兩個人是相連的。所以三角關係中，總是多出一個人，亦即第三者。〔註38〕

　　　　任何三角關係的存在，是否有麻煩，均決定於第三者——被擺

〔註35〕維琴尼亞・薩提爾（Virginia Satir）著，吳就君譯：《新家庭如何塑造人》，頁5。

〔註36〕參考《新家庭如何塑造人》中第六章及維琴尼亞・薩提爾（Virginia Sitar）、約翰・貝曼（John Banmen）、珍・歌柏（Jane Gerber）、瑪莉亞・萬茉莉（Maria Gomori）著，林沈明瑩、陳登義、楊蓓譯：《薩提爾的家族治療模式》第三章。討好型的姿態主要是卑躬屈膝，犧牲自己以取悅他人，即使內心十分不舒服，而此種行為容易招致虐待者或指責型的人；指責型則是居高臨下，把問題丟給他人，而內在其實是孤單和挫敗的；超理智型中以方正、冷冰、鎮定，話語中充滿道理分析的姿態來掩飾內在的脆弱，此名稱《新家庭如何塑造人》譯為電腦型；打岔型的人在衝突中習慣做出不相干的行為，他顧左右而言以期解決衝突，而其內在的聲音卻是：沒人在乎；而一致型才是最好的溝通模式，他坦承、面對並且內外一致。

〔註37〕參考維琴尼亞・薩提爾（Virginia Satir）著，吳就君譯：《新家庭如何塑造人》，頁156～158。

〔註38〕維琴尼亞・薩提爾（Virginia Satir）著，吳就君譯：《新家庭如何塑造人》，頁125。

> 在一旁的感受舒服與否而定。……（第三者）可以選擇去破壞二人
> 的關係或退縮，或變成一個對他人互動的觀眾，以此來支持它。整
> 體三角關係就靠第三者來改變。在家庭中，第三者對方式的選擇，
> 常對整個家庭網的功能具有決定性的影響。〔註39〕

薩提爾同時提到，第三者之所以會感到被排擠，是因為自我價值感低的緣故。

另外，在 Bowen 式家庭系統治療學派的代表人物包文（Murray Bowen，1913～1990）對三角關係（triangle）的理解具有重要的貢獻，也是最具發展性的概念。他認為人際關係都是動態的，而人和人之間會經歷親密與疏離的循環，而通常是在疏離狀態時容易產生第三者，形成三角關係。「當三角關係形成時會釋出壓力，同時也會把衝突凍在原點。」〔註40〕因此「三角關係的棘手之處不在於抱怨或尋求紓解，而是長期性的迴避問題，會破壞且侵蝕了家庭關係的基礎。」〔註41〕。而包文認為當兩個人的關係焦慮，會自動引來第三者，而第三者若能與二者保持聯繫並且中立，則焦慮會減低；反之，第三者若偏向某一方，或是成為情感替代的焦點，則焦慮引起的症狀開展的可能性便會升高，最脆弱的個體則是最可能產生症狀或是成為衝突的核心人物。

此二種模式都認為第三者的行為態度是影響原先二者互動情況的關鍵，本論文欲就此視角來觀察《聊齋誌異》中的家庭人際互動樣態，然而囿於短篇文言的文類性質，無法如此兩種模式往上做三代的回溯，只針對當下所敘寫的文本探討當第三元出現在家庭原有的二元成員之間，第三元以何種身分、姿態出現，是否能與先在的二元產生化學效應，帶動三元間的連鎖反應。需要說明的是，本文將以「三元」關係代替「三角」關係來論述，因為三元的互動關係不會侷限於「三角」的關係之內，比起三角關係，三元關係來的更自由。他有可能是站在同一陣線上成為三點連成的直線。但這樣的組織結構卻不一定代表真正的和諧。有可能是向其中一端傾斜的直線如同翹翹板一般。而這樣的傾斜可能來自無意識、自願或是被迫。例如：弱勢的一方被強勢的一方「拖行」或是無主見自然的「滑落」，這之間就端看這支槓桿的摩擦度或其中一方的力度。

〔註39〕維琴尼亞・薩提爾（Virginia Satir）著，吳就君譯：《新家庭如何塑造人》，頁126。

〔註40〕麥可・尼可斯（Michael P.Nichols）著，郭靜晃校閱，王慧玲、連雅慧翻譯，《家族治療的理論與方法》（臺北：洪葉文化事業，2002），頁11。

〔註41〕麥可・尼可斯（Michael P.Nichols）著，郭靜晃校閱，王慧玲、連雅慧翻譯，《家族治療的理論與方法》，頁11。

最後必須注意的是，在借用家族系統理論的同時，必須兼顧中西方的差異性。中國社會學家費孝通在《鄉土中國》提到中國社會別於西方世界的群己、人我之分的劃分方法不盡相同。中國人的社會結構是別於西方的「差序格局」，因此有貴賤、親疏、遠近、上下的分別，這點是利用西方理論研究時須注意的。〔註42〕

（二）社會——歷史批評法

社會——歷史批評法的文學觀認為文學的內容、形式與社會有著密不可分的連繫，馮鎮巒〈讀聊齋雜說〉云：「此書多敘山左及淄川事，紀見聞也，時亦及於他省。時代則詳近世，略及明代，先生意在作文，鏡花水月，雖不必泥於實事，然時代人物，不盡鑿空。」〔註43〕正說明《聊齋誌異》在真實與虛幻間遊走的本質。因此本文採用傳統社會——歷史批評法，通過明末清初時代背景、家庭生活相關文獻為背景資料，蒐集蒲松齡的生平、家庭生活，如此有助於深入瞭解《聊齋誌異》中關於家庭活動故事的真實性、作者創作的傾向性（即蒲松齡對當時社會現象的理解）、文學作品的社會歷史內容與蒲松齡之間的關係，以進行深入的剖析，更全面的瞭解所研究的課題。

〔註42〕　參考費孝通：《鄉土中國》（香港：三聯書店，1991），頁25～40。費孝通將西方的社會結構稱為「團體格局」。在那樣的社會中團體有一定界限，團體中的成員是一夥的，對於團體的關係一概相同，即使中間有組別或等級的分別也是事先規定的。他們注重的是彼此權利的尊重，個人不能侵犯團體的權利，團體也不能抹煞個人。家庭即是社會的基本團體，因此「家庭」的界限分明。然而中國是個講交情、攀關係的社會。費孝通以石頭丟在水面上產生連漪為比喻，這顆石頭可丟在任何地方，石頭就是「自己」，以石頭（自己）為中心層層推出，推出去的波紋由近而遠產生親疏之分。從生育和婚姻的親屬關係往外無窮地推出，推己及人，一表三千里。每個人都以自己為中心佈出「私人關係」的網絡，彼此不相籠罩，網絡中的每一層關係都搭載了一種道德要素。然而範圍的大小則受勢力影響，因此中國的「家庭」則是伸縮自如的，天下一家的說法由是可見。這樣一個網絡構成的綱紀就是「倫」的概念，重的是貴賤、親疏、遠近、上下的分別，也就是等差、差序的觀念。就像孔子的道德體系絕不肯離開差序格局的自我中心，所謂「克己復禮」、「推己及人」、「以直報怨，以德報德。」等觀念都彰顯孔子自我主義的伸縮性及相對性。而《大學》的：「古之欲明明德於天下者，先治其國；欲治其國者，先齊其家；欲齊其家者，先修其身……身修而後家齊；家齊而後國治；國治而後天下平。」層層推出，也將群己界限模糊化、相對化。

〔註43〕　〔清〕蒲松齡著，張友鶴輯校：《聊齋誌異（三會本）》，頁11。

（三）心理學批評法

佛洛伊德（Sigmund Freud，1856～1939）提供一條感性的進路來探討文學活動中的心理現象和根源以揭示人類幽微且複雜的心理活動。因此本文擬透過《聊齋誌異》及蒲松齡的各種資料，諸如傳記、文稿以了解作家的生活經驗，進而把握創作心理，並透過《聊齋誌異》探索榮格（Carl G. Jung，1875～1961）所謂的潛藏在作家無意識深處的「集體無意識」（the collective unconscious）。另外，佛洛伊德的客體關係亦是啟發家庭系統理論的重要學說，「它不只是人類為生物驅力的一種體系，客體關係把『關係』置於人性發展的最中心地位。」〔註44〕本文將以此觀點輔助說明文本中的人際互動樣態。

《白虎通・嫁娶》：「人倫之始，莫若夫婦。」〔註45〕婚姻是家庭的最初樣態，因此本論文欲以婚姻為主軸在第二章先橫向的分別探究婚外戀者或新進配偶的加入的三元互動（夫—妻—妾／婚外戀者）情況；原生家庭的親子相處應是最初的三元關係，因此第三章主要做縱向的親子三元關係（夫—妻—子／女）探討，其他如繼母加入與子輩形成的互動張力也值得觀察；而婚姻不是兩個人的事，因此夫家和婆家彼此相處的情況和對媳婦、女婿的行為態度也形成縱向與橫向的關係網（夫—妻—雙方家長）成為婚姻中至為重要的一環，此歸於第四章梳理。

另外，本論文依據文本中角色互動製作「三元人物行動模式表」，此表係配合「三元互動關係圖」觀看，主要呈現人物彼此互動過程中所形成的拉力或推力。如：〈畫皮〉（表 12〔註46〕）中元配和丈夫彼此雖互成拉力，然而元

〔註44〕拉文尼・鞏美之（Lavinia Gomez）著，陳登義譯：《客體關係入門——基本理論與應用》（台北市：五南圖書出版有限公司，2006），頁 1。

〔註45〕〔漢〕班固等著，〔清〕陳立撰，吳則虞點校：《白虎通疏證》（北京：中華書局，1994），頁 451。

〔註46〕三元人物行動模式表：

序號	篇名	元配→夫（A）	夫→元配（a）	夫→婚外戀者（B）	婚外戀者→夫（b）	婚外戀者→元配（C）	元配→婚外戀者（c）	動機	附註
12	〈畫皮〉	拉近	拉近	拉近	拉近	--	推拒	索命	第三元被動→主動
		拉近	拉近	推拒	拉近	--	推拒		

配卻對婚外戀者懷有敵意，意圖勸丈夫排拒，可惜丈夫色慾薰心，一味拉近婚外戀者，直至發現婚外戀者異類的身分，才轉變態度，對外遇化拉力為推力，因此有了第二層互動模式。丈夫大力的推拒婚外戀者，可惜不敵婚外戀者強大的拉力而發生悲劇。而判定人物行為為實際導致結果為標準而非心理動機。以〈呂無病〉（表 67 第二層）為例，繼室王氏激烈行徑的背後動機是要拉近自己和丈夫的關係，然而實際上卻適得其反，反而對丈夫形成推力，讓丈夫憤而離家。因此不論繼室的心理動機為何，都對丈夫形成了推拒力，此結果是因表象結果而生，所以討論人物的行動模式時，我們主要採取實際行為來考察。

第四節　蒲松齡的生平與家庭生活

一、蒲松齡的生平

蒲松齡（1640～1715），字留仙，一字劍臣，別號柳泉居士。生於明崇禎十三年，清康熙五十四年依窗而卒，享年七十六歲。山東淄川縣是孕育他的母土，那裡是山明水秀的文明古縣。他性格樸厚，篤於交遊，重視名義，與李希梅、張歷友等結郢中詩社。他雖才思敏捷，但仍不能免俗的汲汲追求功名。他在〈聊齋自誌〉記有自己誕生時父親的夢境，映照自己的一生：

> 松懸弧時，先大人夢一病瘠瞿曇偏袒入室，藥膏如錢，圓粘乳際，寤而松生，果符墨誌。且也：少羸多病，長命不猶。門庭之淒寂，則冷淡如僧；筆墨之耕耘，則蕭條似鉢。每搔頭自念：勿亦面壁人，果是吾前身耶？〔註47〕

圖 2-1：夫—妻—婚外戀者的三元互動關係圖

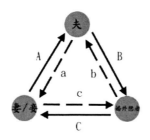

〔註47〕〔清〕蒲松齡著，張友鶴輯校：《聊齋誌異（三會本）》，頁 2、3。

對他而言，父親這樣的夢境似乎預見他的一生，也使他對後來貧病交纏、場屋失利等諸多人生顛簸，時有感悟。

　　蒲松齡出生於書香世家，明萬曆年間全縣食餼的秀才有八，蒲家就佔了六個。然而到了祖父蒲生汭一代沒有考中秀才開始家道中落。父親蒲槃同樣功名難求而轉行經商，卻未曾放下學問。〈蒲氏世系表〉說其父「博洽淹貫，宿儒不能及也。」〔註48〕。

　　蒲松齡一生渴求功名，前後大約十次赴考。順治十五年（西元 1658 年）十九歲時，初應童子試，以縣、府、道三個第一入泮，受知於山東學政施閏章，甚有文名，成為秀才。然而有好的開始卻不代表好的結束，之後可說是屢戰屢敗，屢敗屢戰，可惜終究志不得伸，而有許多抒發挫折，控訴科舉黑暗、腐敗的作品。諸如：康熙十一年（西元 1672 年）間和友人王如水一同落榜，作有〈大江東去・寄王如水〉大書落榜的痛苦悲憤大嘆「天孫老矣」、「憎命文章難恃」〔註49〕。康熙二十六年（西元 1687 年）秋，時年四十七，赴濟南應鄉試，越幅被黜後作〈大聖樂・闈中越幅被黜，蒙畢八兄關情慰藉，感而有作〉亦是悲憤難抑。三年後，康熙二十九年（西元 1690 年）再考，卻又因病不能支持，再黜。《聊齋誌異》亦有多篇寫讀書人追求功名的坎坷與無奈，如：〈葉生〉中文才首屈一指的葉生卻屢屢落第，多虧縣令丁乘鶴賞識提拔，於是甘願生死相隨，培養丁公之子會試高中，並自己中了舉人，一縷魂魄才終願消散，直似是蒲松齡之自述。〈何仙〉、〈賈奉雉〉則諷刺閱卷者多半不識句讀，所以以優為劣，無法給予相值的等第。

　　蒲松齡不能免俗地重視科舉功名，闈場內拚鬥了大半人生，最終也只落個又窮又病又老的秀才，因此身負才學又有志難伸的他才將精力灌注到非應試文類上，以寄寓理想，抒發感慨。他在《聊齋誌異・自誌》中言道：「集腋為裘，妄續幽冥之錄；浮白載筆，僅成孤憤之書：寄託如此，亦足悲矣！嗟乎！驚霜寒雀，抱樹無溫；弔月秋蟲，偎闌自熱。知我者，其在青林黑塞間乎！」〔註50〕正是昭示《聊齋》是他傾注人生道旅的孤獨憤慨的所在。

　　除了科舉，蒲松齡也面對現實，關心民生。他出生時距離明朝覆滅僅有

〔註48〕 收錄於〔清〕蒲松齡著，路大荒整理：《蒲松齡集》（上海：上海古籍出版社，1986），頁 1813。

〔註49〕 〔清〕蒲留仙著，劉階平選注：《聊齋詞集選注》（臺北：台灣中華，2000），頁 17～18。

〔註50〕 〔清〕蒲松齡著，張友鶴輯校：《聊齋誌異（三會本）》，頁 3。

四年時間，社會因朝代更迭而戰爭頻頻仍，災荒也湊熱鬧似的連年不斷。他出生的那年，正好鬧著大饑荒。《淄川縣志》：「大饑，人相食。《濟南府志》：『五月，大旱饑。樹皮皆盡，發瘞肉以相食。』」〔註51〕，往後山東又發了幾次大水，饑荒、水荒、大旱、地震、冰雹、蝗害等天災頻仍，朝廷因此還幾次停止賦稅，這些災難雖嚴重影響他的生活，也成為他畢生關懷的焦點之一，因此也成為他各類作品的背景題材。如：《聊齋誌異‧劉姓》：「崇禎十三年，歲大凶，人相食。」（卷七，頁八八一）即以蒲松齡出生那年為背景；而五言古詩〈憂荒〉是康熙十九年因淄川連年饑荒而作，康熙四十二年七絕〈蚰蟲害稼〉、古文〈紀災前篇〉甲申年又有詩〈憂荒〉、〈紀災〉、〈微雨〉等，〈康熙四十三年紀災前篇〉、〈秋災紀略後篇〉、〈救災急策上布政司〉等文作。

　　從他諸多作品和經歷，可見其雖終身不得志，但仍舊時刻胸懷經世濟民的壯志，因此「除紙筆，代喉舌」，一面記載世情的不公與艱困，一面又在作品中教化善良，寄託知識份子移風易俗的責任。

二、蒲松齡的家庭生活

　　蒲松齡的家庭生活景況可從蒲箬的〈柳泉公行述〉、蒲箬等人的〈祭父文〉、蒲松齡〈元配劉孺人行實〉略窺一二。

　　蒲松齡的父親蒲槃有一妻二妾，長子早喪，晚年得子共四人，依次是兆專、柏齡、松齡、鶴齡，其中嫡妻董氏生三人，蒲松齡是董氏的第二子，排行第四，庶李氏生一子。蒲槃少時勤於研讀，學問淵博，卻因科考不利而棄筆從商。平日多救濟鄉里，錢財散盡，沒想到晚年家道漸落卻忽得四子，不能延師，只好自行教授。其中蒲松齡最聰慧，很得蒲槃歡心。

　　蒲松齡性至孝，當董氏病重之際，「氣促逆不得眠，無晝夜皆疊枕暝坐，轉側便溺，事事需人」〔註52〕，蒲松齡獨任其勞，晝夜守護隨侍在旁，「四十餘日，衣不一解，目不一瞑」〔註53〕不似其他兄弟只是晨昏定省而已，因此董氏對他很是憐惜。而蒲松齡和手足間的情感亦是老而彌篤，可從〈哭兄〉、

〔註51〕 轉引自羅敬之著：《蒲松齡年譜》（臺北：國立編譯館，2000），頁 11。
〔註52〕 出自〈清故顯考進士，候選儒學訓導柳泉公行述〉，收錄於〔清〕蒲松齡著，路大荒整理：《蒲松齡集》（上海：上海古籍出版社，1986），頁 1817。
〔註53〕 出自〈清故顯考進士，候選儒學訓導柳泉公行述〉，收錄於〔清〕蒲松齡著，路大荒整理：《蒲松齡集》（上海：上海古籍出版社，1986），頁 1817。

〈寄弟〉等作品中探知。

康熙元年（西元 1662 年）因婦姑勃谿與兄弟分家，只分得「農場老屋三間，曠無四壁，小樹叢叢，蓬蒿滿之」〔註54〕，使得「薄產不足自給，故歲歲遊學，無暇治舉子業。」〔註55〕，他設帳授徒，至六十餘歲都還獨自奔波。有段時間假館於「郢中社」成員李堯臣家中，常受接濟，待兒子成家，父子也各坐館一方，只有過節才得團圓。因此在他的創作中常看見離思愁緒，情牽妻孥，自嘲貧苦的字句，甚有因身為丈夫及父親卻無法善盡照顧妻孥的職責所引發的愧疚之情。例如：〈賀新涼・喜宣四兄扶病能至，挑燈伏枕，吟成四闋，用秋水軒唱和韻　其一〉中蒲松齡感嘆貧病催老未有功業，還帶累家計，錢囊長空，家中「無四壁，盜憂倖免」〔註56〕，讓巧婦難為無米之炊，「夏服成、便換春衣典。」〔註57〕；〈滿庭芳・中元病足不能歸　其四〉中他因病阻隔，想到自己未盡到丈夫和父親的責任，讓「鴻妻椎髻，霸子蓬頭」〔註58〕，滿懷幽怨；〈念奴嬌・新秋月夜，病中感賦，呈袁宣四孝廉　其三〉中自嘲：「禾稼不詢，妻孥總置，真似無腸蚓。」〔註59〕，亦透露出渴望解脫病魔的束縛負擔生計以免除對妻兒的愧疚。其詩作〈諳內〉：「少小嫁衣無紈袴，暮年挑菜供盤飧。未能富貴身先老，慚愧不曾報汝恩。」〔註60〕亦發相同之語，既感念劉氏為家庭的操勞，又喟嘆自己無以為報。

蒲松齡的妻子劉氏是秀才劉季調的次女，夫妻育有四子一女。其實這門親事有點高攀，是劉季調看重其家學淵源，因此將愛女下嫁予他。劉氏溫謹貞靜，不與人爭，雖衣儉食貧，但盡心輔佐照料家小，雖慘澹經營，但也事事井井有條，男有分，女有歸，因此蒲松齡甚為倚重，曾詠之曰：「澣衣更惜來生福，豐歲時將野荣挑」〔註61〕，公婆亦頗為憐愛，逢人稱道。誰知竟因此招致妒忌「塚婦益恚，率娣姒若為黨，疑姑有偏私，頻偵察之……然時以

〔註54〕〈元配劉孺人行實〉，參見羅敬之著：《蒲松齡年譜》（臺北：國立編譯館，2000），頁 260

〔註55〕出自〈清故顯考進士，候選儒學訓導柳泉公行述〉，收錄於〔清〕蒲松齡著，路大荒整理：《蒲松齡集》（上海：上海古籍出版社，1986），頁 1817。

〔註56〕〔清〕蒲留仙著，劉階平選注：《聊齋詞集選注》，頁 24。

〔註57〕〔清〕蒲留仙著，劉階平選注：《聊齋詞集選注》，頁 24。

〔註58〕〔清〕蒲留仙著，劉階平選注：《聊齋詞集選注》，頁 23。

〔註59〕〔清〕蒲留仙著，劉階平選注：《聊齋詞集選注》，頁 21。

〔註60〕〔清〕蒲松齡著，路大荒整理：《蒲松齡集》，頁 647～648。

〔註61〕出自〈悼內〉，收錄於〔清〕蒲松齡著，路大荒整理：《蒲松齡集》，頁 622。

虛舟之觸爲姑罪，呶呶者競長舌無已時。」〔註62〕，蒲父因此決定分家。

從蒲松齡述及劉氏的行止曰：

> 少時紡績勞勩，垂老苦臂痛，猶績不輟。衣屢浣，或小有補綴。
> 非燕賓則庖無肉。松齡遠出，得甘旨不以自嘗，緘藏待之，每至腐
> 敗。兄弟皆赤貧，假貸爲常，並不冀其償也。〔註63〕

顯見劉氏爲家庭的犧牲奉獻及蒲松齡對他的倚重，夫妻二人十分相得。而劉氏亦有見地且能知足，蒲松齡五十餘歲猶不忘科舉，劉氏勸阻，曰：「君勿須複爾！倘命應通顯，今已台閣矣。山林自有樂地，何必以肉鼓吹爲快哉？」〔註64〕，蒲松齡乃察納雅言。劉氏死後，蒲松齡還作詩〈悼內〉哀悼，嘆息「邇來倍覺無生趣，死者方爲快活人。」〔註65〕。

另外，除了《聊齋誌異》，蒲松齡的作品還有大量與家庭相關的創作，諸如：書信〈與王鹿瞻〉（書信）、〈妙音經續言〉（雜文）、〈怕婆經疏〉（雜文）、〈禳妒咒〉（曲）寫悍婦妒婦的現象；〈哭兒〉、〈夜作祭兒文，悲不成寐〉、〈稚孫殤〉、〈諸稚孫皆以痘殤，情不可忍〉、〈憶姪蟲斯〉、〈悼內〉、〈哀兩稚孫〉等詩哀悼亡故的親人；〈與兩兄共話〉、〈憐妹〉等詩關心親人的家庭境況；〈子笏〉、〈示兒〉、〈試後示篪、笏、筠〉、〈篪欲廢卷〉、〈示諸兒〉、〈鈔書成，適家送故袍至，作此寄諸兒〉（詩）則是關心、教育兒女的作品。

我們可以從蒲松齡大量跟家庭相關的作品發現他對家庭的重視，因此即便他長年坐館在外，卻時時心繫家族的親人，因此只能透過書寫隔空表達關切之情或教導之意，一來聊表寸心，二來抒發思親之感，三又藉負面教材來達到勸世教化的深意。此間亦可大致發掘出蒲松齡的家庭觀和家庭互動的狀態，更可以理解爲何《聊齋》中出現大量以家庭爲場域敘寫的作品，因此這類作品所隱含的訊息值得探究。

〔註62〕羅敬之著：《蒲松齡年譜》（臺北：國立編譯館，2000），頁260。
〔註63〕羅敬之著：《蒲松齡年譜》，頁261。
〔註64〕羅敬之著：《蒲松齡年譜》，頁261。
〔註65〕出自〈悼內〉，收錄於〔清〕蒲松齡著，路大荒整理：《蒲松齡集》，頁648。

第二章 《聊齋誌異》中婚姻的
三元互動關係

　　夫婦是人倫之始，是家庭的最初原型。而《禮記・昏義》：「將合二姓之好，上以事宗廟，下以繼後世也。」〔註1〕點出婚姻的三種主要的功能性：其一，婚姻是兩家結合的行爲；其二，婚姻是爲了祭拜祖先；其三，婚姻是爲了傳宗接代，繁衍子孫的行爲。由此可知，中國傳統婚姻主要是功利性的婚姻類型〔註2〕，男女間的情義明顯地被掃落一旁。除此之外，男性在家庭中被視爲生產者，女性則爲附屬，專事提供性、生育及勞動的服務，因此當妻子不能滿足丈夫的種種慾望時，握有婚姻優勢的男性往往通過婚外戀及納妾來滿足各式的功能需求。

　　而婚姻是兩性共組而成，《第二性》中西蒙・波娃以兩性爲不同類別有一段對二元互動非常傳神的描述：

　　　　兩種類別的人在一起時，每一種類別都想把他的主權強加給對方。如果兩種類別的人都能夠抵制這種強求，他們之間就會產生一種時而敵對時而和睦、永遠處於緊張狀態的相互關係。如果其中一

〔註1〕 〔漢〕鄭玄注，〔唐〕孔穎達疏，李學勤主編：《禮記正義》（北京：北京大學出版社，2001），頁 1618。

〔註2〕 拉曼納（Mary Ann Lamanna）、雷德門（Agnes Riedmann）著，李紹嶸、蔡文輝譯：《婚姻與家庭》（臺北：巨流圖書股份有限公司，1984），頁 123～127 中將婚姻的類型分爲功利性的婚姻和內涵性的婚姻。功利性的婚姻（utilitarian marriage）是平行關係模式，較注重實際，男女間的結合建立在實際的目的上，彼此以親密關係之外的慾望維持關係。內涵性的婚姻（intrinsic marriage）則是互動關係模式，較富有情感，男女間的結合建立在彼此間深厚的情感，願意爲對方付出，滿足對方的需要，並且樂於分享，彼此以嘉惠對方爲前提。

個類別的人以某種方式取得了特權，有了某種優勢，那麼這一類別
就會壓倒另一類別，準備讓他處於受支配的地位。〔註3〕

婚姻中夫妻互動中兩極間的張力〔註4〕已經夠令人焦慮了，俗話說：「甘
願擔蔥賣菜，也不願和人公家尪婿。」當婚外第三元主動、被動的進入夫妻
之間，原來的二元互動晉升三元互動，成為三組互相交涉的二元，情況將變
得更為複雜。

本章欲探討婚姻中夫妻之間出現第三元介入時，她／他如何進入？以什
麼樣的姿態進入？而原家庭成員面對這新勢力的出現，是歡迎、接納、競爭、
排拒還是漠然？第三元如何牽動家庭人際互動？是否因為這新興的個體使婚
姻關係更具凝聚力，抑或是支離解體，還是一如繼往的進行？而第三元介入
的時機點（如：先在的二元優劣地位已經底定或先在二元的鬥爭仍在進行）
是否也影響三元互動的結局？另外，又是否因第三元身分的不同而導向不同
的結果。

由於介入者的身分以妾及婚外戀者為大宗，因此以下分此兩節析之。而
所謂婚外戀者，包含了對婚姻中的一元單方面慾望，以及和婚姻中的一元互
相慾望者。

第一節　被婚外戀者介入的夫妻關係

圖 2-1：夫—妻—婚外戀者的三元互動關係圖

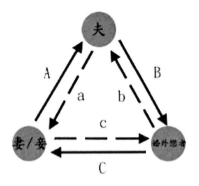

〔註3〕 西蒙・波娃（Simone de Beauvoir）著，陶鐵柱譯：《第二性》（臺北：貓頭鷹
出版社，1999），頁 76。
〔註4〕 哈夫洛克・藹理士（Havelock Ellis）著，潘光旦譯注：《性心理學》（台北縣：
左岸文化事業有限公司，2002.8），頁 264 中提到婚姻是一種兩極間的張力。

正常人通常不願意壓抑自己想要獨佔戀人的慾望，婚姻中面對第三方勢力的進入通常難以維持和諧，因此往往為家庭帶來焦慮乃至危機，然而在《聊齋誌異》中仍有許多家庭因第三元介入婚姻中，而注入新的正向的力量。因此本節除了要瞭解當外來第三元介入婚姻時會為家庭帶來什麼樣的災難，同時也想探討第三元介入時為何干涉不了先在的夫妻互動或是如何帶給家庭正面的力量。而人際互動本就是動態混合的過程，只要其中一元態度轉變或行為轉變，則必牽動此三元互動機制，彼此的命運也將隨之不同，因此一併探討之。

一、第三元介入對婚姻關係產生正面的影響

封建社會並不過份約束男性對性的追求，尤其明朝中葉後都市繁榮，貿易發達，資本主義萌芽，連帶著將外國的淫逸生活引入，形成追求物質享樂的娼妓文化。汪玢玲在《中國婚姻史》中提到，明代中葉前日用生活有等級的限制，因此生活不至於奢糜，嘉靖、隆慶之後，則突破這一限制，物慾橫流。〔註5〕因此士庶的婚外戀並不稀奇。石育良在《怪異世界的建構》中亦曾提出明清士子有狎妓之風，《聊齋誌異》受此影響，其中的狐鬼妖媚多具有妓女的特質，然後其異類身分的轉化讓士人避開道德的障礙，安心享受豔遇。〔註6〕而妻子這一方面，由於異類的異能為自己的不足提供了實質的幫助，因此對於丈夫的行徑倒不甚干預。

〈章阿端〉的三元和諧互動則是建立在恩義之上。

序號	篇　名	元配→夫（A）	夫→元配（a）	夫→婚外戀者（B）	婚外戀者→夫（b）	婚外戀者→元配（C）	元配→婚外戀者（c）	動機	附註
1	〈章阿端〉	拉近	拉近	拉近	拉近	拉近	拉近	情	第三元被動

戚生「少年蘊藉，有氣敢任」（卷五，頁627），廉價購一鬼屋，竟使其妻因鬼祟而亡。戚生怒，親自去等鬼現身，遇見一老婢女和章阿端。他見阿端風姿綽約便強與章阿端狎，從此綢繆備至，並求之找尋過世的妻子。章阿端感其多情而幫忙尋回妻子，夫妻二人相見悲愴不已，夫妻慰問，「上床偎抱，

〔註5〕參考汪玢玲著：《中國婚姻史》（上海：上海人民出版社，2001.8），頁338。
〔註6〕參考石育良著：《怪異世界的建構》（臺北：文津出版社，1996），頁155～165。

款若平生之歡。由此遂以爲常。」（卷五，頁 629）妻子到投生之期還不肯離去，於是阿端又獻策協助暫緩離別的時間。戚生特別高興，「禁女勿去，留與連床，暮以曁曉，惟恐懂盡。過七八日，生以限期將滿，夫妻終夜哭。問計於女。」（卷五，頁 629），阿端又爲其張羅，從此阿端讓戚生白天也關緊門戶不再離開。

夫—妻—婚外戀者三人共處年餘，互相扶持。阿端得鬼病，戚生的妻子代爲奔波，但阿端卻病情加劇，依偎在戚生懷中像是怕被撲捉。阿端暴斃時，夫妻二人皆大慟，將她「以生人禮葬於祖墓之側」（卷五，頁 630）。妻甚至因夢見阿端被前夫索命而嗚咽不已，夫妻二人請僧侶幫作道場，終於化解冤仇，然其後妻子也因偷死事露，被迫離開。

此夫—妻—婚外戀者的三元互動因有婚外戀者阿端的熱心協助，讓妻子能與戚生再續前緣，因此妻子並不排斥她，反而因她三番兩次的協助而與她建立深厚的情感，二人魚幫水，水幫魚，故戚生得坐享齊人之福，並在二人相繼離去後還食髓知味，期待下一次的遇合。

〈阿繡〉中的介入者假阿繡亦無私地提供了種種協助。

序號	篇　名	元配→夫（A）	夫→元配（a）	夫→婚外戀者（B）	婚外戀者→夫（b）	婚外戀者→元配（C）	元配→婚外戀者（c）	動機	附註
2	〈阿繡〉	拉近	拉近	推拒	拉近	拉近	拉近	情	第三元主動
		拉近	拉近	不推拒	拉近	拉近	拉近		

劉子固省親時「見雜貨肆中一女子，姣麗無雙，心愛好之。」（卷七，頁991），於是託言買扇，見女子呼父來，劉則壓價而退；待女子之父離去，復來，並隨便女子抬價。第二天又如法炮製，但女子不好意思再抬他的價，歸還多的銀兩，兩人漸漸相熟，如此半個多月，劉子固都小心的將雜貨店裡買的各種東西珍藏，唯恐弄亂了女子包裝上的舌痕。然而，劉家的僕人暗中告訴劉子固的舅舅劉子固的行徑，於是劉子固被迫返家。

他失意鬱悶，頻頻睹物思情，於是又趁隔年回蓋縣尋找這位姑娘，但已人去樓空。劉子固仍不死心，「母爲議婚，屢梗之」（卷七，頁 992）。僕告知原委，母親管教更嚴，從此禁止他去蓋縣。癡情的劉子固因此「忽忽遂減眠食」（卷七，頁 992）。母親終於從其志，讓舅舅幫忙提親，可惜姚家卻說阿繡

已許配給人。劉子固失意之餘答應另謀他就，去復州一窺媒人說的黃氏女是否真的艷麗，卻因此巧遇阿繡。兩人夜夜共枕，樂不思蜀。僕人察覺有異，暗中探查，告誡此阿繡是鬼狐所變。劉子固聞知後毛骨悚然，讓僕人埋伏，伺機攻擊她。

然而假阿繡還是在戰禍中幫助真阿繡逃過一劫，並與劉子固重逢。阿繡與劉子固的新婚之夜，假阿繡竟現身與真阿繡比美，慌得劉子固和母親及家人一起辨識。此後還假裝是阿繡和劉子固親熱，戲弄他。從此每過三五天就出現，替劉家解決疑難。由於狐狸精阿繡重情重義，並與真阿繡前世有姊妹情緣，因此假阿繡的介入雖給家人帶來恐懼，但並未造成夫妻二人的困擾，反而帶來更多的助益使劉氏夫妻十分感激假阿繡的恩義，對他的態度從排拒改為不推拒，甚至拉近。

另一種夫妻間出現第三元加入後還能維持家庭和諧者，則是第三元未真正進入家庭，與正妻分居，即嫡妻知悉，則對方已為夫家做出貢獻，飄然遠去的情況。因此外遇的出現非但不會引起焦慮，反而彌補原來家庭的缺憾。

序號	篇　名	元配→夫（A）	夫→元配（a）	夫→婚外戀者（B）	婚外戀者→夫（b）	婚外戀者→元配（C）	元配→婚外戀者（c）	動機	附註
3	〈張鴻漸〉	拉近	拉近	不推拒	拉近	X	X	情	第三元主動

〈張鴻漸〉中張鴻漸鄉里的趙縣令暴虐無道，秀才們欲聯合上告巡撫，因此邀張鴻漸加入，並為刀筆之詞。張妻方氏美而賢慧，聞知此事，衡酌情勢，諫曰：「大凡秀才作事，可以共勝，而不可以共敗：勝則人人貪天功，一敗則紛然瓦解，不能成聚。今勢力世界，曲直難以理定，君又孤，脫有翻覆，急難者誰也！」（卷九，頁1227）於是，張鴻漸才推卻諸生，只幫忙打草稿，夫妻間互呈拉力。

誰知事敗，官府追查捉刀人，於是張鴻漸拋家而逃。資斧斷絕之際，遇狐狸精舜華收留。舜華主動委身，釋出拉力。張鴻漸貪戀其美色，並不拒絕，與之同住大半年，在得知其狐仙的身分後也還因貪戀其美色而安之。

但他始終惦記家鄉妻孥，求舜華幫助：

> 女似不悅，曰：「琴瑟之情，妾自分於君為篤；君守此念彼，是相對綢繆者，皆妄也！」張謝曰：「卿何出此言！諺云：『一日

夫妻，百日恩義。』後日歸念卿時，亦猶今日之念彼也。設得新忘故，卿何取焉？」女乃笑曰：「妾有褊心：於妾，願君之不忘；於人，願君之忘之也。然欲暫歸，此復何難，君家咫尺耳！」（卷九，頁 1229）

舜華的偏心道出女性不願與人共享愛情的心聲，即使具有法力的狐仙仍為了迎合枕邊人而甘願退一步成全。然而舜華又多了一層心機，她想探知張鴻漸對自己的心意，於是她雖親自攜張鴻漸回家，實際是透過幻術假扮方氏。張鴻漸不察，與假方氏久別重逢甚是親熱，歷述所遭，又嘆服妻子的遠見。假方氏進一步試探，曰：「君有佳耦，想不復念孤衾中有零涕人矣！」（卷九，頁 1230），張鴻漸則曰：「不念，胡以來也？我與彼雖云情好，終非同類；獨其恩義難忘耳。」（卷九，頁 1230）。舜華聽後心冷，現形曰：「君心可知矣！分當自此絕矣，猶幸未忘恩義，差足自贖。」（卷九，頁 1230）過二三天忽道：「妾思癡情戀人，終無意味。君日怨我不相送，今適欲至都，便道可以同去。」（卷九，頁 1230）。

張鴻漸與嫡妻的感情確實更勝舜華，或可說是具有強烈的現實感，因此才理性的以人類、異類來決定情感投注的高下。而他回家見了真的方氏，「執臂欷歔」（卷九，頁 1231），感慨萬分，當發現門外有惡少覬覦方氏，以言語相逼，張鴻漸即憤而殺之。方氏欲代替承擔罪責，張鴻漸卻考慮到承祧的問題而不許，「張曰：『丈夫死則死耳，焉肯辱妻累子以求活耶！卿無顧慮，但令此子勿斷書香，目即瞑矣。』天明，赴縣自首。」（卷九，頁 1231～1232）。

在官府押解的過程中，又遇舜華主僕。張鴻漸墮淚失聲，舜華終歸不忍而相救。在這段夫—妻—婚外戀者的三元關係裡，妻和婚外戀者因相隔兩地，並無實際互動，但身為介入婚姻的第三元—舜華反倒十分介意方氏的存在，因此設幻試驗張鴻漸的真心，才知張鴻漸以舜華是異類而保留情感，自己只是單戀。心冷之餘，舜華倒也豁達，既送其返家，又助其脫離危難，種種作為，可謂仁至義盡，張鴻漸成為最大的受益者。

而〈房文淑〉中鄧成德遊學途中於寺廟主動勾引房文淑。

序號	篇　名	元配→夫（A）	夫→元配（a）	夫→婚外戀者（B）	婚外戀者→夫（b）	婚外戀者→元配（C）	元配→婚外戀者（c）	動機	附　註
4	〈房文淑〉	--	--	拉近	拉近	推拒	X	情	第三元被動

鄧成德與房文淑二人僞爲夫妻坐館李前川家經年未歸，其後房文淑產下一子，名曰袞生。房文淑對鄧承德說：

> 「僞配終難作眞。妾將辭君而去，又生此累人物何爲！」鄧曰：
> 「命好，倘得餘錢，擬與卿遁歸鄉里，何出此言？」女曰：「多謝，
> 多謝！我不能脅肩諂笑，仰大婦眉睫，爲人作乳媼，呱呱者難堪也！」
> 鄧代妻明不妒，女亦不言。（卷十二，頁 1696）

身爲異類的房文淑深知妻妾相處不易，又人倫規範妻貴妾賤，仰人鼻息，看人臉色，爲人作嫁，皆不是自己所能爲。於是爲了推拒元配，她攜子離開鄧成德。然而房文淑又攜子至鄧成德家中拜訪鄧妻婁氏，她隱藏身分假託寄宿，抱袞生與婁氏同榻，並以言語試探婁氏，發現婁氏甚愛孩子，故棄子留藥而去。婁氏寡居得子，甚喜，親自餔兒，「愛之不啻己出。由是再醮之心遂絕。」（卷十二，頁 1697）。房文淑爲袞生再訪婁氏時，婁氏的表現是：

> 婁恐其索兒，先問其不謀而去之罪，後敍其鞠養之苦。女笑
> 曰：「姊告訴艱難，我遂置兒不索耶？」遂招兒。兒啼入婁懷。女
> 曰：「犢子不認其母矣！此百金不能易，可將金來，署立券保。」
> 婁以爲眞，顏作頳，女笑曰：「姊勿懼，妾來正爲兒也。別後慮姊
> 無蓼養之資，因多方措十餘金來。」乃出金授婁。婁恐受其金，
> 索兒有詞，堅卻之。女置床上，出門逕去。抱子追之，其去已遠，
> 呼亦不顧。疑其意惡。然得金，少權子母，家以饒足。（卷十二，
> 頁 1697～1698）

此時孩子已經跟婁氏十分親密，不認識親生母親，婁氏也百般設防，深恐失去孩子。房文淑見此情狀，便從此也音訊渺茫，不再現身。房文淑的介入爲鄧家解除了無子承祧的憂慮，並且爲膝下無子的婁氏排解了寡居的寂寥，使之生活找到重心，附帶還緩解經濟壓力，可謂皆大歡喜。然而房文淑對婁氏的排拒，再次顯現女性不願分享愛情，並在愛情前分出尊卑的心態。

〈竹青〉情況亦類。

序號	篇　名	元配→夫(A)	夫→元配(a)	夫→婚外戀者(B)	婚外戀者→夫(b)	婚外戀者→元配(C)	元配→婚外戀者(c)	動機	附註
5	〈竹青〉	拉近	拉近	拉近	拉近	推拒	拉近	情	

貧士魚客落榜後在吳王廟休息，夢中化爲烏鴉和烏鴉竹青發生婚外戀，

兩人相親相愛，非常快樂，竹青時常照顧魚客。闊別三年，魚客再詣吳王廟，欲再續前緣。如今已是漢江神女的竹青變化為麗人與他重續，但兩人對居住地產生歧異。魚客欲返鄉，竹青卻邀他向西，並利用法術留他在漢陽。魚客初時樂不思蜀，兩個月後魚客才又興起回家的念頭，希望竹青跟隨。竹青亦道出房文淑一般的顧慮：「君家自有婦，將何以處妾乎？不如置妾於此，為君別院可耳。」（卷十一，頁1518）甘願自居滕妾也不願回去和嫡妻共處。

而魚客妻子和氏，苦於不能生育，因此常常想見竹青生子漢產。魚客代為轉達，竹青亦不推辭幫忙準備行裝，約定三個月的時間。只是沒想到和氏「愛之過於己出，過十餘月，不忍令返。」（卷十一，頁1519），竹青思念太過，便讓漢產看似死亡，招他回來。「生因述和氏愛兒之故」（卷十一，頁1519～1520），竹青才答應等再有子女，就送漢產回家。因此竹青的存在並沒有對和氏造成威脅，反而紓解無後之困。

另外，〈鞏仙〉亦類此況，只是介入者的身分為人類妓女。

序號	篇　名	元配→夫（A）	夫→元配（a）	夫→婚外戀者（B）	婚外戀者→夫（b）	婚外戀者→元配（C）	元配→婚外戀者（c）	動機	附註
6	〈鞏仙〉	拉近	拉近	拉近	拉近	--	拉近	情	

尚秀才與曲妓惠哥矢志嫁娶，卻被魯王召入宮中侍奉，因此二人斷絕聯繫。尚秀才求鞏道士讓她和惠哥相會，於是道士用法術讓二人三次在道袍袖中私會，惠哥亦因此產子。道士又協助此子偷渡出宮。尚妻「最賢，年近三十，數胎而存一子；適生女，盈月而殤。」（卷七，頁899），因此得知後大喜，無所忌諱，施予拉力。至於尚秀才得到惠哥後，夫—妻—妾三人相處情形不得而知。

綜觀以上六則故事，三元互動之所以能夠和諧，在於婚外戀者為家庭帶來莫大的助益。其中婚外戀者為夫妻解危，重新團圓者占其三，助夫得子者亦佔其三。然而，值得注意的是，婚外戀者通常不求報償，並且與元配未曾謀面前便先送上上述的大禮令人妻感念，而樂於接納丈夫的婚外情，顯示人妻受閫教的強大制約，失去丈夫及不能生育為人妻所帶來的焦慮亦遠大於爭風吃醋。另外，實際上有四則婚外戀女子並不與妻子相處（包括房文淑雖與的妻見面卻沒有透漏身分），此婚外第三元的介入並未真的登堂入室，自然少了家庭資源爭奪的顧慮和彼此摩擦的機會。因此，由於空間的阻隔，嫡妻

對於丈夫體制外的婚戀既不能阻止，便著眼現實考量（自身及家庭的利益），欣然接受，反倒是動了真情的第三元異類女子在愛情上生了比較心。

二、第三元介入對婚姻關係產生負面的影響

第三元勢力的介入，多少引發原家庭成員的焦慮，而來路不明的外遇對象，通常也對家庭關係產生負面的影響。其最輕微者是引發家眷的驚疑，如〈林四娘〉中陳寶鑰與女鬼林四娘要好，「兩人燕昵，過於琴瑟」（卷二，頁287）。待家人發現後，竊聽之、窺之，「夫人窺見其容，疑人世無此妖麗，非鬼必狐；懼為厭蠱，勸公絕之。」（卷二，頁287）更進一步則可能導致夫妻齟齬、甚至有所傷亡。以下就不同程度的影響分而述之。

（一）丈夫色急，誣指妻妾徒生妒心

《聊齋》中常有丈夫太急於在二元關係中納入第三元而失去對枕邊人信任。

序號	篇名	元配→夫（A）	夫→元配（a）	夫→婚外戀者（B）	婚外戀者→夫（b）	婚外戀者→元配（C）	元配→婚外戀者（c）	動機	附註
7	〈仙人島〉	不推拒	不推拒	拉近	拉近	拉近	不推拒	性	

〈仙人島〉王勉從道士仙界一遊，歸時掉入水中為採蓮女明璫所救。桓文若欣賞王勉將女兒芳雲下嫁給他，王勉以為是相救自己的採蓮女，於是答應不迭。誰知「年可十六七，顏色豔麗」（卷七，頁948）的採蓮女只是芳雲眾多婢女中的一位，真正的芳雲「光豔明媚，若芙蕖之映朝日」（卷七，頁949），還很喜歡拿話譏人，一點不留情面。頭次見面的宴會上，芳雲和妹妹綠雲屢屢對王勉極其自負的文才挖苦嘲笑。王勉面對新夫人，因「屢受誚辱，自恐不見重於閨闥」（卷七，頁951），所幸「芳雲語言雖虐，而房幃之內，猶相愛好。」（卷七，頁951）只是夫妻二人無甚凝聚力。

日子久了，王勉與明璫漸漸親暱，於是色心便起，施予拉力。先是為明璫美言說：「明璫與小生有拯命之德，願少假以辭色。」（卷七，頁952）芳雲聽了隨即大方地答應，並不排斥，並且每當夫妻房裡作樂，就招呼明璫一起同樂，導致王勉和明璫兩人「兩情益篤，時色授而手語之」（卷七，頁952）。然而芳雲察覺二人有異時，便「責詞重疊」（卷七，頁952），王勉「惟喋喋，強自解免。」（卷七，頁952）打混過關。

　　一夕，王勉與妻對酌竟還覺寂寥，勸妻子招來明璫被拒，再進一步索求，被芳雲幽默化解而罷。但其色急攻心，趁妻子出門赴約，「急引明璫，綢繆備至」（卷七，頁952）。後果是「當晚，覺小腹微痛；痛已，而前陰盡腫。」（卷七，頁952）。害怕不已的王勉只好向芳雲和盤托出。芳雲也不急著為夫婿診治，說：「自作之殃，實無可以方略。既非痛癢，聽之可矣。」（卷七，頁952）王勉的傷數日不癒，鬱悶不已，芳雲看在眼裡「亦不問訊，但凝視之，秋水盈盈，朗若曙星。」（卷七，頁952～953）更拿「胸中不正，則眸子眊焉」（卷七，頁953）調侃夫婿。王勉失笑，哀求良方。芳雲才一吐真言，曰：「君不聽良言，前此未必不疑妾為妒意。不知此婢原不可近。曩實相愛，而君若東風之吹馬耳，故唾棄不相憐。無已，為若治之。」（卷七，頁953）至於明璫不可近之原因，原作中並未說明。

　　在男性的眼光裡，善妒是女性的缺點，所謂「女子狡妒，其天性然也。」（卷七，頁893）因此傳統女子在勸諫夫婿節制性慾時最怕的是忠言逆耳，甚至反被男性惡意安上善妒的罪名。芳雲的婚姻是從父命而為，首次見面便屢屢讓自我感覺良好的王勉顏面掃地，雖曾出言維護，但彼此幾無愛情的成份，對芳雲來說更多的是夫妻情分。比起時常讓王勉自覺慚怍的芳雲，王勉甚至顯得更喜愛活潑的採蓮女明璫，甚至大言不慚地屢屢向芳雲要求邀明璫作戲。芳雲無法阻止王勉對性慾的貪求，又怕一片愛護之心被誣上妒忌的罪名，趁此機會故意讓他嚐一次苦頭，以絕後患，或有欲擒故縱的深意。此第三元明璫的介入雖略略興起夫妻二人的嫌隙，然而觀察王勉思念明璫的時機和目的，不過是以慰寂寥，以解性慾，因此憑著芳雲絕佳的口才和明鏡一般的心思自然不具破壞力了。

　　〈蕭七〉中的徐繼長也是一位好色的丈夫。

序號	篇　名	元配→夫（A）	夫→元配（a）	夫→婚外戀者（B）	婚外戀者→夫（b）	婚外戀者→元配（C）	元配→婚外戀者（c）	動機	附註
8	〈蕭七〉	拉近	推拒	拉近	推拒	--	不推拒	性	被動
		拉近	推拒	拉近	不推拒	--	拉近		

　　徐繼長既已獲得美眷蕭七，卻又見六姊「情態妖豔，善笑能口」（卷六，頁807），醉後「芳體嬌懶，荏弱難持」（卷六，頁807）而起色心，趁其酣寢褻玩之，並竊六姊綾巾收藏。待六姊走後還兀自「拳拳懷念，不釋於心」

（卷六，頁 807），見綾巾不見還「執燈細照階除，都復烏有。意怏怏不自得。」（卷六，頁 807）蕭七故意問他，他還不太願意回答，待蕭七戳破，竟毫不掩飾大言懷思。蕭七曰：「彼與君無宿分，緣止此耳。」（卷六，頁 808）並解釋是前世之緣，但僅此一晌。然而徐繼長心還不死，此後設宴款待蕭七姊妹，六姊缺席，徐繼長還「疑女妒，頗有怨懟」（卷六，頁 808）。

蕭七為了釋丈夫之疑，在離去前為他謀劃，甚至不惜對姊妹用強，施拉力，來證明自己並非妒妒之人：

> 女謂六姊曰：「姐姐高自重，使人怨我！」六姊微晒曰：「輕薄郎何宜相近！」女執兩人殘卮，強使易飲，曰：「吻已接矣，作態何為？」少時，七姐亡去，室中止餘二人。徐遽起相逼，六姊宛轉撐拒。徐牽衣長跽而哀之，色漸和，相攜入室。（卷六，頁 808～809）

明顯地六姊的出現令蕭七與徐繼長之間出現一點點嫌隙，令蕭七離去前還耿耿於懷。

序號	篇　名	元配→夫（A）	夫→元配（a）	夫→婚外戀者（B）	婚外戀者→夫（b）	婚外戀者→元配（C）	元配→婚外戀者（c）	動機	附註
9	〈湘裙〉	拉近	推拒	拉近	拉近	推拒	推拒	性	主動

〈湘裙〉中晏仲於地府中留情哥哥晏伯小妾的妹妹湘裙，兄長於是作主讓二人成婚。婚後夫妻二人相處融洽，晏仲要求見陰間的美人葳靈仙。湘裙勸他不要被迷惑，卻始終拗不過他的請求，招她前來。葳靈仙「初見仲，猶以紅袖掩口，不甚縱談；數琖後，嬉狎無忌，漸伸一足壓仲衣。」（卷十，頁 1327），晏仲則「心迷亂，不知魂之所舍。目前唯礙湘裙」（卷十，頁 1327）。

湘裙處處提防，不離左右。但道高一尺，魔高一丈，晏仲仍被葳靈仙誘拐。湘裙雖「甚恨，而無可如何，憤然歸室，聽其所為而已。既而仲入，湘裙責之曰：『不聽我言，後恐卻之不得耳。』」（卷十，頁 1327），「仲疑其妒，不樂而散。」（卷十，頁 1327）夫妻二人自此產生嫌隙。往後呈現湘裙以一敵二的拉鋸戰。葳靈仙常常光臨，並和晏仲一起出去。不管湘裙如何詬罵羞辱她，卻還是不能阻止。一個多月後，晏仲一病不起，才後悔不已，讓湘裙獨自提防葳靈仙。然而，「晝夜防稍懈，則人鬼已在陽臺。湘裙操杖逐之，鬼忿與爭，湘裙荏弱，手足皆為所傷。仲寖以沉困。……又數日，仲冥然遂死。」（卷十，頁 1327）湘裙為此十分自責。而冥間的晏伯得知後竟不責備

弟弟，反責罵湘裙，曰：「我與若姊，謂汝賢能，故使從吾弟；反欲促吾弟死耶！設非名分之嫌，便當撻楚！」（卷十，頁1328）。晏仲不聽忠言，引狼入室，先是使夫妻二人發生齟齬，後自食其果，還累得湘裙辛苦守衛。

（二）丈夫厭棄糟糠而遭天譴

有些丈夫甚至為了急納第三元而遺棄糟糠之妻，甚至妄動殺機：

序號	篇名	元配→夫（A）	夫→元配（a）	夫→婚外戀者（B）	婚外戀者→夫（b）	婚外戀者→元配（C）	元配→婚外戀者（c）	動機	附註
10	〈阿霞〉	拉近	推拒	拉近	推拒	X	X	倚靠	

〈阿霞〉中阿霞因「丰韻殊絕」（卷三，頁422）遭陳生落井下石而呼救，幸賴景生相救，於是二人便備極歡好。數日後阿霞曰：「我兩人情好雖佳，終屬苟合。家君宦遊西疆，明日將從母去，容即乘間稟命，而相從以終焉。」（卷三，頁423）。景生「思齋居不可常；移諸內，又慮妻妒。計不如出妻。」（卷三，頁423）於是推拒妻子，「妻至輒詬厲。妻不堪其辱，涕欲死。」（卷三，頁423）。景生竟說：「死恐見累，請蚤歸。」（卷三，頁423），催促著妻子離開。妻子心中不服，啼曰：「從子十年，未嘗有失德，何決絕如此！」（卷三，頁423），欲施拉力，但景生什麼都聽不進去，催促得更急，妻子只好離去。「自是堊壁清塵，引領翹待」（卷三，頁423），只是從此阿霞的音訊如石沉大海。期間不論妻子如何請求復合，景生都不接納，只是冀望阿霞回來。然而其薄倖連阿霞都不齒，曰：「負夫人甚於負我！結髮者如是，而況其他？」（卷三，頁424）因此阿霞棄景生，就鄭生。而景生的薄倖更遭天譴，不只祿秩被削去，妻子嫁與氏籌，旁人知其薄倖，亦不敢嫁女，乃至四十無偶又家道中落。幸虧祖德甚厚尚可及於子孫，受阿霞憐惜資助，娶得一醜悍的縉紳家婢，得一子，後登兩榜。雖說阿霞不介入景生婚姻，景生不會色迷心竅，景妻便不至於遭受如此無情的對待。然就功能而言，阿霞對景生是頗具助益。若非景生薄情寡義，憂慮妻妾相處不洽，乾脆不由分說地逼退糟糠之妻，如何會遭受天譴？〈姚安〉中的姚安亦是景生同類，他因覬覦綠娥的「豔而知書」（卷八，頁1123）遂殺妻娶綠娥，後自食其果，誤殺綠娥，被官府施以酷刑，傾家蕩產，貧無立錐之地，忿恚而亡。

（三）外遇對象與元配奪夫

另一種狀況是第三元強勢來襲，不達目的絕不罷休。

序號	篇　名	元配→夫（A）	夫→元配（a）	夫→婚外戀者（B）	婚外戀者→夫（b）	婚外戀者→元配（C）	元配→婚外戀者（c）	動機	附註
11	〈董生〉	拉近	拉近	推拒	拉近	拉近	拉近	索命	第三元主動
		拉近	--	拉近	拉近	--	推拒		

〈董生〉中董生與董妻自救不及。董遐思醉後回到書齋發現有一「妹麗，韶顏稚齒，神仙不殊。狂喜，戲探下體，則毛尾修然。大懼，欲遁。」（卷二，頁 133～134）先是施予推力，卻被女子三言兩語說服，以爲是東鄰黃髮女阿瑣來奔，便「解衣共寢，意殊自得」（卷二，頁 135）。不料一個多月後「漸羸瘦，家人怪問，輒言不自知。久之，面目益支離，乃懼，復造善脈者診之。」（卷二，頁 135）醫生診斷出是妖脈，死癥已現，只好勉爲一治，並叮囑：「如有所遇，力絕之。」（卷二，頁 135），董遐思因此自危。當狐女邀之，他便：

> 怫然曰：「勿復相糾纏，我行且死！」走不顧。女大慚，亦怒曰：「汝尚欲生耶！」至夜，董服藥獨寢，甫交睫，夢與女交，醒已遺矣。益恐，移寢於內，妻子火守之。夢如故。窺女子已失所在。
>
> 積數日，董嘔血斗餘而死。（卷二，頁 135）

董生的色迷心竅不但使自己喪失生命，也累得妻子熬夜守候，可惜終不敵業力，此婚姻的介入者成功地使家庭破碎。

〈畫皮〉中嫡妻陳氏付出慘痛的代價才換回丈夫的性命。

序號	篇名	元配→夫（A）	夫→元配（a）	夫→婚外戀者（B）	婚外戀者→夫（b）	婚外戀者→元配（C）	元配→婚外戀者（c）	動機	附註
12	〈畫皮〉	拉近	拉近	拉近	拉近	--	推拒	索命	第三元被動→主動
		拉近	拉近	推拒	拉近	--	推拒		

王生途遇二八佳麗便上前搭訕，女郎假托身世令王生心生同情攜其返家別藏。如此數日沒有人知曉這個秘密，還是王生自己向妻子透露的。妻子只

擔心來人是大家滕妾，怕王生惹上麻煩勸他將女郎遣走，推拒她，拉近王生，可惜王生不聽。直到街市上遇見一道士提點，才開始懷疑女郎，卻又「轉思明明麗人，何至爲妖，意道士借魘禳以獵食者。」（卷一，頁120）等到他回到了書齋，卻發現不得入，於是於窗口偷窺，才「見一獰鬼，面翠色，齒巉巉如鋸。鋪人皮於榻上，執采筆而繪之；已而擲筆，舉皮，如振衣狀，披於身，遂化爲女子。」（卷一，頁120）嚇得王生對女郎化拉力爲推力，苦求擺脫之道。道士授之蠅拂驅邪，到晚上便有動靜。王生此時竟「不敢窺也，使妻窺之」（卷一，頁120）。女子初不敢進，再回來的時候竟破解此道，「取拂碎之，壞寢門而入，徑登生床，裂生腹，掬生心而去。」（卷一，頁121）。妻子大慟，「駭涕不敢聲」（卷一，頁121），派遣二弟告訴道士，道士憤而捉妖。

陳氏爲救丈夫可謂無所不爲：

> 陳氏拜迎於門，哭求回生之法。道士謝不能。陳益悲，伏地不起。……（道士）曰：「市上有瘋者，時臥糞土中。試叩而哀之。倘狂辱夫人，夫人勿怒也。」……見乞人顛歌道上，鼻涕三尺，穢不可近。陳膝行而前。……陳固哀之。乃曰：「異哉！人死而乞活於我，我閻摩耶？」怒以杖擊陳，陳忍痛受之。市人漸集如堵。乞人咯痰唾盈把，舉向陳吻曰：「食之！」陳紅漲於面，有難色；既思道士之囑，遂強唵焉。覺入喉中，硬如團絮，格格而下，停結胸間。乞人大笑曰：「佳人愛我哉！」遂起行，已，不顧。尾之，入於廟中。迫而求之，不知所在；前後冥搜，殊無端兆，慚恨而歸。既悼夫亡之慘，又悔食唾之羞，俯仰哀啼，但願即死。……陳抱尸收腸，且理且哭。哭極聲嘶，頓欲嘔。覺鬲中結物，突奔而出，不及回首，已落腔中。驚而視之，乃人心也。在腔中突突猶躍，熱氣騰蒸如煙然。……天明，竟活。（卷一，頁122～123）

正因爲陳氏忍辱負重，忍受汙穢，終於救得夫婿。然而丈夫的色慾薰心，出軌不忠所引發的殺機卻要做妻子的付出巨大的代價。連蒲松齡都大嘆：「愚哉世人！明明妖也，而以爲美。迷哉愚人！明明忠也，而以爲妄。然愛人之色而漁之，妻亦將食人之唾而甘之矣。天道好還，但愚而迷者不寤耳。可哀也夫！」（卷一，頁123）

〈金姑夫〉中金妻的遭遇則遠不如〈八大王〉中的馮妻。

序號	篇　名	元配→夫（A）	夫→元配（a）	夫→婚外戀者（B）	婚外戀者→夫（b）	婚外戀者→元配（C）	元配→婚外戀者（c）	動機	附註
13	〈金姑夫〉	拉近	--	拉近	拉近	--	推拒	性	第三元主動

　　金生見神女梅姑雕像產生許多聯想，夜裡便被神女召見，梅姑甚至託夢村人聘其為婿，施予拉力，待其雕像完成後，金生便死。金妻痛恨異常，「詣祠指女像穢罵；又升座批頰數四，乃去。」（卷七，頁942）。然此第三元為異類，金氏夫妻皆難以相抗，金妻更無還手或挽救的機會，只能以暴力發洩而已。

（四）外來者覬覦人妻

　　也有外來第三元相中人妻便生出一肚子壞水設計搶奪。

序號	篇　名	元配→夫（A）	夫→元配（a）	夫→婚外戀者（B）	婚外戀者→夫（b）	婚外戀者→元配（C）	元配→婚外戀者（c）	動機	附註
14	〈紅玉〉	拉近	拉近	推拒	拉近	拉近	推拒	性	第三元主動
15	〈素秋〉	拉近	推拒	不推拒	拉近	拉近	推拒	性	第三元主動

　　〈紅玉〉中因宋氏覬覦馮生之妻衛氏的美豔，於是重金賄賂貧窮的馮生。不料激怒馮父，「對其家人，指天畫地，詬罵萬端。家人鼠竄而去。」（卷二，頁278）「宋氏亦怒，竟遣數人入生家，毆翁及子，洶若沸鼎。」（卷二，頁278）並「群篡舁之（衛氏），闃然便去。」（卷二，頁278）馮家因此家破人亡。

　　〈素秋〉中素秋承義兄之命嫁給某甲，起初「琴瑟甚敦」（卷十，頁1353），但某甲漸染惡習，於是受韓荃慫恿，用兩個妾和五佰兩與某甲交換素秋。素秋知悉後以法術嚇阻並且脫逃，某甲不但因此失去妻子，還身陷牢獄，家產盡付。

序號	篇　名	元配→夫（A）	夫→元配（a）	夫→婚外戀者（B）	婚外戀者→夫（b）	婚外戀者→元配（C）	元配→婚外戀者（c）	動機	附註
16	〈細侯〉	不拉近	拉近	推拒	推拒	拉近	拉近	情	

　　另外，〈細侯〉中滿生在餘杭與娼樓賈氏女細侯相戀，二人款洽臻至，訂下盟約，共同憧憬婚後生活。於是滿生遠遊至湖南謀取錢財以贖細侯，誰知途中落魄難返，耽誤約期，甚至身困囹圄。有富賈慕細侯名，於是不惜任何代價託媒於媼，並且設計滿生，欺騙細侯滿生已死。細侯不得以只好聽從母命嫁給富商，後知真相，殺子出逃。由於傷人的詭計，在此夫—妻—外來者的三元互動中滿生反成介入家庭的第三元。

　　〈泥書生〉和〈賈兒〉則是妻子夜寢時屢受騷擾的故事。

序號	篇　名	元配→夫（A）	夫→元配（a）	夫→婚外戀者（B）	婚外戀者→夫（b）	婚外戀者→元配（C）	元配→婚外戀者（c）	動機	附註
17	〈泥書生〉	拉近	不拉近	推拒	--	拉近	不（能）推拒	性	第三元主動
18	〈賈兒〉	拉近	不拉近	推拒	--	拉近	不（能）推拒	性	第三元主動

　　〈泥書生〉中頗有姿色的某氏因其婿陳代「少蠢陋」（卷四，頁 577），而「自以婿不如人，鬱鬱不得志」（卷四，頁 577）。然夜裡卻有一書生入室求歡，「婦駭懼，苦相拒。而肌骨頓痠，聽其狎褻而去。自是恆無虛夕。月餘，形容枯瘁。」（卷四，頁 577）待婆婆發現才趕緊吩咐陳代埋伏消滅妖怪。〈賈兒〉則是商人的妻子因丈夫遠遊謀生而獨居終日才遇上狐狸作祟。她雖喚媼同住，但還是在夜裡失蹤，被人發現時呈現赤身裸體，「亦不羞縮」（卷一，頁 125）的狀態，之後便陷入瘋狂。王溢嘉以心理學和生理學的角度，認為此類現象「可能是『魔由心生』，屬於性壓抑的歇斯底里；也可能是『魔由病生』，屬於癲癇所伴隨的性自動症。」〔註7〕然以三元觀點的角度視之，此類妻子的丈夫皆不能滿足妻子的期待，對妻子而言，他們在扮演夫職的工夫上並不稱職，不幸福的妻子又受種種禮法及道德輿論的約束，無法像男性一樣瀟灑地離開婚姻，其焦慮壓抑無從排解，故而容易吸引妖異的第三元進入名存實亡的夫妻關係中。

　　而〈庚娘〉則由兩對夫妻錯雜出三種不同的三元互動，第三組三元互動因有名分，屬正統婚姻，因此下節再述。

〔註7〕王溢嘉著：《聊齋搜鬼》（台北縣：野鵝出版社，1989.9），頁 210。

序號	篇　名	元配→夫（A）	夫→元配（a）	夫→婚外戀者（B）	婚外戀者→夫（b）	婚外戀者→元配（C）	元配→婚外戀者（c）	動機	附註
19	〈庚娘〉	拉近	拉近	拉近	推拒	拉近	推拒	性	第一組：衝突（第三元：王十八）
		推拒	推拒	拉近	拉近	--	--	復仇	第二組：衝突（第三元：庚娘）

「金大用，中州舊家子也。聘尤太守女，字庚娘，麗而賢。逑好甚敦。」（卷三，頁 383）金家逃難途中遇王十八少年夫妻，於是偕同南竄。庚娘雖私下告誡丈夫金大用：「勿與少年同舟。彼屢顧我，目動而色變，中叵測也。」（卷三，頁 383）施拉力，並要金大用對王十八施推力，可惜金大用嘴裡答應，卻又不忍推拒，當夜金大用一家即被王十八一一推入水中。王十八以殘忍暴力的手段介入金氏夫妻，奪得人妻，使金家家破人亡。

庚娘見狀為了復仇，假裝願意跟從王十八回家，王十八既得庚娘，夜裡因金家命案與妻子唐氏發生爭執，忿而殺妻，其後卻又被庚娘所殺。王十八自己弄得賠了夫人又折兵的下場。

（五）妻子外遇

封建社會中只對妻子要求貞節，因此男人的外遇稱作風流，女子外遇則往往遭受不公平的責難。〈佟客〉中捕快的妻子便因外遇東窗事發被丈夫逼迫自縊。而〈成仙〉則因丈夫發現妻子紅杏出牆而致家庭支離。

序號	篇　名	元配→夫（A）	夫→元配（a）	夫→婚外戀者（B）	婚外戀者→夫（b）	婚外戀者→元配（C）	元配→婚外戀者（c）	動機	附註
20	〈成仙〉	不推拒	拉近	推拒	不拉近	拉近	拉近	性	
		不推拒	推拒	推拒	不拉近	拉近	拉近	性	

成生因好友周生的官司看破人間，歸隱山林，周生卻因貪戀少婦和兒女拒絕同成生歸隱，直到成生成仙後引周生發現自己所眷戀的妻子王氏早在自己被誣入獄之時就開始與僕人通姦，周生頹然殺妻傷僕，隨成生遁世。此僕人對婚姻的介入，恰恰成為周生看破紅塵的關鍵，使夫妻關係瓦解，兩敗俱傷。

由此觀之，丈夫的色慾常凌駕於夫妻情義之上，而其淫念妄生，引入婚外的第三元使災禍隨之紛沓而來，其惡果卻由妻子站在丈夫前面一力承擔。先不說那些諫言止淫的妻子被鞍上妒婦的惡名，夫妻生出芥蒂，〈八大王〉、〈董生〉、〈金姑夫〉、〈畫皮〉中的妻子都面臨失去丈夫的窘境。她們都如同〈狐懲淫〉中的妻子被作者拿來從事「代理戰爭」，成為男性的代罪羔羊〔註8〕。女子面對丈夫不忠的事實還得承受丈夫帶來的苦果，體現中國男人在桃色風波上只能共患難，一遇危機就得靠女人收拾爛攤子的文化現象。他們既慾望女子之色，又希望從女子身上攫取權力、財富及化解危機的妙法，一如男權壓抑女性的社會結構，對女性予取予求。然而反面觀之，這不就是梅家玲〈六朝志怪人鬼姻緣中的兩性關係──以「性別」問題為中心的考察〉所說的：「男人想要得到的特權就在女人身上」（woman as phallus）〔註9〕。換言之，男性對女性的追求、慾望和依賴即是追尋那失落或是永不滿足的男性特權或尊嚴。另外，蒲松齡六篇敘寫婚外男性對婚姻中女性覬覦的故事中，不問女子主動與否（大多是被動），五篇皆造成家破人亡、一篇妻死的結果的安排上，呈現出作者及隱含讀者陳腐的「女人禍水觀」，是「欲加之罪，何患無辭」，於此又添上一筆將女子做為代罪羔羊的事例，可見女子被社會寄予的「厚望」及家庭生活的處境。

三、第三元的加入未曾影響婚姻關係

有時先在的二元互動模式已不容改變，則第三元便無法改變現狀。

序號	篇　名	元配→夫（A）	夫→元配（a）	夫→婚外戀者（B）	婚外戀者→夫（b）	婚外戀者→元配（C）	元配→婚外戀者（c）	動機	附註
21	〈錦瑟〉	推拒	推拒	推拒	推拒	拉近	拉近	性	衝突

〈錦瑟〉中王生本與藍氏交惡憤而尋死，藍氏因此以為王生已死而勾搭

〔註8〕 王溢嘉在《聊齋搜鬼‧情慾的代理戰爭──狐懲淫》頁 28～29 中說：「蒲松齡將這篇故事命名為『狐懲淫』，某生在事後亦嘆曰：『此我之淫報也』，事實上，犯了『淫罪』的是某生，但在故事裡，他不僅以妻子從事『代理戰爭』，而且以妻子做為『代罪羔羊』，他妻子在這場『代理戰爭』中不但出乖賣醜，而且差點成為『吊死鬼』。」

〔註9〕 梅家玲：〈六朝志怪人鬼姻緣故事中的兩性關係──以「性別」問題為中心的考察〉收錄於國立成功大學中文系編：《第三屆魏晉南北朝文學與思想學術研討會》（臺北：文津出版社，1997），頁 70。

陝西商人，商人從此鳩佔雀巢在她家建屋養妾。待王生出現後，藍氏做賊心虛情急自縊。王生樂得接收商人的小妾，商人於理無據也不敢提告。王生與藍氏本已無夫妻情分，因此即使王生對妻子出軌的行徑感到憤怒，卻也沒太大的影響，甚至還多賺了一個小妾。

序號	篇　名	元配→夫（A）	夫→元配（a）	夫→婚外戀者（B）	婚外戀者→夫（b）	婚外戀者→元配（C）	元配→婚外戀者（c）	動機	附註
22	〈人妖〉	拉近	拉近	拉近	拉近	拉近	拉近	性	和諧

〈人妖〉中馬生與妻田氏皆放蕩不羈，「伉儷甚敦」（卷十二，頁1711）。馬生見鄰媼收留的女子頗有風致，於是「私與妻謀，託疾以招之」（卷十二，頁1711）。而此女子亦別具用心，託辭畏見男子，讓田氏支開馬生。誰知夫妻二人「用拔趙幟易漢幟計」（卷十二，頁1711）發現女子乃男子假扮以騙色，本欲告郡，又憐其美而宮之收留，掩人耳目。其「夜輒引與狎處；早起，則爲田提汲補綴，灑掃執炊，如媵婢然。」（卷十二，頁1713）此人妖是馬氏夫妻二人共同圖謀而致，自然未能影響夫妻關係。

四、第三元介入使婚姻關係產生曲折性的影響

人心會變，且人與人的相處是雙向來回的，有如乒乓球般，彼此對應，因此所造成的影響是動態的、曲折的、歷程的，由各元之間的互動而產生變化。

序號	篇　名	元配→夫（A）	夫→元配（a）	夫→婚外戀者（B）	婚外戀者→夫（b）	婚外戀者→元配（C）	元配→婚外戀者（c）	動機	附註
23	〈醜狐〉	拉近	拉近	拉近	拉近	拉近	拉近	性	和諧
		拉近	拉近	推拒	推拒	--	--		衝突

〈醜狐〉中穆生「家清貧，冬無絮衣」（卷八，頁1107），一日一「顏色黑醜」（卷八，頁1107）的女子闖入，自薦於榻前。生本「懼其狐，而厭其醜」（卷八，頁1107）而大呼。但女子以元寶賄賂後，穆生則大悅，與之共枕。女子亦留金承諾「倘得永好，勿憂貧也。」（卷八，頁1107）妻子得知後不怒反喜，更「即市帛爲之縫紉」（卷八，頁1107）被褥，供其歡洽。如此一年多後，居然成爲財主。

　　本來女子的介入讓穆家脫離貧窮，有益無害。但穆生卻因女子給的金錢越來越少而厭棄她，更請道士驅趕她。此忘恩背義的行徑激怒女子。她割下道士的耳朵，以亂石攻擊屋內，並驅遣一物齕其腳趾，收回過去的供給，還要求支付償金六百，至此穆生身敗名裂。觀此夫－妻－外遇之三元互動，則成也醜狐，敗則穆生咎由自取也。

序號	篇　名	元配→夫（A）	夫→元配（a）	夫→婚外戀者（B）	婚外戀者→夫（b）	婚外戀者→元配（C）	元配→婚外戀者（c）	動機	附註
24	〈八大王〉	拉近	拉近	推拒	拉近	推拒	拉近	倚靠	第三元被動→主動衝突
		拉近	拉近	推拒	拉近	拉近	拉近		平衡

　　〈八大王〉中馮生得一寶鏡，「佳人一照，則影留其中，磨之不能滅也；若改妝重照，或更一美人，則前影消矣。」（卷六，頁870）他用此鏡埋伏偷照三公主並且珍藏。馮生妻似乎不以為意，還不小心將事情外洩。肅王因此派人擒住馮生，欲殺之。卻因三公主而逼馮生娶三公主為妻，並動殺馮妻之念。馮生推拒，曰：「糟糠之妻不下堂，寧死不敢承命。王如聽臣自贖，傾家可也。」（卷六，頁871）當妻子為其置辦婚禮以救其性命時，他還不忘告誡妻子：「王侯之女，不可以先後論嫡庶也。」（卷六，頁871）然而馮妻卻並不聽從，也幸虧馮妻處世精幹，事求周全，才解除三公主介入的危機，既保全馮生和自己的性命，又讓他大享齊人之福。

　　由此可知，婚外戀者介入的故事在《聊齋誌異》中十分多元。此外，當外遇介入時，夫－妻－婚外戀者三元之間的互動，亦造成幸與不幸的變化。總體而言，作者對於男性外遇非但不排斥，反而加以肯定，尤以能滿足家族的功能性為佳。然而，即使外遇，亦不可對元配負心，否則將招來不幸。反之，女性外遇則絕無好下場。此種種敘寫反映作者仍舊是依附於父權體制下的安排，傳遞出維護禮法的正統之訊息。而《聊齋誌異》是一部匯集街談巷弄之言，再經由作者再創作的作品，如此亦反應了隱含讀者，意即當時代的共同心理傾向深受社會權力體系的制約，未脫離男權思維的窠臼。

第二節　妾或塡房介入的夫妻妾關係

圖2-2：夫—妻／妾—合法介入者的三元互動關係圖

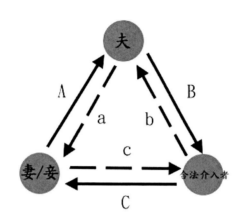

　　中國古代通行的婚姻制度爲一夫一妻制，多偶只是少數人的特權。越上層，妾的數目越多，如西漢桓寬《鹽鐵論・散不足篇》：「古者，夫婦之好，一男一女，而成家室之道。及後，士一妾，大夫二，諸侯有姪娣九女而已。」〔註10〕所以基本上士大夫以上的階級才有納妾的資格，不過事實往往與規定有所出入。一直到明清律法明文規定人民娶妾的資格，如《明會典》：「其民年四十以上無子者，方聽娶妾，違者笞四十。」〔註11〕然而依陶毅、明欣《中國婚姻家庭制度史》的說法，此條並未規定夫妾必須離異，而是只須承擔刑事責任，在民事上此婚約並非無效。〔註12〕因此此時律法幾乎是對平民娶妾默認。

　　而在禮法上妾的地位不能與妻相比。明清都明文規定妻妾失序的刑罰，《明會典》：「凡以妻爲妾者，杖一百。妻在以妾爲妻者，杖九十，並改正。若有妻更娶妻者，亦杖九十離異。」〔註13〕《大清律例》是以《大明律》爲

〔註10〕〔漢〕桓寬著，王貞珉注譯：《鹽鐵論譯注》（長春：吉林文史出版社，1995.1），頁286～287。

〔註11〕〔明〕《明會典》引自：《文淵閣四庫全書內聯網版 1.2 版（Siku Quanshu）（網路五人版）》：史部／政書類／通制之屬／明會典／卷一百四十一。

〔註12〕參考陶毅、明欣著：《中國婚姻家庭制度史》（北京：東方出版社，1994），頁241。

〔註13〕〔明〕《明會典》引自：《文淵閣四庫全書內聯網版 1.2 版（Siku Quanshu）（網路五人版）》：史部／政書類／通制之屬／明會典／卷一百四十一。

基礎修成，因此內容大同小異：「凡以妻爲妾者，杖一百，妻在以妾爲妻者，杖九十，並改正。若有妻更娶妻者，亦杖九十，（後娶之妻）離異（歸宗）。」〔註14〕。

然而事實上，不論是娶妻納妾或是妻妾的地位，在實際生活中往往不被遵守：

> 清朝限制較明爲寬，至其後期，士大夫納妾已相當隨意，庶人之富者納妾亦多。……實際生活中官貴納妾多所逾制。《鹽鐵論·散不足篇》：「今諸侯百數，卿大夫十數，中者侍禦，富者盈室。是以女或曠怨失時，男或放死無匹。」此雖講漢時情形，實可作爲整個古代社會的寫照。〔註15〕

而妾亦可仰仗丈夫的寵愛而專擅，使得妻不如妾的情形所在多有。因此妻妾的名份基本上若非「兼祧」，則並非因先來後到而定，婚姻中妻也不一定先在，有時是夫先行娶妾，或元配亡故再娶繼室。

這些婚姻中後來者的加入，有些使得家庭更加和諧完滿，有些則製造關係緊張，生出家庭風波，因此在本節中分而述之。

一、第三元介入對婚姻關係產生正面的影響

封建婚姻片面的灌輸壓榨女性的種種教條，使女子將生命過得狹隘，爲了家庭一生碌碌，然而家庭所能回饋與她者少之又少，甚至嚴重剝削。她之於丈夫，如臣之事君，不能享有和丈夫相等的地位和對待。就對婚姻的忠誠來說，女性不但被要求保持貞節，還得接受丈夫的三心二意。雖說法律保障嫡妻一定的權利，但那也只是相對於沒有地位的生育奴隸—妾而言。然而並非所有妻子對丈夫納妾的行爲都深惡痛絕。有時出於對夫婿的深情，對子女的不捨或是厚重的責任感等各種理由，妻對於妾仍是接納，甚至歡迎。以下分點述之。

（一）正室自忖無法生育，主動安排

所謂「不孝有三，無後爲大」，傳統女子被教育要處處爲夫家著想，並爲了彌補自己功能的不足，寬容夫婿納妾以繼後世。於是，「賢良」的女子便會主動替夫婿安置滕妾，另一方面同時積極地掌控了妾的選擇權。

〔註14〕〔清〕《大清律例》引自：《文淵閣四庫全書內聯網版 1.2 版（Siku Quanshu）（網路五人版）》：史部／政書類／法令之屬／大清律例／卷十。

〔註15〕陶毅、明欣著：《中國婚姻家庭制度史》，頁 242。

序號	篇　名	妻/妾→夫（A）	夫→妻/妾（a）	夫→合法介入者（B）	合法介入者→夫（b）	合法介入者→妻/妾（C）	妻/妾→合法介入者（c）	主導者	附註
25	〈霍女〉	推拒	拉近	推拒	拉近	--	拉近	妻	過渡期
		推拒	推拒	拉近	拉近	推拒	拉近	妻退出	權力整合

〈霍女〉中霍女「生平於吝者則破之，於邪者則誑之也。」（卷八，頁1094）後投奔黃生竟能不畏貧窮，「早起，躬操家苦，劬勞過舊室」（卷八，頁1092）。二人相見恨晚，歡愛逾恆，除了霍女隱瞞自己的身世，夫妻間可謂合作無間，沒有隔閡。然而霍女為了自己不能生育，不顧黃生的反對主動買了張貢士新寡的女兒阿美，強迫黃生娶她。霍女不但對阿美隱瞞自己是黃生伴侶的事實，後又託辭外出不歸，給黃生和阿美讓出了充裕的空間，因此三人相安無事。直到阿美從霍家和夫婿的互動中察覺有異，首先憂慮的是名分之別。她泣曰：「妾家雖貧，無作賤媵者，無怪諸宛若鄙不齒數矣！」（卷八，頁1095）一位名門之後，怎肯屈就於低賤的媵妾地位，黃生只好跪求原諒。阿美無計可施，從而又顧慮「既嫁復歸，於情何忍？」（卷八，頁1095）擔心自己的名聲，於是先屈從霍女的安排，但不忘再次聲明「渠雖先從，私也；妾雖後至，公也。」（卷八，頁1095）之後，霍女仍不現身，夫婦二人計議逃離卻被霍家發現，慨然送歸。

由結果來看，身為異類的霍女並不在乎凡俗的名份之別，她只是如同正義的化身一般存在，賞善罰惡，執行完後便揮袖而去。因此即使她和黃生感情甚篤，她也並不貪戀執著。她既知人間以「無後為大」，自然竭力引進堪與匹配的佳偶阿美幫助善良的黃生，但又為免去阿美心中對妻妾之分的計較，於是選擇默然離去以安其心，因此黃生夫婦對於她仍是感激的。不過與她相比，糾結在妻妾之序、貴賤之分的阿美反落入俗套，但也揭示妻妾二人若非一方退讓，則很難和平共處。

而〈神女〉一則則是元配正室有神性的超然，使得刁鑽的小妾對其敬畏有加，而使夫—妻—妾三人能和平共處。

序號	篇　名	妻/妾→夫（A）	夫→妻/妾（a）	夫→合法介入者（B）	合法介入者→夫（b）	合法介入者→妻/妾（C）	妻/妾→合法介入者（c）	主導者	附註
26	〈神女〉	推拒	拉近	推拒	拉近	觀望	拉近	妻	過渡期
		拉近	拉近	拉近	拉近	拉近	拉近	妻	權力整合

　　米生醉後尋簫聲奇遇傅家，後受冤入獄。危難之際，獲傅小姐兩次資助而重整家業，恢復功名。一天傅父南岳都理司因失禮於土地遭投訴，傅公子、丫鬟和傅小姐相繼相求於他。米生惑於傅小姐的美色並感於傅小姐的幾次相助，願意打破讀書人的原則，用先前捨不得變賣傅小姐所贈的珠花賄賂巡撫的小妾偷蓋官印。事成後，他不願意接受傅公子的謝金，卻主動要求寄語傅小姐曰：「珠花須要償也！」（卷十，頁1318）卻又不受傅小姐的百顆明珠，於是傅父為報答米生讓神女傅小姐下嫁米生。

　　下嫁後的神女一切與常人無異，又很賢慧，事嫂如姑。但因為數年不育，於是不免俗地行「賢婦之道」勸米生納副室。米生並不答應，但當兄長為他在江淮買來顧博士，他也欣然接受。相貌清婉的顧博士很得夫妻倆的歡心，又由於顧博士的簪花正是當年傅小姐贈與米生之物，使夫妻二人歡曰：「十年之物，復歸故主，豈非數哉！」（卷十，頁1320）將顧博士的出現歸為天意，並更加親近。

　　顧博士又十分聰慧，懂得了解新環境的情勢。她先是「問女郎家世甚悉」（卷十，頁1320），發現「家人皆諱言之」（卷十，頁1320）。又鍥而不捨，私下向米生打聽並試探傅小姐的身分，發現傅小姐真的靈驗，至此對待傅小姐的態度「益恭，昧爽時，必熏沐以朝。」（卷十，頁1320）傅小姐也展現神女的大度，對顧博士的狡黠非但不以為意，還因她的聰慧，「益憐愛之」（卷十，頁1320）。

　　由米生為傅小姐的風華絕代及無私所著迷，及傅小姐幾次都由丫鬟傳話不肯現身，面對米生的熱情只略顯紅暈的互動情形來看，米生對於傅小姐的眷戀顯然遠大於傅小姐對米生的感覺，因此米傅二人的結合功利性大於內涵性。傅小姐與米生二人的婚姻是因為米生積極的製造機會及傅父為了報答米生的相助而有人神為婚。此是將父債子償的觀念延伸至婚姻中，基於「報」的概念，古代子女的婚配可作為家父長報答他人之用。對家父長而言是報答他人，對子女來說則是報答父母家族的養育之恩，而這同時也是孝道的灌輸，因此子女多順從地按照父母的安排，不做反抗，甚至心甘情願為家庭償還。這說明了中國傳統家庭中難以自我區隔化，家才是社會中最基本的單位，一個人得為家族活著，而不能只為自己活著。

　　此篇也揭示即使是貴為天上入凡的神女也不能免俗的遵循婦道、孝道，並且擔心後嗣的問題。而由正室主動提議讓妾加入的前提下，神女厚實的實

力及對小妾試探的行爲一笑置之的豁達，能令善於審情度勢的顧博士心悅誠服，不敢逾越，使得妾的介入非但沒有引起家庭關係的波瀾，反而因顧博士的慧點增加夫─妻─妾三人間的情趣，並解決了後繼無人的問題。

　　傳統婦道罔顧女子的心理，灌輸女子凡事屈從卑讓，當中當然包括女子要包容丈夫納妾、嫖妓等行爲。然而當一個賢慧的妻子若遇上「非道」的丈夫，還需要有諍諫的責任，所謂「夫有惡事，勸諫諄諄」〔註16〕，其勸諫的方式必須委婉，以達款酌匡夫之效。

序號	篇　名	妻／妾→夫（A）	夫→妻／妾（a）	夫→合法介入者（B）	合法介入者→夫（b）	合法介入者→妻／妾（C）	妻／妾→合法介入者（c）	主導者	附註
27	〈林氏〉	推拒	拉近	推拒	拉近	拉近	拉近	妻	過渡期
		不推拒	拉近	不推拒	拉近	拉近	拉近	妻	權力整合
		拉近	拉近	拉近	--	--	拉近	妻	

　　〈林氏〉中丈夫戚安期「素佻達，喜狎妓」（卷六，頁784），妻子林氏則是「美而賢」（卷六，頁784），是浪子與賢婦的組合。林氏面對丈夫浪蕩的行徑，深受閨教的林氏只能「婉戒之」（卷六，頁784），可惜卻得不到效果。直至北兵入侵，林氏被擄，自刎以全節，戚安期才深受感動，誓言：「卿萬一能活，相負者必遭凶折！」（卷六，頁784）癒後的林氏美貌不比從前，「首爲頸痕所牽，常若左顧。」（卷六，頁784）但好色的戚安期卻不以爲忤，甚至「愛戀逾於平昔。曲巷之游，從此絕跡。」（卷六，頁784）反倒是林氏自慚形穢，四下張羅著要替丈夫納妾。不過，戚安期卻不同意。過了幾年林氏因未能生育，又興起替丈夫娶妾的念頭，卻又遭夫婿嚴詞拒絕。戚曰：「業誓不二，鬼神寧不聞之？即似續不承，亦吾命耳。若未應絕，卿豈老不能生者耶？」（卷六，頁784）。

　　林氏於是三次試探。她先是託病獨寢，並主動指使婢女海棠每晚睡在戚安期床下，沒想到戚安期不爲所動。於是她假作海棠摸上戚安期的床上，卻被戚安期以誓言拒絕。後她又遣海棠假作自己去就戚安期，卻又遭識破。這事情一被揭露，海棠委屈地求林氏快把自己嫁掉。林氏笑著再勸夫婿，但戚

〔註16〕〔民國〕林慶彰等主編：《晚清四部叢刊・第三編》（臺中：文听閣圖書，2010），頁122。

安期言：「苟背盟誓，鬼責將及，尚望延宗嗣乎？」（卷六，頁 785）還是不答應。然而林氏主意已定，白天暗示求歡，卻又在晚上就寢時與海棠互換瞞過了戚安期，以此如法炮製了幾個月，海棠終於懷上了孩子。賢慧的林氏也不忘替海棠打算幫著探戚安期的口風，誰知浪子回頭的戚安期果真堅守誓言，竟欲「留犢鬻母」（卷六，頁 786），林氏只好偷偷地將海棠的子女藏在娘家。如此瞞著瞞著，林氏不得不假拖把海棠嫁掉，接海棠到娘家與子女團圓。直到幾年後孩子都長成，戚安期壽辰感嘆「所關者，膝下一點。」（卷六，頁 786）林氏才安排父子團圓，並讓戚安期接受了海棠，使其「感極，涕不自禁」（卷六，頁 786）。

〈林氏〉一篇林氏可謂婦道中的典範，因此她接受種種婦女的教條並深刻內化，她容忍丈夫宿妓的惡習，只是柔諫。她以自刎全節，丈夫的佻達在她心中留下陰影，她怕自己癒後的容顏不能討夫婿歡心，於是主動要爲丈夫納妾；其後又懼無後，竟因此拉婢女進來和丈夫間展開攻防戰，安排婢女海棠暗中接替延續戚家香火的任務。由於第三元海棠的介入徹頭徹尾由林氏一手策劃，海棠只是順從地任人擺布，並無任何表達意願的權力或反抗的事實，因此海棠的介入並未影響夫妻二人的情感。對戚氏夫妻而言，海棠只是生育機器，是戚安期對婚姻誓言忠誠及林氏爲了卸下傳宗接代的責任的祭品，因此海棠的介入反而還爲夫妻二人解除無後的遺憾。一直到林氏的策劃完全成功後，海棠才獲得比較公平的待遇和戚安期白頭共老。

（二）正室爲了安心離去而苦心安排

此類故事中，女性配偶爲了各種因素不得不離去時，多深切地掛心家人的幸福，表現出女性對家庭多情關懷、無私奉獻及富有責任感的情操。

序號	篇　名	妻／妾→夫（A）	夫→妻／妾（a）	夫→合法介入者（B）	合法介入者→夫（b）	合法介入者→妻／妾（C）	妻／妾→合法介入者（c）	主導者	附註
28	〈辛十四娘〉	推拒	拉近	推拒	拉近	拉近	拉近	妻	過渡期
		推拒	拉近	不推拒	拉近	拉近	拉近	妻	權力整合

〈辛十四娘〉辛十四娘因郡君強爲作媒嫁與馮生，婚後馮生因交友不愼入獄。辛十四娘在他入獄期間替他買一個良家女子祿兒，「與同寢食，撫愛異於群小」（卷四，頁 543）。等馮生沉冤昭雪後，辛十四娘感於人情澆薄告

訴馮生：「妾不為情緣，何處得煩惱？君被逮時，妾奔走戚眷間，並無一人代一謀者。爾時酸衷，誠不可以告愬。今視塵俗益厭苦。我已為君蓄良偶，可從此別。」（卷四，頁545），但馮生卻「泣伏不起」（卷四，頁545），十四娘才又留下，卻偏偏「夜遣祿兒侍生寢」（卷四，頁545），但馮生堅拒不納。十四娘只好令自己「容光頓減；又月餘，漸以衰老；半載，黯黑如村嫗」（卷四，頁545）。然而馮生卻不為所動，仍然敬愛她。十四娘不得已，又「復言別，且曰：『君自有佳侶，安用此鳩盤為？』」（卷四，頁545～546）可見祿兒的出現一切都在辛十四娘的安排之中。但是馮生還是「哀泣如前日」（卷四，頁546）。又逾月，十四娘「暴疾，絕食飲，羸臥閨闥」（卷四，頁546），馮生在旁「侍湯藥，如奉父母」（卷四，頁546）。但十四娘的衰老和暴疾都是十四娘為了回歸山林而刻意為之，自然「巫醫無靈」（卷四，頁546），溘然長逝。馮生悲慟欲絕，安葬完愛妻後才承其美意續娶祿兒為妻。

　　由此觀之，祿兒的加入是十四娘為了讓自己放心離去的苦心安排。然而馮生始終專情十四娘一再拒絕接受祿兒，使祿兒未有任何名分，即使十四娘想方設法將祿兒拉入夫妻關係之中，拉近馮生和祿兒的距離，但祿兒還是因馮生的堅持被排除在夫妻二人的互動之外。馮生設下的這道牢不可破的防線，自然讓新加入又無地位的新成員無法干擾夫—妻—妾家庭運作，反而讓丈夫對妻子更敬愛了。

　　而〈小梅〉中王慕貞的妻子則是擔心身後妾和她的兒子受妒婦的迫害，因此苦心安排異類女子代為安家。

序號	篇　名	妻／妾→夫（A）	夫→妻／妾（a）	夫→合法介入者（B）	合法介入者→夫（b）	合法介入者→妻／妾（C）	妻／妾→合法介入者（c）	主導者	附註
29	〈小梅〉	拉近	拉近	--	--	拉近	拉近	妻	第一組
		不推拒	不推拒	--	--	拉近	拉近	妻2	第二組

　　王慕貞的妻子賢淑好佛，由於菩薩能托夢告訴她趨吉避凶的方法，因此家中大小事都由她決定。然而王妻因為病重，先遣女兒出嫁，她因為沒有兒子，所以特別憐愛妾的兒子保兒。她唯恐王慕貞「娶悍怒之婦，令其子母失所」（卷九，頁1211），特別央求菩薩侍女小梅在自己死後當王慕貞的繼室，顯見仍以後嗣為憂。

　　小梅實際上是狐狸精的女兒。先此，狐狸精曾因不忍露水姻緣的情人絕

後求王慕貞相救情人之子，因此派女兒僞托菩薩侍女以報答王家恩德。小梅的加入開啓新的夫—妻—妾三元互動關係。她雖是後進的塡房，但因爲有王妻臨終前的背書，尤其帶有神女的神話色彩，因此從王慕貞到家中其他老小皆對她敬畏有加，不敢半分踰越，使得家中各種事情都興旺起來，一切井然有序。其後小梅又透過種種方式教夫婿趨吉避凶，並救妾與妾之女於水火，更爲王家留下喜紅一脈。此第三元的出現，對王家夫—妻—妾之間不但不引起負面互動，反而更有助益。

（三）正室超然，不介意夫婿處處留情

中國傳統妻子被教導不應干涉男人風流情事，因此許多人妻將此觀念內化，展現男性所謂「賢良」的形象，關照丈夫對情慾的追求，對丈夫納妾宿娼等行爲，不加干預。而異類女性則表現出緣有時盡，此地既不能久留，何妨讓人方便的豁達情操。

序號	篇　名	妻／妾→夫（A）	夫→妻／妾（a）	夫→合法介入者（B）	合法介入者→夫（b）	合法介入者→妻／妾（C）	妻／妾→合法介入者（c）	主導者	附註
30	〈錦瑟〉	拉近	拉近	拉近	拉近	觀望	拉近	妻	

〈錦瑟〉王生受盡妻子藍氏的羞辱憤而尋死，卻於陰間巧遇謫仙錦瑟和其侍女春燕。王生雖與春燕眉目傳情，然因王生義救錦瑟，錦瑟爲報救命之恩以身相許。重返人間的王生發現藍氏與商人私通，藍氏羞愧自縊，因此接收商人的小妾度日。小妾頗知禮數，待錦瑟出現後即「朝拜之」（卷十二，頁1688），當錦瑟「賜以錦裳珠飾」（卷十二，頁1688），妾亦「拜受」（卷十二，頁1688），隨即「立侍之」（卷十二，頁1688），無有僭越。

身爲謫仙的錦瑟十分超然，她並不介意小妾的存在反而因小妾「有宜男相，可以代妾苦矣。」（卷十二，頁1688）而十分寬心，「挽坐，言笑甚懽」（卷十二，頁1688）。甚至每到夜裡，錦瑟便使出分身術：

> 妾始出：入房，則生臥榻上；異而反窺之，燭已減矣。生無夜
> 不宿妾室。一夜，妾起，潛窺女所，則生及女方共笑語。大怪之。
> 急反告生，則床上無人矣。天明，陰告生：生亦不自知，但覺時留
> 女所、時寄妾宿耳。生囑隱其異。（卷十二，頁1688）

從妾窺視的行爲可知妻妾之間不免有所顧忌，錦瑟此舉似有體貼妾意，讓妾

不致覺得遭受冷落。她自己也不太在意王生和婢女春燕間存有私情。直到春燕難產生一子，錦瑟才笑著告誡她：「婢子勿復爾！業多，則割愛難矣。」（卷十二，頁 1689）也全是體貼之意。因此夫―妻―妾三人，甚至是婢女春燕，都其樂融融。三十年後，錦瑟則攜婢飄然遠去。觀其瀟灑神態除能同理妻妾渴望受丈夫關懷的心理，亦是知月有陰晴圓缺之理。

　　而〈蕭七〉則是異類女子蕭七介入凡間嫡妻的故事。

序號	篇　名	妻／妾→夫（A）	夫→妻／妾（a）	夫→合法介入者（B）	合法介入者→夫（b）	合法介入者→妻／妾（C）	妻／妾→合法介入者（c）	主導者	附註
31	〈蕭七〉	拉近	拉近	拉近	拉近	拉近	拉近		

　　其堂皇介入徐繼長夫妻的理由則是「審知汝家姊姊甚平善，或不拗阻」（卷六，頁 806）。當徐繼長發現蕭七有異，駭歎而歸後並不瞞著妻子，兩夫妻還共笑相戲，玩笑地除館設榻。誰知蕭七真在房中，令夫妻相顧愕然。從文本中未知妻的心理狀態，但她雖被動接受，確實並未（或不能）為難蕭七，既為他二人治具合歡，後又兩次下廚招待蕭七的姊妹。

　　蕭七也頗能知道分寸，初次見面則相迎，「參拜恭謹」（卷六，頁 806）並「女早起操作，不待驅使」（卷六，頁 806）。當蕭七要招待姊姨輩來家中一聚需要幫忙時，也間接透過徐繼長要求妻幫忙烹飪。散會後，還「殷殷相勞，奪器自滌，促嫡安眠。」（卷六，頁 806～807）徐妻則是頗能解嘲之人，見蕭家姊妹吃得「杯柈俱空」（卷六，頁 807），雖情知異類也不禁笑曰：「諸婢想俱餓，遂如狗舐砧。」（卷六，頁 807）更讓蕭七再邀其姊妹。

　　好色的徐繼長能得這樣一位溫和放任，懂得解嘲生活的妻子，和熟知分寸的異類女子，妾的介入無異是增添生活情趣。

（四）閨密情深，分享愛情

　　也有女子間因情誼深厚，因此寧願共享愛情，相伴不離。

序號	篇　名	妻／妾→夫（A）	夫→妻／妾（a）	夫→合法介入者（B）	合法介入者→夫（b）	合法介入者→妻／妾（C）	妻／妾→合法介入者（c）	主導者	附註
32	〈陳雲棲〉	推拒	拉近	不推拒	推拒	拉近	拉近	妻	

〈陳雲棲〉中眞毓生拜訪呂祖庵的女道士「四雲」，並與陳雲棲有過三年之約。期間眞生奔喪，四雲皆散，雙方歷經輾轉才有情人終成眷屬。一次夫妻省親的途中巧遇流浪的盛雲眠，盛雲眠見之，不由得唏噓感嘆：「今視之如仙，剩此漂泊人，不知何時已矣！」（卷十一，頁 1502）而雲棲卻早有主意，因此勸雲眠隨自己返家同居，並替其掩飾身分。雲眠「舉止大家；談笑間，練達世故」（卷十一，頁 1502）能排遣寡母的寂寥，並且「早起，代母劬勞，不自作客」（卷十一，頁 1502），彌補兒媳婦雲棲只會彈琴下棋的遺憾，因此很得眞毓生母親的歡心，惟恐雲眠離開，甚至暗暗興起納她爲妾的念頭，以掩蓋雲棲道士的身分。

一日，眞母見自己忘記的事早讓盛雲眠代勞了，不由得挖苦雲棲曰：「畫中人不能作家，亦復何爲。新婦若大姊者，吾不憂也。」（卷十一，頁 1502）雲棲存心已久，趁此機會進言：「母既愛之，新婦欲效英、皇，何如？」（卷十一，頁 1502）終於實現當年雲眠在道觀中的願望：「但得一能知親愛之人，我兩人當共事之。」（卷十一，頁 1502）但雲眠也是知足之人，如今能有老夫人對她體恤掛念實已足矣，於是對於床第之事頗爲推辭，於是二女竟爭著相讓，雲眠成婚「三日後，襆被從母，遣之不去。女（雲棲）早詣母所，占其床寢，（雲眠）不得已，乃從生去。由是三兩日輒一更代，習爲常。」（卷十一，頁 1503）因此夫—妻—妾三人間十分融洽，也沒有名分的問題。而雲棲和雲眠各有擅場，恰能互補。雲眠善於經理家務，管理帳冊，也能彈琴；雲棲則能陪伴婆婆撫琴對弈，挑燈瀹茗，消遣生活。

此二婦完整的爲家庭提供了勞動、娛樂、性等功能，滿足家庭對女子功能性的期待，樂得婆婆「每與人曰：『兒父在時，亦未能有此樂也。』」（卷十一，頁 1503）簡直身在天上人間，也不用眞生辛苦科考以求富貴。而後「雲眠生男女各一；雲棲女一男三」就提供了婦女生育的功能，則家庭更加完滿，婆婆也因此享有八十餘歲的大壽。蒲松齡構此一篇，大約是爲了滿足天下男子所共同追求的多妻生活。

〈青梅〉則是主僕情深，婢子寧虛位以待舊主的故事。

序號	篇　名	妻／妾→夫（A）	夫→妻／妾（a）	夫→合法介入者（B）	合法介入者→夫（b）	合法介入者→妻／妾（C）	妻／妾→合法介入者（c）	主導者	附註
33	〈青梅〉	推拒	拉近	不推拒	推拒	不推拒	拉近	妻	

　　婢子青梅乃人狐所生，美麗聰慧，還有奇能，頗能識人，又有見地。她和阿喜同行同住，主僕情深。一日青梅見張生事父母極為孝順，因此極力說服，讓阿喜擺脫貧富之見，撮合阿喜和張生。沒想到阿喜的父母嫌貧愛富，探知阿喜對這門婚事頗為願意，怒得大罵阿喜：「賤骨了不長進！欲攜筐作乞人婦，寧不羞死！」（卷四，頁446）。眼見婚事破局的青梅，於是趁夜向張生銳身自荐，並苦苦哀求阿喜協助。阿喜得知張生的品性後，拿出私房錢充作贖金，又選定時機向父母建言，百般謀劃，終於遂了青梅的心願。

　　分別後，王進士夫婦相繼去世，阿喜孤苦無依，又自恃身分，過得十分落魄坎坷。她先被買她的李郎之妻逐出家門，又遭無賴的調戲，還受富家子弟的騷擾，終於巧遇青梅。青梅強為其治裝安排她和張生的婚禮。如今久經風霜的阿喜雖有高度自尊，但不敢貪圖其他，故曰：「菴中但有一絲生路，亦不肯從夫人至此。倘念舊好，得受一廬，可容蒲團足矣。」（卷四，頁452）但青梅心中早有定數，洞房花燭夜，青梅將之「曳入洞房，曰：『虛此位以待君久矣。』又顧生曰：『今夜得報恩，可好為之。』返身欲去。」（卷四，頁452）可見青梅從未忘記往日的名分，並且「青梅事女謹，莫敢當夕。」（卷四，頁453）即使阿喜「終漸沮不自安」（卷四，頁453），張母亦命「相呼以夫人」（卷四，頁453），但青梅仍不忘本，「終執婢妾禮，罔敢懈」（卷四，頁453）。

　　此妻妾本有主僕之誼，姊妹之情，及相助之恩，又青梅的拉力大大強過阿喜及丈夫的力道，故青梅虛位以待阿喜，自然二女不爭，互敬互讓，張生自能大享齊人之福。

　　另外，〈庚娘〉一篇王十八一興歹念，則兩家破滅，後因時運所造，不願為殺人賊婦而被王十八推入水中的王妻唐氏巧遇劫後餘生的金大用，因緣際會，與復生的庚娘重組了新的家庭。

序號	篇　名	妻/妾→夫（A）	夫→妻/妾（a）	夫→合法介入者（B）	合法介入者→夫（b）	合法介入者→妻/妾（C）	妻/妾→合法介入者（c）	主導者	附註
34	〈庚娘〉	拉近	拉近	不推拒	拉近	拉近	拉近		

　　唐氏雖具良知，但其對金氏夫妻的介入卻是十分積極的。當她被救起時，便謊稱是金生之妻，見了金大用後更哀哀請求不棄，尹氏富翁也殷殷勸其納王妻唐氏為婦，然金大用復仇心已生怕有負累，固辭之。唐氏卻還反詰金大用，於是尹翁協調，答應暫且代為收留後金生才同意。唐氏在金生父母

的葬禮上，「縗絰哭泣，如喪翁姑」（卷三，頁386）。後金生聞庚娘已報家仇，更辭婦曰：「幸不污辱。家有烈婦如此，何忍負心再娶？」（卷三，頁386）唐氏更以「業有成說，不肯中離，願自居於媵妾。」（卷三，頁386）後果成合巹之禮。

　　一日夫妻二人巧遇，金大用才知庚娘未死，二人相擁而泣，唐氏也以嫡禮見庚娘。庚娘知悉原委後並不生氣，而是「執手曰：『同舟一話，心常不忘，不圖吳越一家矣。蒙代葬翁姑，所當首謝，何以此禮相向？』」（卷三，頁387）二人相敬如賓，則此夫—妻—妾三人達成和諧關係，並未因唐氏積極主動的自薦而使久別重逢的婚姻出現裂痕。

　　考察以上十篇故事，元配對正統加入婚姻者（多為妾）不分人類（五篇）、異類（五篇）都採包容、接納，且有高達七則是元配主動安排，大多是為了讓新加入的第三元代替自己完成對家庭未完成的任務，此第三元經過元配篩選，元配對她的態度自然較容易友善和睦使丈夫免於嫡庶相爭之慮，而嫡庶之分也在此番代夫擇偶的動作中確立。

二、第三元介入對婚姻關係產生負面的影響

　　中國傳統社會的婚姻多半採功能取向大於情感取向，因此相對於男性再婚配中提供的名聲、權勢和經濟條件，青春、姿色、性、生育功能及家務勞動的提供是女人在婚配中的資產。於是，當家庭中丈夫迎接新歡妾的加入，除了意味丈夫情感的轉移，同時也意味著元配所提供的功能漸漸喪失，或是年華逝去，或是風韻不存，或是無法生育等等，件件都暗指為妻無法取得丈夫歡心及有失妻職的失敗，元配的失意及焦慮可想而知。

　　夫—妻—妾三人之所以不能和平共處，主要原因之一自然是女性希望公平的獲得丈夫的情感忠誠。因此，貪色的丈夫納妾的行為常常是使婚姻關係陷入緊張的關鍵。然而就封建男權社會的角度歸結，此類引發家庭混亂、互動緊張等衝突的局面皆歸咎於女性的妒心。新成員的加入，也揭開了家庭資源爭奪戰的序幕。

序號	篇　名	妻／妾→夫（A）	夫→妻／妾（a）	夫→合法介入者（B）	合法介入者→夫（b）	合法介入者→妻／妾（C）	妻／妾→合法介入者（c）	主導者	附註
35	〈邵女〉（閩人妻）	不推拒	不拉近	拉近	--	--	不拉近		矛盾的家庭關係

　　〈邵女〉末尾則就拿閩人之妻的好妒來哂笑。閩人既納妾，夜裡雖心掛新妾，卻又對妻子矯揉作態，不敢便去。妻子識破，遣其離去，丈夫還兀自徘徊，於是妻子正色曰：「我非似他家妒忌者，何必爾爾。」（卷七，頁893）這是妻子理智上接受婦道規範的行為，但實際上則是強自壓抑情感被剝奪的挫折與缺憾，於是等丈夫離去，刻制不住眞實情感的妻子，遂伏於妾的門外偷聽，甚而「痰厥而踣」（卷七，頁893），成爲笑柄。

序號	篇　　名	妻／妾→夫（A）	夫→妻／妾（a）	夫→合法介入者（B）	合法介入者→夫（b）	合法介入者→妻／妾（C）	妻／妾→合法介入者（c）	主導者	附註
36	〈鬼妻〉	拉近	推拒	拉近	拉近	推拒	推拒		

　　〈鬼妻〉更寫女人的妒心足以穿越死生。泰安聶鵬雲生時與妻子魚水甚諧，妻子病卒後，聶鵬雲悲傷不已，「坐臥悲思，忽忽若失。」（卷八，頁1044）聶妻感其相思之苦，「哀白地下主者，聊與作幽會。」（卷八，頁1044）聶鵬雲大喜，「攜就床寢，一切無異於常。從此星離月會，積有年餘。聶亦不復言娶。」（卷八，頁1044）聶鵬雲的叔伯兄弟怕聶鵬雲絕後勸他續娶，聶鵬雲被說服後怕鬼妻知道，秘而不宣。然而紙包不住火，鬼妻責備他辜負自己一片情深意摯，不顧夫妻道義，於是不管聶鵬雲怎麼解釋都不能平息怒氣，於丈夫洞房之夜作怪。她「就床上攊新婦，大罵：『何得占我床寢！』新婦起，方與擋拒。」（卷八，頁1044）隔日鬼妻復來，「鬼亦不與聶寢，但以指掐膚肉；已乃對燭目怒相視，默默不語。如是數夕。」（卷八，頁1044～1045）

　　傳統社會特重尊卑之分，禮法爲各種角色訂立其應遵守的規範。妾的發展是由奴隸而來〔註17〕，自然地位卑下，一般好人家的兒女不屑爲之。這位出身良好的新婦不甘受辱，「疑聶妻故並未死，謂其賺己，投繯欲自縊。」（卷八，頁1044）經解釋後始知是鬼，只好恐懼地躲避。先此，聶鵬雲雖被指責

〔註17〕陶毅、明欣的《中國婚姻家庭制度史》頁236、237引用恩格斯《家庭、私有制和國家的起源》的說法認爲在荷馬史詩中勝利的英雄可以和被俘的姑娘共享枕席和帳篷，並隨意那女奴隸爲妾，對於正式的妻子則要求她們容忍一切，同時嚴格保持貞操，正式的妻子對他們而言只不過是嗣子的母親及管家而已。加上《說文》：「妾，有罪女子，給事之得接于君者。」、劉熙《釋名》：「妾，接也，以賤見接幸也。」因此妾制是伴隨著奴隸制的形成而發生。

而對鬼妻生憐愛之心，但實際上仍很開心能夠續娶。至鬼妻作怪，新婦、舊婦扭打在一起，他卻束手無策，「惕然赤蹲，並無敢左右祖。」（卷八，頁1044）並對鬼妻連日為患感到害怕，於是只好請精通法術的人將鬼妻制伏才得安寧。

此新人、舊人穿越時空而並存，一般責備鬼妻不可理喻的妒意，如：何守奇評曰：「世有妒者，謂骨頭落地，當不復爾，今觀此鬼殊不然。」（卷八，頁1045）。然而若非丈夫的情感背叛，又苟且欺瞞，何致引來鬼妻的憤懣而著手破壞。面對一邊是情意綿綿的愛妻，一邊則是良家新婦，聶雲鵬兩面不是人，最後只好徹底排擠冥間的舊人，選擇人間的新人共度餘生。而以亡妻和人類妻子作為選擇的前提下便知此類故事並非用來責備男性喜新厭舊的慣性，反倒是作者利用人類對死亡的「接受與拒絕」和丈夫對妒婦的「愛與恐懼」類比來彰顯妒婦之可怖，蒲松齡對妒婦的厭惡及恐懼於焉彰顯。

陶毅、明欣的《中國婚姻家庭制度史》討論到妾的地位，提到因為妾如同物一般出價購得，所以妾為主人之所有物，在法律上無完全的人格，具客體的性質。在妻妾關係上還有二者須特別注意：

> 其一，按禮制，「妾事夫人，如事舅姑」，見於《禮記・內則》。……
> 「在服制上，妾為妻服齊衰，而妻於妾無服。妻妾互犯得罪各別，
> 原則上妻犯妾同於夫犯妾。反之，妾犯妻者與犯夫同。其二，歷代
> 禮法皆設妻妾亂位之禁，不准以妾為妻。……明清律禁妻妾失序，
> 然處罰減輕，止於杖刑。〔註18〕

因此，懂得「知禮守分」的妾雖然遭受各種不公平的待遇，通常只能靠忍辱負重，默默承受，來期待嫡妻在漫長的歲月中覺醒。

〈妾擊賊〉中的妾即是如此。

序號	篇　名	妻／妾→夫（A）	夫→妻／妾（a）	夫→合法介入者（B）	合法介入者→夫（b）	合法介入者→妻／妾（C）	妻／妾→合法介入者（c）	主導者	附註
37	〈妾擊賊〉	拉近	不拉近	拉近	不拉近	拉近	推拒	妻	
		拉近	不拉近	拉近	不拉近	拉近	不推拒	妻	

妾雖身懷以一擋百的絕技，卻屢屢甘受妻的凌虐，直到強盜入侵才大展

〔註18〕 參考陶毅、明欣著：《中國婚姻家庭制度史》，頁290～293。

神威救下丈夫和妻子，令妻幡然悔悟，不再遭辱。然而至此小妾仍認為：「是吾分耳，他何敢言。」（卷四，頁 508）謹守本分，纖毫不敢逾越。蒲松齡因此認為如此絕技能馴悍妻，那麼技藝便不可深藏。本篇顯示婉麗的妾的加入，引起了妻的焦慮，使夫—妻—妾的三元互動呈現妻虐妾，丈夫陽奉陰違左右為難的態勢，幸賴小妾以謹守禮法的行為化解妻的嫉妒和焦慮來維持家庭表面的和諧。強盜的入侵是催化某的家庭趨於真正和睦的契機，打破封閉式的家庭系統，駭人的盜匪讓小妾有了表現的機會，更使恪守妾道的妾免於遭受荼毒的生活，夫也不用暗中憐憫兩相為難。

即使身懷絕技的妾都受制於禮法壓抑，不得申張，更遑論一般小妾。

序號	篇　名	妻／妾→夫（A）	夫→妻／妾（a）	夫→合法介入者（B）	合法介入者→夫（b）	合法介入者→妻／妾（C）	妻／妾→合法介入者（c）	主導者	附註
38	〈馬介甫〉	拉近	推拒	拉近	拉近	拉近	推拒	妻	

〈馬介甫〉中妾王氏的出現無異於提柴救火，加劇正室內心的不平衡，使原本就處在熱鍋上的家庭平添一名犧牲者。楊萬石之妻尹氏「奇悍。少迕之，輒以鞭撻從事。」（卷六，頁 721）而她對待公公也如奴僕一般，不給吃飽、穿暖。丈夫楊萬石和弟弟亦深受其害，因此楊家由尹氏專擅。若非其後尹氏為法術所瞞，楊萬石甚至不曾享受過尹氏「懽笑而承迎」的態度。

楊萬石以四十無子而納妾王氏，卻因季常之懼，「旦夕不敢通一語」（卷六，頁 721）。當尹氏知道王氏有五個月的身孕後，竟「褫衣慘掠」（卷六，頁 723），並且將怒火燒至楊萬石，「喚萬石跪受巾幗，操鞭逐出。」（卷六，頁 723）幸賴馬介甫以法術鎮住尹氏，楊萬石才敢進屋。然而，尹氏因聽見家人僕婢的議論，惱羞成怒，「遍撻奴婢」（卷六，頁 723），又呼妾，「妾創劇不能起。婦以為偽，就榻搒之，崩注墮胎。」（卷六，頁 723）楊萬石卻無所作為，只敢在馬介甫面前哀哭不已。此後尹氏的態度就靠馬介甫的法術好一陣，又因楊萬石的軟弱壞一陣。最後，妾王氏在落魄時被楊萬石所賣，尹氏也吵著改嫁。因嫡妻尹氏自始至終高握楊家的主權，為禍肆虐，因此同樣軟弱的妾王氏的加入，完全不能為婚姻關係帶來新的契機，而是變本加厲，一同陷落封閉式的家庭系統裡的負向循環。

〈恆娘〉一篇則一改小妾楚楚可憐、卑微的姿態，反倒是嫡妻使盡渾身解數重獲丈夫青睞。

序號	篇名	妻/妾→夫（A）	夫→妻/妾（a）	夫→合法介入者（B）	合法介入者→夫（b）	合法介入者→妻/妾（C）	妻/妾→合法介入者（c）	主導者	附註
39	〈恆娘〉	拉近	推拒	拉近	拉近	推拒	--	夫	鬥爭中
		拉近	拉近	推拒	拉近	推拒	推拒	夫	整合

姿色頗佳的朱氏本與洪大業兩相悅愛。但自從丈夫納了條件遠遜於朱氏的婢女寶帶為妾，則洪大業將重心轉到小妾身上，格外地寵愛寶帶。這點令朱氏忿忿不平，夫妻倆因此反目成仇，夫—妻—妾的互動衝突而解離。不過，洪大業對妻子還是有所忌憚，他雖然「不敢公然宿妾所」（卷十，頁 1431），但「益嬖寶帶，疎朱。」（卷十，頁 1431）

一日朱氏見鄰婦恆娘：

> 恆娘三十許，姿僅中人，而言詞輕倩。朱悅之。次日，答其拜，見其室亦有小妻，年二十以來，甚娟好。鄰居幾半年，並不聞其詬誶一語；而狄獨鍾愛恆娘，副室則虛員而已。（卷十，頁 1431）

朱氏向恆娘發出許被冷落的嫡妻心中的疑惑虛心求教，曰：「余向謂良人之愛妾，為其為妾也，每欲易妻之名呼作妾。今乃知不然。夫人何術？如可授，願北面為弟子。」（卷十，頁 1431）。恆娘慷慨發出她的高見，並教授欲擒故縱之計。

第一步，朱氏「益飾寶帶，使從丈夫寢。洪一飲食，亦使寶帶共之。洪時一周旋朱，朱拒之益力，於是共稱朱氏賢。」（卷十，頁 1432）。

第二步，朱氏「衣敝補衣，故為不潔清，而紡績外無他問。洪憐之，使寶帶分其勞；朱不受，輒叱去之。如是者一月」（卷十，頁 1432）。

第三步，上巳節時朱氏「炫妝見洪，洪上下凝睇之，歡笑異於平時。朱少話游覽，便支頤作惰態；日未昏，即起入房，闔扉眠矣。」（卷十，頁 1433）。洪大業果然上鉤：

> 未幾，洪果來款關；朱堅臥不起，洪始去。次夕復然。明日，洪讓之。朱曰：「獨眠習慣，不堪復擾。」日既西，洪入闥坐守之。滅燭登床，如調新婦，綢繆甚懽。更為次夜之約；朱不可長，與洪約，以三日為率。（卷十，頁 1433）

第四步，勤練媚法「以秋波送嬌，又輒然瓠犀微露」（卷十，頁 1433），「床第之間，隨機而動之，因所好而投之」（卷十，頁 1433）。洪大業的反應是：

洪大悅，形神俱惑，唯恐見拒。日將暮，則相對調笑，跬步不
離閨闥，日以為常，竟不能推之使去。朱益善遇寶帶，每房中之宴，
輒呼與共榻坐；而洪視寶帶益醜，不終席，遣去之。朱賺夫入寶帶
房，扃閉之，洪終夜無所沾染。（卷十，頁1433～1434）

　　朱氏依恆娘之計讓洪大業離不開自己，使寶帶備受冷落。寶帶開始說一
些怨恨誹謗的話，於是情勢逆轉，洪大業從此更加討厭她，鞭打她，使得寶
帶自我放棄，再也不修飾自己，朱氏自此成功的集寵愛於一身。

　　由上可知，元配面對丈夫新娶的家庭成員，還是很難遏抑心中的怨妒，
因此她們或是透過消極的窺視，或是誘發積極的攻勢對待新進成員，來發洩
蓄積心中的惡氣。而除了〈邵女〉中的闇人未有表態，〈恆娘〉中洪大業敢於
與妻子反目外，使一家烏煙瘴氣外，另兩篇丈夫面對元配的發威則顯得束手
無策，他們既不敢得罪元配，又按捺不住嘗鮮的慾望，只能讓彼此三人的關
係隨情勢流轉。而其不敢反抗元配的行為，也可理解為對嫡庶之分的遵從。
另外，我們從作者讚賞〈妾擊賊〉中的妾和在〈恆娘〉中以佞臣和朱氏、恆
娘相比，表現他對嫡妻爭寵手段的不以為然，可見其即使明白第三元介入夫
妻會為家庭帶來種種爭鋒、不安定的因子，卻仍趨向讓妻妾各安其份，專心
事夫，此種維護男權秩序的心思。

三、第三元介入使婚姻關係產生曲折的影響

　　家庭的人際互動是連續、變動的，會因不同事件的催化或是成員間不同
的反應，使得家庭氣氛在和諧與緊張之間擺盪。

　　〈武孝廉〉中石某忘恩負義。比較特別的是，狐狸精本是元配，卻因丈
夫嫌棄，自始至終，反如介入他人婚姻的第三者。然而她恩怨分明：對王氏
展現充分的從容大度，為石家盡心操持家務，對丈夫的薄情寡義不忘加以譴
責；有別於繼室面對元配狐狸精，繼室王氏的介入則有從不樂意、自危、到
同仇敵愾，親如姊妹，相救刀下的互動過程。

序號	篇　名	元配→夫（A）	夫→元配（a）	夫→婚外戀者（B）	婚外戀者→夫（b）	婚外戀者→元配（C）	元配→婚外戀者（c）	動機	附註
40	〈武孝廉〉	拉近	推拒	拉近	拉近	推拒	拉近	倚靠	過渡期：衝突
		拉近	推拒	拉近	拉近	拉近	拉近		和諧
		推拒	推拒	拉近	拉近	拉近	拉近		衝突

　　石某的僕人趁主人重病捲款潛逃，石某因此資糧斷絕，幸遇一婦以丸藥相救於鬼門關前，此婦「四十餘，被服粲麗，神采猶都。」（卷五，頁 642）對石某殷勤照料遠過於夫婦應該有的情分，石某也很感激她，並曾矢志報答。因此，「病良已。石膝行而前，敬之如母」（卷五，頁 642）。婦人卻要求：「妾煢獨無依，如不以色衰見憎，願侍巾櫛。」（卷五，頁 642）石某「喪偶經年，聞之，喜愜過望，遂相燕好」（卷五，頁 642），婦人還出金使石某謀得一官半職。

　　但石某卻心存二心，聘王氏女為繼室，然後躲避婦人。婦人尋得石某音訊後修書一封，石某卻擱置不理。婦親自求見，卻又遭石某拒絕。婦人於是在宴飲上直指石某，大罵：「薄情郎！安樂耶？試思富若貴何所自來？我與汝情分不薄，即欲置婢妾，相謀何害？」（卷五，頁 643）石某於理有虧，便「長跽自投，詭辭乞宥」（卷五，頁 643）進而與王氏商量「使以妹禮見婦」（卷五，頁643）。王氏本十分不願意，卻禁不住丈夫的哀求而答應。

　　妻妾初次相見，婦人彬彬有禮，曰：「妹勿懼，我非悍妒者。曩事，實人情所不堪，即妹亦當不願有是郎。」（卷五，頁 643）經過婦人縷述本末後，「王亦憤恨，因與交詈石。石不能自為地，惟求自贖，遂相安帖。」（卷五，頁 643）誰知石某始終陽奉陰違，暗暗提防觀察她，夫妻間「兩雖言笑，而終非所好」（卷五，頁 643），隔閡頗深。

　　而婦人與王氏的互動成漸進式發展，王氏從一開始自己被要求屈居婦人之下而焦慮，其後雖和婦人同仇敵愾指責夫婿的薄情，但仍稍稍提防著婦人。等到見識「婦嫻婉，不爭夕。三餐後，掩闥早眠，並不問良人夜宿何所。」（卷五，頁 643）的作為後，從此更加敬愛她，對待婦人如事奉姑嫜一般。兩人感情極好，「一夕，石以赴桌司未歸，婦與王飲，不覺過醉，就臥席間，化而為狐。王憐之，覆以錦褥。」（卷五，頁 644）當石某意圖殺害婦人時，王氏還加以阻止。婦人察覺後恨極，索還當初賜與的救命藥，使石某半歲便卒。

　　由此觀之，則婦人的出現雖引發王氏的焦慮，但能以德、情漸漸化解，反倒是作賊心虛的石某終作繭自縛，自食其果。

　　〈嫦娥〉中神女和狐仙於人間家庭掀起了幾次角力。

序號	篇　名	妻／妾→夫（A）	夫→妻／妾（a）	夫→合法介入者（B）	合法介入者→夫（b）	合法介入者→妻／妾（C）	妻／妾→合法介入者（c）	主導者	附註
41	〈嫦娥〉	拉近	拉近	拉近	拉近	拉近	搖擺不定		
		拉近	拉近	拉近	拉近	拉近	拉近	妻	

　　婚前宗子美雖傾慕嫦娥的美色卻籌不出禮金，於是擱置。後見顛當雅麗不遜於嫦娥，就想方設法地接近，日子久了兩人也發生關係，於是約定成親。嫦娥知道這門婚約後橫加干預，給宗子美黃金讓他迎娶自己。宗子美詢問於顛當，顛當竟「深然其言，但勸宗專心嫦娥」（卷八，頁 1070），宗子美卻還有些踟躕，待顛當表示「願下之，宗乃悅」（卷八，頁 1070），可見妻妾之爭乃宗子美所畏。

　　婚後，宗子美將顛當所言悉數說給嫦娥聽，嫦娥明白他的意思，便「微笑，陽慫恿之。」（卷八，頁 1071）宗子美大喜，正要告訴顛當這個好消息，顛當卻絕蹤跡，「嫦娥知其為己，因暫歸寧，故予之間，囑宗竊其佩囊。」（卷八，頁 1071）表面大方，其實卻用了心機。於是當宗子美趁與顛當親熱間竊取紫色荷囊時，「顛當變色起，曰：『君與人一心，而與妾二！負心郎！請從此絕。』」（卷八，頁 1071）嫦娥與顛當第一回合較量高下立判，顛當拂袖而去，從此「影滅跡絕，莫可問訊」（卷八，頁 1071）。

　　嫦娥來到宗家後令其家暴富，嫦娥又善諧謔，和宗子美享盡閨房之樂，喜得宗子美大嘆：「吾得一美人，而千古之美人，皆在床闥矣！」（卷八，頁 1071）可惜塵緣已盡，一日嫦娥假託被盜匪擄走離去。嫦娥別後宗子美想方設法尋找嫦娥，如此三四年，途中顛當假作落魄，「垢面敝衣，偃僂如丐」（卷八，頁 1072）試驗宗子美對自己的心意，並洩漏嫦娥的行蹤。嫦娥被發現後，恨恨的埋怨「顛當饒舌，乃教情欲纏人。」（卷八，頁 1073）於是告訴他自己的身分，必且條件交換：「君如釋妾，當為代致顛當。」（卷八，頁 1073）誰知宗子美卻不聽，「解帶自縊」（卷八，頁 1073）。嫦娥救下宗子美，忿恚曰：「顛當賤婢！害妾而殺郎君，我不能恕之也！」（卷八，頁 1074）。

　　宗子美復生後隨即偷偷去尋顛當致謝，卻找不到人。嫦娥看在眼裡說了句饒富意味的話：「君背嫦娥，烏得顛當？請坐待之，當自至。」（卷八，頁 1074）嫦娥掌握宗子美的好色，牢牢抓住自己嫡妻的主權，表明子美若要享

齊人之福還得經過自己的允准。不多時顛當就出現了，三人首次同場相見：

> （顛當）倉皇伏榻下。嫦娥疊指彈之，曰：「小鬼頭陷人不淺！」
> 顛當叩頭，但求賒死。嫦娥曰：「推人坑中，而欲脫身天外耶？廣寒
> 十一姑不日下嫁，須繡枕百幅、履百雙，可從我去，相共操作。」
> 顛當恭白：「但求分工，按時齎送。」女不許，謂宗曰：「君若緩頰，
> 即便放卻。」顛當目宗，宗笑不語，顛當目怒之。乃乞還告家人，
> 許之，遂去。宗問其生平，乃知其西山狐也。（卷八，頁 1074）。

顛當狐仙的地位較神女嫦娥卑賤，一開始便處於下風，求饒不迭，不過她一面接受懲處，卻又不忘討價，只可惜反被嫦娥利用機會。在愛情面前，自己在情人心裡的地位比世俗的階級重要多了。嫦娥故意當面表明願意接受宗子美的說情，既做足了面子給宗子美，又趁機宣示了愛情中的主權。二女第二回合交手，由於妻子佔主導優勢，夫妻間彼此施予強大的拉力，使得嫦娥不管在現實或愛情中的地位仍然穩佔上風，擁有絕對的地位和主權。

再次回來的嫦娥變得持重，拒絕和宗子美親熱，暗中叫顛當代替自己，「顛當慧絕，工媚。嫦娥樂獨宿，每辭不當夕。」（卷八，頁 1074）雖然如此，當顛當和子美在房中嬉鬧不絕的時候，嫦娥還是心生醋意，遣丫鬟前去偷窺。當她發現顛當偷扮自己和子美親熱後還略施薄懲，讓她二人到房裡向自己請罪，宣示自己的主權。

顛當的調皮常逗得嫦娥好氣又好笑，一次嘻笑間，以「口唧鳳鉤，微觸以齒」（卷八，頁 1075），讓嫦娥頓時春情激盪，呵叱她狐性不改，隨便魅惑人，從此對她嚴加防範。直到子美代顛當表白一片親愛之心，才又恢復以往的和睦，但「以狎戲無節，數戒宗」（卷八，頁 1076）。然子美不聽勸告，嬉戲毫無節制，終釀出禍端，還虧嫦娥以法術化解，並全面整肅：

> 召諸婢，數責遍扑。又呼顛當，為之屬禁。謂宗曰：「今而知
> 為人上者，一笑嚬亦不可輕。謔端開之自妾，而流弊遂不可止。凡
> 哀者屬陰，樂者屬陽；陽極陰生，此循環之定數。婢子之禍，是鬼
> 神告之以漸也。荒迷不悟，則傾覆及之矣。」宗敬聽之。顛當泣求
> 拔脫。嫦娥乃搯其耳；逾刻釋手，顛當懵然為間，忽若夢醒，據地
> 自投，歡喜欲舞。由此閨閣清肅，無敢譁者。（卷八，頁 1077）

經過嫦娥對僕婢的雷厲風行，對宗子美的殷殷告誡，並挽救顛當的罪過，於是宗氏一家才終於恢復秩序。如此亦可窺見嫦娥如何憑藉著自己的美色、神

女的法力及背景和高超的權力運用手腕，陽使顚當不敢逾越，陰使宗子美對自己既尊敬又愛慕，並藉由婢子之禍展現魄力，使治家的權力凌駕於宗子美之上。其後蒲松齡安排嫦娥誕下一雙子女，並與世家嫁娶，畫下圓滿的結局。

顚當的介入是因宗子美多情，然顚當幾次負氣，皆因恨宗子美有等差的愛。雖然如此顚當並不因此遷怒嫦娥，從其言曰：「妾於娘子一肢一體，無不親愛；愛之極，不覺媚之甚。謂妾有異心，不惟不敢，亦不忍。」（卷八，頁 1076）可知嫦娥雖有強大的能力和氣勢，但若非顚當先天和後天形勢不利，更有親愛之心，故雖屢居下風，並不興風作浪。因此顚當的介入雖使宗子美─嫦娥─顚當三人間偶有波瀾起伏，家庭卻不曾因此付出慘重的代價。

而〈邵女〉首先點出嫡妻金氏最爲人詬病的缺憾：「不育，又奇妒」（卷七，頁 883）。因此納妾的問題一直是影響柴家和諧關係的關鍵。

序號	篇　名	妻／妾→夫（A）	夫→妻／妾（a）	夫→合法介入者（B）	合法介入者→夫（b）	合法介入者→妻／妾（C）	妻／妾→合法介入者（c）	主導者	附註
42	〈邵女〉	拉近	推拒	拉近	--	拉近	推拒	妻	第一組
		拉近	推拒	拉近	推拒	拉近	推拒	妾2	第二組
		拉近	拉近	拉近	推拒	拉近	拉近	妾2	和諧

文本中夫妻首次決裂正是因爲金氏將柴廷賓百斤購得的妾暴虐致死。然而金氏也非無所顧忌，她雖氣惱丈夫，終究還是迎合討好，企圖修復夫妻關係。於是，她主動趁著柴廷賓之壽辰，一面「卑詞莊禮，爲丈夫壽。」（卷七，頁 883）再故意「設筵內寢，招柴。」（卷七，頁 883），三又「華妝自詣柴所」（卷七，頁 883），最後趁此軟言告罪，假作悔悟，宣言：「後請納金釵十二，妾不汝瑕疵也。」（卷七，頁 883）一步步引誘丈夫掉入自己的陷阱，陽呼媒媼物色媵妾，並假作督促，私下裡卻使媒人拖延。

而柴廷賓心中對妻子的情感還是矛盾的，面對妻子的討好，他先「不忍拒」（卷七，頁 883），再推辭不進金氏內寢，當金氏親自來訪後，才進入內室與金氏「酌酒話言」（卷七，頁 883），當金氏釋出善意和歉意後，「柴益喜，燭盡見跋，遂止宿焉。由此敬愛如初。」（卷七，頁 883）。

柴廷賓以爲禁令解除，從此妻子不再計較自己納妾，一年多後等不及購致林氏之養女。金氏一見也不多言，「喜形於色，飲食共之，脂澤花釧，任其所取。」（卷七，頁 883～884）卻找著林氏不習女紅的弱點，借題發揮。她一

面「若嚴師誨弟子。初猶呵罵，繼而鞭楚。」（卷七，頁884），令柴廷賓看在眼裡，痛心疾首，卻想不著應對之策。另一方面「金之憐愛林，尤倍於昔，往往自為汝束，勻鉛黃焉。」（卷七，頁884）。然而，一旦「履跟稍有摺痕，則以鐵杖擊雙彎；髮少亂，則批兩頰」（卷七，頁884）。如此運用兩面手法，讓柴廷賓無言反駁，同時又達到折磨林氏，使其永遠離開夫妻之間的目的。然而，此時痛心慘目的柴廷賓也看破妻子的心機，「復反目，永絕琴瑟之好。陰於別業修房闥，思購麗人而別居之。」（卷七，頁884）

新妾邵女是邵秀才的獨生女，很受父親寵愛，家雖貧，但非常聰慧，尤其喜愛研讀醫書和相術一類的書籍。但凡「有議婚者，輒令自擇，而貧富皆少所可，故十七歲猶未字也。」（卷七，頁884）可是偏偏沒想到她卻答應柴廷賓的婚事，願意屈居為賤媵。

入門後，居別墅，但她明知金氏的可怖，卻仍主動勸柴廷賓回家。認為只要自己沒有過錯，金氏也無由發怒，因此建議：「不如早歸，猶速發而禍小。」（卷七，頁886）不聽柴廷賓的勸阻，進而曰：「身為賤婢，摧折亦自分耳。」（卷七，頁887）柴廷賓雖被說服，但仍躊躕不已。

邵女見狀，趁柴廷賓外出主動著婢子之青衣向金氏謙卑地伏地自陳。金氏始怒，但隨即轉念被少女的謙卑和自首的行為所打動，於是接納她，替她換下青衣，換上錦衣，也不忘為自己辯白，曰：「彼薄倖人播惡於眾，使我橫被口語。其實皆男子不義，諸婢無行，有以激之。汝試念背妻而立家室，此豈復是人矣？」（卷七，頁887）雖不盡不實，但也道出女子對男子不能專情的怨念。邵女則替柴廷賓緩頰，安慰金氏說丈夫已有些後悔，對金氏說之以理。她以禮而論，曰：「諺云：『大者不伏小。』以禮論：妻之於夫，猶子之於父，庶之於嫡也。夫人若肯假以詞色，則積怨可以盡捐。」（卷七，頁887）妻子雖覺悻悻然卻仍暫時將少女安置。

柴廷賓這方面知道邵女回家，驚得以為羊入虎口，凶多吉少，疾奔回家。好在邵女頗能和金氏應對，不與強碰，因而暫時相安無事。邵女更進一步勸夫婿去和妻子重修舊好，但柴廷賓卻不太願意，邵女於是兩面搓合：

> 女泣下，柴意少納。女往見妻曰：「郎適歸，自慚無以見夫人，乞夫人往一姍笑之也。」妻不肯行。女曰：「妾已言：夫之於妻，猶嫡之於庶。孟光舉案，而人不以為諂，何哉？分在則然耳。」妻乃從之，見柴曰：「汝狡兔三窟，何歸為？」柴俛不對。女肘之，柴始

強顏笑。妻色稍霽,將返。女推柴從之,又囑庖人備酌。自是夫妻

復和。(卷七,頁 887～888)

從此,邵女將自己的姿態放至最低,「早起青衣往朝;盥已,授帨,執婢禮甚恭。」(卷七,頁 888)至於夜寢,不但不敢專擅,還苦苦辭讓,「十餘夕始肯一納」(卷七,頁 888),令妻子也佩服她的賢德,但卻也因「自愧弗如,積慚成忌」(卷七,頁 888)。但邵女「奉侍謹,無可蹈瑕;或薄施訶譴,女惟順受。」(卷七,頁 888)簡直令妻子找不到一絲缺點來大做文章。

一日因夫妻口角,便借題發揮拿邵女出氣,她不顧邵女長跪哀求,仍鞭打她數十鞭,惹得柴廷賓氣得將邵女拉出,夫妻二人大打出手,「妻呶呶逐擊之。柴怒,奪鞭反扑,面膚綻裂,始退。」(卷七,頁 888)夫妻二人再度決裂。

柴廷賓嚴禁邵女靠近金氏,但邵女卻反而早起向金氏請罪,「膝行伺幕外」(卷七,頁 889),金氏心頭之恨難解,「妻搥床怒罵,叱去不聽前。日夜切齒,將伺柴出而後洩憤於女。」(卷七,頁 889)夫妻二人又展開攻防。「柴知之,謝絕人事,杜門不通弔慶。妻無如何,惟日撻婢媼以寄其恨,下人皆不可堪。」(卷七,頁 889)。邵女這方面,「自夫妻絕好,女亦莫敢當夕」(卷七,頁 889),讓柴廷賓孤枕而眠,使「妻聞之,意亦稍安」(卷七,頁 889)。反把心思用到一大婢身上,「疑其私,暴之尤苦」(卷七,頁 889),不覺引起大婢殺機。

邵女窺知後,不願借刀殺人以求太平,反以德報怨,透過柴廷賓協助,盡力保全金氏和婢女雙方,阻止了這場橫禍。然而此舉反招來被瞞在鼓裡的金氏的怒火,「以其不謀故,罪柴,益遷怒女,詬罵益毒。」(卷七,頁 889)使得柴廷賓忿顧邵女,曰:「皆汝自取。前此殺卻,烏有今日。」(卷七,頁 889)拂袖而去。金氏發現有異,卻問不出所以然來,更加氣惱,「心益悶怒,捉裾浪罵」(卷七,頁 889)。柴廷賓受不了,於是據實以告,以為能解除妻妾關係的緊張,換得太平日子。誰知「妻大驚,向女溫語;而心轉恨其言之不早」(卷七,頁 889)。柴廷賓於是遠出,「妻乃召女而數之曰:『殺主者罪不赦,汝縱之何心?』女造次不能以詞自達。妻燒赤鐵烙女面,欲毀其容。……妻乃不烙,以針刺脅二十餘下,始揮去之。」(卷七,頁 889～890)

柴廷賓發現後,大怒,本欲往尋討還公道。邵女卻又阻止,一如既往的侍奉嫡妻。好在金氏能審情度勢,知家人皆心向邵女,因此收斂不少。

而邵女則不計前嫌，當妻生病時，盡心盡力的侍奉，並想親自為妻醫治，妻子雖心中越發感動，但反省自己過去作為後反生小人之心，害怕被挾怨報復而拒絕。當病危之際，邵女勸其改變藥方，她仍不相信。直到因邵女的三帖藥而癒後，金氏才大夢初醒，泣曰：「妾日受子之覆載而不知也！今而後，請惟家政，聽子而行。」（卷七，頁891）從此改變態度，對邵女親愛異常：「女捧壺侍側；金自起奪壺，曳與連臂，愛異常情。更闌，女託故離席；金遣二婢曳還之，強與連榻。自此，事必商，食必偕，姊妹無其和也。」（卷七，頁891）。甚至當邵女產後多病時，金氏還「親調視，若奉老母」（卷七，頁891）。

至此，妻妾終於互親互愛，柴廷賓也終於意識到金氏對家庭的貢獻。邵女身為夫妻關係的介入者，雖然看似一直處於挨打狀態，但事實上她卻具有強烈的主動性。她基本先做好妾的本分，讓妻不能無理取鬧；她謙卑低下，處處給予妻十二萬分的尊重，來撫平妻子面對外來者的極度焦慮和婚姻剝奪感；她知道妻的好妒是來自於不願分享夫妻之情，於是，對床闈之事百般推辭，並且試圖在夫妻間幫著穿針引線，動以情，說以理，盡可能減低正室感到自己是三人行中被排擠的第三元的焦慮，幫助破裂的夫妻關係重返和諧的局面，增加家庭的凝聚力。

柴廷賓對妻子的態度是又愛又恨。對於妾，柴廷賓都是憐惜的。面對妻對妾的鞭撻，柴廷賓總是著急的，對於虐死的媵妾，皆痛心疾首。當邵女不聽勸阻，提議回家自首時，柴廷賓還是害怕邵女橫遭毒手，告誡說：「此非常之悍，不可情理動者。」（卷七，頁887）深怕羊入虎口。當妻子生命受到婢子威脅時，雖為之設防，最後卻恨不得婢子得逞，以絕後患。甚至妻子病重，更「恨其不死，略不顧問」（卷七，頁890）。但最後，卻也因為金氏病重才感念金氏平日對治理家務的貢獻，而願意聘醫藥之。

此夫—妻—妾三人的關係之所以不斷地處於緊張的狀態，原因還是在於柴廷賓和金氏二者利益的矛盾。兩夫妻幾次分合的原因皆在於夫一味要納妾，而妻卻不能接受禮法的壓抑一逕的阻止妾的介入，使得可憐的妾被虐死，夫妻關係陷入冰點。如今邵女既入火坑，勢必為夫妻二人的角力所波及。而這場家庭戰爭中的權力關係，正是夫強於妻，妻反抗不利，而遷怒妾。妾欲永遠調停這場難解的紛爭，單靠柴廷賓的言聽計從和在妻之前的唯唯諾諾畢竟效果有限。歸根結柢，還是得讓正室接受自己。一旦正室接受自己，以柴廷賓對自己寵愛的程度，自然也會留予正室幾分薄面。因此邵女除了俯首帖耳的順著獅毛摸，還無私的運用相術、醫術施恩嫡妻，以德感召，釋出善意，

讓嫡妻知道自己的存在並不會對她構成威脅，甚至有所助益，並結合輿論的支持，起到催化作用。先前荼毒邵女時，「婢媼皆爲之不平。每號痛一聲，則家人皆哭，願代受死。」（卷七，頁 890）使她「自知身同獨夫，略有愧悔之萌」（卷七，頁 890），從此態度改善「時時呼女共事，詞色平善。」（卷七，頁 890）。正是因爲邵女犧牲小我，以柔克剛，才令妻妾相得，夫妻和好，因此夫—妻—妾間的凝聚力，邵女實在功不可沒。

由此情節安排我們可以發現，蒲松齡對妾的期許似乎不只是各安其份這麼簡單，他甚至希望妾的加入，可以起到修補夫妻間針鋒相對的作用，爲家庭帶來新的氣象。然而，若非如本篇及〈妾擊賊〉中的突遭變故，使妾之角色有新的展演模式，否則僵化的三元互動關係難以有新的契機。

然而類似的情況落在〈呂無病〉中，卻又是一翻不同景象。蒲松齡利用前後兩任嫡妻和繼室王氏自己的轉變做了反覆辯證，最終仍脫不了男性思維，將家庭失和的過錯推到了嫡妻身上。

序號	篇　名	妻/妾→夫（A）	夫→妻/妾（a）	夫→合法介入者（B）	合法介入者→夫（b）	合法介入者→妻/妾（C）	妻/妾→合法介入者（c）	主導者	附註
43	〈呂無病〉	拉近	拉近	拉近	拉近	拉近	拉近		第一組：和諧
		拉近	推拒	推拒	推拒	推拒	拉近	妻2（合法介入者）	第二組
		--	--	拉近	拉近	不推拒	--	夫	第三組：和諧

洛陽孫麒青年喪偶，山中巧遇「年約十八九，衣服樸潔，而微黑多麻，類貧家女」（卷八，頁 1110）的呂無病自薦爲「康成文婢」（卷八，頁 1110）。孫麒被她的才學和鼻息間的香氣吸引，很喜歡無病，無病也盡心侍候，漸漸從婢女晉升爲妾，孫麒甚至拒絕大戶人家的說媒想和無病就這樣白頭偕老。無病得知後「苦勸令娶」（卷八，頁 1111），拒當正室，寧願屈於妾位，虛位以待人類正室，孫麒才娶許氏爲妻，然而始終還是寵愛無病。

第一任嫡妻許氏「甚賢，略不爭夕」（卷八，頁 1111～1112）加上「無病事許益恭」（卷八，頁 1112）因此嫡庶偕好。無病對許氏的兒子阿堅也視

如己出，頗為憐愛，「兒甫三歲，輒離乳媼，從無病宿；許喚之，不去。」（卷八，頁 1112）許氏臨終前放心託孤，囑曰：「無病最愛兒，即令子之可也；即正位焉亦可也。」（卷八，頁 1112）更顯出妻妾間親密信任的關係。然而，宗黨卻阻止孫麒將無病扶正，連無病自己也極力推辭，此事才作罷。

再娶的王氏家族頗有勢力，使「宗族仰其勢，共慫恿之」（卷八，頁 1112）令孫麒迷惑再娶。然而新入門的王氏雖色豔，但「驕已甚，衣服器用，多厭嫌，輒加毀棄。」（卷八，頁 1112）孫麒因為敬愛她，不忍拂了她的意，入門數月，孫麒都在她的房裡過夜，比之前妻許氏已甚被寵愛。然而，王氏並不滿足，她無法如許氏般寬容，十分刻薄地對待無病，「無病至前，笑啼皆罪」（卷八，頁 1112）。又「時怒遷夫婿，數相鬧鬥。孫患苦之，以故多獨宿。」（卷八，頁 1112）但這也不能平息王氏的怒火，孫麒不堪忍受「託故之都，逃婦難也。」（卷八，頁 1112）留下問題讓妻妾承擔。王氏的怒火來自愛的不完整，即渴望丈夫完整的陪伴，因此孫麒的脫逃無異火上澆油，王氏「以遠遊咎無病。無病鞠躬屏氣，承望顏色；而婦終不快。」（卷八，頁 1112）其後更對無病施虐，厭罵、毒撻無算，更波及阿堅，使其病悸，又不投藥，「使棄諸地」（卷八，頁 1112），令其身絕，且不為其置葬具，命棄之。孫麒直至子離妾亡後才憤而回家和妻子及其娘家相抗，以驅逐王氏換回家庭的平靜。

直到幾年後，王氏落魄才幡然悔悟，求孫麒收留。改頭換面的王氏不爭不妒，從此盡心操持家務，對家中奴僕給予公平的賞罰，並且細心關照阿堅，夜裡也不讓孫麒留宿，勸他到小妾房裡，孫家才又恢復一片和諧的樣貌。如此行徑也獲得孫麒的感戴為重組的夫—妻—妾三元關係找到平衡。

由此，蒲松齡顯然把夫—妻—妾三人是否能和睦共處歸因於妻的態度，若妻能容忍小妾，不妒忌，則妻慈妾躬，丈夫樂得待在家裡。反之，則家不成家，夫為避婦難有家不歸，妾則只好獨自忍受嫡室各種無理的對待，以彰顯賢德。然而孫麒並非無能，若非他三心二意，不滿足於舊愛無病仍要再娶，只耽於享受齊人之福，卻不願承擔調停，何至落得子離妾死，夫妻兩家暴力相向，爭訟不休的窘境。因此這夫—妻—妾三人的互動不論是孫麒—王氏—呂無病或是孫麒—王氏—已納為妾的婢女的組合上，關鍵都在於後進的妻王氏和丈夫孫麒。無病和婢女都只是被動的接受者，無病是忍辱負重，消極求全，而婢女在文本中無多少描述，但顯見坐收漁利，因此二人皆無法對三人關係起到決定性的作用。另外，蒲松齡安排他以不怒則已，一怒則江山色變的姿態強勢奪回家庭主權，正揭示能匡正夫綱，避免牝雞司晨重整家庭者，

始終還是男性家父長。

〈大男〉中何昭容的遭遇頗類呂無病。

序號	篇名	妻／妾→夫（A）	夫→妻／妾（a）	夫→合法介入者（B）	合法介入者→夫（b）	合法介入者→妻／妾（C）	妻／妾→合法介入者（c）	主導者	附註
44	〈大男〉	--	不拉近	推拒	推拒	推拒	不推拒	妻1（合法介入者）	繼室虐妾，波及丈夫
		拉近	拉近	不拉近	拉近	推拒	拉近	妻2	陰錯陽差，妻妾身分互換，夫為難妾，妻阻止
		拉近	拉近	拉近	拉近	拉近	拉近		妾見妻之子如今顯貴，又因妻以德報怨而愧悔。夫則忘舊惡和善待妾。

奚成列續娶的申氏性好妒，常虐待何昭容並波及奚成列，「終日嘵聒，恆不聊生」（卷十一，頁 1564）。奚成列亦類孫麒，大怒離家。奚成列去後何昭容誕下一子大男，「申擯何不與同炊，計日授粟。大男漸長，用不給，何紡績佐食。」（卷十一，頁 1564）。大男聰慧，學業猛進，但不斷問起父親。何昭容拖延著一直到大男十多歲的時候才告知事情始末，於是大男悲傷不已偷偷前往尋父。

大男離家後，朝容被申氏強行賣掉，被轉了兩手皆以死明志，直到第三次意外和奚成列重逢，扶為正室。朝容因「自歷艱苦，痾痛多疾」（卷十一，頁 1567），不能再操持家務，於是勸奚成列買妾。奚成列鑑於申氏而拒絕，但昭容表明：「妾如爭床第者，數年來固已從人生子，尚得與君有今日耶？且人加我者，隱痛在心，豈及諸身而自蹈之？」（卷十一，頁 1567），奚成列才交代買一三十餘老妾，顯見餘悸猶存，不願重蹈。誰知此一妾氏正是申氏。奚成列見狀便有意為難：

（奚成列）曰：「使遇健男，則在保寧，無再見之期，此亦數

也。然今日我買妾，非娶妻，可先拜昭容，修嫡庶禮。」申恥之。
奚曰：「昔日汝作嫡，何如哉！」何勸止之。奚不可，操杖臨偪。申
不得已，拜之。然終不屑承奉，但操作別室。何悉優容之，亦不忍
課其勤惰。奚每與昭容談讌，輒使役使其側；何更代以婢，不聽前。
（卷十一，頁 1567）

奚成列心惡申氏往日惡行，雖不推拒，但刻意讓她修嫡庶禮，相對於申氏覺得羞恥及不屑，推拒昭容，昭容則百般包容申氏、拉近她。直到申氏見到大男貴盛，才稍收斂，待官府將名分確立後，申氏見何氏，「衣服飲食，悉不自私」（卷十一，頁 1569），本怕她復仇，如今感到十分愧悔，改推力為拉力，終安本分。奚成列在申氏收斂後，也改變態度，忘記舊惡，施予拉力，讓家裡人稱她為太母。

蒲松齡倒對此夫—妻—妾三人的互動有所提點，曰：「奚生不能自立於妻妾之間，一碌碌庸人耳；苟非孝子賢母，烏能有此奇合，坐享富貴以終身哉！」（卷十一，頁 1569）。對於奚成列的行事不以為然，認為若非有昭容和大男的賢孝，則難以有如此完滿的結局。然而，若非奚成列從失敗中學習，堅定態度，對何氏施以強大拉力，不奢求齊人之福，恐怕以何氏之溫婉，將使嫡庶顛倒，重陷婦難。

後二則故事蒲松齡再度受男權思維圈限，透過因果報應期使元配能從「夫」如流，為男性服務，並祭出男權的旗幟，宣示唯有男性才能握有家庭的實質權力，最後成功整肅家風者必是男性。另外，由此五則故事還可發現，家庭是一系統，雖然第三元的加入會擾動家庭原有的氣氛，然而，其幸福與否並不能只歸咎於後入的第三元。況後入者大多是被動的由丈夫引入，若非先在的夫、妻關係出現匱乏或焦慮，哪有第三元的餘地呢？而丈夫引入妾的行為正是將彼此關係中的匱乏和焦慮檯面化，元配自然也不能抑制，將種種負面情緒一股腦兒地宣洩而出，首當其衝者當然也就是權力地位最卑下的妾，造成「女人何苦為難女人」的態勢。而這之中，考驗的不只是丈夫的作為，還有妾的耐受力及元配是否「認命」追隨父權的主流價值。

第三節　《聊齋誌異》中婚姻的三元互動關係分析

我們研究此三元互動關係勢必要將其放在家庭系統的脈絡來觀看，才能

觀其全貌不致偏於一隅〔註 19〕。而上面兩節已大致將被涉入的婚姻做了文本現象的探討，並從中探求作者的創作意識及隱含讀者。以下則分別從第三元介入婚姻者人類、異類的身分及其所導致的結果觀察，再從人物互動過程中三方彼此的拉近或推拒再做探賾，期使能對上述的研究做一歸結並深入的探討其本質。

一、以第三元介入者的身分及其結果觀察

表 2-1：第三元婚外戀者的身分

	人類		異類		共計（組）
	男性	女性	男性	女性	
正面	0	1	0	5	6
負面	6	2	2	7	17
無影響	2〔註20〕	0	0	0	2
曲折的	0	1	0	1	2
共計（組）	8	4	2	13	27

表 2-2：第三元為妻／妾

	人類		異類		共計（組）
	妻	妾	妻	妾	
正面	3	8	1	1	13
負面	3	6	0	0	9
曲折的	0	3	0	1	4
共計（組）	6	17	1	2	26

　　從表 2-1 和表 2-2 中可以發現，當一夫一妻／妾的婚姻關係有外來者的加

〔註19〕傳統社會一般將家庭失序歸咎於妻子，使其成為家庭失序的代罪羔羊（scapegoat）。代罪羔羊的定義是「家庭中的某一成員（通常即是已界定的患者），成為衝突點或批評的對象。」參考自麥可‧尼可斯（Michael P. Nichols）著，郭靜晃校閱，王慧玲、連雅慧翻譯，《家族治療的理論與方法》（臺北：洪葉文化事業，2002），頁 526。

〔註20〕其一為人妖。

入時，會出現以下幾種現象及結果：

（一）關於第三元為婚外戀者之分析

從以上分析我們可以歸納出，無論夫和妻都有可能與家庭外的第三元發生關係，因此分項細述：

1. 當丈夫發生外遇

二十七組有三元互動關係的婚外戀故事中，人類佔十二組，約百分之四十二點九，與十六則異類婚外戀者介入婚姻相比，二者相差不遠，顯見不論人類、異類皆不介意貿然介入他人婚姻，因此可以考察此二類介入婚姻的方式、動機及引發的家庭互動張力。

（1）第三元外遇對象為人類

在十二組第三元婚外戀者身分為人類中，男性佔八組，其中一則是人妖，女性則佔四組，婚外戀者為人類女性者只佔三分之一，正印證此男權當道的社會，禮法主要是為女性制定，其規範往往被心懷不軌的男性藐視。而人類女性婚外戀者的介入有二則是主動介入，庚娘是為了報夫仇（〈庚娘〉），三公主則因名節有損，故而施壓下嫁（〈八大王〉），然此二者雖為主動，皆是為情勢所逼，女子與丈夫之間並無愛情可言。其餘二則第三元皆是被動的被丈夫引入。尚生因宿妓與惠哥發生情愫，故而借法術私會（〈鞏仙〉）；姚安因覬覦綠娥美色，故殺妻迎娶（〈姚安〉）。可見女子若非情非得已，並不隨便介入他人婚姻。而被介入的婚姻，四則中也僅有一則能維持夫—妻—妾三元的和諧。此唯一能維持既有的和睦氛圍，乃因婚外戀者能提供家庭挹注，消除無子繼承的隱憂。其他三則則為家庭帶來動盪，其中二則造成家破人亡的慘案，另一則多虧尚生有賢內助的裡外打理，才保全丈夫性命令其坐享齊人之福。

作者如是安排，表達了對非正統婚姻的不認同，但也描畫了理想中的妻子典範。其理想的妻子當如〈八大王〉中的尚妻一樣，做丈夫背後的無名英雄，對丈夫的好色不起妒心，並且能以大局為重，還能出得廳堂，為丈夫斡旋解圍。

（2）第三元外遇對象為異類

二十七組中有十五組婚外戀對象，比之人類女子的介入為數稍多。然其中異類女性占了十四組，異類男性只佔了兩則，比例懸殊。而第三元異類女

子的介入使夫、妻三元維持和諧的故事與引起家庭焦慮的故事比為五比七，比數相近。

考察夫妻間被婚外異類女子介入還得和平共處者多是異類女子能為匱乏的婚姻帶來各式的挹注，使元配感戴其恩，不加阻撓，而子嗣、財富、情緣、安全都是嫡妻所貪戀的。七篇第三元異類女子介入導致家庭失和的故事裡，三篇因丈夫的配偶中本有異類女子，因此丈夫食髓知味，不分青紅，要求枕邊的異類女子召喚或同意與另一名異類女子共享床第之樂，因受到勸阻而對配偶產生不滿。其他四則則因第三元異類女子或懷有目的，動機不純，或是來路不明，其動機多在性慾之上，惟王勉與明璫稍有情感基礎。然異類女子有時會巧設機關來試煉人心，不過只要不違背道義，通常還是能獲得協助。然而婚外戀中異類的介入也較易帶來禍央，主要是作者用來勸懲勿流於男性荒淫無度的作品。

另外，值得一提的是婚外戀異類女子的態度決定元配的態度。本章五十三組三元互動關係中有四十三組第三元介入者為女性（見表 2-1 及表 2-2），故介入婚姻者主要以女性為大宗。以介入者的身分為婚外戀者的角度來看，女性亦遠多過於男性（17：10），而在女性中異類女子與人類女子比是 13：4（見表 2-1），這高達約七成六的異類女子的態度是元配願不願意成全的關鍵。若異類女子能以異能替家庭彌補元配不能勝任的種種遺憾，以協助者的姿態介入家庭與人夫發生婚外戀情，元配通常能包容，甚至歡迎第三元異類。然而有一項前提是人夫必須遵守的，即對元配夫人禮節上的敬重是必要的，那種無視於元配，甚至為家庭外的他者傷害元配的行為是受到譴責的。

2. 當妻子發生外遇

即便是困於家庭的妻子仍有可能鑽牆踰穴或是成為外人覬覦的對象。十組人妻與婚外男性牽扯的故事中，只有一則以愛情為基礎，其他則由性慾而起：一則夫婦共謀，三則妻子紅杏出牆，其他五則故事基本上是婚外男性覬覦人妻的美色因而強行破壞。

（1）第三元外遇對象為人類

〈細侯〉因不滿商人陷害騙婚，細侯一怒殺子逃家，是《聊齋》中少數因真情而釀禍的愛情悲劇。〈成仙〉中的妻子和〈錦瑟〉中的藍氏因丈夫久出不歸而紅杏出牆。藍氏與丈夫之間雖然還有財經地位懸殊的問題，總而言之，她們都是因人夫無法滿足妻子的期待才大膽的出此下策。其他三則強搶人妻

的故事則旨在道出現實生活中地方惡霸仗勢欺人的小人嘴臉和人夫的懦弱無能。〈素秋〉一則還道出女性不能自主追求情愛，明知所託非人，卻還需秉承家長之命嫁娶的處境。

（2）第三元外遇對象為異類

二則受異類性騷擾的篇章，〈泥書生〉、〈賈兒〉也都是因為丈夫無法給予妻子情慾和安全感的需求，因而讓異類男子有機可乘。

基本上人妻與男性外遇的遇合無論基於什麼身分、什麼模式和原因都嚴重干擾了家庭生活，結局都是悲慘的。比較男性異類和男性人類介入婚姻的篇數，男性人類遠多於男性異類（8：2），《聊齋》中的異類男性不再像六朝的鬼怪專門幹些害人的勾當〔註21〕，反而常以知書達禮的書生存在。其中計誘賣妻、滅門奪妻等情節顯示人類男子用心險惡比異類更甚。

（二）關於第三元為妻之分析

1. 妻為人類

第三元為人類妻子的故事共有六則，引起正、負面影響各半，端看第三元或正室能否接受禮教的擺佈，與人共享婚姻生活。如若和〈呂無病〉中賢慧的許氏和幡然悔悟的王氏一般為家庭服務，或是第三元正室介入時，便欣然接受家庭權利和資源分配的現狀，則歸於和諧；若否，則戰爭一觸即發。

因而有〈呂無病〉中妻對妾施虐的情節和〈鬼妻〉中因為拒絕接受死亡，妄想再續情緣卻遭背叛而猛烈反撲的鬼妻。

2. 妻為異類

只有一則異類女子介入嫁為嫡妻的故事，〈小梅〉一則為狐狸報恩，趁人類嫡妻病重，假為神女，讓元配重託於她，完成報恩的願望，與常見的異類安排人類女子繼位的情節模式正好相反。

（三）關於第三元為妾之分析

1. 妾為人類

此十七組人類妾室介入家庭的故事裡，除了〈庚娘〉中的唐氏為了尋求下半生的倚靠，主動攀附外，其他人妾都是被動地進入家庭。她們的出現都

〔註21〕 參考陳文新著：《傳統小說與小說傳統》（武漢：武漢大學出版社，2005），頁13～25〈魏晉南北朝小說中的仙鬼怪形象及其悲劇意蘊〉對魏晉南北朝小說中仙、鬼、怪的形象所做的觀察歸納。

深具功能性，或是繁衍子嗣，或是提供丈夫性的服務，或是操持家務，主要是填補家庭功能的不足。他們通常地位低賤，因此往往過於順從如同魁儡。家庭因為她們的進入而出現緊張氣氛的原因終歸是丈夫的變心和嫡妻的自危和嫉妒。她們只是如一顆石子般被投入水中，但那些漣漪並非是她們的作為，實際上漣漪是背後那個丟石頭的人操弄的。

2. 妾為異類

而《聊齋誌異》中僅有極少數的異類是妾的身分，十九篇中只有兩篇異類女子以妾的身分進入家庭。其中〈嫦娥〉裡的嫡妻本身就是異類，並且其神女的身分在異界原就高於狐狸精，這樣的安排無異於人間的體制。然而正因二人皆有才能，並親愛宗子美，因此妻妾之間屢生角力，若非狐狸精顛當對嫦娥又有另一層女性情愫，此番角力不一定會落幕；〈蕭七〉一則嫡妻雖為人類，但狐狸精蕭七依然不介意委身為妾。顯示一旦異類願意進入婚姻的模式，基於人類的自視，異類的身分地位依舊低於人類，因此需循人間的遊戲規則而行，以位卑者為妾，侍奉嫡妻。就如同鬼魂呂無病一般，即使與丈夫孫麒親愛，但始終只能虛位以待。另外，異類知道緣有盡時，因此當愛時便去愛，緣滅則離去，因此一紙婚約對她們並不具太大的意義。少了這層拘束，她們多了一層神秘感，顯得超然自由，敢愛敢恨。而那些願意進入家庭者通常也以擔任嫡妻居多，〈蕭七〉一則的情形應是特殊的例子。

綜上所述，在本章二十六則共二十七組〔註22〕三元互動被婚外戀者介入的婚姻裡，就有大約六成三，十七組人際互動引發家庭緊張，只有六組能夠達成和諧的互動（見表 2-1）；然而，在十九則共二十六組〔註23〕三元互動被妻／妾介入的婚姻中，僅有九組對家庭造成負面影響，卻有高達將近五成，十三組能和睦互動（見表 2-2）。兩相對比，似乎不能循「正途」走入婚姻者較會給家庭帶來危害，若依正常途徑進入家庭者，更容易和原家庭成員和諧共處。

那些不循婚姻管道的介入者以異類女子為大宗。她們多於男性羈旅道中

〔註22〕被婚外戀者介入的婚姻中〈庚娘〉一則共有三組三元互動關係，這裡有兩組是不合法的介入，因此雖僅二十六則，但有二十七組三元互動關係。

〔註23〕被妻／妾介入的婚姻〈小梅〉一則含有二組三元互動關係，〈呂無病〉一則則有三組三元互動關係，〈邵女〉一則含有四組三元互動關係，加上〈大男〉一則產生兩組三元互動關係，因此雖僅十九則但有二十六組三元互動關係。

自薦枕席，男性亦是風流，枉自招惹，通常為家庭帶來負面的影響。若是丈夫還為色迷心竅傷害髮妻，則更被世人唾棄，如：〈阿霞〉和〈姚安〉中的薄倖人都遭受到報應。而循正途進入家庭者，以人類女性為大宗。人類女性與異類女性比是 23：3，高達八成八左右的，並且介入者為人類妻／妾者大部分能與婚姻中先在的二元達成和諧互動，但也有為數不少的介入的妻／妾為家庭帶來緊張的氛圍，引發家庭戰爭。通常戰爭的導火線來自於嫡妻對丈夫寵愛或可能寵愛的妾感到焦慮。她們不願壓抑自己，隨教條生活，於是多數用極為激烈的手段起而抗爭，積極擴張嫡妻的主權。然而她們又礙於現實的規範和權力不對等的限制，不好直接控訴丈夫對婚姻的不忠誠，因此對丈夫新進的伴侶或先在但地位卑下、毫無人權的妾施以凌虐，甚至忍不住對丈夫表達不滿。我們同時在表 2-2 中發現，被妻／妾介入的婚姻裡，第三元介入導致家庭動盪者清一色為人類女性的身分，並無因第三元異類進入而為家庭帶來負面的影響。由此可知，在夫—妻—妾組成的婚姻裡，人類女子的加入反而比異類女子的加入更容易導致家庭失序。

　　另外，導致家庭破裂者並非都是介入的第三元。雖然第三元的加入會使原本的婚姻關係產生質變，但並非所有的家庭互動張力都來自第三元，尤其在婚姻中二元關係存在焦慮而吸納婚外第三元的狀況。有時介入的第三元無能無地位，要追究的其實應是引入第三元的家庭成員—人夫。如：〈馬介甫〉中一個擁有虐待狂症狀的妒婦正室和被虐的夫婿的組合本已膠著難解，這時人夫將小妾的拉入只會火上加油；〈嫦娥〉中嫦娥神女、嫡妻的地位和能力遠高於顛當，以及宗子美對嫦娥偏愛，成為權力拉鋸的關鍵；〈人妖〉中此對夫婦臭味相投，人妖王二喜的出現，不過如寵物一般受二人玩弄；而〈醜狐〉和〈武孝廉〉中兩位忘恩負義之流，是第三元吸納者改變心意才破壞和諧互動，引發家庭危機，一切咎由自取。有時則是先在的一元—人婦改變原本的態度和行為，進而打破原來的僵局，創造新的家庭秩序。如：〈呂無病〉中的王氏受到社會輿論的壓力及現實的摧折，決定一改妒悍之氣，迎合順從婦道規範，終於讓新組成的夫—妻—妾有一番和樂的景象；〈邵女〉中邵女費盡千辛，以德報怨，終於感化金氏，讓原來劍拔弩張的家庭互動轉為妻妾偕好，勝似姊妹。

　　我們再與六朝志怪相比，此間的異類較為率真可愛，實用性及威脅性大為減低，她們大部分不再懷有藉人夫還陽、重生的目的，而是發於真情來相

就。他們頗知詩書，甚至十分通達，因此只有少部分以淫人妻女或坑害人爲樂事。六朝對於人妖戀是賤斥的，因此男性通常是因受騙才與女怪交歡，發現真相後便揚長而去，甚至撲滅。〔註 24〕然而《聊齋誌異》中的異類用情既多也深，反觀男性對於其身分多心知肚明，於是抱持著「雌者尙當開門納之」（卷二，頁 220）的心情，急於和顏色殊麗的女子共度巫山的神態則顯得色慾薰心。

二、從三元互動的過程觀察

從三元人物行動模式表（表 1～表 44）可知，通常第三元介入時，由於原家庭成員需要心理上的適應，因此常需要一個過渡期來做心態上的調整，而初來乍到的第三元也需要做進一步的觀望，以決定未來行止。

在家庭系統中能夠達成和諧的三元互動模式是：

　　　　夫對先在的配偶拉近，並不拒絕（或拉近）第三元介入者—妻拉近（或不拒）第三元介入者—第三元介入者對夫與妻施予拉力（或不拒先在的配偶）

意即當人夫對雙姝既不表達偏好，也來者不拒時，雙姝間若能達成一種不危害雙方意向的共識，則能夠維持平衡幸福的家庭關係。此共識可能是雙姝同時善意的推拒人夫；也可能是人妻對人夫施予推力，主動的將他推向第三元，則第三元便順從的對人夫施予拉力。倘若雙姝間同時對人夫施予拉力，則人夫對雙方相應的回應能使家庭富有凝聚力。另外，若雙姝間不能達成共識，那麼退一步來看，二人不起衝突的妻妾關係也大致能達成和諧的互動關係。而二人間不起衝突的關係除了彼此並無推拒排斥的行爲外，有時距離產生的隔閡可以消彌雙姝間的衝突。例如：〈霍女〉中黃生察覺霍女異類的身分，因而收回原本對霍女施予的拉力，反而推拒她，霍女並不做反抗，直接讓位退出三人世界，褪去家庭中原本的焦慮。這種狀況在被婚外戀者介入的家庭較常見，〈竹青〉、〈房文淑〉打從一開始便不願意與嫡妻同居一屋簷下，以避免衝突使三人間維持較爲平衡的狀態。

然而當三元互動關係產生一組以上的阻力（即二元間彼此互拒或是拉鋸）

〔註24〕參考陳文新著：《傳統小說與小說傳統》，頁 13～25〈魏晉南北朝小說中的仙鬼怪形象及其悲劇意蘊〉中對魏晉南北朝小說中仙、鬼、怪的形象所做的歸結。

時，三元關係便會失衡。以妒婦悍妻存在的家庭中為例，最具實力的幫助者缺位是導致家庭中最卑位的副室陷入絕境，同時三元互動情形也愈趨惡劣，產生嚴重的傾斜。在這種情形下要挽救這失衡的家庭關係，除非位最卑的副室願意付出末大的努力或犧牲，甚或借助因果冥助，推波助瀾，使元配消除阻力，否則三元關係勢必難以維繫，艱困萬分。

另外，當妻子不滿人夫納妾對人夫發出總總抗議的舉動時，人夫基本呈現三種態度：其一是反擊，其二是逃避，其三則是迎合討好。前二者是推拒，最末則是企圖委曲求全粉飾太平的表面拉近。然而女人是敏感的，丈夫的陽奉陰違不但不能解決問題，反而為元配招致惡媳的罪名，元配既不願接受主流現實，哪裡願意接受丈夫如此陷人於不義的行徑，所以此法並不能緩解元配的怒火，實際效果仍是對元配施予推力，最終無論哪一種姿態都討不了好處。然而幾乎沒有一個人夫有能力消滅妻子心中的妒火，甚至往往使事態變得更糟，他們除非將妻子徹底趕出已經四分五裂的家庭，否則不能換回片刻寧靜。

面對滿目瘡痍的家庭互動關係，也從未有一人夫能反躬自省，他們本能的將錯誤歸咎於妻子的善妒，認為簡直不可理喻，有失婦德。蒲松齡對悍婦為禍之甚刻意描寫，更藉由妒婦悍妻來襯托出逆來順受的副室賢德的靈魂和偉大的情操。通常這樣的家庭若要達成夫—妻—妾的三元和諧互動，得有賴嫡妻放棄自己的堅持，將自己縮小，改變姿態來迎合討好人夫，符合主流社會價值的期待才有善終，再次反映明清封建婦女難為的命運。

而應用在被婚外戀者介入的家庭上，我們可以發現不親密的夫妻關係容易產生婚外戀者，如：〈仙人島〉中的妻子芳雲奉命與王勉成親，芳雲才高一籌，嘴上又不饒人，因此夫妻二人有心理上的隔閡，產生彼此不推拒，行禮如儀的互動，才有王勉與婢女苟合的情事。另一方面夫的色急往往導致夫妻互動形成拉鋸，妻子雖出於善意，卻不被被欲望蒙蔽雙眼的丈夫理解，反生出誤會。同時此種以性相吸引的婚外戀情很容易導致惡果，更不消說第三元介入者是以索命為前提的情節。此二類涉入婚姻的動機都帶有功利性的色彩，反之，以情相接的婚外戀情通常能夠維持家庭的和睦，有圓滿的結局。〈細侯〉是唯一例外，她雖因情引動殺機，然而蒲松齡卻道：「嗚呼！壽亭侯之歸漢，亦復何殊？顧殺子而行，亦天下之忍人也！」（卷六，頁793～794）其似有讚許又不加責備的口吻，正可印證作者對於收穫一份真情至性的愛情有著

嚮往與肯定。

　　我們藉由三元人物行動模式表還可以發現正室才是實際主導家庭運作的人，不論在衝突的或是和諧的氣氛下，人夫往往無所作為，甚至是衝突的始作俑者，這也正是文本中的矛盾處。兩相對比，擁有「父至尊」權力的人夫顯得好淫且無能，那麼是什麼理由使得德、財、才、色兼備的女子甘願委身，並且絲毫都不介意與人共享愛情？於此，我們可以將此類二女共事一夫的綺麗情節視為男性作者和當代集體創作者面對世情坎坷的一種補償心理，所補償者不外乎是對子嗣、權位、財富的想望。然而作者除了發發白日夢來補償自己匱乏的心理，也沒忘記要為此粉飾太平。他的手段便是將女性妖魔化，對她們因忌妒所產生失控的行為大加渲染，以其罪惡掩護男性的好淫無能，達到自圓其說的目的。

　　無論人類、異類女性通常是被動的被男性吸納到自己的婚姻關係。而異類女子由於活動空間較大，雖非主動來就，但只要是男性起心動念甚至苦苦追求，異類女子便會化被動為主動與之發生關係。此與包文的三角關係理論中認為第三元往往是焦慮的兩人關係中的一方主動招致的觀察暗合。而人類男子和異類女子共組家庭後，男子通常為色慾所惑，食髓知味，毫不羞慚地要求或勾引異類妻子身邊的異類女性，結果小至夫妻心生芥蒂，大則生命受到威脅。

　　承上所言，異性對婚姻的追求不同，男子多為色慾而製造一夫一妻／妾婚姻關係的第三元，其他還有為物質享受，如：〈醜狐〉中的穆生為財；〈武孝廉〉中的石某既為命、為財，也為權勢地位而巴結狐婦；然而女子如〈庚娘〉則是為了復仇而委身仇家；〈庚娘〉中的唐氏積極自薦則是為了終身的倚靠。

　　在男權體制的時代脈絡下，男性就是主體，與之相陪襯的女性則淪為附屬的客體（Object）。根據《人我之間──客體關係理論實務》中所言，客體可以分為外在客體和內在客體：「所謂外在客體，是指一個被投注情感能量的人物、地方或東西；而內在客體則是指屬於這些人物、地方、東西的想法、幻想或記憶。」〔註25〕而小說中由男性作者掌握了話語的權力，因此我們可以將人異結合的婚戀情節視為作者的內在世界，而人類間的婚戀情節視為現

〔註25〕漢彌爾頓（N. Gregory Hamilton）著，楊添圍、周仁宇譯：《人我之間──客體關係理論實務》（臺北：心理出版社，1999），頁8。

實世界。

　　蒲松齡對於仕途的追求佔據生命中很大的部分，其連連挫敗的經驗，加上現實生活中貧和病的拖磨，讓他屢屢陷入生命的困境，因此他藉由書寫療癒其內在的憤怒、無法滿足的欲望等情緒。故事中完美女神般理想化的異類女性則是作者主體對客體的投射，然而這並不能存於現實之中，只能藉由冥想和書寫與之建立人異的互動關係。他讓男性主角獲得什麼，便說明其所匱乏之處，因此他需要透過這樣的投射來滿足他在現實中低度的自我價值感，同時被此類品、貌、才、德、術兼備的異類女子肯定（即異類女子主動來薦的情節）對作者而言具有莫大的意義。通過男性主角與異類女子的「融合」可以讓他有自己是正常、健康的感覺。然而此心理機轉的啓用不代表所幻想的對象都是完美的，由於所碰觸者是其內在最脆弱、憤怒的部分，因此此客體對象亦有可能是以負面、具侵略性的形象出現，這也是爲什麼《聊齋誌異》中有女子索命的情節。據此《聊齋誌異》中人異戀的情節可視爲作者甚至隱含讀者的心理再現。

　　相對而言，人與人的愛戀則是小說中較爲接近眞實的部分，有些甚至取材自作者生活周遭的故事，而蒲松齡早年家庭生活中被姑婦勃谿攪擾得不得安寧也令他對妒妻悍婦多有感慨。雖說「妻者，齊也，與夫齊體。」〔註26〕但實際上夫妻的地位如臣事君，地位並不平等。即使連悍妒的金氏亦要對丈夫表面奉承一番（〈邵女〉）。然而亦有妻子不願壓抑，不惜與丈夫發生口角、甚至大動干戈。只是採取這種方式的女性最後若不迎合丈夫，則遭受天譴。薩提爾：

> 由於自私是一種令人不喜歡的方式，所以很多人害怕看重自我價值，以爲愛惜自己就是自私，事實上並不一樣。在生活中可以見到爲了避免人與人之間的爭執，我們總是被教導去愛別人而不是愛自己，因此不知不覺中造成輕視自己、降低自我價值。〔註27〕

中國傳統女性尤其身處種種位男性服務的規條之下，被女教以及具教化意義的創作不斷被洗腦、薰陶，然後綑綁。作者一方面要女性臣服於父權的體制，另一方面卻又嚮往眞摯的愛情。異類女子由於身在世俗之外，她們通常因爲

〔註26〕〔漢〕班固等原著，〔清〕陳立撰，吳則虞點校：《白虎通疏證》（北京：中華書局，1994），頁490。
〔註27〕（美）維琴尼亞・薩提爾（Virginia Sitar）著，吳就君譯：《新家庭如何塑造人》（臺北：張老師文化事業有限公司，1994），頁37～38。

欣賞人類男子而下嫁或與之遇合，如此以愛情爲基礎，伴隨著其他附加功能而進入家庭的異類女性無須迎合討好取悅丈夫，甚至還能得到丈夫的尊重。二者看似牴觸，其實不然。正因爲有「好女子」無私地爲人夫犧牲奉獻，容忍人夫拈花惹草的行徑，才讓人夫有追求眞摯愛情的空間。我們也可以反過來說，正因爲有對婚姻關係超然的異類女子存在於家庭，人夫才能以功利性爲目的得到另一名女子。由此觀之，蒲松齡存著是雙美共事一夫的婚姻觀，一美立基於浪漫的內涵性婚姻，一美則具功利性實用的價值，〈陳雲樓〉爲他的雙美共事一夫的理想提供最好的註腳。

　　家庭的和諧應來於家庭成員共同的努力，而非由其中一元承擔，以〈武孝廉〉爲例，繼室王氏從不樂意、忌憚狐婦，到情知原委，然後彼此相親，如果石某能好好把握，不起壞心，則夫—妻—妾三元互動自然能親密偕好。若家有妒婦的丈夫，能不逃避婦難，以〈邵女〉中的邵女同理嫡妻之心來思考行事，則妾氏無須一力承擔夏楚等非人的待遇。然而歸根結柢，人夫若能專情哪有這許多爭端。

第三章 《聊齋誌異》中親子的三元互動關係

　　母親、父親與孩子是人生中最初的三元關係，孩子從呱呱落地時就開始參與了這個複雜的家庭系統，其中便包含了夫妻、父子、母子及手足關係等次系統，每一個人在各自的次系統中扮演了不同的角色，例如：男子在家庭中可能同時是兒子、丈夫或父親的角色。家庭成員彼此透過情感的聯繫、權力的競逐產生互相牽引的作用，成為家庭系統中的動因。

　　《聊齋誌異》諸篇故事的背景無疑存在傳統社會階級差異形成的權力不對等的關係。從性別來談，封建制度裡男子的地位透過法律牢牢穩固。封建主大力宣揚男尊女卑的觀念使男性獨霸家庭的權利、財富及地位，他們透過三從四德的教化，約束女子的人生，使女子終其一生都需臣屬於男性，替男性充當家庭的奴隸，提供男子生育、逸樂、勞作等服務。

　　《孝經》中有許多關於親子關係的準則。所謂「身體髮膚，受之父母，不敢毀傷，孝之始也。」〔註1〕從身體上昭示著子女從有形的身體到無形的生命的所有權都歸於父母家長。而法治也充分地給予家父長後盾。《孝經》：「五刑之屬三千，而罪莫大于不孝。」〔註2〕揭示孝順是子女於家庭中處世的最高指導原則：父殺子可以輕處，甚至不論；子侵父則罪行重大，需從重量刑。史鳳儀表示，封建初期法律容許父祖殺害子孫，後來雖一度明文禁止，但處罰極輕，元、明、清律除了故意殺害無違犯行為之子孫該罰外，其他則

〔註1〕〔漢〕鄭玄注，〔宋〕邢昺疏，李學勤主編：《孝經注疏》（臺北：台灣古籍出版社，2001.7），頁4。
〔註2〕同上註，頁84。

可以免責。基本上不論國家是否收回父祖處死子孫的權利，其行為都受到法律的支持。父家長實實掌握了懲戒權、教令權、送懲權、主婚權、財產統理權。〔註3〕因此子女在家庭中基於經濟依附、父母親生、禮制教養、律法規定，無論從哪個方面看皆毫無權力地位可言，只能絕對的服從父母家長。

因此，從性別階級和尊卑順序來看，父親在家庭中的地位最高，其次母親，最末是子女。並有嫡庶之分，嫡母的地位在正常情況下自然大於庶生母。

在這一章節要探討的除了《聊齋誌異》中原生家庭〔註4〕由父、母與子女構成的三元關係外，還可見文本中的父親或母親如何與下一代的複數子女相處，以及當兩代間遭遇外來者的介入時，角色會產生什麼樣的質變，形成家庭成員間互動的張力。《聊齋誌異》故事中的所呈現的親子三元互動的現象可分為二：其一，是家庭原有成員間的擾動。其二，是由於新進成員的介入而形成的家庭人際張力。

第一節　家庭原有成員間的親子三元互動

本節將原生家庭中親子的三元互動關係分為兩類：一類是原生家庭只有單一子／女，一類則是原生家庭中包含複數子女。擁有單一子／女的家庭，子輩與父、母間的互動較為單純，一旦原生家庭中有複數子女時往往因比較心衍生出種種問題。

一、原生家庭只有單一子／女的親子三元互動

《聊齋誌異》中只擁有單一子／女的原生家庭以因婚配而產生父—母—子／女三方關係緊張為最大宗。其他還有親子教養問題、棄子議題值得探討。

（一）為婚配所困擾的親子三元互動

《聊齋誌異》中婚配是使原生家庭關係緊張的主要因素，然而當長輩與子輩意見分歧時，長輩往往因子輩的性別而有態度的不同，因此分而述之。

〔註3〕參考史鳳儀：《中國古代婚姻與家庭》（武漢：湖北人民出版社，1987.7），頁251～253。

〔註4〕麥可·尼可斯（Michael P. Nichols）著，郭靜晃校閱，王慧玲、連雅慧翻譯，《家族治療的理論與方法》（臺北：洪葉文化事業，2002），頁520中定義原生家庭（family of origin）為：個人之父母及兄弟姊妹；同通常用一指稱某一成人之原出核心家庭。

1. 為婚配所困擾的父—母—女的親子三元互動

圖 3-1：被婚配所困擾的父—母—女的親子三元互動關係圖

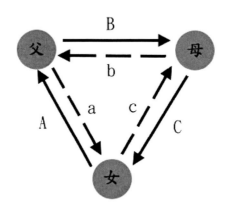

　　《周易・家人》：「女正位乎內，男正位乎外。」〔註5〕在男主外，女主內的傳統中，父親負責家庭經濟、生活的支配，母親則負擔起家務及子女教養的責任。父母親的在親職上的角色分工上參與家庭的方式不同導致母女黏結成爲家庭系統中最深刻的次系統，而嚴父、慈母的形象分配也讓子女在情感上更願意和母親交流。

　　當《聊齋誌異》裡的女子與父、母發生矛盾時，無論人類、異類，她們共同面臨的問題只有一樣—婚姻大事。《孟子・滕文公》：「丈夫生而願爲之有室，女子生而願爲之有家；父母之心，人皆有之。不待父母之命、媒妁之言，鑽穴隙相窺，踰牆相從，則父母國人皆賤之。」〔註6〕特別強調了「父母之命」、「媒妁之言」的重要性，並且是「天下父母心」的表現，嚴格地否定子女自由選擇婚嫁對象的權利。而封建社會的婚姻的主權操之在家長，離婚也同樣得由家長決定。子女的婚事不被看作個人的事，而是整個家庭的事。正如依田明所言：「家不屬於個人，個人屬於家。」〔註7〕史鳳儀也指出：

　　　　「七出」之條，「義絕」的律文，都從家庭利益出發，以男方

〔註5〕　〔魏〕王弼注，〔東晉〕韓康伯注，〔唐〕孔穎達疏：《周易注疏》（臺北：台灣學生書局，1984），頁367。

〔註6〕　〔漢〕趙岐注，〔宋〕孫奭疏，十三經注疏整理委員會整理：《孟子注疏（十三經注疏）》（北京：北京大學出版社，2000.12），頁195。

〔註7〕　〔日〕依田明著，蔣樂群、朱永新譯：《家庭關係心理學》（天津：天津人民出版社，1987.7），頁74。

> 家長的好惡爲轉移。……夫妻根本沒有個人的自由意志可言。正如
> 恩格斯說的：「古代所僅有的那一點夫婦之愛，並不是主觀的愛好，
> 而是客觀的義務，不是婚姻的基礎，而是婚姻的附加物。」〔註8〕

各種毒性教條鼓吹孩子是父母的財產。因此，家長在衡量婚姻時，很容易就以家庭能夠從中獲取多少利益爲主要考量，而忽略的子女的幸福及感受。史鳳儀指出，我們從婚儀「六禮」向「三禮」簡化時唯獨交付價金的「納采」、「納徵」程序沒有改變，及婚禮中以「非受幣，不交不親」爲充要條件的情形來看，聘娶婚在「父母之命」、「媒妁之言」和各種儀節冠冕堂皇的包裝下，實際還是將女兒出賣。故歷代皆有似唐朝山東士人號稱孔孟後代，以自家女子奇貨可居而高價出售或女家抬價、男家競價等情形出現。〔註9〕

　　然而在《聊齋誌異》呈現父—母—女三元互動描述的故事裡，父母爲子女選擇婚配上出現許多不似傳統印象裡「唯父之命」，子女只有服從不得反抗如此強勢主觀的情節，反而有許多父母能給予女兒不同程度的尊重，願意讓女兒在婚嫁中暗中表達自己的意願，擁有部分的自主權。其不同程度的寬容讓子輩多了一點發聲的空間，中間雖伴隨著目標不同而產生拉鋸，但也因此更彰顯人性的剛硬或柔軟，而不只是刻板的教條和僵硬的靈魂。例如：〈細柳〉中細柳的父母就答應少慧、簡默的細柳親窺上門求親者的請求，但細柳憑著眾多提親者的面相都沒有一個中意的。郭松義《倫理與生活——清代的婚姻關係》提到《欽定大清通禮》中有言男性十六歲，女性十四歲達適婚年齡。而實際上男性十六歲允許婚嫁，到三十歲是容忍適婚年齡的極限；女性則十五歲可嫁，但不得超過二十歲。〔註10〕細柳父母直到女兒已年過十九還選不著一個女婿，才終於氣急敗壞向細柳發脾氣，曰：「天下迄無良匹，汝將以丫角老耶？」（卷七，頁1019）算是給了女兒很大的空間。

　　以下分述《聊齋》中父母與女兒面對婚配問題產生歧異之例：

序號	篇名	女→父 (A)	父→女 (a)	父→母 (B)	母→父 (b)	母→女 (C)	女→母 (c)	主導／關鍵者	附註
45	〈封三娘〉	推拒	拉近	拉近	拉近	拉近	推拒		父與女商量嫁給仕紳

〔註8〕 史鳳儀：《中國古代婚姻與家庭》（武漢：湖北人民出版社，1987.7），頁8。

〔註9〕 參考史鳳儀：《中國古代婚姻與家庭》，頁8、40～43。

〔註10〕 參考郭松義：《倫理與生活——清代的婚姻關係》（北京：商務印書館，2000.8），頁180～184。

	推拒	推拒	拉近	拉近	推拒	推拒		父逼女嫁
	拉近	推拒	拉近	拉近	推拒	拉近		女絕食
	拉近	拉近	拉近	拉近	拉近	拉近		女婿加入化解親子矛盾

　　〈封三娘〉中范氏夫妻面對女兒婚姻大事的態度大體如此：「范十一娘，矄城祭酒之女。少豔美，騷雅尤絕。父母鍾愛之，求聘者輒令自擇；女恆少可。」（卷五，頁 610）范十一娘的色藝兼具，父母特別寶愛她，但凡有求婚者都會徵求女兒意見，讓女兒自己決定，顯示父母對十一娘婚姻的態度非常珍視，也十分尊重女兒的心意。後來，封三娘暗中替十一娘物色對象，認為孟安仁是翰苑之才，於是極力撮合。十一娘經閨中密友封三娘的慫恿，先是顧慮對方貧困，後又擔心父母不同意，畢竟「父母之命，媒妁之言」是婚姻唯一的合法途徑。方猶豫之間，封三娘早已自作主張將十一娘所贈之金鳳釵拿予孟安仁定情。孟安仁因此向范夫人提親，可惜夫人的反應卻是：「貧之，竟不商女，立便卻去。」（卷五，頁 614）。惹得十一娘大失所望，怨懟三娘誤了自己的清白。至此，十一娘循規蹈矩依循著禮教的規訓，在婚姻上對於父母的尊重也以尊重的態度相應。然而地位和經濟條件的懸殊也現實的考驗家長在婚嫁上民主的作為。孟安仁因為家貧，喪失了范夫人徵詢十一娘的機會，直接被判出局，壞了十一娘的如意算盤。可見范氏父母的尊重是有條件的，而非全盤民主接受。因此擁有雄厚背景的某紳就有足夠的權威讓范公心生畏懼，自然免不了跟女兒商量商量，意圖在婚事上拉近女兒，獲得女兒的認同。十一娘面對父母的詰問怏怏不樂，礙於禮教，有苦難言，當下只能默然無語雙淚垂。過後婉轉遣人暗中轉告母親：「非孟生，死不嫁！」（卷五，頁 614）的意願，想是希望母親代為疏通，不料此推拒之舉激怒了父親，父女間形成強大的推拒力。范父以為女兒敗壞門風跟孟生有私情，竟許了某紳家的婚事命十一娘盡速完婚。

　　至是，「十一娘忿不食，日惟耽臥。至親迎之前夕，忽起，攬鏡自妝。夫人竊喜。俄侍女奔白：『小姐自經！』舉宅驚涕，痛悔無所復及。」（卷五，頁 614～615）從夫人竊喜的神情，可見母親與父親立場相同。十一娘在父、母強大的推拒力下孤立無援，妄想透過絕食喚醒親子之情以拉近自己與父、母的關係，卻無法獲得任何一方的同情，為了保全名節，走上自經之路。我們從十一娘和封三娘的對話可以發現十三娘是個遵循傳統禮教，知禮守禮的

大家閨秀，可說是閨閣裡的模範生。即使能屏除嫌貧愛富的觀念，但也不敢擅自行動。與孟生的姻緣全在封三娘強勢作主才半推半就的依從。這樣的模範生被動地做出「離經叛道」的作爲被揭露後，面對禮教的壓力自然生出羞愧，而范公未加詳查，只一心擔心女兒是否與人暗通款曲，無心照拂女兒內心的感受，是禮教大於親情，扭曲人性。父母堅定的態度令十一娘畏懼，阻斷了十一娘與他們情感交流的慾望，也錯失了覺察女兒的心境流轉的機會。直至范氏夫妻面對女兒極端的抉擇後方才悔恨交集。

好在封三娘暗中救活十一娘成其姻緣，然而或基於與某紳婚約的束縛、父母先前的不諒解及禮教的負荷迫使他們不告而別，隱匿山村。多年後，才在孟生官居翰林時揭露眞相，以婿之禮相見范公，企圖修補拉近范十一娘一家的親子關係和岳婿關係（此岳婿關係在第五章敘說）。當年親情的力量終於在十三娘自經的一刻戰勝了現實禮教，同時孟生的地位也今非昔比，更增加了范公接納小夫妻的說服力，如今這份失而復得的親情自然令范公小心呵護，故囑咐孟生千萬不可張揚，以免再起禍端，最末范十一娘的親子三元關係終於回歸和諧。

序號	篇 名	女→父（A）	父→女（a）	父→母（B）	母→父（b）	母→女（C）	女→母（c）	主導／關鍵者	附註
46	〈八大王〉	推拒	拉近	拉近	拉近	拉近	--		父欲殺馮生被女阻止父
		推拒	推拒	拉近	拉近	推拒	推拒		父母與女意見相左
		拉近	推拒	拉近	拉近	拉近	拉近		女絕食
		拉近	拉近	拉近	拉近	拉近	拉近	母親	母勸父從女，父親礙於女兒對馮生左支右絀

〈八大王〉在描寫王室家族成員的親子互動中，不難看見上流階級的霸氣，但是所體現的親情和人性卻是和其他階層的家庭一般無異。沒落貴族馮生得一寶鏡，心慕三公主美名，於是利用寶鏡偷照三公主留下她的倩影日日觀賞。不想卻被妻子洩漏，使肅王大怒，沒收寶鏡，並要將他殺害。馮生賄賂官員，以天下寶貝引誘肅王，於是肅王想抄馮家。這時三公主卻想嫁給馮

生。她對肅王說：「彼已窺我，十死亦不足解此玷，不如嫁之。」（卷六，頁871）肅王並不允許，公主則「閉戶不食」（卷六，頁871）令「妃子大憂，力言於王。王乃釋生囚，命中貴以意示生。」（卷六，頁871）。

傳統父權的社會體制下名望、門第、家風被看得尤其重要，個人的風評影響了家族門面，而身為父家長既然是家庭的中流砥柱，掌握了莫大的權力，自然也當銳身自任肩負起巨大的責任。肅王發現有人褻瀆女兒盛怒下欲要殺之洩恨，一方面是身為父家長急欲保護女兒的慈父心情，另一方面恐怕也隱含為家族顏面討還公道的思想。而三公主卻在此情形下赫然表明願意委身下嫁，無疑是打了父親一巴掌，對父親形成推拒力，自然難以獲得父親的支持。於是養在深閨皇室的三公主一樣也只有透過消極的絕食與父親對峙，希望喚醒親情，拉近親子間的關係，終於令母親軟化轉而支持。基於對女兒的愛護，王妃轉而大力向肅王勸說，讓肅王對女兒的推拒力化為拉力。肅王終於軟化，釋放馮生並讓官員傳遞自己要馮生娶三公主的意思，從此夫妻同心促成女兒的心願。但馮生竟然推辭，道：「糟糠之妻不下堂，寧死不敢承命。王如聽臣自贖，傾家可也。」（卷六，頁871）肅王大怒，再度抓回馮生，卻又礙著女兒殺之不得。婚姻之事還講究雙方你情我願，男人的陽剛霸氣在婚事上似乎碰了釘子，只能換女人的一手綿裡針出馬。王妃尋思著從馮生妻著手，欲殺馮生妻以逼馮生就範。未料馮生妻技高一籌，展現大家風度，先以珊瑚鏡台投其所好，再以溫婉言辭態度獵取王妃母女的歡心，讓她們相信自己並非三公主嫁給馮生的阻礙，甚至可能是助力，因而令王妃和公主悅愛，結為姊妹，保全性命。婚禮的確由馮生之妻全力促成，她不顧丈夫「王侯之女，不可以先後論嫡庶也。」（卷六，頁871）的告誡，自顧自的置辦起婚禮，她「歸修聘幣納王邸，齎送者迨千人。珍石寶玉之屬，王家不能知其名。」（卷六，頁871），哄得肅王大喜，釋放孟生，嫁出三公主，喜事收場。

此父—母—女三元的關係在這次的事件裡，先因父女因嫁娶意見不同而使關係緊張、對立，到三公主透過自殘的方式牽動母親的不忍之心而結盟，更進一步影響父親使三方形成共識，共同達成所願，獲得圓滿的結局。而這對王室父母對愛女的維護也在一連串不擇手段的做法中彰顯。

在士人階層中，一樣也有母親為了女兒的終身幸福挺身而出，用盡手段。只可惜在父親的強烈反對和情敵虎視眈眈的狀況下有著不同的難處。

序號	篇 名	女→父 (A)	父→女 (a)	父→母 (B)	母→父 (b)	母→女 (C)	女→母 (c)	主導/關鍵者	附註
47	〈寄生附〉（閨秀）	推拒	推拒	拉近	拉近	推拒	推拒		父母與女意見相左
		拉近	推拒	拉近	拉近	拉近	拉近		女病，獲得母親支持
		--	--	推拒	推拒	拉近	拉近	母親	母勸父從女，父母齟齬，父親不管
48	〈寄生附〉（張五可）	拉近	拉近	拉近	拉近	拉近	拉近	張五可	父母雖偶有表態，但皆以張五可的意見為主

〈寄生附〉中寄生為了堂妹閨秀寢食俱廢，父母大憂，遣冰於閨秀之父鄭子僑。鄭子僑「以中表為嫌」直接拒絕，殊不知閨秀芳心早許。

當初鄭子僑卻聘，閨秀就頗為不懌，當閨秀聽說張王兩家訂親，心中抑鬱，也就病倒了，眼見日就支離，父母詰問緣故，卻怎麼都不肯說。丫鬟成為親子溝通的橋樑，探明了閨秀心思，偷偷告訴二娘，卻被「性方謹」（卷十二，頁 1638）的鄭子僑聽聞。父親在盛怒之下狠心不為女兒醫治，想聽其病死，也不願讓女兒違反倫理的活著，父女關係呈現互相推拒的態勢。二娘心疼女兒，於是表態支持，對女兒形成拉力，卻同時對丈夫形成推拒力。她抱怨丈夫寧願抱守成規，卻不顧女兒死活，夫妻齟齬：

> 二娘憨曰：「吾姪亦殊不惡，何守頭巾戒，殺吾嬌女！」鄭恚
> 曰：「若所生女，不如早亡，免貽笑柄！」以此夫妻反目。（卷十二，
> 頁 1641～1642）

「中表不婚」算是諸多婚姻禁忌的一種，唐以前並未禁止，甚至皇室也有許多例子。宋代才開始列入《刑統》中，不過實際上自名流乃至民間都不太遵守，姑表、姨表兄弟姊妹通婚的例子屢見不鮮。明代將母親的服敘由齊衰改為斬衰，將母親與父親在親屬地位上並列起來。外親的地位越來越被重視，所謂「中外之親，近於同姓」，外親之間的紊亂不可避免會引起家族內部的紊亂，因此對外親通婚的禁止，實際上是愈演愈烈的。由最初的有服而尊卑相犯者，到之後的無服而尊卑相犯者，再到最後的無尊卑之分而有緦麻之

服的表兄弟姐妹。然而明、清法律雖明文規定不許姑舅兩姨兄弟姐妹通婚，卻抵擋不住這種「親上加親」、方便鞏固親屬關係及延續子脈的風俗，反遷就風俗，很快就自弛其禁。清代後期乾脆聽從民便，通過案例形式予以廢止相關條文。〔註11〕這裡的鄭子僑以得理不饒人的姿態，忙著告訴女兒「什麼不應該做」，無暇顧及女兒的心境，更絲毫聽不進妻子的任何勸諫，夫妻因此反目。

二娘跟閨秀商量著，看女兒似乎還願意做寄生小妾，於是再跟鄭子僑商量，子僑為之氣結，「一付二娘，置女度外，不復預聞。」（卷十二，頁1641～1642）。鄭子僑刻意的逃避忽略，使阻力撤除，成為變相的成全。二娘愛女心切，也就逕自實現女兒的願望，使女兒漸漸痊癒。過後，更使計讓女兒爭取到正室的地位，展現一位母親為女兒處處用心，事事計較滿溢的親情愛護。

家庭中子女往往是造成夫妻齟齬的「禍首」。這裡蒲松齡將父、母面對兒女問題時各自的應對姿態刻畫得入木三分。父親往往是家庭中率先表態、發聲的成員，性格也較為剛硬，遵守規矩，操控性強，以父家長威嚴的姿態體現陽剛本色；母親則柔軟、慈祥、感性勃發，雖不搶先表態發言，但基於護女心切，能變動立場，隨機應變，展現為母則強的面目及手腕。

與之相比，張五可的父母則協調開明許多。張五可「一日，上墓，途遇王孫，自輿中窺見，歸以白母。母沈知其意，見媒嫗于氏，微示之。嫗遂詣王所。」（卷十，頁1638）五可對寄生的傾心可以直接告知母親，而母親也能立即給予支持，並為她實現。整場追求婚姻的過程裡，雖然中間張母一度因王家拒婚而勸五可放棄，令五可負氣不食，但整體說來，五可自始至終皆得到母親情感與行動上的支持。張父雖只在末尾兩家迎娶時因王二娘計謀發生重大問題時登場，其實是政治上的需要，需要張父以父家長的身分與對方父家長王桂庵表態發聲。他先大怒欲斷絕關係，但最後仍舊採納五可的建議傳話讓王家依舊前來迎娶，甚至退一步親自用車馬送五可到王家，可以想見自始至終張父並未和女兒產生強烈的衝突，可能對女兒的意見十分尊重，甚而至言聽計從的地步。因此五可在家中可能享有充裕的發言權，才能夠採取主導的姿態，透過媒人的協助為自己促成姻緣。恐怕也是父母過度放心，卻

〔註11〕　參考張麗麗：〈明清以來的中表婚及其禁止〉收錄於蘇力主編：《法律和社會科學·第二卷》（北京：法律出版社，2007）及史鳳儀：《中國古代婚姻與家庭》（武漢：湖北人民出版社，1987.7），頁100～101。

因此不慎著了閨秀母女的道兒。

序號	篇　名	女→父（A）	父→女（a）	父→母（B）	母→父（b）	母→女（C）	女→母（c）	主導／關鍵者	附註
49	〈長亭〉	推拒	推拒	推拒	推拒	拉近	拉近	母親	父欲殺石大璞，被女阻止，母悄送女成親
		拉近	--	--	推拒	拉近	拉近		父因婿相救，退出權力圈

〈長亭〉是《聊齋誌異》中唯一描寫到父—母—女三元互動的異類家庭。石大璞藉由捉鬼的名義巧取豪奪翁老頭的掌上明珠—長亭，此舉令翁老頭心生憤懣。於是明著答應這門親事，背地裡卻磨刀霍霍要殺石大璞。千鈞一髮之際長亭背叛父親向石大璞通風報信，不但父女立場呈現對立，翁老頭夫妻間也形成強大的推拒力，才有翁夫人悄送女兒出嫁之事：

> 翁媼送長亭至，謂石曰：「曩夜之歸，胡再不謀？」石見長亭，怨恨都消，故亦隱而不發。媼促兩人庭拜訖。石將設筵，辭曰：「我非閒人，不能坐享甘旨。我家老子昏髦，倘有不悉，郎肯為長亭一念老身，為幸多矣。」登車遂去。蓋殺婿之謀，媼不之聞；及追之不得而返，媼始知之。頗不能平，與叟日相詬誶；長亭亦飲泣不食。媼強送女來，非翁意也。（卷十，頁1336）

原來翁夫人不知翁老頭出爾反爾想殺未來女婿，得知後不同意丈夫的做法天天和他吵架，長亭也以絕食抗議，於是老太太硬是送女兒長亭到石家催促拜堂。如此在親子三元關係裡呈現排擠的現象，母親和長亭聯盟共同排擠父親，使得翁老頭心中更是不甘，成為一股破壞的勢力，不時企圖拆散女兒的家庭。直至石大璞相救翁老頭，翁老頭雖和母女立場仍不一致，但終於退出權力圈，停止破壞，消除了阻力。

但還是有家長以家庭利益為考量作為擇婿標準。

序號	篇　名	女→父（A）	父→女（a）	父→母（B）	母→父（b）	母→女（C）	女→母（c）	主導／關鍵者	附註
50	〈紉針〉	--	推拒	拉近	推拒	拉近	--	母親	父與母商量賣女，母拒絕

							女與母共同推拒父親的決定，使父親孤立
	推拒	拉近	拉近	推拒	拉近	拉近	

　　〈臙脂〉中的卞氏夫妻特別珍愛臙脂，希望能將她嫁給書香門第，隱含著冀望透過婚姻向較高的階層流動的願望。而〈紉針〉則是一則父親希望透過女兒的婚姻解救家庭經濟危機的故事。紉針的父親王心齋是宦裔，因為家道中落，又沒有謀生的職業，於是和富室黃家商借錢財做買賣，卻不幸被寇匪洗劫。黃氏覬覦紉針美色，因此建議以紉針抵債。王心齋為此心動，想接受黃氏的提議把紉針嫁給他作妾抵債，並賺取二十兩銀子。於是王心齋和妻子打商量，希望獲得妻子的支持。

　　好在母親范氏能為女兒的終身幸福著想，對夫婿說之以理，動之以情，泣曰：「我雖貧，固簪纓之冑。彼以執鞭發蹟，何敢遂媵吾女！況紉針固自有婿，汝烏得擅作主！」（卷十二，頁1666）她以門第、門風及幼年指腹為婚的婚約，讓丈夫無言以對，暫時阻止了這樁婚事。從情節來看范氏與女兒的互動親密頻繁，母親頗能體察女兒的心意並且支持；相對的父親則和母女間形成一段距離，並因家庭經濟不良，兩度以家庭全盤的利益為考量打算犧牲女兒的幸福。在虞小思和王心齋兩位家長考慮不能堅守舊盟，打算另擇良婿時，雙方發生矛盾。虞小思認為黃某人為富不仁，力卻之，而將紉針許配給馮氏。另一方面，王心齋卻因為黃某有心的靠近和討好，在既「感其情，又仰其富」（卷十二，頁1670）的心態下訂下婚盟。好在，王心齋並非是昏昧且獨斷獨行之輩，他再度徵詢女兒冀望爭取認同，只是在最後關頭被女兒義正詞嚴地拒絕：「債主，吾仇也！以我事仇，但有一死！」（卷十二，頁1670），深感汗顏，最終仍礙於親情與事理予以成全。

　　在這段父─母─女三元關係裡，蒲松齡開門見山地描寫一個家庭面臨經濟危機時家庭成員各自的應對。雖然我們難以獲得王心齋原來的親子相處模式，但從王心齋夫妻皆官宦之後，及遇到重要決策時王心齋總會找妻子或女兒商量等諸多情節敘述來看，王家遵循著「男主外，女主內」的家庭分工，並且基本是相互尊重的。只是父親為了維繫家庭，一心只想著如何為家庭生計打算，汲汲營營的在外奔波，不暇顧及其他，和閨中母女產生了時空上的距離，從而拉開和母女間的情感距離，使得父親在三人中顯得疏離。因此，

當他謀得「機會」轉身以為能夠獲得母女的支持時，總是失望的。這樣雙重的距離使他容易被眼前表象的利益蒙蔽，難以體察母女的意願，因而判斷有失，處處顯出功利的面目。但我們並不能因此抹煞他對家庭的愛護，他的汲汲營營不都是為了家庭？並且當他見到復活後的紉針因思念夏氏日夜啼哭時，毅然決然遂了女兒心願，將女兒背負虞家以示成全，足以體現王心齋並非只把紉針當作奇貨可居的「貨物」，仍保有顆慈父柔軟的心。我們只能感嘆生活是磨人的，而在這樣的時代洪流下，當生存出現危機時，女兒最易成為被家庭出賣的一方。

　2. 為婚配所困擾的父—母—子親子三元互動

圖3-2：父—母—子的親子三元互動關係圖

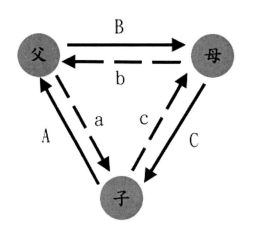

　　婚姻大事雖非男子一生的終極追求，但也是生命中重要的一環。雖然男子並無貞操的約束，擁有取複數妻子及出妻再娶的權力，但基於男女人口比例的懸殊及經濟上的考量，再娶或娶複數妻子對於底層百姓並非易事。而對於上層階級，婚姻常被摻雜利益互惠、權力擴張等目的，因此，男子雖在婚姻中佔盡優勢，猶十分重視婚配對象。

序號	篇　名	子→父（A）	父→子（a）	父→母（B）	母→父（b）	母→子（C）	子→母（c）	主導／關鍵者	附註
51	〈寄生附〉	拉近	拉近	拉近	拉近	拉近	拉近		父母全力支持兒子

〈寄生附〉：

> 寄生字王孫，郡中名士。父母以其襁褓認父，謂有夙惠，鍾愛
> 之。……每自擇偶。父桂菴有妹二娘，適鄭秀才子僑，生女閨秀，
> 慧豔絕倫。王孫見之，心切愛慕。積久，寢食俱廢。父母大憂，苦
> 研詰之，遂以實告。父遣冰於鄭；鄭性方謹，以中表為嫌，卻之。
> 王孫愈病。母計無所出，陰婉致二娘，但求閨秀一臨存之。鄭聞，
> 益怒，出惡聲焉。父母既絕望，聽之而已。（卷十二，頁1638）

寄生的父母因為他天生聰慧特別鍾愛他，寄生對選擇配偶很有主見，想自己
選擇。他愛上慧豔絕倫的堂妹閨秀，並因癡戀閨秀寢食具廢，相思成疾，使
父母大為憂慮，苦苦追問病由，終於問知原委。於是父親立刻託人說媒想趕
緊使兒子痊癒，沒想到卻遭妹婿以「中表為嫌」拒絕，使兒子更加病苦。母
親無計可施，只好暗中拜託二娘請她讓女兒來見寄生一面以療相思之疾，沒
想到卻又被鄭子僑發現阻攔，父母雙雙絕望，只能聽任之。

　　幸有美女張五可看上寄生，主動派人說媒，令母親燃起一線希望。只可
惜寄生執著，醫不對證，讓雙親再度失望。直到寄生夢見五可動搖了意志，
「母喜其念少奪，急欲媒之。」（卷十二，頁1639）雖然寄生還要再三確認
五可是否如夢中一般，但他的病看上去也漸漸好了。只是，當他確定想和五
可結親時，偏偏五可假託已字。「王孫失意，悔悶欲死，即刻復病。」（卷十
二，頁 1641）令父母跳腳，憂懼更甚，反責怪他自己誤了自己。寄生不能
辯駁，就這樣「惟日飲米汁一合。積數日，雞骨支床，較前尤甚。」（卷十
二，頁 1641）好在只是虛驚一場，並且一舉抱得了兩位嬌妻。可惜齊人之
福，又累煞父母！

> 王孫周旋兩間，蹀躞無以自處。母乃調停於中，使序行以齒，
> 二女皆諾。及五可聞閨秀差長，稱「姊」有難色。母甚慮之。比三
> 朝公會，五可見閨秀風致宜人，不覺右之，自是始定。然父母恐其
> 積久不相能……。（卷十二，頁1643）

芸娘為了兒子在兩位妻子中間周旋的不知所措只好居中盡力調解。又為了五
可不太願意叫閨秀姊姊而擔憂，五可和閨秀二人好不容易定了輩份，王桂菴
夫妻又開始憂慮時間長了以後兩位媳婦是否能和諧共處。蒲松齡在此把父母
對子女總有擔不完的心描繪得淋漓盡致，而寄生的親子三元關係裡，父母皆
以兒子為中心，站在同一陣線以行動和情感給予無盡的愛護和支持，不太在
意婚配對象。

序號	篇　名	子→父 （A）	父→子 （a）	父→母 （B）	母→父 （b）	母→子 （C）	子→母 （c）	主導／ 關鍵者	附註
52	〈江城〉	拉近	推拒	拉近	拉近	推拒	拉近		父母拒絕兒子
		拉近	推拒	--	拉近	拉近	拉近		子絕食
		拉近	拉近	拉近	拉近	拉近	拉近	母親	母勸父，父不再堅持

〈江城〉中高蕃的父母則顯得較為嚴格，但也因特別寵愛兒子，因此雖然兒子多次依違，最後總還願意退一步遂其願望。

> 臨江高蕃，少慧，儀容秀美。十四歲入邑庠。富室爭女之；生選擇良苛，屢梗父命。父仲鴻，年六十，止此子，寵惜之，不忍少拂。……生得巾大喜。歸見母，請與論婚。母曰：「家無半間屋，南北流寓，何足匹偶？」生言：「我自欲之，固當無悔。」母不能決，以商仲鴻；鴻執不可。（卷六，頁 854～855）

高蕃在擇偶上亦是嚴苛，很具主見，即使面對富家女的聯姻，高蕃都看不上眼屢屢牴觸父親。雖然如此，父親因老來得子，十分寵溺，也不太違背他。直到遇見兒時玩伴樊江城才動了心，相互悅愛。高蕃馬上歸家請母親作主，但母親認為樊家家無恆產，流離失所，因此不太同意。高蕃再三保證，對自己做的決定不會後悔，母親仍不敢自己作主，轉而和高仲鴻商量。父親堅決不答應使父、母對子輩產生推拒力，雙方關係陷入緊張，產生排擠。

被排擠的高蕃「聞之悶悶，嗌不容粒。」（卷六，頁 855），引得母親發愁，對母親形成拉力，母親轉而說服丈夫：「樊氏雖貧，亦非狙儈無賴者比。我請過其家，倘其女可偶，當亦無害。」（卷六，頁 855）父親才答應，使父對子的關係化推力為拉力。母親於是謹慎地暗中觀察：「母託燒香黑帝祠，詣之。見女明眸秀齒，居然娟好，心大愛悅。遂以金帛厚贈之，實告以意。樊媼謙抑而後受盟。」（卷六，頁 855）經過一番折騰，高蕃才終於和樊家締結姻緣，開始露出笑容。

母親在高蕃的親子三元關係中顯得立場改換頻繁，基本上她是支持高仲鴻的觀點，但屢屢因害怕兒子受傷而改變原先立場，轉而投入協助兒子的行列，甚至幫兒子說服丈夫。而父親雖然面惡，並時常否定兒子的做法，但是總在最後關頭被親情融化，彰顯父子親情的可貴。

序號	篇　名	子→父（A）	父→子（a）	父→母（B）	母→父（b）	母→子（C）	子→母（c）	主導／關鍵者	附註
53	〈白秋練〉	拉近	推拒	--	拉近	--	拉近		父拒絕子，子不敢違
		拉近	拉近	--	拉近	--	拉近	父親	子病，父不再堅持，父子二人雖表面拉近，實際上卻互相處以委蛇，最終選擇成全

　　〈白秋練〉中慕蟾宮的父親對治家極具威嚴及掌控慾，因此母親的聲音減少許多，而兒子也顯得壓抑，事事不敢開誠布公。蟾宮從小聰明，喜好讀書，然而父親卻認為讀書太迂，專斷地令他棄文從商，他乖巧順從，卻總利用父親外出的時候勤讀。當蟾宮產生心儀的對象及做任何決定時，首先考慮的都是父親的反應，活像是老怕做錯事的孩子，凡事對父親處處顧忌，處處警戒。

　　面對白母親自提親，蟾宮的反應是「心實愛好，第慮父嗔」（卷十一，頁1482），遲遲不敢答應白秋練的婚約，至此子對父的關係仍呈現拉近的狀態。較不受禮教拘束的白母怎麼就不相信一個成年的男子如何不能決定自己的婚事，於是惱羞成怒。當父親歸來時，蟾宮不敢剖心相對，卻迂迴著「善其詞以告之，隱冀垂納」（卷十一，頁 1482）。不料父親因遠行在外，加「薄女子之懷春」（卷十一，頁 1483），一笑付之。蟾宮亦無甚作為，一切還有賴白母推波助瀾，施法困住慕家父子，終於讓蟾宮等到父親不在身邊的時候。他一方面暗自竊喜，一方面才又後悔沒問明白家母女的處所。

　　慕蟾宮和白秋練利用慕父不在這段期間兩相繾綣了一陣子，待父親回來蟾宮才「漸吐」（卷十一，頁 1484）其情，父親卻懷疑他召妓，「怒加詬厲。細審舟中財物，並無虧損，譙訶乃已。」（卷十一，頁 1484）顯見父親對於兒子缺少信任。船運通行後，蟾宮與秋練被迫分離，蟾宮因此思念成疾。父親十分擔憂，請巫醫和大夫都來給寶貝兒子治病，蟾宮這才找機會偷偷告訴母親緣由，曰：「病非藥禳可瘥，唯有秋練至耳。」（卷十一，頁 1485）希望獲得協助，文中並未述及母親的反應，想見蟾宮的母親在慕家缺少影響力；

只寫父親的情態，顯示父親乃家庭中的意見領袖，甚具威嚴。

面對兒子的心病，「翁初怒之；久之，支離益憊，始懼」（卷十一，頁1485），於是表面上順從兒子的意願，施予拉力，「賃車載子，復如楚，泊舟故處。訪居人」（卷十一，頁1485）等到白母現身，又窺見白秋練，先是「心竊喜」（卷十一，頁1485），卻又再「審詰邦族」（卷十一，頁1485），發現才「浮家泛宅而已」（卷十一，頁1485）心中便有了計較。他「因實告子病由，冀女登舟，姑以解其沈痼」（卷十一，頁1485），白母知他並無誠意，「以婚無成約，弗許」（卷十一，頁1485），卻見女兒「露半面，殷殷窺聽，聞兩人言，皆淚欲墮」（卷十一，頁1485）。白母礙於秋練之情意，加上慕父「哀請」（卷十一，頁1485）才答應慕父的請求。

當慕蟾宮終於見到白秋練病癒後，「遂相狎抱，沈痾若失」（卷十一，頁1485）。隨即，反細細向白秋練打聽父親的態度，問：「父見媼何詞？事得諧否？」。（卷十一，頁1485～1486）白秋練將慕父上船後的種種舉止和心理活動看得清楚，知慕父精於算計的商人習性，便直對「不諧」。（卷十一，頁1486）

果然父親回來見兒子病癒，大喜，慰勉幾句後，曰：「女子良佳。然自總角時，把柁櫂歌，無論微賤，抑亦不貞。」（卷十一，頁1486）仍以女子貧賤為恐不貞結為理由搪塞，蟾宮的反應仍只是默然不語，並不反抗。但父親腳後跟一走，卻私下向白秋練謀求計策。由慕蟾宮種種謹小慎微的應對態度，可見其人深受家庭規條的束縛，臣服於「父至尊」的權威。他事事謹遵父親的安排不敢有違，當心中的慾望和父親牴觸時，常常壓抑著不敢表達，信守著「孩子有耳沒嘴」的規條。但背地裡卻受慾望驅使暗自進行讓慾望流轉。他就著這麼矛盾著，一面惶惶不安遮掩言行，害怕被父親察覺自己的違規，一面又盼著父親能夠察納。正如：他表面遵父之命擱下讀書的志趣，私下卻常常利用空閒時間用功；面對白秋練的愛欲，先是「第慮父嗔」，不敢自作主張，因事情的轉折對父親察言觀色，暗自「竊喜」、「問計」，其在父親面前先是款款的「『善』其詞以告之，『隱』冀『垂』納。」、「漸吐其情」，不被允許後即沉默「不語」，等到白秋練計策成功後才打蛇隨棍上大力誇獎秋練以達成結為連理的目的。

中國的倫理教條往往讓子女在各種服從與控制的回應模式中長大。正如同薩提爾（Virginia Sitar）所謂的「威脅與利誘」模式。

這個模式呈現出來的姿勢是：一個人低跪往上看，另一個人站
立往下看，這象徵了一個人在上，另一個人在下。兩人之間的溝通
似乎包含某種形式的責備和懷柔。……在「威脅與利誘」的關係模
式中，每一方都認爲他和對方在價值上並不均等。〔註12〕

而一個總是被教導順從、被懷柔的人，要如何、要多久才能獨立自主說出眞
正的心聲，才不只是一味的應承或虛與委蛇，然後壓抑、承受呢？蒲松齡在
這裡透過親子互動間的行動、話語、心理狀態、微表情等細節將一幅封建子
女臣服於父親，制約於家庭規條描繪如生。反觀白氏母女的互動，少了規條
的束縛，高低位置的距離，更能體現白秋練母女間的眞摯的親情，而有白秋
練的靈通多才、風雅情癡。

（二）為教養所困的親子三元互動

而親子關係是一個縱向的關係，除了上（親）對下（子）的關心教養，
亦包含下（子）對上（親）的應對。

父母對子女的關心即使在婚後也未曾停歇，〈江城〉就是一例。江城的父
母面對女兒風波不斷的婚姻生活憂心忡忡。

序號	篇　名	子/女→父 (A)	父→子/女 (a)	父→母 (B)	母→父 (b)	母→子/女 (C)	子/女→母 (c)	主導/關鍵者	附註
54	〈江城〉	拉近	拉近	拉近	拉近	拉近	拉近	父親	父母努力替女解圍
		推拒	推拒	拉近	拉近	推拒	推拒		女最終不領情，父母與女斷絕關係

江城雖然美艷絕倫，但其性善怒，「反眼若不相識」（卷六，頁 855），時
常絮絮叨叨地在耳邊聒噪不休，高蕃因爲愛她，所以「悉含忍之」（卷六，頁
855），沒想到還是惹出更大的風波：

　　翁媼聞之，心弗善也，潛責其子。爲女所聞，大恚，詬罵彌加。
生稍稍反其惡聲，女益怒，捷逐出戶，闔其扉。生嗢嗢門外，不敢
叩關，抱膝宿簷下。女從此視若仇。其初，長跪猶可以解；漸至屈

〔註12〕（美）維琴尼亞・薩提爾（Virginia Sitar）著，吳就君譯：《新家庭如何塑造
人》（臺北：張老師文化事業有限公司，1994），頁295。

> 膝無靈，而丈夫益苦矣。翁姑薄讓之，女牴牾不可言狀。翁姑忿怒，
> 逼令大歸。（卷六，頁 855）

到了後來江城甚至詬罵夫婿，將他視如寇讎，把他趕出門外並頂撞公婆，使公婆忍無可忍行使家長的主權，下令休妻。此時，樊翁出於父女親情，努力的幫女兒修補婚姻關係，對女兒形成拉力：

> 樊慚懼，浼交好者請於仲鴻；仲鴻不許。年餘，生出遇岳，岳
> 邀歸其家，謝罪不遑。妝女出見，夫婦相看，不覺惻楚。樊乃沽酒
> 款婿，酬勸甚殷。日暮，堅止留宿，掃別榻，使夫婦並寢。既曙辭
> 歸，不敢以情告父母，掩飾彌縫。自此三五日，暫一寄岳家宿，而
> 父母不知也。樊一日自詣仲鴻。初不見，迫而後見之。樊膝行而請。
> （卷六，頁 855～856）

這時樊翁又慚愧又懼怕，於是託友人向高家說情不得允許。一年多後再遇到高蕃，謝罪不迭，讓女兒妝扮相見，殷殷款待，誘之以色，動之以情，強之以行，就是希望高蕃能再跟女兒重修舊好。還不惜放下身段膝行到親家面前爲女兒請罪、求情，只爲了讓女兒能重返高家，全是一片愛女之心。誰知江城不能體察父母的用心良苦，故態復萌。令親家母再召樊翁前來，使教其女：

> 樊入室，開諭萬端，女終不聽，反以惡言相苦。樊拂衣去，
> 誓相絕。無何，樊翁憤生病，與嫗相繼死。女恨之，亦不臨弔，
> 惟日隔壁噪罵，故使翁姑聞。（卷六，頁 857）

江城非但並不能聽從父親的萬般規勸，還惡言相向反譏父親，對父親施予強大的推拒力，氣得樊翁發誓要斷絕父女關係，過沒多久夫妻相繼被女兒氣死。江城兀自憤憤不平，不願祭弔，寧願成日故意隔牆對著公婆大罵不止。

　　在這個父—母—女的三元關係裡描寫的是一對深愛女兒，願意爲女兒做牛做馬，卻同時拿女兒沒轍的父母。蒲松齡雖未對樊母多加著墨，一切行動只由樊翁代爲展現，但種種跡象顯示，樊氏夫妻是多麼一致地以女兒爲中心，將女兒捧在掌心疼惜。若舉天秤爲例，樊氏夫妻可謂不計一切代價地向女兒傾斜，以致於當爲人父母者要抽身站在另一邊拿出長輩威嚴教育女兒時，父—母—女的三元關係反而頓時失衡產生衝突，令女兒情感上一時無法接受，認爲被親情背叛而生出仇恨。

序號	篇　名	子/女→父(A)	父→子/女(a)	父→母(B)	母→父(b)	母→子/女(C)	子/女→母(c)	主導/關鍵者	附註
55	〈促織〉	拉近	推拒	拉近	拉近	推拒	拉近		父母推拒子
		拉近	拉近	拉近	拉近	拉近	拉近		子投井，化蟋蟀救父。父母俱悔，救子

　　〈促織〉主要是針砭不合理的官場陋習對人民的壓迫，令百姓家庭陷入水火的故事。明朝宣德年間，因爲皇室裏盛行鬥蟋蟀，所以向民間徵收。縣官爲了巴結上司，因此被要求經常供應，並將這個差事交給各鄉的里正。差役便借這個機會向老百姓攤派費用。成名被陷害當上里正，卻不敢勒索百姓而散盡家產，心中十分懊喪。後每天早出晚歸尋找蟋蟀，卻又不合規格，被縣令威逼責打。夫人求神問卜，好不容易抓來一隻合格的蟋蟀，卻被兒子不小心弄死。

　　九歲的小兒當然略知父母的憂慮，於是闖下大禍後「懼，啼告母。」（卷四，頁 486）。誰知母親更嚇得面色死灰，非但不庇護他，更大罵曰：「業根！死期至矣！而翁歸，自與汝覆算耳！」（卷四，頁 486）。薩提爾：「表情、聲音、行動等都隨時隨地代表著你（父母）傳遞給孩子『他是否有價值』的訊息。」〔註 13〕。面對母親的恐嚇及父親即將而來的呵詬責打，小兒明顯感到來自父母強大的推拒和排擠的力量，受驚而去。父親回家獲得這則消息後，「如被冰雪」，「怒索兒」（卷四，頁 486）卻只在井中找到一具屍體。夫妻此刻心情：

> 化怒爲悲，搶呼欲絕。夫妻向隅，茅舍無煙，相對默然，不復聊賴。日將暮，取兒藁葬。近撫之，氣息慴然。喜置榻上，半夜復甦。夫妻心稍慰。但蟋蟀籠虛，顧之則氣斷聲吞，亦不敢復究兒，自昏達曙，目不交睫。東曦既駕，僵臥長愁。（卷四，頁 486）

此間夫妻二人情感瞬間跌宕，由盛怒轉爲大悲，悲痛欲絕，面對眼前悲劇，化責備的推拒力道爲拉力，盡力照護兒子。直到發現兒子有點氣息，才高興

〔註 13〕　（美）維琴尼亞·薩提爾（Virginia Sitar）著，吳就君譯：《新家庭如何塑造人》，頁 27。

起來，等到孩子稍稍復甦，更是欣慰，只是從此再也不敢多加追究兒子的過錯，忍氣吞聲，難以闔眼。夫妻二人此刻心中五味雜陳，隨著兒子的病情七上八下。諷刺的是，最真實的人性卻反而在此悲劇中迸發出來。

在這樣的親子三元關係中，兒子自知理虧卻無法得到母親庇護，只換來已被黑暗的官場逼得扭曲人性的母親情緒化的責備和恐嚇，兒子敏感的察覺父母多麼專注於眼前的利益，頓覺得情感上失去依靠，陷入極端的焦慮。其實父母對兒子的情感只是暫被遮蔽，責備帶著對官場黑暗、世道不公的遷怒，子女終究是父母身上的一塊肉，從兒子病床前夫妻焦急的模樣，還有什麼能大過血濃於水的親情呢？面對僵死的孩子，自然悔不自勝，痛惜不已。然而孩子的精神卻透過善鬥的促織彌補自己的過錯，為家庭爭取最大利益，終於再享天倫。

序號	篇　名	子/女→父(A)	父→子/女(a)	父→母(B)	母→父(b)	母→子/女(C)	子/女→母(c)	主導/關鍵者	附註
56	〈鴉頭〉	拉近	拉近	拉近	拉近	拉近	拉近	子	子救母
		--	推拒	拉近	拉近	推拒	推拒	子	子違母命，殺外婆和阿姨
		拉近	拉近	拉近	拉近	拉近	拉近	母	母斷子拗筋

〈鴉頭〉則是一則兒子代父救母，為母親討公道的故事。王文和狐狸精老鴇的女兒鴉頭相好，但老鴇卻強迫女兒接客，不願意讓女兒跟從王文。於是二人私奔，鴉頭卻又被老鴇抓回禁錮，受盡鞭創裂膚，飢火煎心的煎熬。透過趙東樓的協助，讓王文和王孜設法相救，父─母─子三元間互相呈現拉力。但鴉頭始終念及骨血親情，殷殷囑咐不可傷其性命，可平時樂鬥好殺的王孜連王文都難以管教，何況是盛怒之際。

王孜初聞母親的處境，「怒眥欲裂，即日赴都，詢吳媼居」（卷五，頁605），暴怒之下不改兇殘本色，長驅直入，以迅雷不及掩耳之勢，大開殺戒。一入門便殺死了阿姨妮子，緊接著將外婆一箭穿心並斬首，又以石破門，救出母親，母子相見痛哭失聲。但鴉頭轉而詢問母親下落，得知兒子早將她們誅殺，便埋怨著兒子不聽話。命令將外婆和阿姨下葬。久不受控的王孜竟「偽諾之，剝其皮而藏之。孜檢媼箱簏，盡卷金貲，奉母而歸。」（卷五，頁 605）回家

後夫婦重逢，悲喜交至。再探詢了一下老鴇的情況，王孜卻道：「在吾囊中。」（卷五，頁605）驚得母親又罵又哭，捶胸頓足：

> 母怒，罵曰：「忤逆兒！何得此為！」號慟自撾，轉側欲死。
> 王極力撫慰，叱兒瘞革。孜忿曰：「今得安樂所，頓忘撻楚耶？」母
> 益怒，啼不止。孜葬皮反報，始稍釋。（卷五，頁605）

母子間產生衝突，互成推拒的狀態。王文只好一邊忙著安慰妻子，一邊喝叱著兒子掩埋皮革。王孜辛苦救母，還未享天倫卻先屢屢遭受埋怨及指責，心中自然不勝委屈，忿而頂撞，指母親安樂了卻忘了過去的苦難。讓母親更加來氣，直到王孜埋了皮，母親才稍微消了氣。王孜是人狐所生，故兼有狐、人二性，一直到此時，王孜雖生活在人群中，卻不受任何人或禮教拘束，一切行事依憑自性，狐性始終遠超過人性，因此行事大開大闔，率性而為，多了分暴戾之氣。但他對於父母的敬愛之情卻也出自本真，而非禮法形塑。因此他雖「承奉甚孝；然誤觸之，則惡聲暴吼。」（卷五，頁605）母親對王孜暴虐的行徑解釋成「有拗筋」，需截斷方才不至於殺人惹出禍端。於是夜裡偷偷綁了王孜手足，不顧兒子的反抗，對他進行了一次「手術」。

手術過程怵目驚心，兒子醒來大叫：「我無罪。」（卷五，頁606），母親卻說：「將醫爾虐，其勿苦。」（卷五，頁606）王孜大叫掙扎著，卻不得其法。「以巨針刺踝骨側，深三四分許，用刀掘斷，崩然有聲；又於肘間腦際並如之。」（卷五，頁606）等手術一切停當，鴉頭才「釋縛，拍令安臥」（卷五，頁606）。手術的成效十分卓越，一夜過後，原本暴躁易怒的兒子有了一百八十度的轉變，王孜「天明，奔候父母，涕泣曰：『兒早夜憶昔所行，都非人類！』」（卷五，頁606）父母二人聞之大喜，原本存在父—母—子三元間推拒的力量瞬間又有了緊密的向心力。王孜也從此「溫和如處女」（卷五，頁606），並獲得了鄉里的稱讚尊重。

中國傳統教導子女的最高指導原則即是「服從」、「百依百順」，做人則要溫良恭儉。王孜從小缺乏母愛和管教，狐狸的獸性濃厚，家庭裡種種的規條難以上身，少受毒性教條汙染的結果，產生了任性使氣的性格。但這樣的衝動性格卻令人母擔憂不已，害怕兒子終將因此不見容於社會，於是藉由挑斷拗筋，強硬地扭轉這樣不受拘束的習性，使得王孜喪失原本自性，「從善如流」成為溫和如處女的人類。蒲松齡利用狐狸精的特性，將中國父母那種「打你就是為你好」和「父母應替子女行為結果負責」的思維推向極致，使父母管教子女的心態及做法顯得更加方便及具象，以此突顯傳統社會父母親如何以

愛之名，不惜透過殘害的手段來體現親愛之心，強硬削去孩子的本來面目，使之適應現實世界。作者在此提示，「溫和如處子」才是男性在社會中的生存之道。

　　除上所論，母親對兒子的教養還有另一層深意。從〈雲蘿公主〉中侯氏得子後忍不住大嘆：「我以後無求於人矣。膏腴數頃，母子何患不溫飽？無夫焉，亦可也。」（卷九，頁1272）可窺究竟。

序號	篇　名	子→父(A)	父→子(a)	父→母(B)	母→父(b)	母→子(C)	子→母(c)	主導/關鍵者	附註
57	〈雲蘿公主〉	--	--	既推拒又拉近	拉近	--	--	母	未生子
		不拉近	不拉近	既推拒又拉近	不拉近	拉近	拉近	母	生子

　　侯氏的夫君安可棄應驗了母親的預言，時常賭博偷盜。哥哥大器替可棄辦完親事曾殷殷囑咐，曰：「數頃薄產，爲若蒙死守之，今悉相付。吾弟無行，寸草與之，皆棄也。此後成敗，在於新婦：能令改行，無憂凍餓；不然，兄亦不能填無底壑也。」（卷九，頁1271～1272）侯氏接下此一重責大任負荷深重可想而知。幸喜「可棄雅畏愛之，所言無敢違。」（卷九，頁1272），侯氏亦管教甚嚴，「每出，限以晷刻，過期，則詬厲不與飲食，可棄以此少斂。」（卷九，頁1272）只是這樣的日夜約束，緊繃著神經，既要照顧起居，又要經理家政，還得顧及家中經濟，又得深防丈夫踰矩，累煞人矣！

　　侯氏的背景在文本中曾略略述及：「侯氏女，生有疣贅，侯賤而行惡，眾咸不齒。」（卷九，頁1271）對於像侯氏生長在不健全的家庭系統裡，其心理上的匱乏卻因爲可棄的脫序，使自己妻兼母職，「藉由對方來使自己滿足」的慾望根本無從自婚姻中獲得補償，由此，在潛意識或意識裡，便將這種期望轉移至孩童身上，開始認爲孩子能夠幫自己達到目的，恰說明了子女是父母補償自我最方便的來源。〔註14〕從社會層面來看，在中國傳統家庭結構中，「生育、養育和教育子女夾雜了許多的『社會意義』，如：生兒子像吃了顆定心丸，生長孫可以提高家庭地位。」〔註15〕兒子的生養除了完成

〔註14〕　參考約翰・布雷蕭（John Bradshaw）著，鄭玉英、趙家玉譯：《家庭會傷人：自我重生的新契機》（臺北：張老師出版社，1993），頁95～96。

〔註15〕　（美）維琴尼亞・薩提爾（Virginia Sitar）著，吳就君譯：《新家庭如何塑造人》，頁198。

「傳宗接代」的任務，更鞏固甚而提升了家庭地位，這意味著母親將獲取更大的權力和資源，於此同時婦女對社會的影響力也通過教養兒子的途徑蠢蠢欲動。因此，侯氏得子後一想到能親自調教保自己後半生無虞的兒子時，怎不生出此一嘆息。

（三）親子關係中受拋棄的兒子

《聊齋誌異》棄子故事還不只〈雲蘿公主〉一椿。還有子女被母親遺棄而引發父親的殺機的人間慘劇。

序號	篇　名	子→父（A）	父→子（a）	父→母（B）	母→父（b）	母→子（C）	子→母（c）	主導/關鍵者	附註
58	〈牛成章〉	拉近	推拒	推拒	推拒	推拒	拉近	母親	父亡，母棄子
		拉近	拉近	推拒	推拒	推拒	拉近	父親	父恨母，殺之

〈牛成章〉中牛成章大限，於是與妻、子產生距離，鄭氏不能守貞，「貨產入囊，改醮而去。遺兩孤，難以存濟。」（卷七，頁 927）。六年後，牛忠遇到已經死去卻活生生的父親，相認間父親詢問到鄭氏，於是得知自離家後的家庭景況，心竊怒之，尋鄭氏報復。牛成章「攜一婦人，頭如蓬葆」，「摘耳頓罵：『何棄吾兒！』」（卷七，頁 928）嚇得鄭氏伏著不敢動，牛成章還「以口齕其項。婦呼忠曰：『兒救吾！兒救吾！』」（卷七，頁 928）鄭氏驚呼向牛忠求救。牛忠雖被見棄，始終不忍心母親，對母親的關係仍呈拉力，「橫身蔽鬲其間」（卷七，頁 928），只可惜終不敵父親強大的推拒力。母親不見後，父親也隨之化為黑氣消失。

雖然《禮記・郊特牲》：「壹與之齊，終身不改，故夫死不嫁。」〔註 16〕反對寡婦改嫁，但實際上約束力並不太強，甚至在實際生活中寡婦還有再嫁的壓力，因此歷代有許多改嫁的例子。直至程朱理學倡導「餓死事小，失節事大」反對改嫁，甚至進而反對男人娶寡婦，才使世人認為寡婦再嫁可恥。另《大清律例》明文規定：「凡男女居父母及妻妾居夫喪而身自主婚嫁娶者，杖一百。」〔註 17〕然而本文最不能讓牛成章諒解的是鄭氏棄幼子改嫁的行徑，

〔註 16〕〔漢〕鄭玄注，〔唐〕孔穎達疏，李學勤主編：《禮記正義》（北京：北京大學出版社，2001），頁 814。

〔註 17〕〔清〕《大清律例》引自：《文淵閣四庫全書內聯網版 1.2 版（Siku Quanshu）

而非鄭氏的違禮和情感背叛。清代並對寡婦改嫁有所規定，寡婦需在喪服期滿後方可改嫁。然而在民間恐怕寡婦改嫁後子女的養育問題才是真正令人關切的。

其他還有幾篇兒女還未有行為能力即被扼殺的故事，雖未符合文本範圍，但可資參考。

在〈葛巾〉的故事裡棄子情節透著奇幻的色彩。常大用因好牡丹而結識牡丹精葛巾和玉版姊妹，分別嫁予常大用、常大器兄弟，成親後二人各產一子。常大用疑心二人是花妖心中駭然，於是以詩試探，惹得葛巾變色，與玉版雙雙擲子於地後離去。兒子成為夫妻間最方便的出氣筒。然所棄之子化為牡丹，「一夜徑尺，當年而花，一紫一白，朵大如盤，較尋常之葛巾、玉版，瓣尤繁碎。數年，茂蔭成叢；移分他所，更變異種，莫能識其名。」（卷十，頁 1443）換以牡丹的生命形式繼續生存下去，則是異類產生的奇幻效果。

而〈細侯〉中甚至有恨極殺子的情節。細侯情繫滿生，卻因一番周折與滿生失去聯繫，故被富商欺騙委身下嫁，當滿生再現時，她憤而殺子後離去，縣令知道原委後置之不管。若以當時社會中普遍將子女視為財產的情況來看，父母無異於掌握生殺之大權，而殺子行為幾近於丟棄財產，雖過於殘忍且有向富商報復和徹底劃分關係的意味，卻是能夠被律法接受的，蒲松齡也只說：「嗚呼！壽亭侯之歸漢，亦復何殊？顧殺子而行，亦天下之忍人也！」（卷六，頁 793～794）未曾多加批判。

〈呂無病〉中繼室王氏比妾呂無病晚入孫家，眼看孫麒對她呵護備至，卻忘記孫麒對自己的百般愛惜和忍讓，為了奪到孫麒全心的愛，她荼毒無病和前妻子阿堅，並屢屢和孫麒產生衝突，使得夫妻二人關係愈益惡化，甚且擴大成兩家械鬥，鬧上府衙。後來，王氏產下一子，竟因跟丈夫置氣，親手將兒子扼死，同樣凸顯將子女視為「所有物」的價值觀。

二、原生家庭雙親與複數子女的親子三元互動

擁有複數子／女的原生家庭容易因比較心而生出各種事端使親子問題浮出檯面。不要說長輩對子輩自然生出十指各有短長的親疏之別，即使長輩處事公道，亦會被子輩誤為有失公允。然而複數手足間的互助、互替是獨生子女怎麼也享受不到的天倫。

（網路五人版）》：史部／政書類／法令之屬／大清律例／卷十。

（一）不公平的父、母—兄—弟親子三元互動

圖 3-3：父／母—兄—弟的親子三元互動關係圖

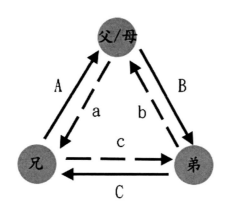

〈雲蘿公主〉除了講述親對子的偏袒問題，並將同樣米卻養出不同孩子的問題一併呈現。父母面對一樣親生的兄弟，為什麼獨厚兄長大器？又為何大器成材，弟弟可棄則禍端百出，還得勞動妻子管教呢？

序號	篇　名	兄→父／母（A）	父／母→兄（a）	父／母→弟（B）	弟→父／母（b）	弟→兄（C）	兄→弟（c）	主導／關鍵者	附註
59	〈雲蘿公主〉（母親）	拉近	拉近	推拒	--	--	拉近	母親	母欲棄子
60	〈雲蘿公主〉（父親）	拉近	拉近	拉近	--	拉近	拉近		母欲棄子，父留之
		拉近	拉近	推拒	推拒	拉近	拉近		弟敗家、犯罪
		拉近	拉近	推拒	推拒	推拒	推拒		父子分產不公，弟搶兄，兄弟決裂

比較聖后府中雲蘿公主生產大器及可棄的情形。生產大器時，雲蘿喜曰：「此兒福相，大器也！」（卷九，頁 1269）名之「大器」。大器長大後，果然「十七歲及第，娶雲氏，夫妻皆孝友。」（卷九，頁 1272）父親非常鍾愛他。反觀可棄出生的情形：

> 女舉之曰：「豺狼也！」立命棄之。生不忍而止，名曰可棄。

甫周歲，急爲卜婚。諸媒接踵，問其甲子，皆謂不合。曰：「吾欲爲狼子治一深圈，竟不可得，當令傾敗六七年，亦數也。」（卷九，頁1270）

可棄遭母親厭惡，認爲是豺狼，對家庭不利，於是下令遺棄，並以此命名。好在被父親攔下，才沒有眞的被丟棄。才剛周歲，母親就急著替他找對象，而其尋找的媳婦竟要能像籠子般能夠牢牢地將可棄「圈養」。

可棄身處深受母親的情感遺棄和命名暴力的環境下，在親子關係裡得不到成長的養分，並形成自貶的低自我價值，再度揭示子女並非是一個可獨立且受尊重的生命。一個損害家庭利益的家庭成員，即使是兒子，是難以獲得支持和愛護的。在那樣一個時代，父母擁有權力遺棄他，且不受到法律處罰甚至輿論譴責。

漸漸長大的可棄「不喜讀」，而是「輒偷與無賴博賭，恆盜物償戲債」（卷九，頁1271），選擇藉由耽溺性行爲—賭博、偷盜來產生一帖止痛劑，啓動防衛機轉，並希望喚起父母注意。但此舉往往適得其反，換來的是父親的震怒及鞭撻加身，使父子間的推拒力更加強大，關係惡劣，從此家庭成員不再信任他，相互警戒提防著他。可棄在家偷不到東西，便將觸角伸至其他人家，卻被主人發覺送官究辦。父兄得知後「共繫之，楚掠慘棘，幾於絕氣。」（卷九，頁1271）最後還是兄長不忍心，代爲哀求，父親才罷了手。

然而父親因此「忿恚得疾，食銳減。」（卷九，頁1271）進而制訂分產書，直接將「樓閣沃田」（卷九，頁1271），好的產業盡數分給大器，引起可棄的怨恨不平，竟「夜持刀入室，將殺兄，悞中嫂。」（卷九，頁1271），所幸寶物加身，嚇跑了可棄，但也使父親病情加劇，數月而卒。父親死後可棄才回家，兄長雖然善待他，但他卻更加肆無忌憚。一年多後，田產散盡，竟然赴郡控告大器，使家庭中唯一對弟弟的拉力也變爲推力，「兄弟之好遂絕。」（卷九，頁1271）。

由文本可知，雲蘿公主與子女關係至爲疏離，教養工作多由父親承擔。她生產時要婢女代勞，即使產後亦不食人間煙火。她生下大器後，「繃納生懷，俾付乳媼，養諸南院。」（卷九，頁1269）並時常歸寧，後竟不返。大器和可棄能在母親身上獲得的養分似乎一般。但是即使母親離去，她的影響力卻依舊存在而且深刻。從名字上來看，母親對於大器充滿了認可、嘉許與祝福；相反的，在可棄的名字中寓滿了多少見棄、鄙夷和不可祝福的。而名

字也在二人中間產生自我應驗預言（self-fulfilling prophecy）的效應（又稱畢馬龍效應 Pygmalion Effect），雲蘿公主透過名字的暗示影響了兩個人的一生。由此，即使母親不在身邊，大器在父—母—子的三元關係裡始終獲得支持和祝福，而可棄的三元關係則是破碎匱乏的，一開始便受到母親厭棄，長成後父親又不能明白他種種違常行徑可能是渴愛的表現，因此他啓動防衛機制，「依照父母想要的方式」自貶，並將自己麻木沉湎於賭博以忘記一出生就不被祝福及出生後繼續遭否決的痛苦，無形中也滿足了雙親想使壞的衝動，使雙親獲得假想性的滿足。說穿了可棄只是做了家庭系統中的待罪羊罷了。

另外，當家庭中有複數子女時，親對子的偏袒問題互古自有，父母對各子女的情感厚薄、利益分配至地位高低皆可能是引發偏袒爭論的導火線。其中親人間因分配家產而爆發的爭執於今未見停歇，尤其兄弟各自成家時，爭產的情況往往更加複雜。即使一家和睦賢良的親人爲了生存多少也會爲自己爭取。

序號	篇　名	兄→父 (A)	父→兄 (a)	父→弟 (B)	弟→父 (b)	弟→兄 (C)	兄→弟 (c)	主導／關鍵者	附註
61	〈李八缸〉	拉近	拉近	不拉近	拉近	拉近	拉近	父親	弟埋怨父分產不公

〈李八缸〉便是一則溫和的求產故事：

> 太學李月生，升宇翁之次子也。翁最富，以缸貯金，里人稱之「八缸」。翁寢疾，呼子分金：兄八之，弟二之。月生觖望。翁曰：「我非偏有愛憎，藏有窖鏹，必待無多人時，方以畀汝，勿急也。」
> （卷十二，頁 1608）

父親李升宇分產時並不均分，使得孝友的月生也積怨不滿，父親安慰著解釋自己並非偏袒，還有一窖銀子將趁無人之際才能拿出來給他。但月生還是著急，數日後父親彌留，「月生慮一旦不虞，覷無人，即床頭祕訊之。」（卷十二，頁 1608），沒想到父親卻回答：「人生苦樂，皆有定數。汝方享妻賢之福，故不宜再助多金，以增汝過。」（卷十二，頁 1608）。月生不明父親深意，「固哀之」（卷十二，頁 1608），卻激怒父親，於是不敢再言。父親身後，兄長賢良不與他計較喪葬之事，月生本性爛漫，也不太計較金錢得失，還好客善飲，不太經理家計，因此常被里中無賴欺負，家道便弱了下來，全倚靠有兄長周

濟。但兄長病卒後，他竟落魄至絕糧窘境。又幾年妻、子相繼病殂，又時常被續弦欺壓，使得他不敢跟親友聯繫。如此山窮水盡之時，父親才托夢予之巨金解難。

　　面對家產當前，即使再孝友忠厚的孩子還是難免誘惑，心中鬼影幢幢，偷著再三的爭取。而李升宇深諳二個兒子的性格，兄長賢良，弟弟則浪漫疏財，於是苦心謀劃，做出不均當的安排，目的在於延長子嗣，其苦心終在山窮水盡中顯現，至此蒲松齡又構出一幅父慈子悌，父親跨越生死爲親人深謀遠慮的故事。就如同〈孝子〉、〈陸判〉中的父親一般，即使死後，仍念念不忘提攜親人。

（二）苦心扶持的父—兄—弟親子三元互動

　　〈夢狼〉一篇記述父親和弟弟爲了哥哥不當的行爲各自煞費苦心的勸諫的故事。

序號	篇　名	兄→父（A）	父→兄（a）	父→弟（B）	弟→父（b）	弟→兄（C）	兄→弟（c）	主導/關鍵者	附註
62	〈夢狼〉〔註18〕	推拒	拉近	拉近	拉近	拉近	推拒	父親	兄不聽父親和弟弟的勸告。

　　白翁夢見兒子白甲爲官不正，殘害百姓，將遭報應，便寫了封戒愼哀切的信讓二兒子去勸說。弟弟發現兄長門齒盡脫，驚駭地詢問，竟然和夢中情況相符，於是拿出家書希望白甲能夠改過遷善。然而白甲讀信之後雖然害怕，但他當時正靠著賄賂當權者獲得了一個被舉薦的大好機會，於是被眼前利益蒙蔽的白甲不以爲意。弟弟住了幾天發現滿堂的貪官污吏及關說賄賂的人整日裡絡繹不絕，於是流淚勸諫哥哥。白甲不聽，反而倒出一堆爲官經，弟弟只好無功而返。

　　白翁得知後兒子的態度，「大哭。無可如何，惟捐家濟貧，日禱於神，但求逆子之報，不累妻孥。次年，報甲以薦舉作吏部，賀者盈門；翁惟欷歔，伏枕託疾不出。」（卷八，頁 1054）束手無策的父親只好冀望透過散財積福及禱告以免除上天的報應牽連家人，面對兒子的升官，只能暗自唏噓感嘆。果然不久就聽見兒子白甲歸途遇寇而亡的噩耗，白翁這時才起身，「謂人曰：『鬼神之怒，止及其身，祐我家者不可謂不厚也。』因焚香而報謝之。」（卷

〔註18〕 本表配合圖 3-3 觀看。

八，頁 1054）然而陰間官宰憐憫白翁，於是爲白甲接續頭顱，但故意把他的腦袋歪斜的擺放。白甲從此落魄不已，遭人唾棄。半年後，白翁得知兒子仍存活後，並沒有拋棄他，仍「遣次子致之而歸」。（卷八，頁 1055）

這裡除了弟弟對兄長誠摯的手足之情外，白翁對兒子的無可救藥，退而求全，不離不棄，全是一片慈父心情。只是即使聯合白翁和二兒子二元之力，始終抵不過白甲過分高張的慾望，只能稍稍與之抗衡，挽救一家安危及白甲的性命。另外，我們還可以從白翁爲了白甲一人透過施福以力求保全家庭成員的平安一事發現中國傳統家庭的黏結宛如生命共同體般的強烈。對中國人而言，上天對人降下的果報會旁及家庭中其他成員，共罰、共賞，白翁便是爲了支撐家庭的延續而苦心造詣。

（三）妹代兄／姊嫁的父／母—兄／姊—妹親子三元互動

圖 3-4：父／母—姊—妹的親子三元互動關係圖

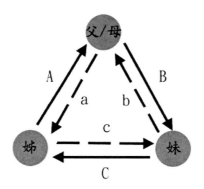

《聊齋誌異》中僅有的一則雙親與姊妹間的互動是從當時頗爲流行的民間傳說而來，講述以妹易姊嫁娶的故事。

序號	篇　名	姊→父／母（A）	父／母→姊（a）	父／母→妹（B）	妹→父／母（b）	妹→姊（C）	姊→妹（c）	主導／關鍵者	附註
63	〈姊妹易嫁〉	推拒	推拒	拉近	拉近	推拒	推拒	妹妹	父母逼姊嫁，妹不以爲然，代姐嫁

張家與毛家有奇遇，張氏夫妻見到小時候的毛相國很是喜歡，留他在家裡念書，甚至主動跟毛母商量將女兒許配給他。誰知張家大女兒「甚薄毛家，

怨慚之意，形於言色。有人或道及，**輒掩其耳**。每向人曰：『我死不從牧牛兒！』」（卷四，頁 513），老大不樂意父母的安排。等到迎親當天，彩輿在門，「女掩袂向隅而哭。催之妝，不妝；勸之亦不解。」（卷四，頁 513）。不久新郎要起轎告辭時，大女兒不管新郎在門，鼓樂大作，猶自「眼零雨而首飛蓬」（卷四，頁 513）就是不肯裝扮上轎。父親急忙阻止女婿，一邊又規勸女兒，可是「女涕若罔聞」（卷四，頁 513）。父親面對如此任性的女兒先是「怒而逼之」（卷四，頁 513），結果「益哭失聲。」（卷四，頁 513）親子間強大的推拒力讓事情膠著，沒有共識。可眼見外面迎親隊伍頻頻催促，父親急得兩邊周旋，奔進奔出，「往來者無停履。遷延少時，事愈急，女終無回意。父無計，周張欲自死。」（卷四，頁 513）

如此情景令一旁的次女頗為不滿，於是幫著「苦逼勸之」（卷四，頁 514）施予推力。方爭執間，父親聽聞次女慨言：「阿爺原不曾以妹子屬毛郎；若以妹子屬毛郎，更何須姊姊勸駕也。」（卷四，頁 514），於是暗中和母親商議以妹代姊嫁。母隨即詢問次女的意思，女慨然曰：「父母教兒往也，即乞丐不敢辭；且何以見毛家郎便終餓莩死乎？」（卷四，頁 514）父母和次女因互相拉近而有共識，問題立解，以妹代姊上轎離去。

這則故事裡張氏父母憑著異兆與現實相符，認為毛相國將來必當富貴，於是自行替大女兒作主與之結親。誰知大女兒嫌棄毛相國貧賤，不願遵從父母之命，軟硬不吃，花轎臨門偏不上轎，惹得父親如熱鍋上的螞蟻，如今箭在弦上，父母與大女兒間形成相抵抗的二元，終於一旁知書達禮的小女兒看不過去姊姊的言行，即以父母之命不可違和毛相國不可能終身貧賤等道理幫著父母勸說。可惜姊姊弗聽，小女兒於是銳身自薦慨然頂替新娘的空缺，才終於結束了一場婚嫁危機、親子大戰。

圖 3-5：父／母─兄─妹的親子三元互動關係圖

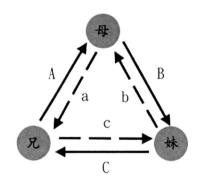

　　另外，一般認為女性在家中的地位較為卑微，所謂「在家從父，出嫁從夫，夫死從子」女子似乎永遠都得聽從男性的安排，無法獲得自主的權力。但在〈商三官〉中，商家面臨邑豪的侵犯，能在臨危之際振聾發聵者，能為父報仇者竟都是家中排序最小的女性。

序號	篇　名	兄→母（A）	母→兄（a）	母→妹（B）	妹→母（b）	妹→兄（C）	兄→妹（c）	主導／關鍵者	附註
64	〈商三官〉	拉近	拉近	不拉近	推拒	推拒	拉近	妹妹	妹拒婚、離家代父兄復仇

　　商士禹一介書生，醉後竟戲謔侮罵平日作威作福的邑豪。邑豪惱羞成怒讓家奴將商士禹亂棒打死。此事，恰與小妹商三官的婚期相近，商家同時面臨了紅、白二事。為了治辦喪事及為父親討回公道，商家二子為此告官，一年過去了卻仍沒有結果。不久兄弟二人負屈而歸，舉家悲憤。

　　先此，三官未來的婆家看著官司未結、喪事未辦感到著急了，派人來權商先辦婚事，母親本要答應，商三官卻有不同的意見，進曰：「焉有父尸未寒而行吉禮？彼獨無父母乎？」（卷三，頁 373）言詞剴切，並不婉轉，使婆家聽聞後十分慚愧而不再催婚。再有兄弟二人無法伸張冤屈，正討論將父親的屍骨留下做為訴訟的證據，三官又給二位兄長一記當頭棒喝，曰：「人被殺而不理，時事可知矣。天將為汝兄弟專生一閻羅包老耶？骨骸暴露，於心何忍矣。」（卷三，頁 373），兄弟二人覺得有理也就順從，將父親下葬。葬禮結束後，三官竟自斷自決趁夜裡遁逃，實施復仇大計。面對女兒的不告而別，母親的反應是「慚怍，唯恐婿家知，不敢告族黨，但囑二子冥冥偵察之。」（卷三，頁 373）只擔心三官的清白有汙，被夫家見棄，封閉消息，秘密偵查。

　　然觀三官幾番言行，可知其性格剛毅果決，為人獨斷有主見。其復仇過程亦頗善布置，先試探知邑豪習性，混入優人，投其所好，夜裡拿準時機便令邑豪身首兩斷，隨即自經，手法俐落，非一閨閣弱女子所能為，毋怪蒲松齡嘆其為「女豫讓」（卷三，頁 375）而薄其兄，並讚其所為是荊軻所不如，甚至比之關羽，奉若神明。

　　但三官的主動性並非一馬當先，而是先退再進。文本中商家在父親亡故後，母親雖分享家父長的權力，但實際執行家業者還得倚賴二位兄長，三官也順應父權。因此官司由兄長來打，喪事由兄長治辦，三官只在攸關禮法、

正義的時候才毅然或振聲發聵，或銳身自任，恰好母、兄、親家也都是明理之人，每每都能從善如流。因此在這段母—兄—妹的親子關係裡，年紀最小，地位理應最卑微的三官反而在關鍵時期主導了事件的發展。

（四）其他：追尋完整家庭的親子三元互動

圖 3-6：父—母—兄—弟的親子三元互動關係圖

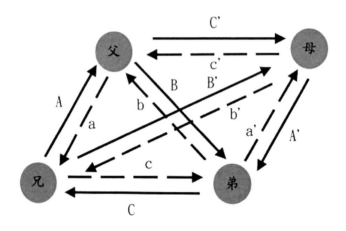

〈夜叉國〉透過一對兒子分別尋父、尋母的故事體現父母二職在人倫情感中是無可取代的。

序號	篇名	兄→父（A）	父→兄（a）	父→弟（B）	弟→父（b）	弟→兄（C）	兄→弟（c）	母→弟（A'）
		拉近	拉近	拉近	拉近	拉近	拉近	拉近
		拉近	拉近	推拒	--	--	拉近	--
		推拒	推拒	推拒	拉近	拉近	拉近	拉近
		拉近	拉近	拉近	拉近	拉近	拉近	拉近
65	〈夜叉國〉	弟→母（a'）	兄→母（B'）	母→兄（b'）	父→母（C'）	母→父（c'）	備　註	
		拉近	拉近	拉近	拉近	拉近	徐賈未離夜叉國時	
		--	拉近	--	推拒	--	離夜叉國時	
		拉近	拉近	拉近	推拒	不拉近	兄弟尋親	
		拉近	拉近	拉近	拉近	拉近	團聚	

徐姓商人商旅間誤入夜叉國，並與夜叉共組家庭，共生二子一女。子女漸能人語，「與徐依依有父子意。」（卷三，頁 350）但是徐姓商人仍思念故

鄉，一日雌夜叉帶著一兒一女出門後，北風大作，徐趁此攜一子偷返，而「子欲告母，徐止之。」（卷三，頁 351），此故鄉母土的召喚顯現徐某對妻子生育功能完成後的背棄，子嗣的傳承在他心中實重於夫妻之情。

後來，恰逢某商人誤闖夜叉國巧遇徐姓商人之次子徐豹，商勸歸國時，徐豹道出難處，曰：「余亦常作此念。但母非中國人，言貌殊異；且同類覺之，必見殘害：用是輾轉。」（卷三，頁 351）然後先後殷殷囑咐商人向父兄處轉達情況和問候。商人回國後，告訴徐彪所見所聞。

> 彪聞而悲，欲往尋之。父慮海濤妖藪，險惡難犯，力阻之。彪撫膺痛哭，父不能止。乃告交帥，攜兩兵至海內。（卷三，頁 352）

徐彪知道後十分悲痛，急著前往巡迴母親和弟妹，但父親卻擔心途中會遭遇各種凶險，強力的阻止兒子前往，令徐彪捶胸頓足，傷心不已。父親知勸阻不住，只好報告元帥並讓兒子帶士兵前往相互照應。

徐彪如此至情至性的表現正說明子女對父、母的依戀缺一不可，即使擁有其中一方完美和諧的關係，但是缺了一角的親子三角關係始終不能平衡，並且令子女感到缺憾，不管父母以各種方式分離，父職或母職的位置始終需要有人遞補來提供孩子雙向的支持，誰都不可相互替代。徐姓商人當初切斷了徐彪的母子聯繫，如今一有母親的訊息，便喚起徐彪心中追求完整的驅力，即使海濤妖藪等各種險阻以及父親的憂慮，都不能阻擋這股追求家庭完滿的願望。而弟弟徐豹正也是如是心情，因此殷殷期盼透過商人和父兄連繫以求團圓。但之所以沒有像兄長一樣有如此積極激動的表現，除了因為他與母親朝夕相處，較能體察母親心事外，徐豹生著一副中國人的容貌，卻住在夜叉國度，這樣的衝突恐怕多少帶來認同的課題，加上他長年看著夜叉國對待外來者的方式，如今要母親易地而居，自然生出「為人所凌」（卷三，頁 352）的顧慮。好在徐彪地位甚高，人不敢欺，終於破鏡重圓。

第二節　家庭新進成員及外來者介入所形成的親子三元互動

除事件的發生使原生家庭的親子三元關係出現變動外，家庭新進成員及外來者介入所產生的質變也不容小覷。而被介入的兩代親情可由外來勢力的身分以親疏之分，分別闡述。親者是，介入者以續絃、血緣姻親關係等身分介入家庭時連帶引發的家庭漣漪。需要特別說明的是：已亡故的家庭成員重

現及失落的家庭成員歸隊亦屬於此類；疏的部分，則是毫無血緣姻親關係的外來勢力企圖介入家庭，產生干擾家庭秩序的作用。

一、繼母的介入

明末《溫氏母訓》中將晚娘的難處說得透澈：

中年喪偶，一不幸也。喪偶事小，正為續弦費處。前邊兒女，先將古來許多晚娘惡件填在胸坎；這邊父母嬸，唆教自立馬頭出來。兩邊閒雜人占風望氣，弄去搬來。外邊無干人，聽得一句兩句，只肯信歹，不肯信好：真是清官判斷不開。不幸之苦，全在於此。

〔註 19〕

鄭雅如亦言道：「前妻子與後妻子多存在利益衝突，母子、兄弟感情培養不易，『難養難孝』成為繼母子關係的註腳。」〔註 20〕因此，下文將無親生子的繼母與育有親生子的繼母分別闡述。

（一）無親生子的繼母

圖 3-7：父—前妻子—繼室的親子三元互動關係圖

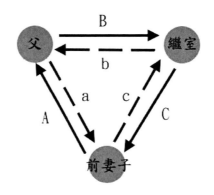

〈黎氏〉中蒲松齡擺明將繼室刻劃如狼，警戒世人：「再娶者，皆引狼入室耳；況將於野合逃竄中求賢婦哉！」（卷五，頁 681）

〔註 19〕〔明〕溫璜述之《溫氏母訓》引自：《文淵閣四庫全書內聯網版 3.0 版（Siku Quanshu）（網路五人版）》：子部／儒家類／溫氏母訓／溫氏母訓。

〔註 20〕鄭雅如：〈中古時期的母子關係——性別與漢唐之間的家庭史研究〉收錄於李貞德主編，《中國史新論：性別分冊》（臺北：聯經出版公司，2009），頁 181。

序號	篇　名	前妻子→父（A）	父→前妻子（a）	父→繼室（B）	繼室→父（b）	繼室→前妻子（C）	前妻子→繼室（c）	主導／關鍵者	附註
66	〈黎氏〉	拉近	拉近	拉近	拉近	推拒	--	繼室	繼室食前妻子

謝中條「佻達無行。三十餘喪妻，遺二子一女，晨夕啼號，縈累甚苦。」（卷五，頁 680），因此想謀娶繼室，只是沒有價錢合適的，於是只好暫僱保母。一日，在山中勾纏獨行的婦人與之野合並要求她嫁給自己。婦人面對謝中條的提議像是思緒輾轉：

> 婦躊躇曰：「此大難事！觀君衣服襪履款樣，亦只平平，我自謂能辦。但繼母難作，恐不勝誚讓也。」……轉而慮曰：「肌膚已沾，有何不從？但有悍伯，每以我為奇貨，恐不允諧，將復如何？」……即入遺媼訖，掃榻迎婦，倍極歡好。婦便操作，兼為兒女補綴，辛勤甚至。（卷五，頁 681）

從篇末狼婦食掉二子一女怵目驚心的畫面讓我們終知狼婦所言只是為了引謝中條上鉤的託辭，但正因她將女子身為繼室易遭人非議及被親人當作貨物的處境表白的清楚，才使謝中條不疑有他。而她回到謝家後，當謝中條的面辛勤補綴，扮起賢妻良母，自然也是惡毒繼母兩面手段的最佳寫照。

這雖是甚為極端的例子，但是若能設身處地的想，當女子進入一個新的組織，而這個組織已運行有年，父子關係穩固，身為新加入的成員心中自然充滿陌生與不安全感，於是希望透過積極擴張自我的版圖迅速的確立自己的權力地位來謀求心中的安全感。〈呂無病〉中的繼室便是這樣的例子。

序號	篇　名	前妻子→父（A）	父→前妻子（a）	父→繼室（B）	繼室→父（b）	繼室→前妻子（C）	前妻子→繼室（c）	主導／關鍵者	附註
67	〈呂無病〉	拉近	拉近	拉近	拉近	拉近	推拒	繼室	繼室剛嫁入
		拉近	推拒	推拒	推拒	推拒	推拒	父	父出走
		拉近	拉近	推拒	推拒	推拒	推拒	父	父返家
		拉近	拉近	拉近	拉近	拉近	拉近	繼室	繼室歸來

王天官之女王氏以繼室的身份入主孫家，依恃著孫麒的寵愛及娘家在社會上的權勢強勢介入，使情況更加複雜。

　　王氏進入孫家時原本苗頭只針對備受寵愛的妾—呂無病，卻引起孫麒的不耐逃避搬遷。王氏因此更加遷怒無病，此時她更發現前妻子阿堅對無病的依戀以至寸步不離，宛若親生，這個未來繼承者的態度引發王氏的危機意識，轉而對付這幼小的孩童。

　　她起初先是「厭罵之」（卷八，頁 1112），不管無病怎麼讓奶媽來抱，阿堅就是不願離去，越是強迫，阿堅哭得越大聲。於是被激怒的王氏竟對幼兒「毒撻無算」（卷八，頁 1112），使阿堅從此「病悸，不食。」（卷八，頁 1112）其後，王氏索性一不做，二不休，做出種種惡劣的事蹟：

> 婦禁無病不令見之。兒終日啼，婦叱媼，使棄諸地。兒氣竭聲
> 嘶，呼而求飲；婦戒勿與。日既暮，無病窺婦不在，潛飲兒。兒見
> 之，棄水捉衿，號咷不止。婦聞之，意氣洶洶而出。兒聞聲輟涕，
> 一躍遂絕。無病大哭。婦怒曰：「賤婢醜態！豈以兒死脅我耶！無論
> 孫家襁褓物；即殺王府世子，王天官女亦能任之！」無病乃抽息忍
> 涕，請為葬具。婦不許，立命棄之。（卷八，頁 1112～1113）

　　孫麒的讓位表面上使孫家落入王氏的掌控，但實際並未改變王氏第三者的位置。因為在情感上，不論是孫麒與阿堅的父子關係抑或是與呂無病的夫妻關係，都讓王氏仍然覺得自己備受排擠和否定。她從孫麒身上感受到被瓜分的愛，即使孫麒對她的驕縱個性、欺凌小妾的行為，甚至遷怒自己的種種行徑百般容忍，卻始終不能滿足她。孫麒的逃避等於是對王氏無聲的否定，反而使她產生低的自我價值，因此對於孫麒的離開，她歸咎於他人並深陷於仇恨的情緒中。〔註21〕而如今她處於長輩的地位，正好便宜行事，利用暴政、虐待來給自己「討回公道」。王氏開始對幼小的阿堅從怒罵到鞭撻，利用各種方式荼毒幼兒，驚嚇他、不供給食物，將阿堅折磨至死，並命令棄屍等種種劣行正讓懸置家父長位置的孫麒如睡獅驚醒，大怒。

　　孫麒聽聞家中「兒死妾遁」（卷八，頁 1114）的慘況，「撫膺大悲」（卷八，頁 1114）。一場權力地位的攻防戰於焉開打：

> （孫麒）語侵婦，婦反唇相稽。孫忿，出白刃；婢嫗遮救，不

〔註21〕　（美）維琴尼亞・薩提爾（Virginia Sitar）著，吳就君譯：《新家庭如何塑造人》，頁 43。薩提爾提到：「否定的自我價值感較強的人常將責任歸諸別人，容易為情緒所役使，使自己成為仇恨的工具。低自尊的人會這麼說：『我覺得自己被迫害。』並且在行為舉止中透露出這種訊息，盲目懲罰自己和別人，認為別人應該對他的行為負責。」

> 得近，遙擲之。刀脊中額，額破血流，披髮嗥叫而出，將以奔告其
> 家。孫捉還，杖撻無數，衣皆若縷，傷痛不可轉側。孫命异諸房中
> 護養之，將待其瘥而後出之。（卷八，頁1114）

在這場從激烈的戰役裡，孫麒仗著力大將妻子重傷，並下令休妻。他麒透過暴力、氣勢和行使父家長休妻的權力不但奪回孫家的主控權，還剝奪王氏女主人的權力地位，王氏在這場家庭戰役裡不但無法獲得同盟，反失去孫家的主控權，實實在在的留在第三元的位置，甚至被判出局。

　　好在王氏有厚實的娘家為後盾，其兄弟聽聞此事大怒，用更激烈的方式討回公道：

> 婦兄弟聞之，怒，率多騎登門；孫亦集健僕械禦之。兩相叫罵，
> 竟日始散。王未快意，訟之。孫捍衛入城，自詣質審，訴婦惡狀。
> 宰不能屈，送廣文懲戒以悅王。廣文朱先生，世家子，剛正不阿。
> 廉得情，怒曰：「堂上公以我為天下之齷齪教官，勒索傷天害理之錢，
> 以吮人癰痔者耶！此等乞丐相，我所不能！」竟不受命，孫公然歸。
> 王無奈之，乃示意朋好，為之調停，欲生謝過其家。孫不肯，十反
> 不能決。婦創漸平，欲出之，又恐王氏不受，因循而安之。（卷八，
> 頁1114）

孫、王兩家爆發械鬥，幾天後王家又告孫麒，王家有勢力，孫麒則有理，雙方對簿公堂不果，王家既不能懲辦孫麒，又透過朋友從中調停，並要孫麒道歉認錯，孫麒不肯，卻也休妻不得，夫妻二人只好依舊度日。

　　但他因「妾亡子死，夙夜傷心」（卷八，頁1114），某日孫麒終於憶起無病的話找到阿堅。父子久別重逢各自俱喜，「兒望見父，嗷然大啼，孫亦淚下。」（卷八，頁1115）父子二人抱頭痛哭。這時身為第三元的王氏再度闖入：「婦聞兒尚存，盛氣奔出，將致誚罵。兒方啼，開目見婦，驚投父懷，若求藏匿。抱而視之，氣已絕矣。急呼之，移時始甦。」（卷八，頁1115）孫麒親見此狀再度被激怒，恚曰：「不知如何酷虐，遂使吾兒至此！」（卷八，1115）憤而立下離婚書，送婦歸。王家果然又不接受，將王氏送回。孫麒沒辦法，只好「父子別居一院，不與婦通。」（卷八，頁1115）。

　　後來王氏產一子，竟狠心的親手掐死兒子，孫麒更加憤恨，完全看不見王氏兇殘背後未被滿足，急於索愛的意圖，反而下定決心一了百了。他先出婦，卻又被王家舉還。他不停地控告，卻總因為王天官的勢力得不到回音，

一直等到王天官死後才順利休掉王氏，從此不敢再娶，只納婢爲妾。

直至王氏嚐到流離失所的感覺，終於幡然悔悟，求著回孫家，並用激烈的手段表明自己誠心悔過，終於喚醒褪色的往日情意。獲得收留的王氏採實際的行動撫愛阿堅，並協助經管家政。王氏的卑遜不爭反而使自己從具破壞性的第三元，變成具建設性的第三元，因此獲得孫麒及阿堅的敬愛，成就和諧互重的親子三元關係。

與上面幾例不同的是，繼室的加入勢必也爲原生家庭本來的成員造成影響。伴隨著年輕貌美的繼室出現，原本的家庭成員的危機感瞬間被喚起，而有由下對上的「先發制人」。

序號	篇 名	前妻子→父（A）	父→前妻子（a）	父→繼室（B）	繼室→父（b）	繼室→前妻子（C）	前妻子→繼室（c）	主導／關鍵者	附註
68	〈單父宰〉	推拒	拉近	拉近	拉近	--	推拒	前妻子	前妻子闈父
		推拒	拉近	拉近	拉近	推拒	推拒		父亡

〈單父宰〉：「青州民某，五旬餘，繼娶少婦。二子恐其復育，乘父醉，潛割睪丸而藥慘之。」（卷九，頁 1197）簡單道出兒子擔心父親與年輕的繼室再生出孩子，竟合謀傷害父親的來龍去脈。在傳統社會裡「貴嫡賤庶」雖然是基本準則，但是許多時候孰貴孰賤實由父親決定，父親偏好誰，誰在家的地位便可能上升並取得較多的資源，即所謂的「母寵子貴」、「母黜子廢」。存在複數母子關係的家庭，通常子女以親生母親爲中心形成複數的母子群，因此家庭的情感認同與利益競逐往往更加複雜。「在父系家庭的外殼下，『母子群』可能更是家庭內情感認同及利益結合的基本單位。」〔註22〕如今家庭中新的成員加入昭示著權力、地位及財產可能被分奪。於是這對十分了解家族權力運作並具高度危機意識的兄弟竟不顧一切將父子情份、律法死刑、禮教制度等置之腦後，暗中將父親闈掉以杜絕家庭資源及情感的瓜分。

再觀父親的表現：

> 父覺，託病不言。久之，創漸平。忽入室，刀縫綻裂，血溢不止，尋斃。妻知其故，訟於官。官械其子，果伏。駭曰：「余今爲『單父宰』矣！」並誅之。（卷九，頁 1197）

〔註22〕 鄭雅如：〈中古時期的母子關係──性別與漢唐之間的家庭史研究〉收錄於李貞德主編，《中國史新論：性別分冊》（臺北：聯經出版公司，2009），頁 181。

父親發覺後對二子的行爲動機心知肚明，恐怕礙於親情或是子嗣傳承的顧慮因而隱忍不發，直至因此身亡才被繼室告發使二個不孝兒子伏誅。心理學家馬斯洛（Abraham Maslow）的需求層次理論中，將人的需求依序分爲爲生理需求、安全需求、歸屬（社會）需求、尊重（自尊）需求及自我實現需求。Michael Korda 在《揭開權力眞相》說明追求權力與一個人的安全感息息相關，是滿足一個人安全感的必經歷程。〔註23〕而文本並未明言二子爲何擔心再有弟弟，但繼室的加入恐怕是引起安全或歸屬的需求的危機，繼而採取「防微杜漸」的極端作法以鞏固自己的權力地位。

（二）育有親生子的繼母

圖 3-8：繼室—前妻子—繼室子的親子三元互動關係圖

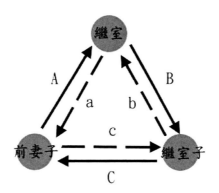

在兼有前妻子與親生子的家庭中，繼母與兒子對於前妻子而言都是介入者，此二元的進入本身對前妻子就是一種威脅。這時，繼母的品行和家父長的意向就特別重要。嫡子在家中一般雖擁有較尊貴的地位，並象徵繼承權，但實際情況仍視家父長的態度而定。因此，當繼室生子後，爲了掌握家庭資源和地位往往展開權力的爭奪，因此「後母」這一名詞往往被人與邪惡聯想一起。若遇到「父不在」（包含父親亡故、離家、無能行使家父長之權力或失去父子情感）及繼母悍妒的情形，前妻子便更加孤立無援。而許多孝子便是在囂張跋扈的繼母的淫威底下成就出來，如：蘆衣順母的閔子騫、孝感動天的虞舜等人皆是。而一般人們雖鄙惡繼母的毒辣心腸，對前妻子充滿同情，卻又同時表彰這些耿直孝順的兒子，以此爲教孝教材。

〔註23〕麥可‧柯達（Michael Korda）著，呂理蛙、傅依萍譯：《揭開權力眞相》（臺北：遠流出版社，1994），第一篇第一章。

序號	篇　名	前妻子→繼室（A）	繼室→前妻子（a）	繼室→繼室子（B）	繼室子→繼室（b）	繼室子→前妻子（C）	前妻子→繼室子（c）	主導／關鍵者	附註
69	〈張誠〉	拉近	推拒	拉近	拉近	拉近	拉近		前妻子受繼室虐待

序號	篇　名	前妻子→父（A）	父→前妻子（a）	父→繼室（B）	繼室→父（b）	繼室→前妻子（C）	前妻子→繼室（c）	主導／關鍵者	附註
70	〈張誠〉	拉近	既拉近又推拒	拉近	拉近	推拒	拉近	繼室	繼室虐待前妻子，父不敢違背繼室

〈張誠〉中張訥面對悍妒的繼母百般順從，其孝友的行為可比子騫、虞舜。張氏一家在明末兵燹中破碎，妻子被擄，只好再娶，再娶之妻生子張訥後又去世，於是父親再娶繼室，誰知繼室竟是個悍婦，從此前妻子張訥飽受繼母牛氏的摧殘虐待：

> 繼室牛氏悍，每嫉訥，奴畜之，啖以惡草具。使樵，日責柴一肩；無則撻楚詬詛，不可堪。隱畜甘脆餌誠，使從塾師讀。……一日，訥入山樵，未終，值大風雨，避身巖下，雨止而日已暮。腹中大餒，遂負薪歸。母驗之少，怒不與食；飢火燒心，入室僵臥。（卷二，頁247）

牛氏忌妒張訥，於是常把他當作奴僕，用最差的食物餵養他並且使喚他，規定每天都得砍一肩的柴回家，否則就鞭打詬罵他，甚至不給他食物。即便他如何忍讓，總不能得到繼母的關心。而牛氏常偷偷把好的食物留給自己的兒子張誠，並且供他讀書。

弟弟張誠背著母親到山中幫兄長砍柴不慎被老虎啣走後，張訥自責內疚不已，以斧自裁。牛氏更怒不可遏，哭罵：「汝殺吾兒，欲劃頸以塞責耶！」（卷二，頁249），不讓丈夫照顧張訥。面對繼母的總總虐待，張訥向來只是默默地忍受，百依百順。這次也不例外，他呻吟著說：「母勿煩惱。弟死，我定不生！」（卷二，頁249）。面對牛氏對兒子的指責與虐待，身為父親者終於因為擔心「剩下」的兒子也亡故而現身，卻依然不能幫助兒子，束手無策。「父恐其亦死，時就榻少哺之，牛輒詬責。」（卷二，頁249）一個無能

的父親的形象，透過蒲松齡先前省略的敘述和終於現身卻無所作為的形象描寫於焉成形。張訥於是繼續採取「合作的態度」，不食而死以遂繼母之願，然而他巧獲菩薩大赦而甦，並得知張誠未死的消息，只是繼母以為這全是「撰造之誣，反詬罵之。」（卷二，頁250）張訥的委屈無法伸張，於是自己奮力而起，拜別父親，曰：「行將穿雲入海往尋弟；如不可見，終此身勿望返也。願父猶以兒為死。」（卷二，頁250）。本來張訥死而復生，張翁應如獲至寶，可至此父親竟仍不敢留下張訥，只「引空處與泣」（卷二，頁250）又聽其流浪，父親無能的形象又被更深的推進一層，父在猶如不在。

　　父—母—子／女的三元關係裡父母各自是子女支持的力量，一個健全的家庭當子女無法得到一方的支持時，另一方會將支持的力量遞補而上讓子女擁有安全感。但在張訥的親子三元關係裡，來自生母的支持系統已經消失，餘下的父親卻無能支持，因此在親子關係裡他是沒有後盾的孤獨者，體現了父無能、婦悍妒的重組家庭裡孤兒的困境。那麼是什麼使張家呈現這般極端傾斜的情境呢？原因來自牛氏的強勢作風。她從一開始便迅速地介入這對父子，企圖令第三元的角色從自己轉換到張訥身上，使張訥反淪為張翁與牛氏之間的第三者。而淪為第三者的張訥服從的態度也幫助奠定了牛氏的位置。加上宛若透明的父家長張翁的拱手讓位，一切事務均以牛氏的意願為主，終於讓牛氏將家庭中的權力地位擴張到極致。

　　面對母親的種種劣行，孝友的張誠漸漸覺得不平，他「不忍兄劬，陰勸母」（卷二，頁247）可惜母弗聽，於是發揮友愛的精神暗中相助兄長。當母親因張訥無法交出足夠的柴火忿而不供給食物，令張訥「飢火燒心」時（卷二，頁247），張誠「愀然」，「懷餅來餌兄。」（卷二，頁247）張訥擔心此舉觸怒母親連累弟弟，於是囑咐弟弟下不為例，曰：「後勿復然，事泄累弟。且日一啗，飢當不死。」（卷二，頁247～248）張誠卻沒聽進去，答道：「兄故弱，烏能多樵！」（卷二，頁248）隔天還偷偷翹課上山幫哥哥砍柴，讓張訥頗為著急：

　　　　兄曰：「無論弟不能樵，縱或能之，且猶不可。」於是速之歸。
　　誠不聽，以手足斷柴助兄。且云：「明日當以斧來。」兄近止之。見
　　其指已破，履已穿。悲曰：「汝不速歸，我即以斧自剄死！」誠乃歸。
　　兄送之半途，方復回。樵既歸，詣塾，囑其師曰：「吾弟年幼，宜閑
　　之。山中虎狼多。」師曰：「午前不知何往，業夏楚之。」歸謂誠曰：

「不聽吾言，遭笞責矣。」誠笑曰：「無之。」明日，懷斧又去。兄
駭曰：「我固謂子勿來，何復爾？」誠不應，刈薪且急，汗交頤不少
休。約足一束，不辭而返。師又責之，乃實告之。師嘆其賢，遂不
之禁。兄屢止之，終不聽。（卷二，頁248～249）

不論是兄長對弟弟的愛護之情，或是弟弟對兄長的同情及友愛都在這推推讓讓間散發出來。張誠不畏艱辛，放棄學業，甘願遭受師傅處罰也要協助哥哥砍柴，讓哥哥免於受苦，因此無論指破履穿，或是張訥如何驅趕都不願離去。張訥則是心疼弟弟，不願他幹粗重的活，為了強迫他離去，不惜以死相逼，並擔心弟弟安危護送到半途才回去工作，回家前還先拜訪老師，囑咐老師別再讓弟弟上山。而這幅兄友弟恭的畫面在後母虐待的情境底下更顯得彌足珍貴，由此襯托出人情的偉大和無比的道德光輝。

其後張誠不幸被老虎啣去，張訥急切相救，「力斧之」（卷二，頁249），卻令虎痛狂奔失所。張訥既自責又悲傷，不論大家如何慰解都沒有用，反而哭得更加悲痛。曰：「吾弟，非猶夫人之弟；況為我死，我何生焉！」（卷二，頁249）竟以斧自刎。眾人緊急搶救，發現「入肉者已寸許，血溢如湧，眩瞀殞絕。」（卷二，頁249）大家嚇得趕緊止血並送他回家。可憐的張訥剩一口氣還得面對後母的哭罵，於是呻吟著說：「母勿煩惱。弟死，我定不生！」（卷二，頁249）他晝夜坐哭，知後母痛恨自己，於是絕食自裁。他死後仍不斷在地府探尋弟弟，幸遇菩薩大赦，復活後更繼續「穿雲入海」（卷二，頁250）行乞找尋弟弟的下落。這番尋尋覓覓又再增添兄弟情感的堅貞。

而〈細柳〉中蒲松齡專心描寫一位用心良苦的後母，為了將手上兩碗水端平，忍擔罵名，因此獲得蒲松齡錚錚鐵漢的稱譽。

序號	篇　名	前妻子→繼室（A）	繼室→前妻子（a）	繼室→繼室子（B）	繼室子→繼室（b）	繼室子→前妻子（C）	前妻子→繼室子（c）	主導/關鍵者	附註
71	〈細柳〉	拉近	拉近	拉近	拉近	--	--		父親過世前
		推拒	推拒	拉近	拉近	--	--		父親過世，前妻子廢學
		拉近	推拒	拉近	拉近	--	--		前妻子求饒

							前妻子悔悟，繼室子敗家
拉近	拉近	推拒	推拒	--	拉近		
拉近	拉近	拉近	拉近	拉近	拉近	繼室	繼室先讓繼室子嘗苦頭，再遣前妻子營救

　　細柳下嫁遺有前妻子的高生，她雖不諳針黹，但有經理家業才能，對前妻子長福是「撫養周至」（卷七，頁 1019），長福也很黏細柳總不願和繼母分開，親子之間親密融洽。後來細柳自己又生了個兒子名叫長怙。然高生早逝，細柳便獨立撫養支撐家庭。長福因為父親過世而嬌懶廢學，「譙訶不改，繼以夏楚，而頑冥如故。」（卷七，頁 1021）細柳對他是無可奈何，只好開始整治他：

> 呼而諭之曰：「既不願讀，亦復何能相強？但貧家無冗人，可更若衣，便與僮僕共操作。不然，鞭撻勿悔！」於是衣以敗絮，使牧豕；歸則自掇陶器，與諸僕啗飯粥。數日，苦之，泣跪庭下，願仍讀。母返身向壁，置不聞。不得已，執鞭啜泣而出。殘秋向盡，桁無衣，足無履，冷雨沾濡，縮頭如丐。（卷七，頁 1021）

如此嚴厲的懲罰手段，令鄉里的人都特別可憐長福，蜚短流長，互相告誡不能納此種女人為繼室，細柳雖稍有耳聞卻不為所動，似乎天生一副鐵石心腸。長福「不堪其苦，棄豕逃去」（卷七，頁 1021），細柳也放任之，不太追問。數月後，長福沒處乞討，只好哀求鄰媼幫忙向細柳求情。細柳為了測試他是否誠心改過，還發話讓受百杖才准進家門。長福聽了趕緊進門領罰，細柳再問：「今知改悔乎？」曰：「悔矣。」曰：「既知悔，無須撻楚，可安分牧豕，再犯不宥！」（卷七，頁 1022）細柳既免了長福的責罰，卻還不願讓長福回去讀書。逼得長福大哭曰：「願受百杖，請復讀。」（卷七，頁 1022）細柳仍舊不答應，還虧鄰媼慫恿才終於答應。重新復學的長福於是知道惜福，「勤身銳慮，大異往昔」（卷七，頁 1022）很受栽培。

　　另一方面，弟弟長怙天性愚鈍，讀了數年都還不能記姓名。母親於是令他棄卷而農。但長怙卻遊手好閒，害怕勞作之苦。細柳只好如法炮製，立刻杖責之，嚴厲的督促兒子好好工作，並把最好的衣食都給了長福，此舉令長怙心生不滿卻不敢言語。其實母親之所以讓長怙棄筆務農是因為知道長怙不

是讀書的料，所以需要培養生活技能以便將來謀生，是一片用心良苦，並非心地殘忍。因此之後細柳又拿錢讓長怙學做生意，誰知「怙淫賭，入手喪敗，詭托盜賊運數，以欺其母。」（卷七，頁 1022）細柳氣得將他「杖責瀕死」（卷七，頁 1022），虧得長福跪地哀求，願意以身相代才解氣。從此細柳時常監察牽制長怙出門在外的言行，使他「行稍斂，而非其心之所得已也」（卷七，頁 1022）。

　　一日，長怙藉口學做買賣跟母親要了筆錢出遊，細柳知道後竟「殊無疑慮」（卷七，頁 1022）幫助出金具裝，又拿出祖宦所遺的一枚鋌金作爲壓箱金，殷殷囑咐。但他卻至洛陽宿娼，散盡錢財，其實細柳早知長怙蕩心不死，所以故意留下假的壓箱金讓他嘗點苦頭。她心中悲傷，歎曰：「汝弟今日之浮蕩，猶汝昔日之廢學也。我不冒惡名，汝何以有今日？人皆謂我忍，但淚浮枕簟，而人不知耳！」（卷七，頁 1023）道出繼母的辛酸委屈，好在這一切終於換回一雙好孩子。

　　此間細柳集慈母、嚴父於一身，儼然一家之主，極有威嚴，因此二子對她是又敬又愛又怕。長福幼時最愛黏著細柳，是對母親的愛；及長，偏離正途吃足苦頭時，時常泣跪庭下苦求原諒，是怕；洗心革面後，又恭謹守禮，母親說話間他「侍立敬聽，不敢研詰」（卷七，頁 1023），見母親神情黯然，便「不敢復請而退」（卷七，頁 1023），是對母親的尊敬。而長怙做錯事後，亦是「猶恐母怒，膝行而前」（卷七，頁 1024）、「不敢復作聲」（卷七，頁 1024）。其實她教養孩子的方式只是一般，先是譙訶，不聽則鞭撻，再不悔改則剝奪兒子的家庭資源，讓他經歷風霜，才知道珍惜原來的生活。正因母親能堅守原則及對二個孩子不偏不倚的態度和愛心所以能收良效。而等孩子悔過後，細柳也就不計前嫌，供給如常，甚至大力支持兒子的事業，「即偶惰，母亦不呵問之」（卷七，頁 1024）。

　　而這對同父異母的兄弟情感在患難中可見。雖然長怙曾對母親的偏心心生不滿，但遷善後的長福屢屢幫助弟弟，展現愛護之情。當母親杖責弟弟時，長福願以身相待；弟弟落難時，長福即刻前往搭救；見到獄中的長怙「奄然面目如鬼」（卷七，頁 1024），兄弟倆零涕不已；回到家中，長怙「零涕不敢復作聲，福亦同跪。」（卷七，頁 1024）

　　在這母子三人的關係裡，蒲松齡倒看得透澈：

　　　　異史氏曰：「黑心符出，蘆花變生，古與今如一丘之貉，良可

哀也！或有避其謗者，又每矯枉過正，至坐視兒女之放縱而不一置問，其視虐遇者幾何哉？獨是日撻所生，而人不以爲暴；施之異腹兒，則指摘從之矣。夫細柳固非獨忍於前子也；然使所出賢，亦何能出此心以自白於天下？」（卷七，頁 1024～1025）

蒲松齡看清了這世道汙名化「繼母」的價值觀源遠流長，使得許多繼母動輒得咎，往往爲了自清而矯枉過正。而細柳不分親疏，只盡心的扮演母親的角色，對兄弟二人一視同仁的愛護，明知責罰前妻子容易擔負罵名也甘願忍受，才是眞正的愛子作爲。只是若非親生子長怙也偏離正道，細柳怎麼可能自清呢？換個角度思考，若非二子一富一貴的成就，細柳恐怕也得擔負悍婦之罵名，因此即使像細柳如此精幹當家作主的母親，其成毀實際與兒子的成毀同論，在傳統社會裡，女性始終逃不過附屬於男性的命運。

二、亡父重返家庭

在這類故事裡包含了《聊齋誌異》中少見的父—母—子和諧反饋的親子關係描寫，最好的家庭系統應當若此。

序號	篇　名	子→父(A)	父→子(a)	父→母(B)	母→父(b)	母→子(C)	子→母(c)	主導/關鍵者	附註
72	〈孝子〉〔註24〕	拉近	拉近	拉近	拉近	拉近	拉近		父託夢解難

〈孝子〉中過世的父親不能忘情人間家眷，託夢解難。其子周順亭事母至孝，母親腿上生毒瘡，疼痛難忍，日夜受此煎熬呻吟不止。周順亭「撫肌進藥，至忘寢食。數月不痊，周憂煎無以爲計。」（卷五，頁 656）正當周順亭因母親毫無起色的病情憂心不已時，父親托夢告曰：「母疾賴汝孝。然此創非人膏塗之不能愈，徒勞焦惻也。」（卷五，頁 656）周順亭醒來竟不假思索瞞「以利刃割脅肉」（卷五，頁 656），然後「烹肉持膏，敷母患處，痛截然頓止。」（卷五，頁 656），母親非常歡喜，問他什麼藥如此靈效，周順亭詭辭以對，往後也總遮掩割傷的地方，連妻子都瞞得嚴實，直至最後被妻子再三詰問才坦言眞相。

由於孝道經典經統治者有意識的倡導深入民間，古時這種爲了父母不惜傷害自己的故事並非新聞。其中《二十四孝》是中國古代平民之家教導孝道

〔註24〕 本表配合圖 3-2 觀看。

最為典型的教材，成於元代，並且影響甚鉅。〔註25〕在這樣的教育裡強調子女侍奉父母要盡心盡力，不惜損傷自己，甚至犧牲自己的子女。如：「為母埋兒」的郭巨，便是因糧食不足而殺死親生兒子以供養母親。〈水災〉亦有表彰一對山東農村夫婦因水災來犯，搶救不及，毅然棄子救母，最後孝感動天，子女倖存的故事。而〈孝子〉中蒲松齡雖一面認為「身體髮膚受之父母，不敢毀傷」〔註26〕，但又讚嘆如此行徑是發乎於真情，是「其心之所不自己者而已」（卷五，頁656），基本上仍持支持的立場，可見這種不惜一切代價回報雙親的思想無比深刻。無論如何，〈孝子〉透過兒子為母親盡心侍候，父親亡故卻持續為家庭擔憂、守護家庭，仍建構出一幅父死猶憂妻之病，子寧割肉以療親緊密的人倫圖像。

而〈珊瑚〉一篇則是父親為了二個兒子家產爭奪，從陰曹地府告假主持公道，並使惡媳知孝的故事。

序號	篇　名	兄→父（A）	父→兄（a）	父→弟（B）	弟→父（b）	弟→兄（C）	兄→弟（c）	主導／關鍵者	附註
73	〈珊瑚〉〔註27〕	拉近	拉近	推拒	--	拉近	拉近	父親	父顯靈助兄懲弟

安家因為二成的妻子臧姑蠻橫，母親沈氏和大成不堪其擾，大成答應將家中全部的良田給二成作為分家條件。不久，二成因臧姑逼死丫鬟吃上官司，抵押了所有產業官司才了結。但二成被債主逼急了，便想變賣所有良田。安老頭地下有知，氣得借買主任翁的身軀顯靈：

> 自言：「我安孝廉也。任某何人，敢市吾業！」又顧生曰：「冥間感汝夫妻孝，故使我暫歸一面。」生出涕曰：「父有靈，急救吾弟！」曰：「逆子悍婦，不足惜也！歸家速辦金，贖吾血產。」生曰：「母子僅自存活，安得多金？」曰：「紫薇樹下有藏金，可以取用。」（卷十，頁1413）

安老頭不滿家產被不肖子變賣，於是出面制止。大成雖屢受二成夫妻欺侮，卻不忘手足之情，處處幫忙，見到父親便開口第一件事便是求安老頭救二成。但是安老頭恨極，置之不理，只讓大成挖出藏金，贖回田產。

〔註25〕 參考畢誠著：《中國古代家庭教育》（臺北：台灣商務，1994），頁121。
〔註26〕 〔漢〕鄭玄注，〔宋〕邢昺疏，李學勤主編：《孝經注疏》（臺北：台灣古籍出版社，2001.7），頁4。
〔註27〕 本表配合圖3-3觀看。

未免藏金再被二成夫妻侵吞，安老頭施法令二成夫妻屢屢得之不能。臧姑果然搶先挖掘，卻只見磚石，不見黃金。後來母親偷偷窺視，亦無所獲。到珊瑚觀看時，才見滿土白銀。大成敦厚，認為是先人留下的遺產，不願私吞，於是召來二成均分它。但二成還是無福消受，一回家白銀變成瓦礫，臧姑懷疑是被大成愚弄令二成偷偷觀察，大成知道後「心甚憐之，舉金而並賜之。」（卷十，頁1414）二成開心的拿這些錢還債，心裡還格外感激兄長恩德，誰知隔天真金變偽錢，只好將田契給債主換回偽金。可是當偽金回到大成手裡後又神奇地變成真金。珊瑚也不計較臧姑夫妻的無理責罵，幫他們把田契贖回交還。但安老頭卻在二成夢中大罵：「汝不孝不弟，冥限已迫，寸土皆非己有，占賴將以奚為！」（卷十，頁1415）當人間善良憨厚的大兒子被二兒子與二媳婦無情的欺侮時，似乎也只有依賴冥間鬼魅的神力及家父長的權威來撥亂反正了。

序號	篇　名	子→父 (A)	父→子 (a)	父→母 (B)	母→父 (b)	母→子 (C)	子→母 (c)	主導/關鍵者	附註
74	〈陸判〉	拉近	拉近	拉近	拉近	拉近	拉近	父	父雖亡，仍常回家

〈陸判〉朱爾旦死後翌日隨即因「慮爾寡母孤兒，殊戀戀耳。」（卷二，頁144）回來款款安慰傷心的妻子，往後時時歸來與妻子繾綣，與兒子親熱、教讀，並協助經理家事，如此經過了十年，夫妻、親子間融融洽洽，相互依偎，兒子到成人入邑庠了都還不知道父親亡故。然而天下無不散之宴席，待兒子成人，朱爾旦終於放心與之訣別，別時母子戀戀不捨，抓著他大哭，他則好言安慰，並殷殷囑咐兒子「勿墮父業」（卷二，頁145）。十年後，兒子官封行人，父子道上相見，子哭伏道左，父親停輿，嘉勉其官聲良好，不辱父母。子兀自不肯起身，朱爾旦本欲疾行，後又解刀相贈佑其顯貴，兒子再要追從，卻已不及。往後，父親還繼續託夢，將佩刀贈與孫子朱渾。蒲松齡透過魂魄的復返延續家庭緊密、溫馨的黏結，其中夫妻與父子間的依戀及父親對子孫的殷殷眷顧，不言可喻。

蒲松齡透過這一系列冥間父親顯靈相助彰顯血濃於水的親情足以穿越時空，同時再次宣揚父系社會中父親是家庭中最重要的角色，即使父親亡故，仍具有安定人心及穩定家庭秩序的力量，其影響力無遠弗屆，永不消失。但我們也可在一片歌頌偉大父親的文字間發現，若要家庭情感和睦，也不能只

靠父親單方面的努力，母親和兒子的反饋也十分重要。〈孝子〉有周順亭爲母親犧牲髮膚及誠心焦慮的反饋，〈陸判〉有妻子和兒子款款情深，〈珊瑚〉若非有大兒子和媳婦的誠摯孝心及敦厚友愛的精神，如何能感動冥間讓父親暫歸，喚起父親的魂魄主持公道。

三、失落的兒子重返家庭

圖 3-9：母─子侄─庶子的親子三元互動關係圖

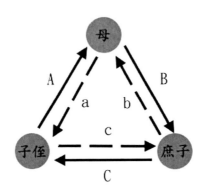

立嗣制度從宗法時代一直延續至封建王朝，以綿延子嗣繼承宗祧爲要旨。因此無子嗣的家庭一般會從「昭穆相當者」立嗣，即從父親一脈尋找立嗣人選，「清律明白規定就是立侄爲嗣」〔註28〕。一旦嗣子身分確立，也就代表擁有了繼承過繼家庭的家業、宗祧的權利。因此，當一家無子承祧，擁有被選擇資格的子侄們便有可能獲得這筆意外之財。

〈段氏〉便因無子嗣繼承而平白引起財產之爭。

序號	篇　名	子侄→母（A）	母→子侄（a）	母→庶子（B）	庶子→母（b）	庶子→子侄（C）	子侄→庶子（c）	主導／關鍵者	附註
75	〈段氏〉	推拒	推拒	拉近	拉近	不拉近	推拒	庶子	子侄欺負寡母，庶子出現扭轉情勢

段瑞環是有名的富翁，四十無子，其妻連氏十分善妒，使得段瑞環不敢買妾，偷偷與婢女私通。連氏發現了，竟將婢女鞭打數百下鬻出。隨著段瑞

〔註28〕史鳳儀：《中國古代婚姻與家庭》（武漢：湖北人民出版社，1987.7），頁182。

環老去，「諸姪朝夕乞貸，一言不相應，怒徵聲色。段思不能給其求，而欲
嗣一姪，則群姪阻撓之，連之悍亦無所施」（卷十一，頁 1521）連氏才開始
後悔，一怒之下為丈夫置購了兩個妾任丈夫臨幸。一年多後二妾皆懷上孩
子，全家歡騰，一吐惡氣，於是「凡諸姪有所強取，輒惡聲梗拒之」（卷十
一，頁 1521）。但沒想到生下的孩子只有女子存活，不久段瑞環又中風不起，
姪輩的行徑就更是囂張：

> 諸姪益肆，牛馬什物，競自取去。連詬斥之，輒反脣相稽。無
> 所為計，朝夕鳴哭。段病益劇，尋死。諸姪集柩前，議析遺產。連
> 雖痛切，然不能禁止之。但留沃墅一所，贍養老稚，姪輩不肯。連
> 曰：「汝等寸土不留，將令老嫗及呱呱者餓死耶！」日不決，惟忿哭
> 自撾。（卷十一，頁 1521～1522）

蒲松齡利用令人生畏的悍婦和爭產的子姪兩相對比，襯托出子姪輩嗜血的行
為比虐待婢女的悍婦更加令人畏懼。段瑞環還沒過世，子姪們就強取豪奪，
逼得兇悍的連氏如弱女子般朝夕啼哭。而這些姪輩無視於孤兒寡母的無依，
將財產瓜分的寸土不留，實在吃人不吐骨頭。

　　然而，事情因欒懷的出現急轉直下，原來是當初被鞭撻出門的婢子懷的
孩子。方才忿痛萬分的連氏知道了彷彿喜從天降，一反卑弱的姿態，直出曰：
「我今亦復有兒！諸所假去牛馬什物，可好自送還；不然，有訟興也！」（卷
十一，頁 1522）而諸姪竟因此「相顧失色，漸引去」（卷十一，頁 1522）。
但是他們仍舊心懷不平，共商驅逐欒懷。先此，欒懷因欒家爭產而歸，如今
又被段家排擠，於是忿然準備與這些堂兄弟對質於官府，親戚們居中調解才
止息這場即將引爆的紛爭。但是連氏不聽欒懷的勸止，為了從前的一股惡氣
不願善罷甘休，仍就告到官府，言語悽惻令人動容，終於追還從前所有被收
刮的財貨。

　　雖然姪輩們如黃鼠狼過境般的嘴臉及行徑在蒲松齡筆下表露無遺，其實
旨在宣揚中國傳統延續命脈的重要思維及婦女有義務要協助丈夫延續子嗣的
思想。他以連氏有子則氣壯，無子則聲餒兩者反覆擺盪的情態及無子易招姪
輩覷覦欺凌兩件事來說明生男子的重要。我們更能從連氏的話語：「我非為牛
馬也，雜氣集滿胸，汝父以憤死，我所以吞聲忍泣者，為無兒耳。今有兒，
何畏哉！前事汝不知狀，待予自質審。」（卷十一，頁 1522）及將死之際的遺
言：「汝等誌之：如三十不育，便當典質釵珥，為婿納妾。無子之情狀實難堪

也！」（卷十一，頁1523）體會無子可恃實在是一種災難。

在這則家庭互動中，以母親連氏為一元，諸侄為一元，當兩元先在的勢力相抗即將由諸侄那一方形成壓倒性的勝利時，欒懷這個原生家庭失落的一元出現無異是帶給混亂的家庭一種安定的力量，使諸子侄停止對連氏的欺凌，各歸各位，恢復家庭秩序。

四、異類的介入

〈紅玉〉和〈狐女〉都是狐狸精誘惑男子卻被男子的父親干涉的故事。

序號	篇名	子→父（A）	父→子（a）	父→婚外戀者（B）	婚外戀者→父（b）	婚外戀者→子（C）	子→婚外戀者（c）	主導／關鍵者	附註
76	〈狐女〉	推拒	拉近	推拒	推拒	拉近	拉近	父親	外遇時
		不推拒	拉近	推拒	推拒	推拒	--		婚外戀者礙於父親而離去
77	〈紅玉〉	拉近	拉近	推拒	推拒	拉近	拉近		外遇時
		拉近	拉近	推拒	推拒	推拒	拉近		婚外戀者受當頭棒喝自願離去

〈狐女〉中伊衰被狐女美色誘惑自己，雖心知肚明，卻耽溺其間，秘而不宣，「久而形體支離」（卷十一，頁1525）。等到父母苦苦詰問，才如實相告。父母大憂，找人輪流陪伴就寢，並施符咒，希望能夠杜絕狐女，卻還是無法禁止。父親愛子心切，擔心兒子被狐狸精所害，於是親自陪兒子睡覺，卻發現「翁自與同衾，則狐不至；易人，則又至。」（卷十一，頁1525）原來符咒不能制的狐狸精也懂「豈有對翁行淫者！」（卷十一，頁1525）的倫理。因此，父親更是陪伴兒子，狐女就再也不出現了。後來叛寇橫恣，伊衰與狐女在離亂中相見，兩相欣慰。狐女念情，慨然施法相救水火。

而狐狸精紅玉起初偽為鄰女招引相如，夜夜往來。半年許，恰被父親撞見，父親「怒，喚生出，罵曰：『畜產所為何事！如此落寞，尚不刻苦，乃學浮蕩耶？人知之，喪汝德；人不知，促汝壽！』」（卷二，頁276）相如趕緊跪地認錯，哭泣懺悔。翁轉而叱責紅玉曰：「女子不守閨戒，既自玷，而又以玷人。倘事一發，當不僅貽寒舍羞！」（卷二，頁276）然後，憤然歸寢。

老翁的責罵如同當頭棒喝，紅玉頗感羞愧，於是流著眼淚告別：「親庭罪責，良足愧辱！我二人緣分盡矣！」（卷二，頁277）但相如捨不得，說：「父在不得自專。卿如有情，尚當含垢爲好。」（卷二，頁277）但紅玉轉而遵守禮教認爲「無媒妁之言，父母之命，踰牆鑽隙，何能白首？」（卷二，頁277）斷然分手，但見相如哭泣不止，便指點他一條姻緣，並資助聘金，然後從此消失。相如依言娶了吳村衛氏並誕下一子福兒，不意某日邑紳宋氏強搶衛氏致使相如家破人亡。待災禍過去，紅玉竟突然攜福兒現身，一面令其父子團員，一面並表明身分，又爲相如振興經濟，操持家業，讓他專心準備科考。

二者情節及狐狸精的操守頗爲相似。只是〈狐女〉一篇，狐女知道對翁行淫有違倫常，因此避開伊袞的父親，但也不捨就此的離去，因此她的介入引發父親的危機感，父親爲了保護兒子，開始夜夜陪寢，加深了父子關係。而介入父子關係的紅玉則較爲明白灑脫，她急流勇退，雖讓相如挨了父親一罵，但即時的離去並未影響父子情感，其後所爲更被蒲松齡稱讚有俠風。

而〈嘉平公子〉則是鬼魅溫姬惑於嘉平公子秀美的風儀因此自薦於他。

序號	篇　名	子→父/母（A）	父/母→子（a）	父/母→婚外戀者（B）	婚外戀者→父/母（b）	婚外戀者→子（C）	子→婚外戀者（c）	主導/關鍵者	附註
78	〈嘉平公子〉	推拒	拉近	推拒	--	拉近	拉近		外遇時
		推拒	拉近	推拒	--	推拒	拉近	婚外戀者	婚外戀者主動離去

溫姬與嘉平公子結識後二人往來頻繁，考期過後，公子攜溫姬回家，並趁溫姬歸寧時偷偷告訴母親。母親嚇壞了，囑咐斷絕關係，但公子不聽，父母甚爲憂慮，用盡辦法卻無法將溫姬趕走。最後，溫姬發現嘉平公子錯字連篇虛有其表，於是認爲「有婿如此，不如爲娼！」（卷十一，頁1589）爲免遭天下人恥笑，本來怎麼都趕不走的溫姬終於自動消失。

〈胡氏〉則是雄性狐狸精透過正常管道卻求偶不遂，於是大動干戈的故事。

序號	篇　名	女→父（A）	父→女（a）	父→婚外戀者（B）	婚外戀者→父（b）	婚外戀者→女（C）	女→婚外戀者（c）	主導/關鍵者	附註
79	〈胡氏〉	--	拉近	推拒	拉近	拉近	--		求婚時
		--	拉近	推拒	推拒	推拒	--		求婚失敗

　　胡秀才自薦爲巨家的導師，賓主相悅。他屢次提出求婚，願和巨家大女兒結連理，但巨氏都假裝不解，迴避之。至胡家正式派人作媒，才坦言自己是因爲對方是異類才拒絕，主客皆怒，大打出手，甚而兩家兵戎相見，僵持月餘，後經主人動之以情，曉以大義：

> 「先生達人，當相見諒。以我情好，寧不樂附婚姻？但先生車
> 馬、宮室，多不與人同，弱女相從，即先生當知其不可。且諺云：『瓜
> 果之生摘者，不適於口。』先生何取焉？」（卷三，頁 304）

主人眞摰的一番談話道出女子嫁入異類家庭所產生的困擾，展現一位父親爲女兒的終身如何顧惜乃至思慮周備，且志不可奪，不惜兵戎相接的濃厚父愛。好在胡秀才也是明理之人，聽了這番話感到十分羞慚，主人於是改以兒子和胡秀才的妹妹聯姻，兩家忘卻前嫌重修舊好。此間胡秀才如此貿然的介入，讓巨氏張開保衛家園的羽翼，而從拒婚到改婚，巨家兒女的婚姻全由父親一手安排，未曾見到兒女表態，知巨家乃達禮之家。其捨子易女並非厚此薄彼，觀傳統婚嫁形式，女性多半需離開原生家庭嫁入男家，一旦嫁人則娘家恐難照拂，因此郭松義在《倫理與生活——清代的婚姻關係》中觀察到人們多半不願遠嫁女兒，而是就近擇聘，並且婚後與娘家互動頻繁。〔註 29〕因此與其讓女兒遠嫁異類難以照拂，不如讓異類嫁入家門還易掌握，甚或能幫助振興家業，況胡秀才還是爽朗風雅之人，巨氏思慮不可謂不周。然胡秀才此番搔弄，雖未得遂初衷，但卻爲妹妹換得一良緣，巨家子得一美眷。

　　以上幾篇異類女子及異類男子，或率眞可愛，或頗有俠風。然而〈賈兒〉中的狐狸精則姦淫婦女，令人髮指。

序號	篇　名	子→母 (A)	母→子 (a)	母→婚外戀者 (B)	婚外戀者→母 (b)	婚外戀者→子 (C)	子→婚外戀者 (c)	主導／關鍵者	附註
80	〈賈兒〉	拉近	拉近	推拒	拉近	推拒	推拒	婚外戀者	狐祟
		拉近	推拒	拉近	拉近	推拒	推拒	子	母受蠱

　　賈兒的父親長期經商在外，母親獨居，一日夢見與人交歡，知道被狐狸精纏上，於是找老嫗和兒子陪伴以絕狐狸精。雖然老嫗趕跑了狐狸精，但母

〔註 29〕參考郭松義著：《倫理與生活——清代的婚姻關係》（北京：商務印書館，2000），第四章第二節家庭生活面與通婚地域的關係。

親也變得恍恍惚惚，失了魂魄一般。後來情況越來越嚴重，母親失蹤後赤裸裸地在其他房間被找到，而且「近扶之，亦不羞縮。」（卷一，頁 125）從此發狂，「歌哭叫詈，日萬狀。夜厭與人居，另榻寢兒，媼亦遣去。兒每聞母笑語，輒起火之。母反怒訶兒」（卷一，頁 125）。面對狐狸精的侵害，膽大的兒子起而扮演父親的角色開始佈局殺之。他假借嬉戲玩耍將窗戶和牆縫封起，並霍霍的磨刀，眾人以為孩童頑皮，也不以為意，其實陷阱已成。「兒宵分隱刀於懷，以瓢覆燈，伺母囈語……急擊之，僅斷其尾」（卷一，頁 126），雖然沒有命中要害，但暫時阻止狐狸精的侵襲，也追蹤到狐狸精的蹤跡。「但母癡臥如死。未幾，賈人歸，就榻問訊。婦嫚罵，視若仇。」（卷一，頁 126）過不久，婦人又被狐狸精侵害又變得無比癲狂，「驅禳備至，殊無少驗」（卷一，頁 126）兒子於是決定自己解決。他耐心埋伏，先觀察狐狸精的形態、習性和蹤跡，然後混入其中，終於將狐狸精藥死，母親神智也漸漸清明，可惜身體瘦弱，不久便過世了。

「人有填滿處於真空狀態事物的傾向，因此，孩子會自動去滿足系統表面及隱含的空缺之需要。」〔註 30〕，因此父親長年在外，父職懸缺，年幼的兒子面對狐狸精惡意的介入使母親發狂，便激起了他扮演父親，保護母親的慾望，以平衡家庭的需求。

五、其　他

除上述異類基於情慾的介入，其他還有人類基於情義或利益而介入家庭者。

〈喬女〉是一毫無血緣姻親關係的兒子介入一對寡母幼子的故事。喬女和烏頭雖無任何法定關係，實際卻是一毫無血親關係的教養者。

序號	篇　名	義子→母（A）	母→義子（a）	母→子（B）	子→母（b）	子→義子（C）	義子→子（c）	主導／關鍵者	附註
81	〈喬女〉	拉近	拉近	拉近	拉近	拉近	拉近		
		拉近	推拒	拉近	--	--	拉近		烏頭能自立時

喬女感於孟生的知己情意，因家貧不能自給怕拖累孟家寧願守寡。然而

〔註 30〕約翰・布雷蕭（John Bradshaw）著，鄭玉英、趙家玉譯：《家庭會傷人：自我重生的新契機》（臺北：張老師出版社，1993），頁 49。

當孟生逝世後，她卻銳身自任，挺身爲孟家主持公道，保衛家產，並接手教養孟生之子烏頭的工作。

爲了表明自己的清白，她不留在孟家，反將烏頭帶回自己的居所，用孟家爭回的財產撫養烏頭，栽培烏頭念書，自己對孟家的錢財錙銖不取，和兒子仍然過貧窮的生活，只讓兒子學習幹活。烏頭婚後，喬女雖與他同住，卻依然紡織度日，絲毫不占孟家一分一毫的便宜。烏頭夫婦堅持不許，她曰：「我母子坐食，心何安矣？」（卷九，頁1285）於是和兒子便像雇工一樣早晚爲烏頭經理家業，同時也像母親一般，時常因爲烏頭夫婦的小過失對他們責罵不已，「稍不悛，則怫然欲去，夫妻跪道悔詞，始止」（卷九，頁1285）。烏頭入泮後，喬女又欲辭歸，再被阻止，於是只下令讓兒子回去。後來喬女又因病重求歸，烏頭還是不答應，喬女無奈只好囑咐將自己與先夫穆生同葬。當喬女知道被兒子出賣後，顯靈大罵兒子，終於得全其志。

而烏頭感於喬女的德義與愛護，總找機會竭力以報。當喬女幫烏頭聘娶名門之後、修葺宅院打算功成身退時，烏頭依戀不捨，哭著求喬女同住，並且不讓她繼續過從前刻苦的生活。喬女因烏頭夫婦不悔改要拂袖離去時，烏頭趕緊下跪認錯，生怕喬女離開。喬女幾次求歸，烏頭始終制止，連彌留時都不願讓她離去，還幫喬女的兒子置備田產和聘禮。喬女死後，烏頭竟暗中違背喬女遺願賄賂喬女的兒子要將喬女與孟生合葬，並在喬女顯靈後重修穆生的墓合葬。

綜上所述，蒲松齡偏重寫喬女對烏頭如何悉心的教養，如何愛護，又如何避嫌；而烏頭如何感念喬女，以子之禮敬愛喬女，並用錢財來報答喬女與穆子。對穆子的描寫極少，只知穆子基本是服從母親的種種安排，母親死後又被烏頭所賄，並無積極的作爲，處於被動的行列。而喬女雖爲繼母，卻非介入家庭的第三元，反而是烏頭以孤兒身分進入穆家。穆家本是喬女作主，二子年幼，喬女謹守分際，加上穆子並無採取任何作爲，因此並未產生任何情感、家庭資源或地位權力的爭奪問題，於是在喬女的教養領導下各安本分，和睦相處。

〈紉針〉中紉針因感念虞小思夫妻的幫助因此在王心齋和范氏都同意的狀況下搬入虞家爲義女，而有父—女—義父三元關係的出現。

序號	篇　名	女→父（A）	父→女（a）	父→義父（B）	義父→父（b）	義父→女（C）	女→義父（c）	主導／關鍵者	附註
82	〈紉針〉	推拒	拉近	推拒	推拒	拉近	拉近		父和義父在女兒婚事上意見矛盾

紉針溫柔可愛，盡心侍奉很得兩老歡心，將她視如己出。於是悉心爲她找尋一門好的親事，卻也因此與紉針的生父產生矛盾。生父王心齋雖有言「女在君家，婚姻惟君所命。」（卷十二，頁 1670）將婚事交由虞小思處理，自己卻又忍不住插手。富戶黃某覬覦紉針，千方百計地謀求。虞小思鄙棄黃某爲富不仁，於是拒絕將紉針許給名士馮家；王心齋因得到黃某好處，要將女兒許給黃家。二人相持不下，王心齋呼女告之，女視黃若仇嚴詞以拒，王心齋才沒趣的去辭婚。先此，王心齋動心賣女爲黃某之妾才使紉針遇到夏氏，其夫妻恩義早牽動紉針，因此奔投虞家，如今父親重蹈覆轍，更將自己與親生女兒的關係推向虞小思，竟使自己生父的身分淪爲被虞小思和女兒排擠的第三元。

婚姻大事雖然需要操心，但生命安全更不可不愼。

序號	篇　名	子→母（A）	母→子（a）	母→友（B）	友→母（b）	友→子（C）	子→友（c）	主導／關鍵者	附註
83	〈田七郎〉	拉近	拉近	推拒	拉近	拉近	推拒		母阻止子和友來往
		拉近	拉近	推拒	拉近	拉近	不推拒	友	子軟化
		拉近	拉近	不推拒	拉近	拉近	拉近	友	母不再阻止

〈田七郎〉中武承休得貴人指點，欲求保命而與田七郎結交。田母賢能，看穿武承休的意圖，告訴兒子：「我適睹公子，有晦紋，必罹奇禍。聞之：受人知者分人憂，受人恩者急人難。富人報人以財，貧人報人以義。無故而得重賂，不祥，恐將取死報於子矣。」（卷四，頁 467）堅持不讓兒子接受武承休的銀子，武承休四次強之，田母出，屬色曰：「老身止此兒，不欲令事貴客！」（卷四，頁 467）武承休才慚愧而退。後來田母眼見武承休屢勸不聽，又再度告誡他：「再勿引致吾兒，大不懷好意！」（卷四，頁 468）

武承休不因田母的阻撓而放棄與七郎交遊，反而更加傾慕田七郎，總找他酬敍，並用盡各種辦法令田七郎推辭不掉，甚至還用各種迂迴的辦法接濟

田七郎，讓田七郎總思報答。

田七郎面對武承休的盛情邀約總遵母命屢屢推拒，卻常常無法成功推辭。他雖推拒武承休的金援，但武承休藉口跟田七郎買虎皮，故意多給銀兩的作為，讓田七郎總掛心要報答。武、田二人就在這一推一迎間交遊。

然而造化弄人，不管田母怎麼防範，卻始終無法改變兒子為武承休賣命的命運。田七郎錯手殺人，收押入獄，因武承休重金賄賂才獲救。面對救命之恩，田母只能囑咐兒子大恩不言謝，嘆曰：「子髮膚受之武公子，非老身所得而愛惜者矣。但祝公子終百年，無災患，即兒福。」（卷四，頁 469）田母無奈，宛如失去兒子的監護權，再也不阻止他們交遊。自此田七郎不再推拒武承休的任何恩惠。當田七郎發現武承休將遭遇災禍後，七郎面色悽慘，唯有顧慮母親無人照顧，讓母親和兒子先行逃離，自己則以命相陪，為武承休報仇。

武承休契而不捨的介入田七郎母子之間，令田母甚為憂慮屢屢與之抗衡，七郎雖從母命，但還是因失手殺人，給了武承休施恩的機會，讓田母陷入隨時準備失去兒子的無奈。

第三節　《聊齋誌異》中親子的三元互動關係分析

本章原生家庭僅有單一子女時，視此子女為第三元；原生家庭有複數子女時，則視幼子為第三元；若為重組家庭，則視後入者為第三元，如亡父重返家庭的故事，視亡父為第三元；無子的繼母，則繼母本身為第三元，若繼母產子，則所產之幼子為第三元；其他則以家庭成員之外的外來者為第三元。以下表列第三元介入時所帶來的影響，並分析之。

一、以第三元介入者的身分及其結果觀察

表 3-1：第三元為子／女

	人類		異類		共計（組）
	男性	女性	男性	女性	
正面	1	1	0	0	2
負面	1	1	0	0	2
曲折的	4	4	1（人狐所生）	1	10
共計（組）	6	6	1	1	14

表 3-2：第三元為弟／妹

	人類		異類	共計（組）
	弟	妹	弟	
正面	1	2〔註31〕	0	3
負面	1	0	0	1
曲折的	1	0	2（人異所生）	3
共計（組）	3	2	2	7

表 3-3：第三元為重組家庭的新成員或外來者

	人類				異類		婚外戀者		共計（組）
	繼母	繼室子	庶子	義父、子／友	繼母	亡父	男	女	
正面	0	0	0	0	0	2	0	0	2
負面	2	1	0	2	1	0	1	0	7
無影響	0	0	0	0	0	0	0	0	0
曲折的	1	1	1	1	0	1	1	3	9
共計（組）	3	2	1	3	1	3	2	3	18

　　根據表 3-1、表 3-2 及 3-3 觀察，可知此三十三則共三十九組的親子互動關係裡：

（一）關於第三元為原生家庭單一子女之分析

　　十四組中只有兩組寫異類的親子互動，其他十二組則在描述人類家庭的親子互動關係，其中因婚配而影響親子關係者佔了九組，可見擇偶在當時或是作者心中是非常重要的一環。

　　《白虎通・嫁娶》：「陰卑不得自專，就陽而成之。」〔註32〕便說明女性在傳統男權社會中不具獨立性及人格，女性終其一生，還需依附於男人而可成。《聊齋誌異》正體現了這種大環境氛圍中，女性以嫁人爲一生最大宗旨

〔註31〕 〈姊妹易嫁〉和〈商三官〉的三元關係雖然並未呈現和諧狀態，但因爲有第三元妹妹的加入，解決原本二元間存在的膠著現狀，因此將此二篇權充歸爲第三元帶來正面影響一類。

〔註32〕 〔漢〕班固等原著，〔清〕陳立撰，吳則虞點校：《白虎通疏證》（北京：中華書局，1994），頁 452。刪除原文「陰卑」後的逗號。

的現象。因此，《聊齋誌異》在父─母─女的親子互動中，重點圍繞在一個主題─婚配。雖說《聊齋誌異》中女性於婚配上擁有較多的自主權，但基本上仍恪守「父母之命，媒妁之言」，即使女子有自己的好惡，最後仍通過說服父母方得遂願。因此，這類故事著重於摹寫親子擇偶意見矛盾時，家庭各成員的行動。

古時男權中心的社會底下，男性活動空間少受侷限，加上男子有繼承家業、傳承宗祧及經理家計的任務，因此父─母─子親子關係的題材相對多元。但婚姻還是一項重要的議題，因為清代仍舊重男輕女，並因論財之風大盛而有溺嬰現象，導致男女人口比率失調，而有男多女少的傾向，平添娶妻難度。往往財力雄厚者妻妾甚眾，使得下層百姓娶妻更加困難，因此貧戶通常晚婚。也因此許多丈夫雖誤娶妒婦悍妻，考量到再娶不易，仍願意隱忍，不隨意出妻。

另外，父─母─子間的教養與棄子現象等相關議題也被關心，各佔有四組。在棄子情節裡，棄子者皆是母親。她們分別為了慾望、為了仇恨、為了尊嚴而拋棄，甚至殺害子女。俗話：「孩子是母親身上的一塊肉」彰顯的既是母子「生命共同體」親密的黏結，同時也潛藏著附屬的話語。這樣的情節共同指向子女是父母的財產，而非獨立自主個體的這一觀念，因此其生命、身體乃至一切皆受父母支配。在教養問題上，所呈現的較為多元，除了暴政扭曲了親情，還有子女的出生是否能挽回失序的家庭，以及為父母者如何面對子女的離經叛道，最後作者提供了「好孩子」當如處子的價值觀。

（二）關於第三元為原生家庭複數子女中較幼者之分析

六則七組中有三組凸顯複數子女易有的比較問題，包括：父母對子女的偏愛及分絕產的問題，源自父母的差別心，若處理不善，或子女有失厚道，難有好的結局。卻也有四組突顯複數手足互助扶持的情形：〈夜叉國〉便是兩個分離的兄弟互相施予拉力，才讓破碎的家庭重圓；然而倘若同〈夢狼〉中的兄長一樣不回應來自父親和弟弟的關愛，則所收的善果有限。〈商三官〉和〈姊妹易嫁〉則是妹代兄姊解圍，除了突顯幼女的不凡，更提供第三元為弟妹的加入有助於家庭和諧的說法。不過此類故事主要還是著重兄弟情誼的描寫（五組）。

（三）關於第三元為重組家庭的最新成員或外來者之分析

此類故事共有十七則，十八組的家庭互動關係，由於重組家庭的新成員

屬於符合倫理規範者，而外來者則多半屬規範之外，故分而析之。

1. 第三元為重組家庭的最新成員

三組繼母介入的重組家庭基本都帶來負面的影響，好在〈呂無病〉中的繼室最後悔悟，才重塑家庭和諧的景象。而另二組因有繼室子的介入，有了家庭利益分配的危機及讓人說長道短的題材。〈段氏〉中庶子的重返雖使家庭撥亂反正，但也使原本的絕產繼承候選人心生忿懑，欲除之而後快，最後對簿公堂。

不過其中也有惟二兩組帶來正面的影響。此二組又悉為亡父，為原家庭成員。其再返人間的目的本就是為了讓失序的家庭回歸正軌，因此能帶來正面的效果。較為特殊的是〈珊瑚〉，此篇亡父雖也使家庭恢復秩序，但過程中致使弟弟猜疑又生事端，因此帶來較為曲折的影響。

2. 第三元為外來者

八組第三元為外來者中，異類佔了五組，遠多於三組人類介入家庭親子關係的故事。而五組異類侵入者的動機都是為了求偶，三組異類女性都淺嘗則止，雖一時情慾戰勝人類的倫理，卻能急流勇退，不加流連，甚至對求偶對象帶來助益。其他如〈胡氏〉因求婚失敗引發家族大戰，好在經過協商後和好如初；然而〈賈兒〉中的婦女卻因異類男性備受折磨而死。

其他三組介入親子關係者分別以義父、義子及友人的身分介入。〈紉針〉因義父的介入，使原本就被孤立的親生父更陷被排擠的窘境；〈喬女〉因故人子的介入，總在夫家和故人子家周旋；〈田七郎〉則因友人武承休有意地接近施惠，最後只得以命相報。

總的來說，家庭新成員是影響家庭關係的關鍵。例如：家庭新成員的加入幾乎都會引起家庭關係的動盪，其中就有四組由於第三元的出現造成難以挽回的傷痛。反之，〈孝子〉和〈陸判〉中亡父帶著善意重返，為家庭帶來安定的力量。其中〈呂無病〉完整地寫出家庭中繼室的加入所歷經的陣痛過程，此篇繼室從爭風吃醋到抗爭到悔悟，最可見家庭新成員的態度使她成為影響家庭的關鍵性角色。

更進一步說，新成員或外來者也不一定會是家庭失序的元凶。諸如棄子的行為並非被棄者本身所引起的，其他如：〈紅玉〉和〈狐女〉因狐狸精的出現雖一度引發父親的危機感，但實際上卻因此更加深父子關係，當紅玉態度轉變後，竟還協助相如覓得良緣，度過困境，令失散的父子團圓。〈嘉平公子〉

中的女鬼雖魅惑嘉平公子，但並未引起家庭失序，過後因不再愛慕，轉身離去，似船過水無痕。而〈紉針〉一篇的義父虞小思甚至幫助紉針一家償還債務，並讓紉針免於遇人不淑的窘境，其義父—父—女的親子三元關係的失和不能完全歸咎於義父的加入，此篇義父的出現只不過是突顯父—女原本的關係，並對義女提供有力的支持。由此，家庭中原有的二元也可能是維繫家庭的主要力量。例如：〈呂無病〉中因一家之主孫麒讓位，使小妾和前妻子飽受欺凌，無以繼日，至孫麒重返才雲開月明，繼室才逐漸醒悟。（此在下一目「二、三元互動的過程觀察」中更可以明瞭）

另外，父母在婚配問題上對兒子的意見雖有反對，但較易妥協。當蒲松齡敘寫兒子與父母於婚配對象意見不同時，兒子反抗的程度相對較低，反以「寢食俱廢」、「嗌不容粒」、「凝思成疾」來彰顯男子的癡情。而母親在父—母—子親子關係中基本上還是支持丈夫的決定，有時立場也會隨兒子而變動，但此時卻比較像是潤滑劑的功能，因為父親面對兒子的健康狀況似乎比女兒要緊多了。不過這同時也意味著封建社會男性在婚姻當中擁有較多的優勢，如：掌握父至尊的地位及財產支配權、離異權、可納複數配偶等等，因此父母毋須像操心女兒般的操心兒子，如此便容易順從兒子的意見。

還有，異類與人類在親子三元活動中也展現一些差異。《聊齋誌異》中關於異類與人類的描寫除了特性上的差異，最明顯者莫過於對慾望的展現。他們沒有太多的禮教包袱，率真任性，大膽地釋放愛欲，於是他們的介入成為親子關係中的外來者。他們部分不需婚姻約束，但又不至於旁若無人，仍舊尊重倫理秩序。並且他們在去留間表現地果斷俐落，對曾經的戀人又頗念舊情，能慷慨相救，而被此種異類介入的家庭，親子關係多半不受影響，甚至有更緊密的狀況，可謂「淫亦有道」。但並非所有異類都來去自如，不受約束。長亭面對父親及丈夫的百般阻撓和兒子的戀戀不捨間，她並未展現狐狸精應有的靈動、機變，反而更加拘禮，如大家閨秀般軟弱無依，在母職、女職、妻職三種身分轉化間進退維谷。另外，也有部分異類利用自己的異能姦淫偷盜。

在管教上，我們也可以看見異類處世的這份明快和果斷。鴉頭以霹靂手段截斷王孜的拗筋，去其獸性；而雲蘿公主運用預知能力，毫不掩飾的厭棄親生子，只費心指示為可棄找個可以圈禁他的妻子。但前者以愛為名，後者卻以家族利益思考。相對的，人類管教子女的方式就顯得柔軟許多，同時卻

多了份無可奈何。江城的一對父母百般勸諫，為女兒的婚姻低聲下氣，四處奔波；成名夫妻對待闖禍而傷殘的兒子，由怒轉悲，不忍責備。比起異類多了分呵護，少了分情感疏離。

而同樣是狠心拋棄子女的母親，人類對慾望和仇恨的需求恰可凌駕於骨血之情；然而對花中之王的牡丹精來說，除了人類六慾，還有更高的層次值得追求，尊嚴才是最可貴。

最後，《聊齋誌異》也通過各種不同的方式表達對子嗣的重視及為家庭延續命脈的重要性。〈段氏〉中透過無子繼承導致子姪爭奪財產的痛苦，勸諫婦女不可妒嫉；〈陸判〉中朱爾旦雖死猶生不斷的關照子孫的教育及前程；〈夢狼〉中白翁得知兒子白甲的惡行屢勸不改，於是退而祈禱上蒼別牽連家屬，保全白家；〈夜叉國〉中商人寧攜其中一子奔逃，也不願負擔與髮妻商量周全的風險；〈牛成章〉中牛成章雖死亦糾纏前妻鄭氏拋家棄子的行徑給予最慘痛的報復；〈呂無病〉中孫麒直到阿堅失蹤才願重返家庭行使家父長的職責。但是，當面臨父母與子嗣的選擇時，雖然對〈孝子〉一篇的剜肉救母略有微詞，但還是感其純孝，至〈水災〉一篇更立場堅定的肯定捨子取孝的行為。

二、從三元互動的過程觀察

從本章各三元人物行動模式表（表45～表83）中可以發現，基本上促使家庭系統達到和諧的模式，是三元間互相施予拉力才能達成。只要家庭中有一元對另一元施予推力，則會造成失衡。例如〈珊瑚〉中父親雖從幽冥歸來意圖使家庭恢復平靜，但他對次子推拒的力量造成次子對兄長的猜疑，使得家庭回歸平衡之路走得較為艱辛。因此更別說其他組包含一組以上推拒力的三元互動關係。

我們已從上一目中發現第三元的態度能對家庭造成莫大的影響。但是從各三元人物行動模式表中我們亦可以看見家庭中原有的二元也具有維繫家庭的力量。原生家庭中父女對立時，母親成為三元互動的關鍵便是一項證據。此類文本中當父女衝突時，雙方立場堅定，相對而言母親的立場較為隱晦、游移。在衝突萌發之際，母親或未見表態、發聲，或站在丈夫身後支持其的決定。她不具強烈的發言權及威脅，但總在父女僵持之際打破僵局，發揮極其重要的影響。

衝突中，面對父親展現父家長的權威帶來的壓迫，相對弱勢的女兒似乎

只能採取哀兵策略，透過絕食覓死來融化父母被現實禮教或利益蒙蔽的親情。只是，這樣的自殘方式較能打動的是母親，而非父親。例如：〈寄生附〉中的鄭子僑面對女兒的絕食，反而火冒三丈，阻止醫治，聽任其死。〈長亭〉中的父親則不時破壞長亭的婚姻。這一儒、一獸，皆逼得女兒生不如死。母親便在此時發揮關鍵性的效用，她們從無聲變為有聲，並且一反「婦人，伏於人」〔註33〕的倫理，透過強勢的作為起身與丈夫相抗，以確保女兒的生命。〈寄生附〉、〈長亭〉如此，〈八大王〉的王妃更是成功說服肅王轉變態度，一塊兒想方設法成全女兒。〈紉針〉的范氏甚至不待女兒發聲，就主動挺身擋在女兒身前為之辯護，紉針有母如此，自不用透過絕食來為自身幸福下賭注。

范十一娘就沒有如此幸運。范十一娘不同流俗的眼光挑戰了父母親的開明態度，使親與子間原先緊密的關係出現裂口，范十一娘在絕食也不能讓父母任一方理解的情境底下，最終只能自經。若非仰賴封三娘的奇術偷生，也喚不回原初和諧的人倫關係。

由此觀之，母親的態度及作為才是影響婚配結果的關鍵因素。女兒若能獲得母親的支持，則得遂所願。只是要取得母親同盟，需要付出一點代價，通常是以絕食（「忿不食」、「閉戶不食」、「飲泣不食」）來抗議，方能表示自己的決心並獲得同情，否則母親仍有順從父家長的態勢。另外，雖然母親在親子衝突中能夠牽動結果，但並非萬能，對於出現裂隙的親子關係有時只能暫保表面的平衡。

雖然母親的態度及作為雖可化解親子對立，影響婚配結果，但作者認為男性才是維繫家庭綱常，賞善罰惡的主力。例如：〈珊瑚〉惡媳當道，長幼失序，賴父親亡魂顯靈而善惡得報；〈雲蘿公主〉中侯氏因夫職失能，備感艱辛，指望有子為繼；〈牛成章〉父親過世，寡母從而棄子改嫁，使遺孤慘澹度日，父子重逢，使子得溫飽，母得惡果；〈孝子〉因父親顯靈才救母親於病苦；〈陸判〉因朱爾旦魂魄重返家庭才持續家庭正常運作；〈賈兒〉因父親經商未歸而引淫狐作亂，子代父杜絕禍源；〈段氏〉因無子繼承，反遭眾侄輩威脅搜刮，幸流落他方之子重返才使寡婦有所依恃，追回財貨。如此種種失序皆因家父長或家父長的繼承人位置懸缺、失能引起，而蒲松齡於此揭示著男性才是維繫家庭秩序，撥亂反正的關鍵。

〔註33〕〔漢〕許慎撰，〔清〕段玉裁著，王進祥注音：《說文解字注》（臺北：頂淵文化事業有限公司，2003），卷十二，頁614。

而主導家庭者也未必依照長幼尊卑之序。雖說女子有「未嫁從父，既嫁從夫，夫死從子。」（《儀禮‧喪服》）〔註34〕此三從之義，但在《聊齋誌異》中似乎有許多情況並未依循此一準則。〈商三官〉商三官年最幼，位最卑，但往往主導了家庭的運作；〈賈兒〉中十歲的賈兒代替父親驅走爺銀的狐狸精；〈紉針〉父親王心齋雖貴為一家之主，但做決定時往往先與妻女商量；〈細柳〉細柳在夫婿生前便一手經管家業，丈夫過世後，更成為一家之主；〈張誠〉繼母牛氏於家中橫行，父親無法阻止；〈雲蘿公主〉中安大業由於敬愛雲蘿公主，因此家庭生活中處處依從她，給予許多自由；〈長亭〉裡長亭母親與父親鬧意見，於是母親乾脆自作主張；〈寄生附〉中張五可的婚事全憑她自己作主，張氏夫妻皆依言行事。這些都不同於經典所載的規訓，卻更貼近人性，形塑出各種面目。

另外，由本章可知婚配是影響親子互動關係重要的議題，因此特別提出來討論。配合表3-1及本章各三元人物行動模式表可以發現，因婚配而產生親子互動的九組三元互動中有二組能夠維持和和諧的狀態，其中四組歷經曲折，然而最終作者都還是令家庭達到和諧的狀態。

根據郭松義《倫理與生活——清代的婚姻關係》觀察，中國傳統對待婚姻的態度是以孝事父母尊長及繁衍教養子女為最高指導原則，個人的愛情及幸福並非重點。這也是清代人們對婚姻的基本期盼。而如此等級森嚴的社會，造就了許多婚姻方面不成文的規定，例如：良賤不得通婚、不同等級、不同集團各自在不同的婚姻圈子，盛行中上階層的門第婚及其衍伸的世婚制，在在都顯示婚姻是財產和權力的結合，政治及經濟領域也由此延伸。〔註35〕當然，規訓如此，但一旦規訓與現實生活產生利益衝突時，百姓仍選擇後者作為優先考量。例如：《大清律例》有「若娶己之姑舅兩姨姊妹者，杖八十，並離異。」〔註36〕此一條律法，但考量人們希望通過中表通婚加深彼此親密關係，進而鞏固家族勢力等因素，從皇帝到下層百姓實際從未認真實行，最後乾隆時反修改頒令「聽從民便」〔註37〕。〈寄生附〉的寄生與閨

〔註34〕　〔漢〕鄭玄注，〔清〕黃丕烈校：《儀禮（二）》（北京：中華書局，1985），頁164。

〔註35〕　郭松義著：《倫理與生活——清代的婚姻關係》（北京：商務印書館，2000），頁1～2。

〔註36〕　〔清〕《大清律例》引自：《文淵閣四庫全書內聯網版 1.2 版（Siku Quanshu）（網路五人版）》：史部／政書類／法令之屬/大清律例/卷十。

〔註37〕　〔清〕《大清律例》引自：《文淵閣四庫全書內聯網版 1.2 版（Siku Quanshu）

秀便反映此一風俗。

　　從本章討論的《聊齋》故事裡，門第、貧富、良賤確實是婚配中影響甚鉅的重要因子，也是導致親子衝突的重要原因之一。高仲鴻夫妻及范氏夫妻都因嫌貧愛富阻止子女意願；紉針的父親受富戶所誘；就連肅王也不無受馮生家的奇珍異寶所誘惑；而慕蟾宮的父親將子女是否賢良與門戶掛勾，因此恐怕白氏母女家門低賤而不貞節；臙脂父母則想藉女兒「占鳳於清門」。

　　在這些篇章裡，首先，配偶對象皆由子女本人選擇，顯示蒲松齡肯定勇敢追求愛情的精神。其次，在蒲松齡筆下這些社會成規雖為角色帶來波折，但最終都打破成見，回歸人倫天性，以子女的愛情和幸福為考量，成就姻緣，即使像〈長亭〉、〈寄生附〉那些一路走來始終顛顛簸簸，難以受到親輩其中一方支持的兒女，最後還是在另一位親輩的幫助下將衝突降到最低以成就姻緣。這樣對禮法及律法制度的悖離，雖於現實生活中有跡可循，但從蒲松齡令親情戰勝傳統規訓及立法的敘事偏好來看，正可說明，他認為一味地遵循制度只會帶來親子衝突，使三元關係失衡，甚至產生悲劇，唯有回歸基本的人性才能有效地使親子三元關係趨於圓滿。於是，他在孝道和倫理秩序的框架下，努力為子女開脫出一片更順應人性，富有生命力的情感天地。只是子女在掌握更多選擇權的前提下，需照顧父母的感受，因此無論子女如何激情，最終還須尊重父母，獲得雙親認同，受到禮教規範。

（網路五人版）》：史部/政書類/法令之屬/大清律例/卷十。

第四章 《聊齋誌異》中夫妻與雙方家庭間的三元互動關係

　　當夫妻成禮後，即意味著二人人生角色重心的轉移。他們本爲人兒女，如今兒子多了人夫、女婿的角色；女兒則多了人妻、人媳的角色。另外，在中國傳統社會婚後從夫而居的習俗下，女性失去父母庇護隻身進入陌生的家庭系統，從此行止既需符合夫家規範，又需與新環境有密集互動，其角色的變動尤其之大。而兩家長輩的角色也因爲兒女成婚，多了公公、婆婆、岳父、岳母的身分。

　　兒女的結縭對於兩家長輩也有不同的意義。對於岳家，婚禮又意味父母與女兒分離；對於夫家，則是多了一個媳婦幫忙分擔家務並肩負起傳宗接代的任務。由於「男主外，女主內」的家庭分工，基本上媳婦的進入對婆婆而言影響更大。所謂「媳婦熬成婆」，除了家務的分擔，媳婦的進入使婆婆的地位隨之提升，進而得以分享家父長的權力，不過其中卻也隱含矛盾。媳婦的出現也使婆婆面臨情感資產被剝奪的處境。當妻子發現丈夫難以寄託，兒子就成爲母親最後的冀望，而傳統社會中兒子的成就多半是母親鞏固權勢或受褒揚的唯一途徑，母親對兒子的重視可想而知，如今媳婦竟可以「不勞而獲」的分享兒子的愛，因此便有亙古難解的婆媳問題。作者蒲松齡早年深受過姑婦勃谿的困擾〔註1〕，此經驗除了在他心中留下陰影，同時也提供了他創作的

〔註1〕 蒲松齡在〈元配劉孺人行實〉中提及家中有姑婦勃谿之苦。夫人劉氏因不與之同流，存赤子之心，因此深受婆婆喜愛，逢人稱道，卻也因此引發妯娌的忌妒，「率娣姒若爲黨，疑姑有偏私，頻偵察之；而太孺人素坦白，即庶子亦撫愛如一，無瑕可蹈也。然時以盧舟之觸爲姑罪，呶呶者競長舌無已時。處士公曰：『此烏可久居哉！』」遂分家，分家時各房皆爭要良田美屋及完好之

—149—

養分，《聊齋》中可見端倪。

另一方面，郭松義在《倫理與生活——清代的婚姻關係》中發現清時雖有移民潮稍稍將封閉的人口打開，但一般還是因風俗環境、經濟、思想等因素爲考量，就近選擇親家。當然其他受政治規範、以門第爲首先考量者不在此限。〔註2〕就近結親對女方也有好處，除了女方會因風俗相近較易適應外，對於女方家長而言，短距離利於婚後往來。因此，女兒雖「寄人籬下」但仍能受到父母某種程度的庇佑，也使得兒女的婚姻生活容易受到女方家長的牽制，男女兩家進而因彼此立場不同，發生衝突。

由於夫妻與姻親長輩的關係比親子關係和夫妻／妾關係複雜，若以夫妻的立場來看，則姻親長輩爲介入的第三元；但以夫家長輩而言，初來乍到的新婦才是介入親子關係的第三元。《禮記》：「禮始於謹夫婦。」〔註3〕因此本章權以夫妻二元爲主體，視姻親長輩爲介入婚姻的第三元，探討在夫妻成婚後雙方家長各自以什麼方式及心態介入子輩的婚姻，他們的介入將爲子輩的婚姻帶來什麼樣的影響？而子輩面對彼此家長的介入，他們各自採取什麼樣的行動面對？這一連串的連鎖反應將使一段婚姻提升抑或是陷入另一更深的困境？以下針對不同的組合分節析之。

第一節　夫家長輩—妻—夫三元互動關係

中國嫁娶的習俗一般皆是由女性單槍匹馬的進入一個全然陌生的家庭組織，女性因此被要求改遵夫家的家規。宋若華《女論語》：「阿翁阿姑，夫家之主；既入他門，合稱新婦；供承看養，如同父母。」〔註4〕簡單的提供新婦三項訊息：一是身分改變了；二、當家者不同了；三是態度也應隨之改變，此皆新爲婦者的入門之道。〈新婦譜〉中明示新婦應明白自己的處境：「姑媳之間，雖如母子，然母子以情勝，姑媳則情而兼法矣。」〔註5〕故而凡事應以

物，獨劉氏默然不爭，故蒲氏「兄弟皆得夏屋，爨舍閑房皆具；松齡獨異：居惟農場老屋三間，曠無四壁，小樹叢叢，蓬蒿滿之。」參見羅敬之著：《蒲松齡年譜》（臺北：國立編譯館，2000），頁260。

〔註2〕 參考郭松義著：《倫理與生活——清代的婚姻關係》，第四章婚姻地域圖。

〔註3〕 〔漢〕鄭玄注，〔唐〕孔穎達疏，李學勤主編：《禮記正義》，頁858。

〔註4〕 〔民國〕林慶彰等主編：《晚清四部叢刊・第三編》（臺中：文听閣圖書，2010），頁118。

〔註5〕 〔清〕陸圻著，四庫全書存目叢書編纂委員會編：《四庫全書存目叢書・子部九五・新婦譜》（濟南：齊魯書社，1995），頁7。

夫家爲先，雖心繫生母，然卻必須「以姑爲重」〔註6〕，自然在母家親戚面前「其禮文可省處，一切省之。……與其獲罪於姑，寧負歉於親戚也。況身未當家，人多見諒。」〔註7〕陶毅、明欣在《中國婚姻家庭制度史》則整理出爲妻者四點要義，分別爲：孝敬公婆、服從丈夫、勉於家務、嚴守貞操，而一切核心又在於「順」。〔註8〕這麼多新環境、新身分、新行爲、新的心理態度等等對於新嫁娘而言實在需要一段時間來適應。

與此同時，夫家原有的成員在迎接新婦入門時必也審慎觀望，希望新成員加入後能持續保有原本的家庭系統的運作，甚至提供助益。這時「媳婦熬成婆」的母親一方面希望能卸下半世爲夫家操持的辛勞，享享清福，另一方面也拿著放大鏡檢驗媳婦的能力和作爲，檢驗的標準通常是以自己過去做媳婦被要求的標準和經驗爲基準，基本上是希望兒媳能事事以兒子爲先，爲自己最疼愛的兒子犧牲奉獻。公公的要求大抵如此，只不過依循「男不言內，女不言外。」〔註9〕的禮教規範，管教媳婦的職責就落在婆婆身上，因此，基本上媳婦娶進門後必經過一陣「磨合期」（尤其和婆婆之間），絕少一開始便相處融洽。

圖 4-1：夫家長輩—妻—夫的三元互動關係圖

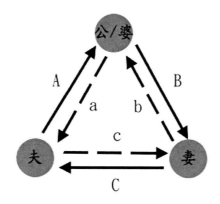

〔註6〕 〔清〕陸圻著，四庫全書存目叢書編纂委員會編：《四庫全書存目叢書・子部九五・新婦譜》，頁 11：「有等新婦，不能孝姑而偏欲孝母，此正是不能孝母也。事姑未孝，必貽所生以惡名，可謂孝母乎？蓋女子在家以母爲重，出嫁以姑爲重也。」

〔註7〕 〔清〕陸圻著，四庫全書存目叢書編纂委員會編：《四庫全書存目叢書・子部九五・新婦譜》，頁 3～4。

〔註8〕 參考自陶毅、明欣著：《中國婚姻家庭制度史》，頁 152。

〔註9〕 〔漢〕鄭玄注，〔唐〕孔穎達疏，李學勤主編：《禮記正義》，頁 836。

一、夫家長輩—妻—夫融洽的三元互動關係

婚姻，就功利性而言，所謂「不孝有三，無後為大」，是以兒子必須結婚以肩負傳宗接代的重責大任，因此媳婦是否具有生育條件是夫家長輩首先考慮的因素，此其一。其二，或是權力、或是地位、財富，兒子的婚配對象是否能夠為自己或家庭帶來最大的利益亦是父母為兒子選擇媳婦的重點；就情感性而言，出於親情天性，父母多希望子女能夠婚姻幸福，家庭美滿。因此，握有主婚權的中國家長對於兒子的婚配對象自然是挑剔考慮，審慎抉擇。在挑剔的過程中即是新婦的考驗期，一旦通過考驗，獲得公婆認可，基本上在夫家就保有一席地位，不致受到刁難，若進而與公婆培養出情感，必要時公婆往往願意為兒、媳的婚姻提供協助，以下分而述之。

（一）媳婦在婚前預先通過夫家長輩的考驗

基本上，人際相處本就有磨合期，更遑論將要朝夕相處的姻親，因此在婚姻中若是不須經過磨合便彼此頗為相得，通常是磨合期早已提前在婚前進行。

〈青娥〉中霍桓、青娥與霍母能獲得夫—妻—婆婆三元和諧的關係便是衝突早發，使三元間在婚前就已事先磨合，婆媳彼此在婚前的誤會中預先獲得某種程度的理解。

序號	篇　名	夫→夫家長輩（A）	夫家長輩→夫（a）	夫家長輩→妻（B）	妻→夫家長輩（b）	妻→夫（C）	夫→妻（c）	動機	第三元主／被動
84	〈青娥〉	拉近	拉近	拉近	拉近	拉近	拉近	情感	被動

先此，霍桓心慕青娥卻被青娥之母拒絕婚事，因此借助仙物一親芳澤。然而正因此踰越之舉令青娥之母感到羞辱，引發兩家父母對對方及對方兒女的不滿，霍母甚至四處散播青娥的閒話，婚事因此破局。好在青娥「陰使人婉致生母，且矢之以不他，其詞悲切。」（卷七，頁 931）才修補了彼此的關係。

婚後，青娥「為人溫良寡默，一日三朝其母；餘惟閉門寂坐，不甚留心家務。母或以弔慶他往，則事事經紀，罔不井井。年餘，生一子孟仙。」（卷七，頁 931）因此除了夫妻恩愛，也很得霍母憐愛。當她飄然仙逝後，「母子痛悼，購良材而葬之。母已衰邁，每每抱子思母，如摧肺肝，由是邁病，遂憊不起。」（卷七，頁931）婆媳間竟難得如此情深，怎不叫家庭內諸事和諧。

　　而〈嬰寧〉則是由於異類的身分，無法清楚交代自己的身家，因此在婚前受到準婆婆的多方調查。

序號	篇　名	夫→夫家長輩（A）	夫家長輩→夫（a）	夫家長輩→妻（B）	妻→夫家長輩（b）	妻→夫（C）	夫→妻（c）	動機	第三元主/被動
85	〈嬰寧〉	--	拉近	拉近	拉近	不推拒	拉近	愛屋及烏	主動

　　王家由於王子服父親早逝，因此由王母當家做主。王母因兒子癡戀嬰寧而願意仔細估量是否接受這個媳婦。然而準媳婦的身分十分可疑，於是屢屢暗中觀察，從面容身形的觀察到身家調查、話語試探，王母十分審慎的思慮再三，雖心中終有疑慮，但見兒子愛得深切，嬰寧又笑語憨態，一派天真，令「滿室婦女，為之粲然」（卷二，頁155）王母也不得不心生憐惜。

　　嬰寧除一派爛漫讓王家頓顯生氣，深受王家及鄰女的歡迎外，還頗知盡孝。她在王母觀察期間「昧爽即來省問，操女紅精巧絕倫」（卷二，頁156），使得她通過考驗成為王家新婦。婚後，嬰寧還時常以其笑聲渲染以解王母憂怒。

　　由此觀之，此一家得以結合的原因在於子愛婦，而母又愛其子，進而愛婦的連鎖反應上。媳婦本性天真和順，能替婆婆分憂，王母又慈祥明理，再加上一層親戚的關係，特別憐惜孤女，等各方條件具備，才有今日一家融洽，不起爭端的局面。

（二）夫家長輩致力維護兒子和媳婦的婚姻

　　夫家長輩對兒女的付出也不全都是有目的性，他們有時甚至為了兒、媳的婚姻勞心勞力，至死不休。

序號	篇　名	夫→夫家長輩（A）	夫家長輩→夫（a）	夫家長輩→妻（B）	妻→夫家長輩（b）	妻→夫（C）	夫→妻（c）	動機	第三元主/被動
86	〈鬼作筵〉	拉近	拉近	拉近	拉近	拉近	拉近	解危	主動
87	〈申氏〉	拉近	拉近	拉近	拉近	拉近	拉近	解危	主動

　　〈鬼作筵〉便是一例，描寫父親雖入冥間，但還是為延長媳婦的壽命附體顯靈的故事。由於面臨生死困境，因此夫—妻—公公的三元關係只能由已作古的公公主導，協助夫妻二人於冥間疏通打點。為了延續緣分，杜九畹夫

妻自然唯命是從，任憑父親差遣。

又古人謂「貧賤夫妻百世哀」，〈申氏〉中寫士人子申氏因家貧，不得不偷盜的故事。申氏的妻子因無以爲炊，對著丈夫埋怨，與丈夫發生口角，事後申氏思量：「爲男子不能謀兩餐，至使妻欲娼，固不如死！」（卷十，頁1426）於是投繯自盡。卻見父親顯靈，指點明路，教其爲盜。醒後，申氏竟當真要去偷盜，妻子這才驚而止之，卻難以阻止。不料申氏偷盜時竟無意中幫助富戶剷除了妖怪，得到爲數不小的酬金。此則故事同〈鬼作筵〉一般都是夫妻生活遭遇了莫大的困境，家翁才介入提點，予以幫助，維繫家庭的幸福。由此可見上一代對下一代的操心不只是致死方休可以形容。

（三）媳婦的真情感動丈夫和夫家長輩

有時夫家長輩會被媳婦的義行感動而以真情相待。

序號	篇　名	夫→夫家長輩（A）	夫家長輩→夫（a）	夫家長輩→妻（B）	妻→夫家長輩（b）	妻→夫（C）	夫→妻（c）	動機	第三元主／被動
88	〈宮夢弼〉	拉近	拉近	拉近	拉近	拉近	拉近	受感動	被動

〈宮夢弼〉中柳芳華生前替兒子柳和與黃家訂親，但黃家聽聞柳家家道中落而生出悔心。然而黃女對父親之行「竊不直之」（卷三，頁391）堅不從命。不幸黃家遭強盜洗劫，家中被席捲一空，黃父又貪圖富商的金銀，強要女兒嫁給富商。黃女「察知其謀，毀裝塗面，乘夜遁去，丐食於途」（卷三，頁391）再也顧不得禮儀，直接造訪柳家，泣訴前因。

黃女此情此舉讓婆婆柳母心疼不已，拉著黃女的手泣曰：「兒何形骸至此耶！」（卷三，頁391）見其沐浴後「顏色光澤，眉目煥映」（卷三，頁391）柳家母子更是歡喜。黃女的一片赤誠感動了婆婆，獲得真心的接納，於是柳母又爲了讓媳婦過著「日僅一啗」（卷三，頁391）的生活心下十分過意不去，泣曰：「吾母子固應爾；所憐者，負吾賢婦！」（卷三，頁391）而黃女卻微笑寬慰，曰：「新婦在乞人中，稔其況味，今日視之，覺有天堂地獄之別。」（卷三，頁391～392）令婆婆解頤釋懷。因此柳家雖是赤貧，但以真情實意爲基礎建立的夫—妻—婆婆三元的家庭關係卻是一片融洽。

（四）媳婦的功能足以滿足夫家長輩的期待

功利性因素組成成分較多的家庭也可以擁有和諧的家庭互動。〈陳雲棲〉中夫—妻／妾—婆婆的三元關係雖以情感爲基礎，卻混合了不少功利性因

素，但因彼此目標一致，相輔相成，也能締造一家和樂，宛如人間天堂的家庭關係。

序號	篇　名	夫→夫家長輩（A）	夫家長輩→夫（a）	夫家長輩→妻（B）	妻→夫家長輩（b）	妻→夫（C）	夫→妻（c）	動機	第三元主/被動
89	〈陳雲棲〉	--	拉近	拉近	拉近	拉近	拉近	完整家庭功能	主動

　　真毓生因父親早逝，家中以母親臧夫人為家長，凡事以臧夫人馬首是瞻，因此真毓生在家裡較少發聲的機會，以消極、被動的方式與人互動，真家便成為女人的擅場。

　　臧夫人本來很排斥兒子跟女道士交往，阻止兒子尋覓女道士陳雲棲。不料因緣際會下自己看中的兒媳恰巧是真毓生為她相思成疾的陳雲棲，於是很開心的幫他們二人成婚。婚後，臧夫人雖「雅憐愛之」（卷十一，頁1501）然而對雲棲只知「彈琴好弈，不知理家人生業」（卷十一，頁1501）頗為憂心，心下也隱隱擔心別人知道雲棲過去的身分而有閒言閒語，於是當她見到還俗的盛雲眠「舉止大家；談笑間，練達世故」（卷十一，頁1502），雖寄居真家，但每日「早起，代母劬勞，不自作客」（卷十一，頁1502）甚喜，唯恐她離去，更暗暗起了多收一房媳婦的念頭。

　　而雲棲方面，自入門表現「孝謹」（卷十一，頁1501）與婆婆感情融洽，對於臧夫人欲收盛雲眠為媳的心思倒是不謀而合，因此婆媳間無甚衝突。從婆媳二人心裡升起納盛雲眠的念頭的那刻，彼此各自擔心對方嗔怪的情形看來，婆媳二人確實相互敬重。當然，於臧夫人又多了份引起家庭危機的操心。因此，當雲棲表示樂意接受後，臧夫人便打蛇隨棍，要求「姊妹焚香，各矢無悔詞，乃使生與行夫婦禮。」（卷十一，頁1503）

　　臧夫人自從得盛雲眠後，家事有盛雲眠料理，對弈品茗有陳雲棲和盛雲眠助興，二人相輔相成，喜得每與人曰：「兒父在時，亦未能有此樂也。」（卷十一，頁1503）也不計較二媳出身，也不用真毓生強求功名富貴。此夫—妻／妾—婆婆三元互動關係便在婆婆為主，妻為副的主導下，展現姑唱婦隨妾又相得益彰其樂融融的和美境界。

　　綜觀以上六則故事，兩則是透過陰間父親的介入而解圍，其他四則則是描寫夫妻和婆婆的互動，其中三則雖歸類於和諧互動關係，但實際上是衝突

早發於婚前，而達成婚姻和諧與否的關鍵因素多和丈夫的態度有關，若丈夫癡戀妻子，則親輩母親便會愛屋及烏，只有〈宮夢弼〉是因妻子在夫家落魄時主動展現不離不棄的情操而獲得丈夫、婆婆接納。這其中作者對親代男性和女性的敘事方式展現差異，他讓親代男性以英雄的姿態扶家庭於危難，然而對親代女性的人際互動則刻畫得較為細膩寫實，突顯男女兩性處事方式剛／柔之兩面。然而弔詭的是作者以陽性的男性為陰性的鬼魂，以陰性的女性為家庭的主宰，呈現陰陽兩性的顛錯，隱含了男權秩序面臨鬆動的現象。

二、夫家長輩—夫—妻衝突的三元互動關係

《禮記‧內則》定下了「婦事舅姑，如事父母。」〔註10〕的人倫規則，徹底否定了媳婦的人權，並給予公婆莫大的支配權。統治、教化者認為新婦入門後若能謹守孝事公婆，曲意承歡等一切準則，則家庭組織便能順利進行，運作不亂。如：〈青娥〉、〈宮夢弼〉便體現了媳婦賢事婆婆，則營造出一家和諧融洽的互動關係。然而事實總與願違，人畢竟是情感的動物，無法如機器設定程式般地操弄，即使有律法在人倫後撐腰背書，實際生活中姑婦勃谿在所難免。

中國人差序格局的概念根深蒂固的內化人心，姻親之情始終不比血親之情，即使公婆將媳婦視作半女般疼惜，仍舊不是親生兒女；相同的，媳婦對公婆的心情也可做如是觀，即使視舅姑如同父母，舅姑始終也不能與親生父母相並論。加上文化背景、心性、思維、手腕等不同，人情各異，因此人們對父嚴母慈、妻賢子孝家庭和美的幻想往往破滅。《聊齋誌異》反映了相關情狀。

（一）媳婦悍妒爭權

人類會自動替補系統中的角色空缺，因此當一方善於用指責溝通時，另一方則會以屈膝討好的方式應對，或可說通常指責型的人和迎合型的人十分容易相遇成對。楊萬石和妻子尹氏的溝通模式正好符合這種情況。

序號	篇　名	夫→夫家長輩（A）	夫家長輩→夫（a）	夫家長輩→妻（B）	妻→夫家長輩（b）	妻→夫（C）	夫→妻（c）	動機	第三元主／被動
90	〈馬介甫〉	拉近	--	推拒	推拒	拉近	拉近		被動

〔註10〕〔漢〕鄭玄注，〔唐〕孔穎達疏，李學勤主編：《禮記正義》，頁831。

〈馬介甫〉中楊萬石有「季常之懼」，偏偏妻子尹氏性格奇悍。「少忤之，輒以鞭撻從事」（卷六，頁721）。尹氏的悍妒遠遠超越倫常，她不單是對丈夫如此，對公公也不侍奉，還「以齒奴隸數」（卷六，頁721）。於是，楊萬石與弟弟萬鐘「常竊餌翁，不敢令婦知。然衣敗絮，恐貽訕笑，不令見客。」（卷六，頁721）

尹氏的嫁入營造出「妻指責─夫服從─公公服從」的相處模式，一旦這樣的相處方式成形，每次互動就會加速彼此所使用的反應模式，造成強者更強，弱者愈弱的態勢。如：萬石納妾王氏，卻「旦夕不敢通一語」（卷六，頁721）。王氏有孕，遭尹氏「褫衣慘掠」（卷六，頁723）萬石非但不敢阻止，還「跪受巾幗」（卷六，頁723）被尹氏「操鞭逐出」（卷六，頁723）受人訕笑。當馬介甫出手擊退尹氏後，楊萬石仍兀自窩囊：

> 馬曳萬石為解巾幗。萬石聳身定息，如恐脫落；馬強脫之。而坐立不寧，猶懼以私脫加罪。探婦哭已，乃敢入，趨趨而前。婦殊不發一語，遽起，入房自寢。萬石意始舒，與弟竊奇焉。（卷六，頁723）

久已成形的溝通習慣自然無法因馬介甫一次施法而改變。楊萬石仍舊十分懼怕尹氏，而尹氏不多時便故態復萌。她「益羞怒，徧撻奴婢」（卷六，頁723）讓王氏流產，整得楊家雞犬不寧。

馬介甫第二次的施法，假借巨人以利刃畫尹氏的心，如此以暴制暴，終於換來幾月的和平：「婦威漸斂，經數月不敢出一惡語。……婦每日暮，挽留萬石作侶，懽笑而承迎之。」（卷六，頁724）然而楊萬石始終難改軟弱卑屈的性格，「萬石生平不解此樂，遽遭之，覺坐立皆無所可。婦一夜憶巨人狀，瑟縮搖戰。萬石思媚婦意，微露其假。」（卷六，頁724）白費了馬介甫一番苦心，「萬石懼，長跽床下……哀至漏三下」（卷六，頁724）可是尹氏怒不可遏，拿刀追殺楊萬石，「萬鐘不知何故，但以身左右翼兄。婦方詬罵，忽見翁來，睹袍服，倍益烈怒；即就翁身條條割裂，批頰而摘翁髭。」（卷六，頁725）一家老小又重新淪落在尹氏的掌控之中，終日食不溫飽，更受夏楚。「妻指責─夫服從─公公服從」早已成為楊家固著的溝通的閉鎖系統，系統中的每個人都隱藏自身內在的情感，彼此互不信任，一切只為了生存，而彼此都自覺遭受摧殘，無法獲得幸福。〔註11〕

〔註11〕 （美）維琴尼亞・薩提爾（Virginia Sitar）著，吳就君譯：《新家庭如何塑造人》，

其後雖受馬介甫鼓勵出婦，但楊萬石一到尹氏面前，卻如鼠見貓，功敗垂成。直到服下「丈夫再造散」，才讓尹氏膝行求饒，從此謹守婦道。可惜夫妻二人本性難移，妻見丈夫黔驢技窮，便又故態復萌，累得老父親不堪其擾而逃家。鄉人不齒楊萬石夫妻行徑，終於家破人亡。

這夫—妻—公公的三元互動雖因狐狸幻化成人的好友馬介甫介入提供關係變化的契機，然而楊父和楊萬石的軟弱無能，只提供了尹氏跋扈專權的溫床，三人本性不移，姿態不改，楊萬石和尹氏各有心理病態上的「虐待與被虐」傾向（觀楊萬石在尹氏受到傷害時加以寬慰，及見尹氏落魄，竟不慶幸自己脫離魔掌，返欲謀珠還，時常探視，足見楊萬石對尹氏依依難捨），而馬介甫又不能提供一個更適切的解決方案，始終以暴制暴，是治標不治本，因此楊家始終向尹氏傾斜，最終自然落得如此窘境，難以共創和諧美滿的家庭。

〈珊瑚〉中對婆婆沈氏報應般的二成—臧姑—沈氏的三元互動模式與〈馬介甫〉的互動大體相似，只不過沈氏的兇悍是里間聞名的。而安二成新組的家庭中媳婦臧姑卻「驕悍戾沓，尤倍於母」（卷十，頁1411）於是婆媳間展開了權力的角逐。

序號	篇 名	夫→夫家長輩（A）	夫家長輩→夫（a）	夫家長輩→妻（B）	妻→夫家長輩（b）	妻→夫（C）	夫→妻（c）	動機	第三元主／被動
91	〈珊瑚〉	不拉近	拉近	推拒	推拒	拉近	拉近	爭權	主動

沈氏原先仍起而抗爭：「母或怒以色，則臧姑怒以聲」（卷十，頁1411）誰知二成「又懦，不敢為左右袒」（卷十，頁1411）絲毫不敢幫腔，失去援助的沈氏竟「於是母威頓減，莫敢攖，反望色笑而承迎之，猶不能得臧姑懽。」（卷十，頁1411）婆媳權力鬥爭的結果臧姑占盡上風，成為安家的新領袖。她像對待丫環一樣對待沈氏「滌器灑汛掃之事皆與焉」（卷十，頁1411），二個兒子連大氣都不敢吭一聲，只有大成暗中代替母親做事。母親病倒後，大成日夜侍奉，臧姑完全不准二成協助照顧，夫—妻—婆婆三元互動完全向臧姑偏斜，攪得沒一刻安寧。婆婆只好和大成搬出去，退出臧姑新建立的權力

頁94～96中談到無法處理問題的人大都具有四種不良的溝通模式，包括責備型、討好型、電腦（超理智）型和打岔型。每種不良的模式發動後會加速觸發彼此所使用的反應模式，這些反應的影響是連鎖的，例如「責備者驅使討好者更為妥協，討好者驅使責備者更為責備」，如此就構成了溝通中的閉鎖系統，系統中的人們根本談不上信任，彼此間關係的維繫只在於求生存罷了。

圈。從此「臧姑無所用虐，虐夫及婢」（卷十，頁 1413）這時沈氏和大成夫婦就再也不敢介入了。

序號	篇　　名	夫→夫家長輩（A）	夫家長輩→夫（a）	夫家長輩→妻（B）	妻→夫家長輩（b）	妻→夫（C）	夫→妻（c）	動機	第三元主／被動
92	〈杜小雷〉	拉近	拉近	推拒	推拒	推拒	推拒	較量	被動

　　而〈杜小雷〉中由於杜小雷非但無季常之懼，還十分孝順，不孝的杜妻又慓悍不過臧姑，因此很快地就站不住腳。她欺婆婆眼盲，做飯時「雜蜣蜋其中」（卷十二，頁 1603）杜母不甘被媳婦愚弄，留下證據向兒子告狀。孝順的杜小雷知曉後盛怒，「欲撻妻，又恐母聞」（卷十二，頁 1603）不過最後作者藉由天譴解決孝子的顧慮，妻因自餒竟變為豬，讓邑令縶去遊街示眾。此三人的互動除母子二人間的情感篤實，其他則是互相排拒自難得有好下場。歸根結柢若非杜妻欺人太甚，怎會害人害己。

（二）夫家長輩偏寵，引發媳婦不滿

　　「食指各有短長」正用來說明父母面對親生子女，難免會有親疏之分。而丈夫在家中的地位直接影響媳婦的家庭地位。

序號	篇　　名	夫→夫家長輩（A）	夫家長輩→夫（a）	夫家長輩→妻（B）	妻→夫家長輩（b）	妻→夫（C）	夫→妻（c）	動機	第三元主／被動
93	〈鏡聽〉	--	推拒	推拒	推拒	拉近	拉近	比較	被動

　　〈鏡聽〉一則鄭氏父母就因為大兒子成名較早，因此特別寵愛，連帶著也寵愛大媳婦；相對地，二兒子就備受冷落，並且連帶著常給二媳婦氣受，讓二媳婦負擔較重的家務。然而這樣的局面並非不能扭轉，二媳婦洞察公婆的喜惡是隨著丈夫的成就而改變，因此對症下藥，激勵丈夫努力學習，博得名聲。果然父母逐漸改了態度，「稍稍優顧之」（卷七，頁 938）。若以此為度，相信二兒子夫妻繼續努力，假以時日就能在夫家長輩面前獲得平等的對待，使夫—妻—夫家長輩三元互動關係更臻於和諧。

　　此四則中的媳婦都努力地希望在家中爭取「應有」的地位，因此產生了家庭主權的攻防戰，當夫家長輩和妻對決時，丈夫的意向很重要，〈珊瑚〉和〈馬介甫〉中丈夫不敢制止妻子的暴行，放縱她們為所欲為，因此妻子在這場戰役中勝出，掌握了家庭主權；〈杜小雷〉則一心傾向母親，因此母親倚靠

成功的母教和殘缺的身體保住了地位；〈鏡聽〉中的妻子雖只要求獲得公婆的重視和與大嫂一樣平等的待遇，但若非獲得丈夫的支持，也沒有地位提升的可能。不過，在奪權的過程中，除了杜小雷，其他家庭男性成員的角色明顯弱化，鄭家二兒子要妻子的激勵才願意振作，楊萬石、楊父、安二成兄弟甚至毫無尊嚴地任人擺布，此情此景正揭示男權世界遭受到嚴重的打擊，女性在男人的遊戲規則中因遭受壓迫而異化，變得歇斯底里，行為陷入狂暴，卻也因此一度掌握了家庭主權。只是《聊齋》畢竟是男性的書寫，因此，女性宰制家庭的情節始終只是曇花一現的噩夢，作者終將透過男性、輿論及果報來摧毀女性的美夢，在書寫及閱讀中修復脫序的人倫秩序，重申男性的權威，並在此一過程殲滅那份「被閹割的恐懼」。

三、夫家長輩—夫—妻曲折的三元互動關係

夫家長輩—夫—妻三元關係中同時包含了橫向的夫妻之情和縱向的親情，因此比單一縱向親子關係或單一橫向夫妻／妾關係複雜許多，箇中互動也因此顯得更為曲折。

（一）夫家長輩為子輩不能傳宗接代而擔憂

後裔的傳承被中國人視為家庭投資〔註12〕，是為人父母所應督促，為人子女所應盡的責任。《聊齋》中有〈周克昌〉一文寫父母著急抱孫硬是替兒子周克昌娶親，並催促生子導致假冒周克昌的鬼魂離去，讓本尊回來完成繁衍之責的故事。而〈孫生〉一文則清楚的描寫公婆因兒子與媳婦的婚姻及性生活不協調而急得如熱鍋上的螞蟻，因此產生了對當事人而言是嚴肅的，而旁觀者讀來饒富興味的三元互動。

序號	篇　名	夫→夫家長輩（A）	夫家長輩→夫（a）	夫家長輩→妻（B）	妻→夫家長輩（b）	妻→夫（C）	夫→妻（c）	動機	第三元主／被動
94	〈孫生〉	--	拉近	拉近	--	推拒	拉近	傳宗接代	主動
		--	拉近	拉近	--	拉近	推拒		
		--	拉近	拉近	--	拉近	拉近		

〔註12〕 參考曼素恩（Susan Mann）著，楊雅婷譯：《蘭閨寶錄：晚明至盛清時的中國婦女》（臺北：左岸文化出版，2005.11），頁54。「中式的婚姻是憑父母之命、媒妁之言來安排的，這種情況使每一對年輕人的婚姻成為一項由家長負擔的家族投資——有時候是大家共同的負擔。」

官宦之女辛氏一入門便「為窮袴，多其帶，渾身糾纏甚密，拒男子不與共榻。牀頭常設錐簪之器以自衛。……即白晝相逢，女未嘗假以言笑」（卷六，頁 865）。雖然辛氏一向防備丈夫，但孫生初時仍想方設法地接近妻子，但「屢被刺劌，因就別榻眠。月餘，不敢問鼎。」（卷六，頁 865）沒有辦法，竟用藥酒迷姦妻子。妻子甦醒後厭惡之極，竟投繯自盡。醒後夫妻二人宛若仇人：

> 孫自此殊厭恨之，夫妻避道而行，相逢則各俯其首。積四五年，不交一語。妻或在室中，與他人嬉笑；見夫至，色則立變，凜如霜雪。孫嘗寄宿齋中，經歲不歸；即強之歸，亦面壁移時，默然就枕而已。（卷六，頁 866）

辛氏對丈夫沒來由的厭惡及性壓抑導致夫妻雙方水火不容，如此態勢令孫生父母甚為憂慮。孫母於是求教於老尼姑，老尼姑路走偏門暗中作法消除辛氏對丈夫的厭惡。此法雖對辛氏奏效，卻引起孫生的憎厭。孫母於是「呼子於無人處，委諭之。孫聞妻名，便怒，切齒。母怒罵之，不顧而去。」（卷六，頁 867）母親只好和尼姑商量對兒子作法，從此夫妻二人竟「琴瑟和好。生一男兩女，十餘年從無角口之事」（卷六，頁 867）孫家長輩才終於放下心中的大石。

由此，孫氏家長藉由方術介入夫妻二元，竟神奇的讓原本惡劣的家庭關係一變為幸福美滿。

（二）夫家長輩過於跋扈不仁

有時家庭的衝突源自於夫家長輩太想要向新成員宣示主權，然而權力的過份伸張並不一定能帶來美好的結果。

〈珊瑚〉中安大成—珊瑚—沈氏三元互動便是一則向沈氏過分傾斜，卻還不得安寧最後導致破局的故事。好在有媳婦努力，夫家親戚的幫助，讓婆婆不再偏執，修補了婆婆—妻—夫三元間的關係，達到較為平衡和諧的狀態。

序號	篇　名	夫→夫家長輩（A）	夫家長輩→夫（a）	夫家長輩→妻（B）	妻→夫家長輩（b）	妻→夫（C）	夫→妻（c）	動機	第三元主／被動
95	〈珊瑚〉	拉近	拉近	推拒	拉近	拉近	推拒	宣示主權	主動
		拉近	拉近	拉近	拉近	拉近	拉近	悔悟	主動

沈氏性格「悍謬不仁」（卷十，頁 1409）時常虐待媳婦兒，而大媳婦珊瑚「性嫻淑」（卷十，頁 1409），面對婆婆的虐待卻絲毫沒有怨色，每天謹守媳

婦的儀節,「每早旦,靚妝往朝」(卷十,頁 1409),並小心的討婆婆歡心,只可惜無論如何依從,總敵不過欲加之罪。觀其婆媳互動,便可知沈氏如何刁鑽,珊瑚又如何賢淑忍讓:

> 值生疾,母謂其誨淫,詬責之。珊瑚退,毀妝以進。母益怒,投頰自撾。生素孝,鞭婦,母始少解。自此益憎婦。婦雖奉事惟謹,終不與交一語。生知母怒,亦寄宿他所,示與婦絕。久之,母終不快,觸物類而罵之,意皆在珊瑚。(卷十,頁 1409)

而安大成這一方面對珊瑚全不憐惜,他只知恪守僵化的孝道,不分青紅,藉由鞭打、疏遠珊瑚以解母親怒氣,甚至埋怨珊瑚無法侍奉姑嫜而出妻。他見珊瑚為被出之事而自裁,卻還深怕母親沈氏知道,逼迫珊瑚離開嬸娘的家,直到珊瑚「淚皆赤,素衫盡染」(卷十,頁 1410),大成才「慘惻不能盡詞而退」(卷十,頁 1410)誰知當沈氏聽聞此事後,竟還咄咄逼人,欲將珊瑚驅逐嬸娘家。夫—妻—婆婆在婆婆強勢而無禮的介入下,安家被攪擾得雞犬不寧。由於丈夫和母親沆瀣一氣,使妻子孤立無援,舉止皆錯,只能一味地討好至被二人聯合排擠,終於結束一樁不幸的婚姻。

　　無故被出的珊瑚在沈氏落難時暗中盡孝,加上沈氏吃足了二媳婦的苦頭才想起珊瑚的好處,經過親族于老太太的委婉開導,將沈母受難期間珊瑚不計前嫌對她的孝敬一一敘明,沈氏才驚覺昨日之非,涕淚俱下,「慚痛自撾」(卷十,頁 1413)真心接納了珊瑚。沈氏既接納了珊瑚,大成自然不會忤逆,三人破鏡重圓也多虧臧姑的啟發才得以彌合過去深重的裂痕。

(三)媳婦的身分使夫家長輩焦慮

　　人類畢竟與異類異途,因此傳統的父母多生明哲保生之念,擔心異類帶來災禍,寧願敬而遠之。長輩此舉便為原本美滿的夫妻生活投下變數,子輩的婚姻將走向破裂或回歸和諧則端看三方的性格及行動。

序號	篇　名	夫→夫家長輩(A)	夫家長輩→夫(a)	夫家長輩→妻(B)	妻→夫家長輩(b)	妻→夫(C)	夫→妻(c)	動機	第三元主/被動
96	〈甄后〉	--	拉近	拉近	拉近	拉近	拉近	繁衍後嗣	被動
		--	拉近	推拒	推拒	推拒	拉近	擔心安危	主動

　　例如〈甄后〉中甄后賜予劉仲堪天上謫仙女司香為妻,劉母初見司香極為喜愛,讓二人成婚,但婚後漸漸知道兒媳的來歷,開始懷疑媳婦是會害人

的妖怪，因此囑咐兒子與司香斷絕關係，婆媳二人生出嫌隙，失去原本和樂
的互動關係。後劉母見兒子不願與司香斷絕，暗中讓術士驅逐兒媳，使不堪
受辱的司香憤而殺術士離去，夫—妻—婆婆三元關係正式因婆婆的主動出
擊，丈夫消極的堅持，以及司香的高自尊而決裂。

〈阿纖〉與〈甄后〉一般，都因身分被懷疑而與丈夫原生家庭的長輩產
生嫌隙，憤而離家的故事。

序號	篇　名	夫→夫家長輩（A）	夫家長輩→夫（a）	夫家長輩→妻（B）	妻→夫家長輩（b）	妻→夫（C）	夫→妻（c）	動機	第三元主/被動
97	〈阿纖〉	不推拒	拉近	拉近	拉近	拉近	拉近	繁衍後嗣	主動
		不推拒	拉近	推拒	推拒	推拒	拉近	擔心安危	主動
		不推拒	拉近	拉近	拉近	拉近	拉近	悔悟	主動

奚山於道途替弟弟三郎與古家阿纖定下婚事，阿纖至奚家後甚得奚家父
母歡心，於是擇日成親。阿纖的嫁妝十分完備，姿色是「窈窕秀弱，風致嫣
然」（卷十，頁 1380），性情舉措又「寡言少怒；或與語，但有微笑；晝夜績
織無停晷」（卷十，頁 1382）所以全家上下對她都很憐惜悅愛，由此夫—妻—
夫家長輩三元間十分和諧。

然而，和諧的互動下卻藏著一份隱憂—即阿纖為老鼠精怪的事實。本篇
奚山多處掌握主控權，想見奚家雖父母健在，但多半是兄長奚山當家，因此
奚山幾可為奚氏父母的代言人，其言行可作為夫家長輩態度的參考。當奚山
重返故地後逐漸揭開這份疑慮，讓隱憂漸漸浮上檯面。奚山基於兄長對弟弟
的愛護，因此暗自訪查後「歸家私語，竊疑新婦非人，陰為三郎慮……久之，
家中人紛相猜議。」（卷十，頁 1383）後來又利用貓來試探阿纖。因此當阿
纖離去後，奚父和奚山都十分慶幸，準備為三郎續娶，遇到三郎反抗「輒相
誚責」（卷十，頁 1383）。一直到家道中落後，奚家上下才開始想起阿纖的
貢獻。

而三郎方面恐怕是奚家最幼者，因此極受父母兄長的保護，鮮少有積極
的表態和作為，但是對於夫妻之情頗能堅定立場。起初他聽聞傳言，仍和妻
子篤愛如昔。面對妻子的訴苦，也能了解妻子對家庭的貢獻，好言寬慰，才
暫時挽留住阿纖。當阿纖不告而別後，無論父兄如何安慰勸說，甚至逼迫他
放棄阿纖再娶，三郎總是不願意，直到最後才勉為其難買個妾，心中兀自思

念著阿纖。當獲得阿纖的消息後,三郎便星夜馳去相見,並答應阿纖的條件與兄長分家,接阿纖同居。可見他對阿纖的執著即使是父兄都難以動搖,只是他不願主動溝通,說服父兄改變態度,打破僵局,只是埋著頭一意孤行。

可是就阿纖而言,她聽聞家人不顧自己對家庭的付出,還妄加閒語、試探,心中倍覺辛酸,自尊受創,流著淚告訴三郎曰:「妾從君數載,未嘗少失婦德;今置之不以人齒。請賜離婚書,聽君自擇良耦。」(卷十,頁 1383)一反平日的溫順,毅然選擇離開。只是她心中始終放不下夫妻之情,因此她並不拒絕丈夫的叔弟來訪,並在條件訂立後主動出資償還租金。根據過去的經驗,媳婦與夫家家長真是相處大不易,即使對夫家有莫大的貢獻,只要有一絲不妥,難免就生嫌隙,這種不被信任的感覺怎麼是她這般奇女子願意忍受的呢?因此要她重修夫妻之好的條件是與兄長分炊。況且當日是她自行離去,如今再回去顏面何存?她曾愴然曰:「我以人不齒數故,遂與母偕隱;今又返而依人,誰不加白眼?如欲復還,當與大兄分炊;不然,行乳藥求死耳!」(卷十,頁 1384)最後,依靠著夫妻間堅定的愛情和阿纖對翁姑的孝順接納,才重塑了一個和諧的三元關係,提供了一個因堅定的愛情而化解夫家長輩干預的故事。

承上所言,夫家長輩常會對陌生的媳婦再三檢視,才決定是否接納或是督促這個新成員。〈晚霞〉中婆婆雖未懷疑媳婦是異類的事實,但便對來歷不明的媳婦仍再三猜疑,直到媳婦透過言行舉止再三表現忠誠,通過考驗,才建立起和諧的互動關係。

序號	篇　名	夫→夫家長輩(A)	夫家長輩→夫(a)	夫家長輩→妻(B)	妻→夫家長輩(b)	妻→夫(C)	夫→妻(c)	動機	第三元主/被動
98	〈晚霞〉	拉近	拉近	推拒	拉近	拉近	拉近	評估期	被動
		拉近	拉近	拉近	拉近	拉近	拉近	整合期	

晚霞與蔣阿端因於龍宮私會而有孩子,晚霞畏罪投江,阿端隨之殉情,卻雙雙回到人間。先回到人間的晚霞向蔣母自稱是阿端的媳婦,蔣母初見媳婦心中有了許多活動:先是「疑其錯誤」(卷十一,頁 1480),後「以其風格韻妙,頗愛悅之」(卷十一,頁 1480)接著卻又「第慮年太少,必非肯終寡也者」(卷十一,頁 1480)。

晚霞這方面,除了努力向婆婆解釋自己的來歷外,對婆婆侍奉孝順恭謹,

更主動變賣自己的珍寶，以解救家中的貧困。這些作為看在婆婆眼裡，終於打心底信任這個半路投親的媳婦。不過這個多慮的母親轉而又開始擔心社會輿論，怕大家不相信孫子真的是蔣家的，多虧晚霞排解，才覺心安。婆媳二人在晚霞真誠相待及蔣母不甚刁難的互動下，終於相互信任，和諧共處。

在阿端方面，自他歸家，婆媳俱喜。然而，母子這才發現阿端是鬼非人。阿端「恐晚霞惡其非人，囑母勿復言」（卷十一，頁 1480），母親基本上還是多站在兒子的立場著想，於是謊稱墓中屍骨並非是阿端。而晚霞發覺後，竟不嗔怪，反而只是嘆息錯過買續骨生肌的龍角膠，可見夫妻二人鶼鰈情深。而晚霞愛阿端之心，復可見於她「以龜溺毀容」（卷十一，頁 1481）以滅淮王的搶奪之心。

此夫—妻—婆婆三元關係在丈夫的癡情，妻子對丈夫深刻的愛情，及對婆婆盡心盡力侍奉以釋其疑慮憂心，和婆婆不甚刁難的互動下取得和諧幸福的三元互動關係。

（四）夫家長輩不能信任媳婦

〈小翠〉中更將媳婦的犧牲與夫家長輩情感上不成正比的回報所生的苦悶心情有深刻的描繪。

序號	篇　名	夫→夫家長輩（A）	夫家長輩→夫（a）	夫家長輩→妻（B）	妻→夫家長輩（b）	妻→夫（C）	夫→妻（c）	動機	第三元主／被動
99	〈小翠〉	拉近	拉近	拉近	拉近	拉近	拉近	收留	被動
		拉近	拉近	推拒	推拒	推拒	拉近	管教	主動
		拉近	拉近	拉近	推拒	不推拒	拉近	情感	主動
		拉近	拉近	拉近	推拒	推拒	拉近	挽留	主動

小翠之母為了報恩，將小翠留給王太常的傻兒子王元豐做媳婦。王夫人很中意小翠，便讓元豐與小翠結秦晉之好。這段門不當戶不對的婚姻原本淪為親友的笑柄，但因為小翠的貌美聰慧反倒讓王家有了顏面，她又「能窺翁姑喜怒」（卷七，頁 1001）因此更杜絕了訕笑，博得公婆異常的寵愛。又見小翠不嫌棄元豐癡傻，反而還和元豐一起遊戲，因此心中又多了份欣慰，夫—妻—公婆的三元互動關係基本良好。

不過即便一家和睦共處，卻也難免會有摩擦。小翠夫婦一次嬉戲中誤將球打中王太常，使王太常大怒，就讓夫人去責罵小翠。夫人罵罷，小翠竟不

以爲意，還畫花元豐的臉，「夫人見之，怒甚，呼女詬罵。」（卷七，頁 1001）直到夫人杖責元豐，她才露出懼色，請求原諒，夫人的怒氣頓時消除。

王氏夫婦基本還是疼惜小翠的，因此往後小翠再領著元豐遊玩，「王公以子癡，不忍過責婦；即微聞焉，亦若置之。」（卷七，頁 1002）只是即使再疼愛新婦，他們對新婦還是有許多不了解，因此小翠爲助王家，故意在遊戲中讓元豐扮宰相、演帝王的爭議性行爲，都讓不明究理的公婆冷汗直流，怒不可遏，對小翠十分不諒解。前者事發後，「夫人怒，奔女室，詬讓之。女惟憨笑，並不一置詞。撻之，不忍；出之，則無家：夫妻懊怨，終夜不寢。」（卷七，頁 1002）；後者發生時，「驚顏如土，大哭曰：『此禍水也！指日赤吾族矣！』與夫人操杖往。女已知之，闔扉任其詬屬。公怒，斧其門。」（卷七，頁 1003）好在最後公婆發現這全是小翠爲保全王家付出的苦心，才消彌了怒氣。

不過，再幸福的家庭互動最後還是因公／婆媳問題破碎。原因在於即使公婆對媳婦的寵愛再怎麼異於常情，始終還是難以像親生女兒般對待媳婦。在小翠爲王家立了許多功勞後某日，小翠失手打破公公預備賄賂當道的花瓶，惹得公婆緊張，竟「交口呵罵」（卷七，頁 1005）終於使小翠氣憤難耐，出言頂撞，曰：

> 我在汝家，所保全者不止一瓶，何遽不少存面目？……我兩人有五年鳳分，故以我來報曩恩、了鳳願耳。身受唾罵，擢髮不足以數，所以不即行者，五年之愛未盈，今何可以暫止乎！（卷七，頁1005）

小翠一走，王太常追之以晚「爽然自失，而悔無及矣」（卷七，頁 1006）連帶著元豐也日漸憔悴。王太常爲此大爲憂慮，然而他的作爲卻視「急爲膠續以解之」（卷七，頁 1006）。不過待得到小翠的消息，王夫人便「驚起，駕肩輿而往」（卷七，頁 ）見了小翠「夫人捉臂流涕，力白前過，幾不自容，曰：『若不少記榛梗，請偕歸，慰我遲暮。』」（卷七，頁 1007）此言此舉都是眞情流露，不容作假。只是小翠不願再承受這些，「峻辭不可」（卷七，頁 1007）王夫人只好順應「謀以多人服役」（卷七，頁 1007），派人照看著夫妻二人的起居飲食，給予最後的關懷。

雖然小翠最終還是拒絕回到王家，但小翠對元豐的用心昭然若揭，公婆打在元豐身上比打自己還要緊，並且小翠還引導他成爲正常人。面對公婆，

小翠總是盡心盡力，暗中協助，並含笑接受二老的諸多教訓。她一心一意為丈夫和公婆著想，甚至當她負氣離家又與元豐再度重逢後，還在意公婆對後嗣的期望，因此為了能滿足公婆的願望，又再度離去，讓他甘心和人間女子完婚。當元豐見到新娘貌似小翠後，這才發現小翠易容的苦心遠比想像深遠。

　　而元豐這個丈夫由於先前癡傻，所以人際上都處於被動，由小翠支配，由父母獎懲。而後恢復正常，則能持主見，選擇專情的依賴、癡戀小翠，才讓夫妻能夠破鏡重圓。

　　以上六則多在分合中進行，導致關係破裂的因素多源於夫家長輩對新成員因陌生而伴隨的排斥感和不信任感，此現象突顯出媳婦難為的處境。媳婦與夫家成員在毫無血緣與情感基礎下，要獲得夫家成員的接納，就必須戰戰兢兢的和家庭成員間維持和睦的人際互動。初時的和諧並不代表一勞永逸，過度頑固、緊張的三元關係，勢必需要新事件或第四、五、六元的介入才有機會活化三元互動，並爭取改善。不過，在這樣人際曲折的歷程中，異類女子掌握了更多的籌碼，她們能掌握自己的界限和去留，唯一能牽絆她們的就只有兒女情長了。

第二節　妻家長輩─夫─妻／妾的三元互動關係

　　《禮記·曾子問》：「孔子曰：『嫁女之家，三夜不息燭，思相離也。』」〔註13〕雖說「嫁出去的女兒，潑出去的水」，可是畢竟是一手撫養長大的女兒，父母難免為出嫁的女兒憂心。因此，在婚禮中除了哭嫁、暖女等習俗，女家家長一方面透過豐厚的嫁妝帶給兩家體面，以加強女兒未來在婆家的地位；另一方面，為了讓女兒能夠在夫家生活地順順利利，不受刁難，於是教導女兒在婚禮中坐袍角、塞婆嘴等消極的作為象徵式的預防或抵制婆婆的苛刻。

　　再者，熊秉真在《情欲明清──達情篇》中提到自明代中葉後，女子往往撤開嚴格的傳統儒家禮法在婚後與娘家母族保持密切來往，甚至日常依靠往來程度過於夫家的現象日益普遍，連帶著使男子與母系親屬的往來增加。〔註14〕如此往來既多，了解、摩擦或親暱感也隨之生發。

〔註13〕〔漢〕鄭玄注，〔唐〕孔穎達疏，李學勤主編：《禮記正義》，頁 583。
〔註14〕參考熊秉真、張壽安編：《情欲明清──達情篇》（臺北：麥田出版，2004），頁 200～201。

然而鮮少著作談論岳婿相處方面所需注意的儀節，不過女方家長透過討好女婿以確保女兒在夫家受到良好的待遇的情況卻是人之常情。《聊齋》中的〈三生〉雖旨在揭露科舉不公，但有趣的是閻王最後排解讀書人興于唐與昏瞶的考官三生糾纏的方法竟是讓二人成爲翁婿。透過岳父嫁賢淑美女、包容女婿所有的衝撞、救濟女婿於窘迫之時等作爲，才化解開累世冤仇，令轉世的興于唐消除怨恨和同樣轉生的考官岳父情同父子。文本中雖歸因宿怨或憐才，但對照翁婿之禮，與女婿通常是受益的一方諳合。換句話說，岳婿間存在一種女方家長討好女婿的現象，其隱含的動機正是希望女兒藉由女婿的成就而獲得庇蔭、家庭美滿。再者，翁婿的互動是斷續的，不似婆媳間連續的互動關係，因此摩擦的機會少。而且，翁婿間若不投契，女婿轉身走人，從此不再聯絡，岳家也拿他沒辦法。所以，基本上翁婿間的相處比起婆媳間的互動單純很多。又男權社會重男輕女，男女間界線分明，女婿與岳母的接觸的機會又更少，俗諺有云：「丈母娘看女婿，越看越有趣。」似乎女婿和岳母的相處又更簡單許多。

圖 4-2：妻家長輩─夫─妻的三元互動關係圖

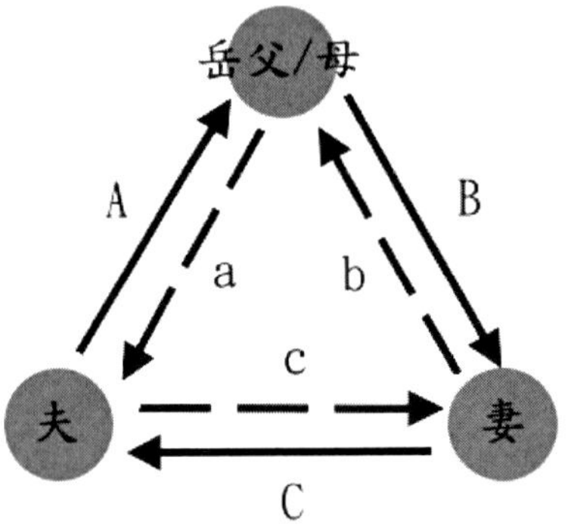

一、妻家長輩─夫─妻／妾融洽的三元互動關係

為了女兒的幸福，父母往往插手女兒、女婿的婚姻。

序號	篇　名	夫→妻家長輩（A）	妻家長輩→夫（a）	妻家長輩→妻（B）	妻→妻家長輩（b）	妻→夫（C）	夫→妻（c）	動機	第三元主／被動
100	〈邵臨淄〉	拉近	拉近	拉近	--	推拒	先推拒後拉近	救女	主動

〈邵臨淄〉中李生妻「悍甚，指罵夫婿以爲常」（卷九，頁 1165），李生「不堪其虐，忿鳴於官」（卷九，頁 1165）。岳父聽說了「大駭，率子弟登堂，哀求寢息」（卷九，頁 1165）縣令不准，反倒是李生反悔了。由於夫妻不諧，鬧至官府，讓岳父不得不介入，而岳父的介入讓李生原本盛怒的情緒有了緩衝的時間，才重新念及夫妻之情，此第三元起了平衡的作用。

在那個女性依附男性而活的時代，岳父自然更能愛屋及烏，慷慨資助。

序號	篇　名	夫→妻家長輩（A）	妻家長輩→夫（a）	妻家長輩→妻（B）	妻→妻家長輩（b）	妻→夫（C）	夫→妻（c）	動機	第三元主／被動
101	〈胡四娘〉	拉近	拉近	拉近	拉近	拉近	拉近	欣賞	主動

〈胡四娘〉中胡四娘的父親胡大人慧眼識人不忌諱程孝思貧賤與眾人的非議，提拔他並招贅爲婿，對他極爲愛護，「除館館生，供備豐隆」（卷七，頁 962）。由於胡大人對女婿的青睞，夫妻二人的憨厚坦然，即使家中其他平輩和下人看不起程孝思，都沒有影響夫—妻—岳父三人間的感情。爾後，胡家因爭產之事怠慢了父親下葬事宜，反倒是程孝思盡了孝心，逕自依禮置辦了岳父的後事。

岳婿之間沒有血緣關係，因此比起親生女兒，女婿對岳父往往顯得客氣許多。

序號	篇　名	夫→妻家長輩（A）	妻家長輩→夫（a）	妻家長輩→妻（B）	妻→妻家長輩（b）	妻→夫（C）	夫→妻（c）	動機	第三元主／被動
102	〈雲蘿公主〉	拉近	拉近	--	拉近	拉近	拉近		

就如〈雲蘿公主〉後所附的故事，耿松生受岳父所託教導妻弟讀書，卻不好意思收岳父的謝儀，然而妻子知曉後卻認爲是應得的，硬是讓丈夫去討回。耿松生只好一面向丈人要還謝儀，一面又私攢金錢預備退還丈人。此夫—妻—岳父的三元關係雖然保持平衡，卻也頗費折騰，姻親和血親之別立見。

觀察以上三則，都是岳家男性長輩介入夫妻間的關係。其中一則是岳父爲救女兒免於官司不得不插手，而〈雲蘿公主〉中夫—妻—岳父的三元互動看出中國人因親疏之別而有不同的行動，某種情況下女婿與岳家的關係就如同妻子在夫家易被當作外人一樣，身爲外人自需格外謹慎客氣，自己人則大

可依照自己的想法行事，毋須顧慮太多。另一則一方面是岳父對女婿慷慨救濟，寄寓讀書人藉由透過姻親的資源而通達的想望，這點與人異戀的結合有異曲同工的內在動機；另一方面，岳家出手相助女婿的動機多半也是出於對女兒的親情。

二、妻家長輩─夫─妻／妾衝突的三元互動關係

（一）岳母不當干涉子代婚姻

〈鴉頭〉一篇寫母親物化女兒，妄想過分操弄的故事。

序號	篇　名	夫→妻家長輩（A）	妻家長輩→夫（a）	妻家長輩→妻（B）	妻→妻家長輩（b）	妻→夫（C）	夫→妻（c）	動機	第三元主／被動
103	〈鴉頭〉	推拒	推拒	拉近	推拒	拉近	拉近	控制欲	主動

經營青樓的母親徹底地視一對女兒妮子與鴉頭為財產，因此逼迫女兒為娼妓替自己賺取錢財。妮子對此並無反抗因此與母親相安無事，但鴉頭自有思想，不願受母親擺佈因此多有違抗，最後與忠厚的王文私奔，建立新的家庭。

貪婪的母親不願白白放過一棵搖錢樹，親自拘拿鴉頭回妓院。她對女兒的作為宛若俘虜，百般虐待，屢欲奪其志，不從，便將她囚於「幽室之中，暗無天日，鞭創裂膚，飢火煎心，易一晨昏，如歷年歲。」（卷五，頁 604～605）

相對於母親對鴉頭的冷絕無情，鴉頭雖然恨極母親，但始終顧念血親之情，並堅守人倫禮法。母親親自前來捉拿時，她「迎跪哀啼」（卷五，頁 603）。後遣王文父子前來營救，又囑咐切莫傷了母親和姊姊。得知兒子殺了二人，又哀痛不迭。可知鴉頭雖出於異類青樓，不但用情專一，又十分俯首於人間禮教的規範，其百折千磨，至死不渝的形象自然成為男性作者、隱含讀者珍惜稱頌之處。

事實上，母親、鴉頭和王文只有一次三人同場的機會，然而站在局裡的王文卻似一個局外人般透明。鴉母眼光始終只落在鴉頭身上，根本不把王文這個窮酸書生看在眼裡，鴉頭也無暇顧及其他，以至於手無縛雞之力的王文只能隔岸觀著這一對母女的情仇，卻束手無策，任由妻子被岳母擄走。雖然作者為王文製造了一個旁觀的好理由，然而現實中的人夫多半視此為「女人的戰爭」，避之唯恐不及。

（二）岳婿間舊恨難解，妻子左右為難

〈宮夢弼〉雖然有良好的夫—妻—婆婆三元互動關係，岳婿間卻因黃家先前的苛薄而留下心結。

序號	篇　名	夫→妻家長輩（A）	妻家長輩→夫（a）	妻家長輩→妻（B）	妻→妻家長輩（b）	妻→夫（C）	夫→妻（c）	動機	第三元主／被動
104	〈宮夢弼〉	推拒	推拒	拉近	推拒	拉近	拉近	嫌貧	主動
		不推拒	不拉近	拉近	拉近	拉近	拉近	悔悟	主動

先此，柳芳華仙逝，黃家二老既不臨弔，還對準女婿柳和百般刁難，閉門不納。對女兒則「曲諭百端」（卷三，頁 391）教唆悔婚，女兒不從，則「翁媼並怒，且夕唾罵之」（卷三，頁 391），甚至當自家落魄後，更欲「強奪其志」（卷三，頁 391）使嫁富商。但當柳家顯赫後，黃家二老本「閉戶自傷而已……既而凍餒難堪，不得已如保定」（卷三，頁 392），「溫色卑詞」以求「暗達女知」（卷三，頁 393），躲躲藏藏，羞於面對女婿。偶然迴避不及，竟被女婿當作奸宄，欲「執赴有司……短綆縊繫樹間」（卷三，頁 393）「黃慚懼不知置詞」（卷三，頁 393）幸得解救，然而，從此若要相見，只得偽裝成賣花者讓對柳家有恩的劉媼陪同前來才得以相見。好不容易經過十多道門，母女見了面卻只能「以隱語道寒暄」（卷三，頁 394），黃母深具悔意，又害怕觸怒女婿，於是老是躲著柳和。

而黃女對於父母的勸說、唾罵都堅持初衷，平靜忍受。待事情無可轉圜後便毅然奔向夫家。然而，她心中仍十分掛念父母，見到劉媼「殷問父母起居」（卷三，頁 392～393）然而，當黃女父母親自尋來，黃女又擔心丈夫見怪，因此只好暗中囑咐讓父母等候丈夫不在的時候再偷偷來。待父母前來，則殷勤款待，私下救濟，只是特別忌憚丈夫：「我子母有何過不忘；但郎忿不解，妨他聞也。」（卷三，頁 394）

柳和對於黃家二老的現實懷恨在心，一次他撞見黃女與扮成賣花者的黃母晤談，是夫—妻—岳母頭次同台。他先怒詬曰：「何物村嫗，敢引身與娘子接坐！宜撮鬢毛令盡！」（卷三，頁 394）經解釋後又轉顧劉媼，言語中以「黃家老畜產」（卷三，頁 394）稱呼岳父、岳母。當劉媼勸他念一下翁婿之情救濟黃家，他卻「擊桌曰：『曩年非姥憐賜一甌粥，更何得旋鄉土！今欲得而寢處之，何念焉！』言至忿際，輒頓足起罵。」（卷三，頁 394）黃女面對丈夫

對父母親的羞辱，亦被激怒，恚曰：「彼即不仁，是我父母。我迢迢遠來，手繭瘃，足趾皆穿，亦自謂無負郎君；何乃對子罵父，使人難堪？」（卷三，頁394～395）柳和見其如此，才加以收斂。然而聽在黃母耳中，是「愧喪無色」（卷三，頁395）辭行而去，音訊全無。

最後，柳和見黃女對父母十分思念，便主動盡棄前嫌派人招喚岳父岳母前來，向二老致歉，並「爲更易衣履」（卷三，頁395）「遺白金百兩」（卷三，頁395）後又「以輿馬送還」（卷三，頁395）。然而，他雖一面釋出善意，但心結還是難解，因此話語間難免暗暗挖苦，此舉更讓黃家二老爲從前作爲「慚怍無以自容」（卷三，頁395）面對女婿只唯唯諾諾的應著，始終心裡不安，無法久住，但也因爲柳和的周濟，晚年過上小康的生活。

由於夫妻二人的結合立基於眞摯的情感，彼此都願意爲對方著想忍讓，因此即使岳婿之間心結難解，但並未白熱化，加上黃女與父母親子情深，因此岳婿互動不再勢如水火，反而改善許多。

相似的情形出現在〈長亭〉中，卻因角色不同的性格及作爲讓家庭關係嚴重傾斜，結局遺憾。

序號	篇名	夫→妻家家長輩（A）	妻家長輩→夫（a）	妻家長輩→妻（B）	妻→妻家家長輩（b）	妻→夫（C）	夫→妻（c）	動機	第三元主/被動
105	〈長亭〉	推拒	推拒	拉近	推拒	拉近	拉近	心結	主動
		推拒	推拒	拉近	拉近	推拒	拉近		
		推拒	推拒	拉近	拉近	拉近	拉近		
		推拒	推拒	拉近	拉近	推拒	推拒		
		推拒	不拉近	拉近	拉近	拉近	拉近	退出	被動

石太璞藉捉鬼之名讓翁老頭把女兒長亭下嫁予他，此舉在翁老頭看來是要脅勒索，因此極恨石太璞，動了殺機。誰知女兒不明就裡認爲父親應該實踐諾言，因此救下石太璞，並在母親的幫助下主動下嫁。翁老頭發現後心有不甘，欲藉歸寧召女兒歸家。石太璞早有提防，料想翁老頭將不讓長亭歸來而禁止，長亭只能一掬辛酸淚。但這股積怨甚深的第三元勢力不時利用各種方式乘虛而入，屢屢派人假借各種名義讓長亭回娘家，然後使其滯留。

石太璞終於不忍心見長亭傷心讓她歸寧，但卻以兒子爲質以牽制長亭。不過長亭還是因翁老頭而三載不得歸還，其後因公公去世才再次連同母親背著父親逃回石家盡翁媳之禮。她爲自己的失約言道：

「妾不孝，不能得嚴父心，尼歸三載，誠所負心。適家人由海東經此，得翁凶問。妾遵嚴命而絕兒女之情，不敢循亂命而失翁媳之禮。妾來時，母知而父不知也。」（卷十，頁1337）

從長亭這一段話道出為女、為妻、為媳在岳婿不合的情況下艱難的處境。欲尊嚴父之命，必捨掉兒女之情；欲守夫妻之義，卻又難以悖離禮法、親情和父親恩義兩斷。只能在非常時期來盡兒媳之禮，為公公服喪治喪。言語間，一向最黏母親的兒子終於盼到母親投入長亭懷中。長亭滿面淚痕的一句：「我有父，兒無母矣！」（卷十，頁1337）更令滿室生悲，掩泣不止。除了為女、為妻、為媳，長亭更是慧兒的母親啊！

然而，固執的翁老頭和石太璞卻不解長亭的難處，長亭「女欲辭歸，以受背父之譴」（卷十，頁1337）又再度被丈夫和兒子阻止；另一方面，翁老頭以母病計騙長亭回家，三方僵持不下，經長亭對夫婿說之以理：「妾為君父來，君不為妾母放令去耶？」（卷十，頁1337）才得脫身回家，沒想到自此又數年不得返。直到翁老頭遇難非石太璞不得解，長亭才又出現在石家。

長亭敘述翁老頭的遭遇，卻見「石聞之，笑不自禁」（卷十，頁1338）而大怒曰：「彼雖不仁，妾之父也。妾與君琴瑟數年，止有相好而無相尤。今日人亡家敗，百口流離，即不為父傷，寧不為妾弔乎！聞之忭舞，更無片語相慰藉，何不義也！」（卷十，頁1338）拂袖離去。然而，過兩三天又後悔，與母親一起前來謝罪，哭求石太璞幫助。

石太璞見長亭離去本已悵然自悔，以為緣分已了，卻見長亭偕母復歸，於是曰：「岳固非人；母之惠，卿之情，所不忘也。然聞禍而樂，亦猶人情，卿何不能暫忍？」（卷十，頁1338）表示願意幫助，卻又不放心將來救下岳父長亭又被牽制，讓翁家母女保證再三才趕去救人。相救岳父之時，卻又不忘落井下石，用言語狠狠地羞辱翁老頭，抽刀斷索時又故意「不遽抽，而頓挫之，笑問曰：『翁痛之，勿抽可耶？』」（卷十，頁1339）落難的岳父此時真為俎上魚肉，雖恨女婿入骨，卻又啞巴吃黃蓮，從此雖不再為難女婿，但也老死不相往來。

此夫─妻─岳父／母的三元關係中石太璞巧取豪奪先是種下惡因，又不能存利他之思，誠心相待，往往對妻子、岳家使手段，以己之能和兒子相要脅，甚至戲弄岳父；岳父翁老頭的脾氣也甚為執拗，為了爭一口氣而違背女兒意願，屢屢在女兒的婚姻從中作梗。長亭對待父親和丈夫的情感都是真摯

而深刻的，不幸索愛者卻都以自我為中心。此二人不依不撓的對立令長亭在夾縫中四面楚歌，令她在妻職、母職、女職、媳職間輾轉，所能安慰的，大概就是來自母親的鼎力支持。在這裡我們也看到一個深受禮教感化的異類，即使身具異能，在這樣的家庭周折處所受的多方壓力竟與人類無異，甚至更多！

（三）岳家以女婿的成就決定彼此的關係

常言道：「人爭一口氣，佛爭一柱香。」中國人將面子問題看得嚴重，因此凡事都愛比較。

序號	篇　名	夫→妻家家長輩（A）	妻家長輩→夫（a）	妻家長輩→妻（B）	妻→妻家長輩（b）	妻→夫（C）	夫→妻（c）	動機	第三元主／被動
106	〈鳳仙〉	拉近	不拉近	--	推拒	拉近	拉近		被動

〈鏡聽〉中翁姑因為兒子成就的不同而大小眼的態度令媳婦不服，卻還不敢明目張膽的反抗；反觀〈鳳仙〉中鳳仙卻敏感地因為父親在宴會上獨請二女婿吃田婆羅，而認為父親勢利，嫌貧愛富，不能公平對女婿，不管大姊以二女婿是客，且長幼有序為理由勸說，鳳仙始終不快，「解華妝，以鼓拍授婢，唱「破窯」一折，聲淚俱下；既闋，拂袖逕去」（卷九，頁 1180）起而控訴，攪亂了原先觥籌交錯，歌舞昇平的壽宴。面對女兒的指控，父親笑而不言；而丈夫劉赤水則感到沒顏面，卻還未思進取。鳳仙卻受了父親的刺激，大有恨鐵不成鋼之慨，埋怨著：「君一丈夫，不能為牀頭人吐氣耶？」（卷九，頁 1181）從此以寶鏡督促丈夫讀書求取功名，一吐怨氣。

由於女性在男權社會中始終只能以影子存在，因此在第三章我們看到女性將生活寄託在兒子身上，而本篇則是體現妻子以丈夫的成就為成就的現象。中國傳統思維中除了傳宗接代，光耀門楣也是子孫對家族的重責大任，所以為妻者只要「政治正確」，又做得不慍不火，妻子對於丈夫的「管訓」是被接受的，甚至他日若功成名就，更算是功勞一椿，因此作者再度褒揚了諍妻之可貴。

此四則中尊嚴、面子和慾望成為夫妻與妻家長輩三元關係失衡的主要因素。此間妻子面對太過衝突的岳婿關係，即使身為異類，也只能稍稍緩頰，卻無法根除丈夫與父親間的心結。不過，作者將長亭的角色描寫為比人間女子還遵守禮法孝道狐狸精，將角色的異類性質，及自主性大大削弱，枉費長

亭異類的優勢，無法爲衝突的妻夫岳父三元關係開出另一番局面。另外，我們還可以發現，岳婿間的相處有一現實的因素影響彼此誰握有主控權，意即誰富有財富和權力，誰就掌握發言權。

三、妻家長輩介入對婚姻關係不起影響的三元互動關係

畢竟男性活動自由，因此遠在天邊的岳家長輩難以約束女婿的行爲，因此岳家長輩對女婿是防不勝防，女婿自能輕易消解這股介入的力量。

〈巧娘〉一文雖涉及岳母—夫—妻的家庭三元互動，然而此段關係的建立是岳母橫刀奪愛，因此需加入被奪愛的苦主—巧娘來分析，較爲複雜。

序號	篇　名	夫→妻家長輩（A）	妻家長輩→夫（a）	妻家長輩→妻（B）	妻→妻家長輩（b）	妻→夫（C）	夫→妻（c）	動機	第三元主/被動
107	〈巧娘〉	拉近	拉近	拉近	拉近	拉近	拉近	捍衛女兒	主動

此三元關係中華姑占主導的地位，她見縫插針，先幫「陰才如蠶」（卷二，頁 256）的傅廉變成偉男子，囑咐「陰爲吾婿，陽爲吾子」（卷二，頁 260）。華姑未免巧娘發現而與傅廉再續前緣，破壞女兒幸福，因此將傅廉鎖在屋中，不讓人隨意接近。即便後來東窗事發，愛女心切的華姑仍「晝夜閑防」（卷二，頁 261）不給女婿別愛的機會。眼看傅廉愛巧娘之心更勝過女兒，如此防備，二人仍眉目傳情，只好再度使計以正式訂親爲名，讓傅廉回家準備，自己和三娘則背棄巧娘偷偷到約定的地點，謊稱巧娘已投生。

傅廉這廂由於感激華姑讓自己變爲眞男人，因此並不違抗，卻始終心愛巧娘，忍不住招惹她，揭開眞相，讓她埋怨華氏母女。婚後，傅廉始終不能忘情巧娘，不時打探巧娘的音訊，才又發現「秦女墓夜聞鬼哭」（卷二，頁 263）的消息，與巧娘團聚。

自始至終被動被安排的三娘對於母親所作所爲和用心自然心知肚明，然而她是善良的，因此當母親與巧娘「苦相抵」（卷二，頁 261）時，她夾在友情和親情中間「意不自安，以一身調停兩間，始各拗怒爲喜」（卷二，頁 261）而後傅廉詰問秦女夜哭的事情時，她「沉吟良久」（卷二，頁 263）終於決定泣訴衷曲，是「向欲相告，恐彰母過」（卷二，頁 263）所以才和母親一起欺瞞。如今三娘礙於夫妻和姊妹間的情義坦誠相告，讓華姑再也無法干預傅廉、三娘和巧娘間的愛情。

在此篇中，不管是始終要掌握主控權的華姑、努力爭取愛情的巧娘或是被動溫馴的三娘，她們在關鍵的時候都挺身而出，或是操弄、或是牽制、或是調停、或是協助，無論如何對三元互動都起了重要的作用。反觀男主角傅廉，他只是我行我素，以自我為中心，因他欲求不滿，才牽入了本已無非分之想的巧娘，待挑起事端後，卻讓在一旁，讓女人們自行溝通調停，等她們彼此牽制或化解衝突後，再踏上坦途，一如既往去追求自己想要的（即巧娘），其中未見任何關心他者的心理或行動的描述。如此一男三女的情節敘事雖以女性互動為主體，然而實際卻以男性為中心，表現了作者的男性優位意識，認為女人紛擾應由女人自己解決，進而提供男人追求自我的淨土。

不過卻因為傅廉不計較華姑橫刀奪愛的作為，讓這段複雜揪葛的情感僅止於巧娘和華姑之間的情仇，因此，華姑的介入並沒有動搖岳母—夫—妻間的三元關係，使彼此的情感得以維持。

四、妻家長輩—夫—妻／妾曲折的三元互動關係

除了入贅女方家的女婿與岳家有較多的互動，女婿與岳家長輩接觸的時間畢竟不長，若無特殊事件發生，彼此相處的方式較少曲折的變動，因此《聊齋誌異》著墨不多。

（一）岳家以女婿的成就決定彼此的關係

人往高處爬，嫁娶是階級流動、擴大勢力最方便的方式之一，因此較為現實的女方家長難免會考量到男方的社經地位，女婿往往因此受傷留下心結，此時家庭成員心態不同，便成就了不同的互動關係。

序號	篇　名	夫→妻家長輩（A）	妻家長輩→夫（a）	妻家長輩→妻（B）	妻→妻家長輩（b）	妻→夫（C）	夫→妻（c）	動機	第三元主／被動
108	〈封三娘〉	拉近	推拒	拉近	--	拉近	拉近	嫌貧	主動
		拉近	拉近	拉近	--	拉近	拉近	情感	被動

如〈鳳仙〉一般，〈封三娘〉中范十一娘的父親原先也是嫌貧愛富，不顧十一娘對孟安仁的鍾情，硬是讓女兒他嫁。獲貴人相助而娶得十一娘的孟安仁在功成名就後，為了愛妻，大度的忘卻從前被范父輕視的羞辱，主動投刺拜見，釋出善意，反而是范父愧悔不敢相見，直到孟生恭敬的說明一切真相，范父於是轉變態度，囑咐不可宣揚以防災變。

〈梅女〉有與〈胡四娘〉相似的情節描寫。

序號	篇 名	夫→妻家長輩（A）	妻家長輩→夫（a）	妻家長輩→妻（B）	妻→妻家長輩（b）	妻→夫（C）	夫→妻（c）	動機	第三元主／被動
109	〈梅女〉	拉近	拉近	拉近	拉近	拉近	拉近		被動
		拉近	推拒	推拒	推拒	拉近	拉近	嫌棄	主動
		拉近	拉近	拉近	拉近	拉近	拉近	成就	

　　封雲亭與展女前生的鬼魂梅女有今生之約，然而當梅女投胎後卻變得痴痴呆呆，展女的父親展孝廉為了無人提親而終日發愁，直到封雲亭出現提親，展孝廉便歡天喜地地為他們至辦婚禮，甚至婚後表示「君倘有意，家中慧婢不乏，僕不靳相贈。」（卷七，頁912）當發現女兒恢復正常，知道了原委後，「大喜，愛悅逾於平時。使子大成與婿同學，供給豐備。」（卷七，頁912）夫─妻─岳父三元關係因夫妻恩愛，岳父對女婿又百般疼惜而十分融洽。

　　然而，封雲亭久居展家之舉令展家人生出厭煩，岳父不再入從前那樣對待他，岳婿關係生出嫌隙。展女一心向著夫婿，她對展家眾人的態度也隨著展家眾人對丈夫的態度而改變，而有夫妻與妻家長輩的矛盾。為了顧及封雲亭顏面，曰：「岳家不可久居；凡久居者，盡闒茸也。及今未大決裂，宜速歸。」（卷七，頁913）夫─妻─岳父三元關係正式隨著女兒決意去封家而宣告破裂。原因在於展孝廉既對女婿生厭，又捨不得女兒離去，挽留不成而惱羞成怒，不願意供給輿馬宋女兒離開。然而展女不改初衷，竟「自出妝貲貰馬歸。後展招令歸寧，女固辭不往。」（卷七，頁913）直到後來封雲亭有了功名，展家人才又正視這位女婿，重修舊好。

（二）岳父的規條被女婿強行打破

　　家家本各有自己的規條或信念，因此除了當女婿進到岳家，卻仍堅持自己的行事作風，衝突便一觸即發。

序號	篇 名	夫→妻家長輩（A）	妻家長輩→夫（a）	妻家長輩→妻（B）	妻→妻家長輩（b）	妻→夫（C）	夫→妻（c）	動機	第三元主／被動
110	〈青娥〉	拉近	拉近	拉近	拉近	推拒	拉近	緣分	主動
		推拒	推拒	推拒	拉近	推拒	拉近		被動

　　〈青娥〉中霍桓是婚後一次因緣際會才得以在仙府見到岳父和以為已經

亡故的妻子青娥。起初，岳父見女婿竟然有仙緣，驚喜而熱烈地款待他，並且希望他能就此留在仙府修行。然而霍桓非但十分孝順也過於執著，只想著回家照顧母親，甚至不顧仙府的規矩和青娥的意願，急著要和久別的妻子青娥親熱。岳父見狀憤而下達逐客令。誰知霍桓竟向岳父討價，要求偕同青娥回歸人世。父女二人騙霍桓不得，青娥的父親乾脆推青娥出洞，讓她隨霍桓離去。

由此可見此夫—妻—岳父三元關係裡岳父和女婿的性格都十分固執、自我，不容他人干擾或破壞自己的規則，因此二人關係在青娥去留之間的矛盾中白熱化。這時夾在父親和丈夫二人中間的青娥竟礙於父權淪為受支配的角色，她不能調停岳婿衝突，也不能為自己開脫，只能被迫中斷理想犧牲自己。然而在這岳婿衝突中，父親這大手一推雖壞了夫—妻—岳父的三元關係，卻同時助其夫婦團圓，再現和諧的夫—妻—婆婆的三元關係。

（三）出塵的岳父無法捨棄兒女親情

即使出了家的岳父也會回到凡塵解救女兒女婿。

序號	篇　名	夫→妻家長輩（A）	妻家長輩→夫（a）	妻家長輩→妻（B）	妻→妻家長輩（b）	妻→夫（C）	夫→妻（c）	動機	第三元主/被動
111	〈鍾生〉	拉近	推拒	推拒	拉近	拉近	拉近	親情	被動
		拉近	不推拒	不推拒	拉近	拉近	拉近		

〈鍾生〉中鍾生闖禍遭官府通緝期間因得貴人相助與孤女成親，孤女成親後才發現鍾生是因闖下彌天大禍想求助於自己，因此只好認命帶丈夫上山求已和家人斷絕親情的父親幫助。途中二人歷經艱辛，苦苦哀求，終於讓岳父軟化，出手化解危難。

此四則三元互動個因不同事件導致岳父態度轉變進而影響結局，可見岳家對夫妻間有一定的影響力。然而基本上其影響力是有限的，除非岳家有〈鍾生〉中那位超凡的岳父的異能，否則只能擾動三元互動關係，真正起決定性的關鍵還在於女婿對女兒或岳父的態度。

第三節　夫妻與雙方家庭的三元互動關係

當人際互動涉及到夫妻雙方的家庭時便會顯得複雜，因此本節以夫、

妻、夫家家長、妻家家長各爲一元，譜出四組家庭三元互動關係（見圖 4-3）。當三元互動關係組合爲：「夫家長輩—夫—妻」與「妻家長輩—夫—妻」，則主要以夫妻二元爲核心，視雙方家長爲介入的第三元；而當雙方長輩互動時，如：「夫家長輩—妻—妻家長輩」和「夫家長輩—夫—妻家長輩」，則因父權體制女從夫而居的習俗，基本上皆以女方家長爲侵入的第三元。

兒女皆是母親身上掉下的一塊肉，自幼由父母培育教養，血親之間自然有種化不開的緣分，因此即使兒女成家自立，兩家父母仍不時關心子女，要爲各自子女謀福利，因立場不同，姻親之間難免齟齬，以下分項述之。

圖 4-3：夫家長輩—夫—妻—妻家長輩的三元互動關係圖

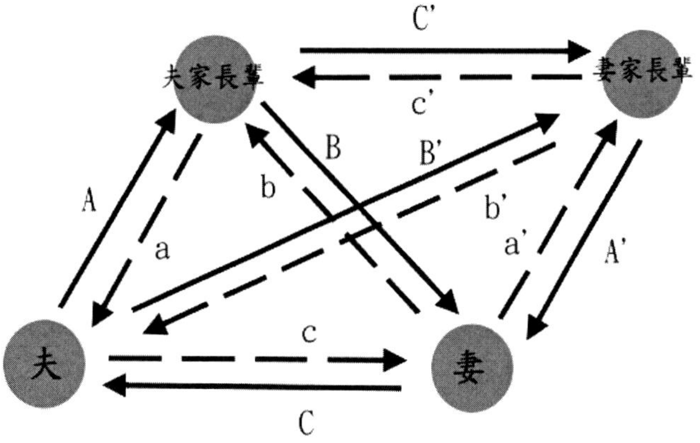

一、女方家長有求於女婿

《聊齋》中有多篇岳家遭難求助於女婿的故事。而當人妻要求非血親的人夫相助時，除婆家的觀感、如何啓齒、應採取什麼樣的姿態身段或手腕都是人妻所思量再三者。

序號	篇　名	夫→夫家長輩（A）	夫家長輩→夫（a）	夫家長輩→妻（B）	妻→夫家長輩（b）	妻→夫（C）	夫→妻（c）
112	〈白秋練〉	不推拒	拉近	不推拒	拉近	拉近	拉近

序號	篇　名	妻家長輩→妻（A'）	妻→妻家長輩（a'）	夫→妻家長輩（B'）	妻家長輩→夫（b'）	夫家長輩→妻家長輩（C'）	妻家長輩→夫家長輩（c'）
112	〈白秋練〉	拉近	拉近	拉近	拉近	--	--

如〈白秋練〉中白秋練就因感應到母親遭難「涕泣思歸」（卷十一，頁1487）即聞母親被漁人釣起，便囑咐丈夫慕蟾宮將化成白鱀的母親買回放生。當慕蟾宮正爲漁人開出高額的價碼猶豫時，秋練著急地以死相逼，曰：「妾在君家，謀金不下巨萬，區區者何遂靳直也！如必不從，妾即投湖水死耳！」（卷十一，頁1487）蟾宮因愛秋練，故背父盜金贖之。爲了進一步免除母親的災難，秋練終於腆然實告自己的身分，並且求助於丈夫。她說：「君如愛妾，代禱眞君可免。如以異類見憎，請以兒擲還君。妾去，龍宮之奉，未必不百倍君家也。」（卷十一，頁1487）而慕蟾宮愛秋練之甚，並不畏懼她異類的身分，自然答應幫助，同時代爲向父母隱瞞。

從此三元互動可知丈夫是妻子在夫家的依靠，即使與公婆維持和諧的互動，但凡事仍需戒愼恐懼，尤其若非白秋練對症下藥給慕家帶來莫大的利益，慕父原來對媳婦並不滿意。如今自己異類的身分不得不曝光，而母親遭難，所費不貲，自然擔心被斤斤計較的商人公公知曉，因此只得丈丈夫寵愛向枕邊人求助，又唯恐丈夫軟弱猶疑誤事，情急中以話語相激。雖然夫—妻—公婆—岳母間能得和諧，畢竟也是費了一番折騰。

二、夫妻雙方家長及妻子對是否守節有不同的意見

其中丈夫過世後，人妻是否守節便是引起家庭爭端的一件大事。此時女方娘家的家長便可能發聲參與意見。男女兩家雙方意見相符則和，意見相左時則有一番碰撞。

在《聊齋》中兩家家長意見相合者，如：〈土偶〉。

序號	篇　名	夫→夫家長輩（A）	夫家長輩→夫（a）	夫家長輩→妻（B）	妻→夫家長輩（b）	妻→夫（C）	夫→妻（c）
113	〈土偶〉	--	--	推拒	拉近	拉近	拉近

序號	篇　名	妻家長輩→妻（A'）	妻→妻家長輩（a'）	夫→妻家長輩（B'）	妻家長輩→夫（b'）	夫家長輩→妻家長輩（C'）	妻家長輩→夫家長輩（c'）
113	〈土偶〉	拉近	推拒	--	--	推拒	推拒

此篇故事中馬氏娶妻王氏，誰知馬氏英年早逝。馬氏死後王氏決定爲其守節，但王氏父母愛女心切，不忍女兒守活寡，欲奪其志，勸女兒改嫁。婆婆也有憐惜之意，勸曰：「汝志良佳；然齒太幼，兒又無出。每見有勉強於初，而貽羞於後者，固不如早嫁，猶恆情也。」（卷五，頁661）爲她衡情度理，

極為開明，待媳婦宛若半女，當見婆媳關係十分和睦，只是王氏與馬氏「琴瑟甚敦」（卷五，頁 661）不願聽從，以死自誓，甚至雕塑丈夫的人偶「酹獻如生時」（卷五，頁 661）。二家家長看王氏情深，便也就如她所願。

　　此馬母—王氏—王氏父母三元關係中王氏父母是主動介入的第三元，而其心意恰又能被馬母所體諒，因此並未因再嫁問題而起衝突，只是王氏情意深厚，意志堅定，所以面對兩方家長的勸說，不為所動。

序號	篇　名	夫→夫家長輩（A）	夫家長輩→夫（a）	夫家長輩→妻（B）	妻→夫家長輩（b）	妻→夫（C）	夫→妻（c）
114	〈新郎〉	--	--	拉近	--	--	--

序號	篇　名	妻家長輩→妻（A'）	妻→妻家長輩（a'）	夫→妻家長輩（B'）	妻家長輩→夫（b'）	夫家長輩→妻家長輩（C'）	妻家長輩→夫家長輩（c'）
114	〈新郎〉	拉近	--	--	--	推拒	推拒

　　當兩家家長意見不同時，輕者如〈新郎〉中新婚之夜新郎離奇失蹤，將半載仍無消息，於是新娘的父母愛女心切，不願女兒寡居而向夫家商量讓女兒改醮。失去兒子的村人父卻要新娘負起道義上的責任，曰：「骸骨衣裳，無可驗證，何知吾兒遂為異物！縱其奄喪，周歲而嫁，當亦未晚，胡為如是急也！」（卷一，頁 96）新娘的父親聽聞怨嘆不已，兩家僵持不下，於是對簿公堂，交由官府裁決。

　　然而〈金生色〉中寡婦再嫁的問題卻嚴重到引發親家之間的戰爭，而本篇亦可說是女人們的戰爭。

序號	篇　名	夫→夫家長輩（A）	夫家長輩→夫（a）	夫家長輩→妻（B）	妻→夫家長輩（b）	妻→夫（C）	夫→妻（c）
115	〈金生色〉	拉近	拉近	推拒	拉近	拉近	推拒
		拉近	拉近	拉近	推拒	推拒	推拒
		拉近	拉近	推拒	推拒	推拒	推拒

序號	篇　名	妻家長輩→妻（A'）	妻→妻家長輩（a'）	夫→妻家長輩（B'）	妻家長輩→夫（b'）	夫家長輩→妻家長輩（C'）	妻家長輩→夫家長輩（c'）
115	〈金生色〉	拉近	--	推拒	推拒	推拒	推拒
		拉近	拉近	推拒	推拒	推拒	推拒
		拉近	拉近	推拒	推拒	推拒	推拒

　　金生色臨終前囑咐妻子道：「我死，子必嫁，勿守也！」（卷五，頁 699）
妻子木氏聞之，立誓守節至死。金生色卻又呼母曰：「我死，勞看阿保，勿令
守也。」（卷五，頁 699）金母也答應下來。

　　金生色死後，木母不知箇中緣由，一心只想女兒的幸福，前來哭弔時謂
金母曰：「天降凶憂，婿遽遭命。女太幼弱，將何為計？」（卷五，頁 699）不
料此語激怒了金母，金母登時改變主意，怒曰：「必以守！」（卷五，頁 699）
木母心有不甘，竟私下挑撥女兒：「人盡夫也。以兒好手足，何患無良匹？小
兒女不早作人家，眈眈守此褓褓物，寧非癡子？倘必令守，不宜以面目好相
向。」（卷五，頁 699）金母無意中聽聞，怒火中燒。隔天隨即對木母再做聲
明：「亡人有遺囑，本不教婦守也。今既急不能待，乃必以守！」（卷五，頁
699～700）然而，金生色卻夜裡入夢勸母親，母親只好讓步，和木家約定殯
葬後讓木氏改嫁。誰知因為殯葬日期過久，木氏不耐久等，戴孝期間便已妝
扮起來待價而沽，甚至與村中無賴勾搭上，逼得早已躺在棺中的金生色起而
殺之，惹出兩樁公案，並讓木家誤殺女兒，面臨破產。

　　此間，原本金氏母子及木氏對於木氏的歸宿達成共識，因此三元間呈現
和諧的狀態，然而木母的介入攪亂一池春水。木母深怕女兒委屈，私自代女
兒在金母面前出言試探，背後又教唆獻策，讓女兒違背夫妻情義早覓良緣，
此現實的行徑終於激起了金母的不滿。金母看來也是明理之人，本來兒子娶
妻是為了傳宗接代、分擔勞務，如今自己兒子體貼放媳婦自適，竟得不到感
激，反急著脫身，這叫金母怎麼不為兒子心疼？因此二次阻攔，與親家發生
齟齬，最終還是不願違背兒子的心願，答應媳婦先全了夫妻情義再另謀他就，
怎知木氏聽了母親的「建言」，急不可待的出軌，終於使自己和家人遭到嚴酷
的懲罰。而「剿平」這場混亂的始終還是象徵父權的金生色的鬼魂，可見作
者仍相信女性是危害家庭秩序的禍害，而唯有男性才有振興整肅的力量。此
念既出，則仍陷於男權思維的窠臼之中。

三、兩家家長努力維護兒女婚姻

　　〈江城〉是兩家家長為兒女的婚姻幸福而努力的故事。

序號	篇　名	夫→夫家長輩（A）	夫家長輩→夫（a）	夫家長輩→妻（B）	妻→夫家長輩（b）	妻→夫（C）	夫→妻（c）
116	〈江城〉	拉近	拉近	推拒	推拒	推拒	拉近
		拉近	推拒	推拒	推拒	推拒	推拒

序號	篇　名	妻家長輩→妻（A'）	妻→妻家長輩（a'）	夫→妻家長輩（B'）	妻家長輩→夫（b'）	夫家長輩→妻家長輩（C'）	妻家長輩→夫家長輩（c'）
		拉近	推拒	推拒	推拒	推拒	推拒
		拉近	拉近	拉近	拉近	拉近	拉近
116	〈江城〉	拉近	拉近	拉近	拉近	推拒	拉近
		拉近	推拒	推拒	拉近	推拒	拉近
		推拒	推拒	推拒	不拉近	推拒	不拉近
		--	--	--	--	--	--

　　高蕃幾經波折終於抱得朝思暮想的美嬌娘江城，然而殊不知江城美則美矣，卻性情暴躁，十分易怒，「反眼若不相識；詞舌嘲啁，常聒於耳。」（卷六，頁855）高蕃「以愛故，悉含忍之」（卷六，頁855）然而看在高家二老眼裡，心中老大不是滋味。就當時的觀念，本來娶媳就是希望能夠侍候自己及兒子，為家庭犧牲。而江城卻時常絮絮不休，讓家裡人遭罪。不過高家二老雖「心弗善也」（卷六，頁855），但還有意讓夫妻二人獨立修補關係，因此所責備的對象是自家兒子，不料卻被江城聽見「大恚，詬罵彌加」（卷六，頁855）掀起一陣波瀾，從此江城視高蕃若寇讎，令高蕃瑟縮門外，不敢叩門，夜裡凍得發抖。「其初，長跪猶可以解；漸至屈膝無靈，而丈夫益苦矣。」（卷六，頁855）父母心疼兒子，稍微責備了江城幾句，不想卻換來更加無禮的頂撞，使高氏夫婦下令休妻，高蕃如今終於放下堅持，乖乖依從父母之命。此次交手，高氏親子從一味退讓，到終於忍無可忍，執行父家長的權威，拆散一段姻緣換來平靜。

　　可惜過沒多久高蕃又禁不住背著父母和江城一起。父親得知後大怒，將兒子怒罵一通後又下令分家：

> 高曰：「我不能為兒女任過，不如各立門戶，即煩主析爨之盟。」樊勸之，不聽。遂別院居之，遣一婢給役焉。月餘，頗相安，翁嫗竊慰。未幾，女漸肆，生面上時有指爪痕；父母明知之，亦忍不置問。（卷六，頁856）

高氏夫妻表面上說是不管，心裡卻還惦記著兒子的景況，為了兒子的婚姻和諧與否或欣慰或擔憂，偏又嘴硬。

> 一日，生不堪撻楚，奔避父所，芒芒然如鳥雀之被鸇鷗者。翁嫗方怪問，女已橫梃追入，竟即翁側捉而笞之。翁姑涕噪，略不顧

瞻，撻至數十，始悻悻以去。高逐子曰：「我惟避囂，故析爾。爾固
樂此，又焉逃乎？」生被逐，徙倚無所歸。母恐其折挫行死，今獨
居而給之食。又召樊來，使教其女。（卷六，頁 856～857）

當涉及兒子的受傷太重時，父母終究不忍，仍舊保護，父母對高蕃的親愛之
心不言可喻。只是盛怒之下，父親陽剛鐵血，氣急敗壞地將兒子掃地出門，
而母親則心軟擔憂，即時張開羽翼，私下照護兒子。最後，夫妻倆為了讓兒
子免遭妻子荼毒可謂無所不用其極，連夢中和尚教導每日百遍觀音咒的辦法
都願意一同虔心嘗試，終於幫媳婦消除業障，救兒子脫離苦海，換回幸福的
生活。然而，高家二老所採取的都還是較為消極的策略，難以引起功效，最
後讓江城回頭的，還是老和尚的一口清水，消解了前世孽緣。雖說是因果宿
緣，但段江麗《禮法與人情—家庭小說的家庭主題研究》中一段十分適合說
明江城的心態和症狀：

> 心理分析和經驗論者已用無數事例證明，虐待狂心中存在著孤
> 獨和無意義的恐懼，其行為的實質是想通過擴大自己使他人變成自
> 己的一部分從而使自己從孤獨及無權的情況下獲得解脫，因此，與
> 真正要摧毀對方的毀滅者不同，虐待狂只是要統治對方，要困窘、
> 羞辱和傷害對方，如果對方一旦真的被毀滅，他們反而會感到痛苦。
> 〔註15〕

此點觀從江城為高蕃向二姊討回公道一節，便可知曉。高蕃與江家二姊的丈
夫葛秀才玩笑，卻不小心被二姊聽聞了高蕃挖苦葛秀才的內容，於是掄棍棒
追打。江城見高蕃被打得頭破血流，也不忍地替他包紮，並提了木杵痛打二
姊。可見江城對高蕃還是有情，只是她病態的控制欲成為家庭失序的替罪羊。
之所以這麼理解的原因在於，江城並非如作者形容得這般無理，作者透過招
妓、私通、與連襟消遣樊家姊妹、與友人語涉下流、宿娼和疑似與丫鬟私通
等幾次事件突顯江城河東獅吼的可怖，然而從幾次事件中可以發現高蕃實是
好色之徒。我們如此便可以理解江城為何有如此多緊迫盯人及眾多瘋狂的舉
止，難道只因作者歸因的前世因果，或是後世所謂的虐待狂心理病症？放在
家庭系統的眼光來看，眾人指責她種種瘋狂的舉止，毋寧是典型的替罪羊現
象。她嫁入高家先有高攀的疑慮，後又與公婆間有隔閡，因此公婆對媳婦的

〔註15〕段江麗著：《禮法與人情——明清家庭小說的家庭主題研究》（北京：中華書
局，2006），頁 65。

性格有微詞時，未曾開誠佈公地與媳婦溝通，反暗地裡責怪，不巧又被江城聽了去更生嫌隙。再者高家二老的舉止明顯偏向兒子，因此置江城於孤立之地。江城是個高自尊、具有反抗性格的人物，自然不願如傳統婦女一般壓抑自己，逆來順受，這許多不滿，化爲種種乖張之行爲，無形中將高家所有的顯性、隱性的危機一股腦兒體現，並且獨立承擔了「悍妻妒婦」的罵名。

再觀樊家二老，幾次爲了替女兒江城修補婚姻關係，求爺爺告奶奶，不惜低聲下氣和女婿高蕃賠不是，屢獻殷勤，甚至還膝行向高父致歉求情，種種行爲皆流露出對女兒的寵愛。然而面對女兒的離經叛道，最後還是忍不住勸阻一番。誰知江城非但不領情，反怒氣橫生從此與父母老死不相往來。因此，樊翁的軟性介入只能換來暫時的和睦，根本原因不除，江城心境不變，高樊素行不除，始終也是孤臣無力可回天。

四、丈夫鬻妻引發雙方家長不滿

當子代夫妻中有一人做出有違人情，足以傷害婚姻關係之事時，雙方家長自然不能坐視。

序號	篇　名	夫→夫家長輩（A）	夫家長輩→夫（a）	夫家長輩→妻（B）	妻→夫家長輩（b）	妻→夫（C）	夫→妻（c）
117	〈仇大娘〉	--	--	拉近	拉近	推拒	推拒
		--	拉近	拉近	拉近	拉近	拉近

序號	篇　名	妻家長輩→妻（A'）	妻→妻家長輩（a'）	夫→妻家長輩（B'）	妻家長輩→夫（b'）	夫家長輩→妻家長輩（C'）	妻家長輩→夫家長輩（c'）
117	〈仇大娘〉	拉近	拉近	推拒	推拒	--	推拒
		拉近	拉近	拉近	拉近	拉近	拉近

〈仇大娘〉中原本寡母邵氏便是因四體不仁，無法經理家政，才替兒子仇福娶姜秀才之女爲妻，希望藉由姜氏賢能，支持家業。因此姜氏入門，邵氏便退居幕後，家裡「百事賴以經紀」（卷十，頁1392）握有實權的媳婦姜氏因此不若小媳婦唯唯諾諾的姿態，當丈夫仇福心懷不軌時，敢於直言糾正。例如：當仇富受魏名挑撥，教唆分家時，妻子便大聲斥責。然而姜氏始終服於禮法，陷於閨閣之中。面對丈夫的揮霍，束手無策，直到東窗事發，才向邵氏和盤托出，逼得邵氏答應分家。

邵氏在仇家雖不握實權，只是精神象徵，因此對於仇福夫婦相處都是被

動的被拉入，但遇到重大事件仍需尊重這位老夫人的意見。由於邵氏和姜氏都非常賢慧孝順，能辨是非，行事低調，仇家也多虧媳婦才能井然有序，因此婆媳的認知和行事大抵相同，彼此沒有衝突。

仇家一切失序基本皆由丈夫仇福引起。分家後仇福變本加厲沉迷賭博，竟鬻妻姜氏，令姜氏與姜家二老勃然大怒，出面介入夫妻之間，請官府救助女兒。姜氏父母此時介入雖無法改變夫妻決裂的事實，但卻拯救了女兒，為傷害設了停損，也提供夫妻將來重逢的要素。不過此時夫、妻二人與雙方家長的關係隨著這起鬻妻事件徹底決裂。

夫妻關係的彌合全賴當家的仇大娘主持，她教訓返家的弟弟仇福，使他遷善並親自登門向姜家賠禮謝罪。秀才之家始終重視名節，今見仇福有意改過，又見仇大娘可靠，因此姜家二老雖是狠狠責備仇福，最後還是願意原諒他，讓姜氏跟他回家。這次婆婆又多了一股歉意，婆媳相見，這廂是跪地迎接，那廂則回禮噓呴。夫—妻—夫家長輩—妻家長輩又恢復和諧的氣氛。仇福的浪子回頭，邵氏的愧疚，以及姜氏的堅貞和姜家家長的諒解都是修復關係不可或缺的要素，再次體現家庭系統的和諧需要每位家庭成員盡力維護的真理。

五、妻家長輩不滿意夫家家庭

〈陳錫九〉則是陳家家境式微，產生門不當，戶不對的婚姻，因而摩擦頻仍。

序號	篇名	夫→夫家長輩（A）	夫家長輩→夫（a）	夫家長輩→妻（B）	妻→夫家長輩（b）	妻→夫（C）	夫→妻（c）
118	〈陳錫九〉	拉近	拉近	拉近	拉近	拉近	拉近
		拉近	拉近	推拒	拉近	拉近	推拒
		拉近	拉近	拉近	拉近	拉近	拉近
		拉近	拉近	拉近	拉近	拉近	拉近

序號	篇名	妻家長輩→妻（A'）	妻→妻家長輩（a'）	夫→妻家長輩（B'）	妻家長輩→夫（b'）	夫家長輩→妻家長輩（C'）	妻家長輩→夫家長輩（c'）
118	〈陳錫九〉	拉近	推拒	拉近	推拒	不拉近	推拒
		拉近	推拒	拉近	推拒	推拒	推拒
		拉近	推拒	不拉近	推拒	推拒	推拒
		拉近	拉近	拉近	拉近	--	拉近

　　富人周某本因陳家的聲望而攀附結親，誰知陳錫九屢試不第，家勢漸弱，便起悔婚的念頭，然而卻遭周女反抗，周父一怒「以惡服飾遣歸錫九」（卷八，頁 1156）並且完全不願周濟他們夫妻有一餐沒一餐的生活。如此卑微的處境連周家傭嫗都看不起，竟出言不遜，態度輕佻：

> 一日，使傭嫗以餚餉女，入門向母曰：「主人使某視小姑姑餓死否。」女恐母慚，強笑以亂其詞。因出榼中肴餌，列母前。嫗止之曰：「無須爾！自小姑入人家，何曾交換出一杯溫涼水？吾家物，料姥姥亦無顏咶嗻得。」母大恚，聲色俱變。嫗不服，惡語相侵。（卷八，頁 1556）

面對傭嫗的輕蔑，周女欲體貼化解，卻愈演愈烈，惹得丈夫陳錫九動手打人方才作罷。然而衝突卻不曾止息，隔日周家來請周女歸寧，周女心向夫家，不肯便歸，卻引發周家尋釁。陳母無奈，勸周女歸去，周女才「潸然拜母，登車而去」（卷八，頁 1156）數日後，周家「又使人來，逼索離婚書」（卷八，頁 1156），母不堪其擾，強迫陳錫九答應，心裡暗暗寄望丈夫回來再做辦法。

　　陳錫九對周女百般不捨，悲憤不已，卻束手無策。因此，待他與死去的父親相逢時，便即哭求於父親。誰知父親陳子言早幫兒子張羅停當，利用法術將媳婦接來，惹得陳錫九寧願在泉下侍奉父母而不願意再回歸艱難的現實之中。陳子言於是促令疾行，並授以方策。陳錫九依言向周家索要周女，周家先因女兒命不久矣，便遣人送還。待周女氣絕，更持械侵入陳家尋仇，引發兩家械鬥，驚動官府。

　　官府明察，周父被抓入獄，周母「哭至，見女伏地不起」（卷八，頁 1161），請求陳錫九幫忙。陳錫九受不了周女「哀哭自咎，但欲覓死」（卷八，頁 1161），只好幫忙緩頰。太守於是僅罰穀一百石，讓他交給陳錫九。然而，周父卻以小人之心度君子之腹「雜糠粃而輦運之」（卷八，頁 1161）。不久，周女又夢父親求助，曰：「吾生平所為，悔已無及。今受冥譴，非若翁莫能解脫，為我代求婿，致一函焉。」（卷八，頁 1162）於是醒來又嗚嗚哭泣，陳錫九於是置備行囊出發尋找父親，餐風露宿卻不得見其父，周父因而身亡。從此，周家母子亦仰賴次婿維生，陳錫九不計前嫌的撫卹多半是愛屋及烏的心情所致。

　　可見姻親之間的關係足以影響夫妻的婚姻，由於周家長輩的霸道阻攔，

硬生生拆散一段美滿姻緣；卻也因陳氏家長借助神力力挽狂瀾，才讓夫妻二人得以再續前緣，重建美滿姻緣。然而我們拆解這四組的三元關係可以進一步發現，除了這兩種顯性第三元勢力的影響，其他二元的反應也非常重要。周女過門後與丈夫和婆婆相處融洽，彼此關係親密，然而一經周氏家長強勢介入，則陳母不堪負荷，選擇消極的消除「外侮」，推拒周女，遂周家之願，逼迫兒子書寫休書將周女推開，兒子不敢忤逆尊上，而不曾積極爭取，以致周女雖苦苦拉近婆婆與丈夫，並推拒父母的安排，始終孤臣無力可回天，被兩造逼退，結束婚姻。

　　後來，陳氏父家長介入，一改順應之勢，一面奪回兒媳，一方面推拒周氏家長，讓周家受到報應。陳錫九才在冥間的父親撐腰下堅定立場，與周女互相形成拉力，推拒周氏家長。其後更因愛屋及烏，對周家不再推拒，兩次伸援，周家也因無力阻止，使婚姻終得圓滿。

　　〈水莽草〉則是岳婿生前結怨，才有死後一段地下人間的糾結。

序號	篇　名	夫→夫家長輩（A）	夫家長輩→夫（a）	夫家長輩→妻（B）	妻→夫家長輩（b）	妻→夫（C）	夫→妻（c）
119	〈水莽草〉	拉近	拉近	拉近	拉近	不推拒	拉近
		拉近	拉近	拉近	拉近	不推拒	拉近

序號	篇　名	妻家長輩→妻（A'）	妻→妻家長輩（a'）	夫→妻家長輩（B'）	妻家長輩→夫（b'）	夫家長輩→妻家長輩（C'）	妻家長輩→夫家長輩（c'）
119	〈水莽草〉	拉近	拉近	推拒	推拒	拉近	推拒
		拉近	拉近	不推拒	不推拒	拉近	不推拒

　　寇三娘為抓交替讓祝生誤食水莽草，寇家為了讓女兒順利投胎轉生，見死不救，拒絕提供救助。此舉讓祝生懷恨在心，死後強捉三娘為妻，不令轉世，婚後夫妻倒也相得無苦。然而二人婚姻始終是建立在仇恨之上，若非三娘性情柔順，怎奈得祝生如此強勢地驅使。祝生不忍母親零丁孤苦，日夜嚎啕，便遣三娘操作，讓平日不動三寶的三娘侍奉母親。「三娘雅不習慣，然承順殊憐人。」（卷二，頁 182）於是祝母見她想家，便不顧兒子的阻攔代為傳遞相思。

　　寇家翁媼得知後大駭，急驅視女，先是痛哭失聲，情感宣洩，接著又回到了現實問題。「媼視生家良貧，意甚憂悼」（卷二，頁 182）多虞三娘想得開，

寬慰道：「人已鬼，又何厭貧？祝郎母子，情義拳拳，兒固已安之矣。」（卷二，頁182）寇母備感悲悽不捨，於是「即遣兩婢來，為之服役；金百斤、布帛數十匹，酒羶不時餽送，小阜祝母矣。」（卷二，頁182）並時常招三娘歸寧，捨不得女兒吃苦，苦苦羈留。可是三娘也有自己的原則，她一面主動回去夫家，寇父無奈，只得「代生起夏屋，營備臻至」（卷二，頁183）另一面又要求丈夫行女婿之禮，曰：「既婿矣，而不拜岳，妾復何心？」（卷二，頁182）讓祝生不得已順應她。可惜即便如此，心結終究難解，祝生終身不曾與翁家往來。

六、雙方家庭過度介入子代婚姻

〈青蛙神〉一則寫人神聯姻引發的風波。

序號	篇名	夫→夫家長輩（A）	夫家長輩→夫（a）	夫家長輩→妻（B）	妻→夫家長輩（b）	妻→夫（C）	夫→妻（c）
120	〈青蛙神〉	拉近	拉近	拉近	拉近	拉近	拉近
		拉近	拉近	拉近	推拒	推拒	推拒
		拉近	拉近	拉近	拉近	拉近	拉近
		拉近	拉近	推拒	推拒	推拒	推拒
		拉近	拉近	拉近	推拒	推拒	推拒
		拉近	拉近	拉近	拉近	拉近	拉近

序號	篇名	妻家長輩→妻（A'）	妻→妻家長輩（a'）	夫→妻家長輩（B'）	妻家長輩→夫（b'）	夫家長輩→妻家長輩（C'）	妻家長輩→夫家長輩（c'）
120	〈青蛙神〉	拉近	拉近	拉近	拉近	拉近	拉近
		拉近	拉近	推拒	推拒	拉近	推拒
		--	--	拉近	拉近	拉近	拉近
		拉近	拉近	推拒	推拒	拉近	推拒
		推拒	推拒	--	拉近	拉近	拉近
		拉近	拉近	推拒	推拒	拉近	推拒
		推拒	推拒	--	拉近	拉近	拉近

薛昆生被青蛙神選中為乘龍快婿，因此遣使傳遞神意，誰知薛翁怕招麻

煩，不敢高攀，屢屢推辭。然而青蛙神卻濫用神權阻止薛家與他人定親，令薛翁心生恐懼，只得擱置崑生的婚姻大事。誰知蛙神卻親自找上崑生，崑生惑於十娘的美色，於是替自己應承了婚事。薛翁「使返謝之，崑生不肯行」（卷十一，頁 1465）期間十娘早至，薛家二老見了十娘也反憂爲喜，從此一家和睦，薛家也因蛙神而時有好運，變得興旺。

然而這裡呈現了社會中妻族依附夫家的狀況。婚後妻族時常群聚薛家，令薛家人頗爲顧忌，同時也令年少任性的崑生漸覺厭煩。他「喜則忌，怒則踐斃，不甚愛惜」（卷十一，頁 1465）就算惹得十娘生氣，也不以爲意，因此夫妻時有爭執，互以語侵：

> 崑生怒曰：「豈以汝家翁媼能禍人耶？丈夫何畏蛙也！」十娘甚諱言「蛙」，聞之恚甚，曰：「自妾入門，爲汝家田增粟、賈益價，亦復不少。今老幼皆已溫飽，遂如鴞鳥生翼，欲啄母睛耶！」崑生益憤曰：「吾正嫌所增污穢，不堪貽子孫。請不如早別。」遂逐十娘。
>
> （卷十一，頁 1465～1466）

十娘恨丈夫輕視蛙族，忘恩背義，遂揚長而去。這下遂了崑生的意，卻使薛家二老著急萬分，呵令追還。崑生不肯，則蛙神降災母子，直至薛翁向蛙神祝禱謝罪才癒。十娘也回薛家，夫妻和好。

然而太平沒幾日，夫—妻—薛母便生了嫌隙。由於十娘不諳女紅，一切針黹只得由薛母操勞，不免使薛母憤懣，抱怨了幾句：「兒既娶，仍累媼！人家婦事姑，吾家姑事婦！」（卷十一，頁 1466）不巧被十娘聽入耳中，負氣曰：「兒婦朝侍食，暮問寢，事姑者，其道如何？所短者，不能吝儉錢，自作苦耳。」（卷十一，頁 1466）崑生見母親委屈的樣貌，怒責十娘，十娘兀自「執辨不相屈」（卷十一，頁 1466），於是崑生再下逐客令，並落下狠話，曰：「娶妻不能承歡，不如勿有！便觸老蛙怒，不過橫災死耳！」（卷十一，頁 1466）

蛙神果然震怒，火燒薛家，崑生卻不畏懼，反責怪蛙神家教不好，不明事理，甚至舉火欲燒祠堂。蛙神思量後認同了女婿，於是諭令村人幫女婿建一宅邸，並遣女兒返回薛家謝過陪禮，「舉家變怨爲喜」（卷十一，頁 1467），十娘性情也變得益發謙和。

可惜崑生並不珍惜，明知十娘怕蛇，還拿蛇逗她，見十娘不悅竟還惱羞成怒，十娘遂與其斷絕關係。有鑑於十娘幾次出走家裡都發生災禍，薛翁大爲恐慌，「杖崑生，請罪於神」（卷十一，頁 1467）不過哀莫大於心死，十娘

已不願多作回應。

待一年多後，昆生思念起十娘，竊竊哀求她回家時才發現她將下嫁袁家，只好另謀他就，卻才發現十娘的好處不可比擬，惋惜不已，相思成疾。此情恰勾起十娘舊情，於是主動退婚而歸，其父不忍而罵之送歸。薛母聽說媳婦回轉，「不待往朝，奔入子舍，執手嗚泣」（卷十一，頁1468）。夫妻二人不經一事，不長一智，從此相敬如賓，兩家諧好「由此往來無間」（卷十一，頁1468）鄉里亦常至薛家求兩夫妻做主，免去災禍。

昆生與十娘的婚姻從原先的琴瑟和美，至三番破裂又癒，歷經波折，然而夫妻二人也在幾次爭吵中學習成長，終於能夠重建美滿的家園。二人的婚姻破裂與否主控權仍在夫妻二人手上。觀此三次齟齬，有二次皆是夫妻間發生矛盾，只有一次是婆媳矛盾，然而致使十娘拂袖而去者還在昆生反抗強權的性格和十娘剛毅不屈的態度。青蛙神雖屢次幫助女兒，但是他的介入只是火上澆油，始終是協助的角色罷了；而薛氏翁媼因畏懼青蛙神，勸昆生以和為貴，第一次他們使夫妻和好，第二次卻由婆婆造成事端，第三次雖未起到關鍵性的作用，然而薛母在事後所表達的善意也提供夫妻和好的養分。

此九篇的三元互動關係錯縱複雜因此另歸一節，其中〈土偶〉和〈新郎〉只有一組「夫家長輩—妻—妻家長輩」的三元互動，〈白秋練〉一篇有兩組分別是「夫家長輩—夫—妻」和「妻家長輩—夫—妻」的三元互動關係，其餘六篇〈金生色〉、〈仇大娘〉、〈江城〉、〈陳錫九〉、〈水莽草〉、〈青蛙神〉則皆有「夫家長輩—夫—妻」、「妻家長輩—夫—妻」、「夫家長輩—妻—妻家長輩」和「夫家長輩—夫—妻家長輩」等四組的三元互動關係。而除了〈白秋練〉，其餘故事中兩家家長都積極的參與兒女的婚姻生活，他們幾乎完全撇開家庭中傳宗接代等功利性的思維，因而突顯出父母對子女更深層的關懷和愛護。雖然有時愛的過份自私，卻也特別真誠。另外，此間無論第三元是人類或是異類介入的家庭互動皆婉轉曲折，不過最終都走向了和解的境界（除了〈金生色〉）。如此情節的鋪排，說明了作者的想望，他一面面對家庭中人際互動的艱難，一面卻希望波瀾過後是圓滿的結局。

第四節　《聊齋誌異》中夫妻與雙方家庭間的三元互動關係分析

綜觀以上三十四則共五十八組親代與子代婚姻的三元互動關係，可知《鄭氏規範》中所謂：「家之和不和，皆繫婦人之賢否」〔註16〕是過於狹隘的男性思維，他們限制了婦人的活動空間，及家庭分工，然後便順理成章的將家庭失和的過錯全推給了婦人。以下分別從第三元親輩介入子輩婚姻所導致的結果，及子輩的婚姻遭第三元介入後彼此牽引出的拉力或阻抗做現象的觀察：

一、以第三元介入者的身分及其結果觀察

表4-1：夫家長輩—妻—夫的三元互動結果

	人類			異類		共計（組）
	公公	婆婆	公、婆	公公	婆婆	
正面	0	4	0	2	0	6
負面	1	2	1	0	0	4
曲折的	0	4	2	0	0	6
共計（組）	1	10	3	2	0	16

表4-2：妻家長輩—夫—妻的三元互動結果

	人類			異類			共計（組）
	岳父	岳母	岳父、母	岳父	岳母	岳父、母	
正面	3	0	0	0	1	0	4
負面	0	0	1	2	1	0	4
無影響	0	0	0	0	1	0	1
曲折的	3	0	0	1	0	0	4
共計（組）	6	0	1	3	3	0	13

〔註16〕〔元〕鄭大和著，嚴一萍選輯：《原刻景印百部叢書集成‧學海類編‧鄭氏規範》（臺北：藝文印書館，1967），頁3。

表 4-3：夫家長輩─夫─妻─妻家長輩的三元互動結果

	人類			異類	人類			異類			共計（組）
	公公	婆婆	公、婆	公公	岳父	岳母	岳父、母	岳父	岳母	岳父、母	
正面	0	2	0	0	0	0	1	0	1	0	2
負面	0	1	1	0	0	1	1	0	0	0	4
曲折的〔註17〕	0	3	2	1	0	0	4	0	0	1	11
共計（組）	0	6	3	1	0	1	6	0	1	1	19

表 4-4：妻的身分〔註18〕

三元互動關係	人類		異類		共計（組）
	岳父／母─夫─妻	公／婆─妻─夫	岳父／母─夫─妻	公／婆─妻─夫	
正面	3	4	0	3	10
負面	1	4	3	0	8
無影響	0	0	1	0	1
曲折的	3	2	1	4	10
共計（組）	7	11	5	6	29

　　從表 4-1、表 4-2 和表 4-3 中可以發現，當夫─妻／妾的婚姻關係吸引公婆或岳父母加入時，會出現以下幾種現象及結果：

〔註17〕 此組造成曲折的三元互動關係包含的三元組合較為多元，在人類、異類公婆介入的組合裡還是單純只有一組「夫家長輩─妻─夫」的三元互動關係，然而在人類、異類岳父、母介入的組合中，卻同時含有「夫家長輩─妻─妻家長輩」、「夫家長輩─夫─妻家長輩」、「妻家長輩─夫─妻」三組三元互動關係，為計算方便此間將同一則有多組妻家長輩介入的數據化約為「夫家長輩─妻─夫」和「妻家長輩─夫─妻」二組來計算。唯有〈陳錫九〉中人類婆婆與異類公公分別對家庭產生不同的影響，因此再增一組。

〔註18〕 媳婦的身分和特性也是影響夫妻與雙方家長互動關係的重要因素，因此另製一表。又因表 4-3 的篇目夫妻間皆有與兩家的關係，在此表中會導致重複計算，因此暫不論。另，表 4-1 和 4-2 中的〈宮夢弼〉、〈青娥〉和〈長亭〉分別因時間差或岳父、母間不同調，所以分開論述，而有重複將妻算入三元關係的現象。

（一）關於第三元為公婆之分析

夫家長輩—妻—夫中公婆又分為人類和異類兩種，以下試分別討論不同身分的公婆如何介入子媳的婚姻，其動機為何，並為子媳的婚姻帶來什麼樣的影響：

1. 公婆為人類

在二十五則共二十六組〔註19〕夫家長輩—妻—夫三元互動關係的故事中，第三元公婆為人類者佔二十三組，約百分之八十八點五，與另三則公公為異類鬼魂者相比，數量上有天壤之別。這跟《聊齋》是男性書寫有關，作者為了滿足自己或隱含讀者綺麗的幻想，故傾向異類女性下嫁人類的組合，自然鮮有與異類公婆相處的故事。

而從表 4-1 和表 4-3 中人類公婆對子輩婚姻的介入帶來正面、負面、曲折的影響比是六比六比十一，數據極為相近，因此親代的介入並非一定帶來正面或負面的影響，造成家庭和諧或崩解的結果還有其他更重要的因素。

此間人類婆婆介入子媳的婚姻約是公公介入的十五倍（15：1），二十三組中單純由公公介入子輩婚姻者只有一組〈馬介甫〉，卻還是因為母親早逝缺位。〈新婦譜〉中有言：「當體翁之心，不須以向前親密為孝也。」〔註20〕因此一般家政多交由婆婆處置，婆婆於是成為子媳入門後主要互動的對象。因此我們也可以從其餘六組公婆皆涉入兒子的婚姻的故事發現家庭分工，對外由公公出面作主，對內則主要由婆婆發言，基本上二人的立場一致。

而人類公婆介入婚姻的動機通常都以家庭的任務為重，例如公婆擔心家庭安危，因此或是管教兒、媳，或是對媳婦的身分多所猜疑並排拒〔註21〕；也有公婆擔心兒、媳無後嗣傳承香火，因此有些家長想方設法地改善兒、媳間的情感，有些家長選擇排斥兒媳；有時則是因婆婆與媳婦間產生較量或爭

〔註19〕〈珊瑚〉一篇中有兩組夫家長輩—妻—夫的三元關係，一組是沈氏—珊瑚—安大成，另一組為沈氏—臧姑—安二成；〈陳錫九〉中陳母（人➔鬼）與陳父（鬼）的行為分別造成不同結果，因此分為兩組討論。

〔註20〕〔清〕陸圻著，四庫全書存目叢書編纂委員會編：《四庫全書存目叢書·子部九五·新婦譜》（濟南：齊魯書社，1995），頁 6。

〔註21〕根據表 4-4 我們還能從子輩妻的身分發現一件事，意即異類擁有異能，並且自我價值高，性格開放自主，不似一般正常的人類女性循規蹈矩，受禮教約束。她們的出現雖然能為家庭帶來利益，卻也因她們的身分和不易掌握的特性引發長輩焦慮，難見容於家庭之中。反之，和人類共組的家庭就較容易得到和諧。

權的心態，因此彼此展開拉鋸；有時公婆發現兒、媳陷入困境，因此恨不得從棺材裡跳出來施予援手。因此不管是基於捍衛家庭或是捍衛個人的主權，他們多採主動的方式積極介入兒、媳關係中。尤其「男主外，女主內」的家庭分工，讓婆媳間有更多的互動，媳婦成為婆婆的主要管轄，難免經歷婆婆的審視考察。

另外，從衝突的三元互動中可以發現，若人夫不能滿足妻子，則不但夫妻關係緊張，還會拉入第三元將衝突擴大，例如〈馬介甫〉和〈珊瑚〉都是懦弱的丈夫讓妻子快速地補上指責者的角色，進而擴大控制慾造成的家庭悲劇；〈杜小雷〉則因丈夫對母親極為孝順，引發妻子的較量之心；而〈鏡聽〉則是丈夫無法如兄長出色，連帶影響妻子的家庭地位，而引發妻子不滿。

2. 公婆為異類

全部二十六組中只有三組是人類作古夫家長輩對人間兒、媳過度操心才藉由各種形式顯靈。他們皆為親代男性，選擇回到人間的時機也皆在子輩婚姻遭遇重大瓶頸的時候。〈鬼作筵〉是為了延續媳婦的壽命；〈申氏〉則是為了防止子、媳因無米為炊而尋死的窘境；〈陳錫九〉中的陳父則是不甘兒子受辱和傷心，幫忙奪回兒媳。他們雖幫助子輩解一時危機，改善婚姻關係，但作者以男性鬼魂為救贖的安排，正象徵父權體制中父親才是能解決家庭危機的中流砥柱，此現象在〈陳錫九〉一篇尤其明顯，作者藉由人間軟弱無能的母親與冥間睿智且具魄力的父親做了鮮明的對比。

總的來看，上述公公以異類身分介入兒、媳婚姻的父親，其原本的身分為人類，因此他們重返人間多半是為了提供幫助，加上入冥府後多了異能，多了幫助兒、媳的籌碼，自然能輕易地為子輩帶來幸福。而將近半數的數據顯示，一旦人類公婆介入子輩的婚姻，便會造成曲折的影響，可見公婆對於子輩婚姻的影響力巨大且複雜，不可小覷。然而這並不表示子輩婚姻的幸福與否，是由公婆的態度決定，因為，兒子在這段紛雜的三元關係中也握有關鍵性的影響，畢竟親情的力量更為可觀。

另外，我們從造成負面影響的篇章中發現，作者將過錯歸因於子媳的不孝或不肖，而造成曲折影響的十一個篇章中絕大部分（八篇）最後都能達成和諧的情境。由此我們或可推論，作者偏向認為親代的介入有助於子輩婚姻的和諧發展，因此子媳需盡孝道，以維護綱常和諧。

（二）關於第三元為岳父母之分析

妻家長輩─夫─妻的三元互動關係中的第三元─岳父母同樣也有人類和異類兩種，以下分別討論不同身分的岳父母如何介入子媳的婚姻，其動機為何，並為子輩婚姻帶來什麼樣的影響：

1. 岳父母為人類

據表 4-2 及表 4-3，在二十一則共二十二組〔註22〕妻家長輩─夫─妻三元互動關係的故事中，第三元岳父母為人類者佔十四組，約百分之六十三點六，與其他七則（八組）岳父母為異類相比，相差不太懸殊，可見異類的行動雖較自由無拘束，但並不因此而多與夫家頻繁互動。《聊齋》中甚至常見異類孤身自薦，似無根柢，或是異類父母留女兒去，極少往來的情況。參照 4-1～3 我們也從人類和異類家長進入子輩婚姻的情況觀察到人類家長介入子輩婚姻的數量遠遠大於異類家長。這可能也跟異類女性自主性和能力都極強，無須依附娘家生存有關。

不過，這裡十四組人類岳父母介入子輩婚姻者，就有六組單純是岳父介入，剩下的七組還是岳父母同時介入，只有一組是單純和岳母互動的，此情形正與適才所言的男女之防有關。而依表 4-2 觀察，被人類岳父介入的婚姻較易得到和諧的結果，他們透過財力、物力或親情的力量滋潤兒輩的婚姻，使達成圓滿的局面。當岳父、岳母同時介入女兒的婚姻時，基本上二人同調，並以岳父為行動者，多造成曲折的影響。期間他們或是促進或是破壞兒女的婚姻，然而紛擾過後，終究願意提供正面的影響。

2. 岳父母為異類

《聊齋》中人異戀的結合多以人類男性和異類女性配對，因此岳家為異類的數目增加，二十二組三元互動關係中就有八組是異類岳家長輩介入，只可惜伴隨的大多是負面的影響。

七則異類妻家長輩干預子輩婚姻的故事中有四組是岳母干預，此種情況大部分是因寡母，所以女兒的幸福皆由她們做主。〈鴉頭〉中鴇母執意消費女兒，阻止鴉頭尋找幸福；〈巧娘〉中母親雖一味替女兒提防女婿別愛，到頭來卻白費心機；〈白秋練〉中白母身陷險境，雖為未對白秋練夫妻的婚姻幸福造成影響，卻也吹皺一池春水；〈長亭〉的例子較為特別，長亭的父、母對於長

〔註22〕 〈長亭〉中長亭的父母行動不同調，故分為兩組，長亭之母為長亭的婚姻提供正面的影響；反之，長亭之父則提供巨大的負面的影響。

亭的婚事持不同的想法，是《聊齋》中少見的夫妻二人不同調的例子。由於身為異類，長亭的母親比起人間的母親有所作為，因此在明裡暗裡和丈夫抗衡，協助女兒和女婿團聚。此親輩婚姻中夫妻二人的地位顯得較為相近，（當然母親的地位仍不及父親，因此每回幫助女兒回到女婿身邊，總是背著翁老頭偷逃）可惜長亭未能展現乃母之風，此夫妻二人趨近平等的情狀只留在異類世界。

　　作者雖利用狐狸的特性與石太璞的小器對比天下不能和睦相處的岳婿關係，然而其傾向支持石太璞的筆調，洩漏他雖寄情於異類，卻仍以人類為優位的意識。從石太璞分明巧取豪奪，作者卻讓吃虧的苦主翁老頭出乖賣醜，並讓長亭及母親以人世講究的「信義」為由，不由分說堅持下嫁，向儒家價值靠攏的情節鋪排方式可見一斑。

　　反觀異類岳父的介入，都使子輩婚姻陷入危機，而造成異類岳父干擾子輩婚姻的原因，多源於和女婿的私人恩怨。如：〈長亭〉中的岳父因恨女婿使詐逼婚，因此打從婚前就與女婿勢不兩立，婚後彼此餘恨難消，持續相互較量，鬧得兩家不得安寧；〈青娥〉中的岳父則專注於自身的修練，因此當女婿執意違抗仙界的清規，岳父便不假辭色，乾脆放棄女兒，將他們趕回人間。

　　由此，我們再綜觀其餘單純由岳母和岳父、岳母同時介入子輩婚姻的動機，就跟單純由岳父介入者不一般。這類岳父母介入的動機多與女兒有直接的相關。例如：〈土偶〉、〈金生色〉都是因為關心女兒喪夫之後的幸福而介入。〈宮夢弼〉、〈水莽草〉、〈陳錫九〉、〈江城〉、〈仇大娘〉、〈梅女〉和〈封三娘〉中的岳父母則是為女兒嫁入窮困夫家後的生計問題及幸福感著想。

　　綜上所述，本章三十四則共五十八組的子輩婚姻與雙方家長的三元互動關係中造成曲折的影響之組合過半，可見親代長輩對子代婚姻的影響甚巨。在這些家庭人際衝突與融洽曲折互見的故事中，就有大約三分之二的故事經過各個家庭成員的努力，突破磨合、放棄成見，找回和諧的家庭秩序，例如：〈阿纖〉夫家就是從對媳婦的信任，到猜疑試探，最後經歷困境和檢討，終於改變對媳婦阿纖的態度，從此尊重阿纖，請她重返家庭；〈珊瑚〉中婆婆也從強烈排擠媳婦，再透過人生歷練和親戚勸導，發現媳婦對自己不離不棄的孝心，從而洗心革面，接納這位當初無理被出的媳婦；〈青蛙神〉更是一則雙方家長和子輩在家庭互動中共同學習成長的故事。子輩夫妻二人皆年少任性，因此多有口角，婆婆有時也忍不住抱怨媳婦，岳家長輩更是不問緣由幫著女兒一鼻孔出氣，導致夫妻二人分分合合，一會兒家中納財有福，一轉眼

而又引發災變。然而雙方家長與子輩夫妻經過幾次激烈的「溝通」，終於都學會良好的互動，共築美滿的家庭。由此可知，圓滿的結局是大家所樂見，也是作者所期盼的。

對比子輩和雙方家長往來互動的情形，我們還可發現子輩婚後和夫家互動雖多，和岳家往來的機會也不少，正符合熊秉真所觀察清代女婿與妻族往來逐漸密切的現象。可見作者為文仍從社會、情理的角度，雖然女兒出嫁後便成為夫家的人，入籍夫家，然而畢竟是血脈相連，岳家和女兒間的情分是難以被切斷的。

另外，有時三元間的衝突並非第三元介入而引起的，而是夫妻二人的關係早存著問題，因此二元間的其中一元才挑起事端，吸引第三元的加入。例如：〈杜小雷〉中便是媳婦將問題抬到檯面上，最後落得引火自焚；〈珊瑚〉中懦弱的安二成無法滿足臧姑強大的控制慾，於是讓臧姑將觸角從丈夫延伸，與婆婆搶奪家庭的權利。當第三元介入後，就看三元間彼此拉鋸的力道，誰受的阻力越少推力越多，則情況便會依照他所想要的方向走下去，或是其中的一元過於強大，使得其他二元無法動搖。例如：〈土偶〉中的妻子愛夫之心太過，而雙方家長雖勸阻，卻只是稍稍施與阻力，因此妻子可以按照自己的想法行事，不受到其他二元太大的干預。再次說明，三元間雖會彼此牽制，但各元間所發出的拉鋸力都能影響三元關係，營造出不同的局面，因此以下便要從家庭三元互動的過程做更細緻的觀察。

二、從三元互動的過程觀察

綜觀本章諸篇《聊齋》故事，第三元親代家長的介入為子代婚姻帶來的影響比第三元為妻／妾或婚外戀者介入更為繁雜。從三元人物行動模式表（表84～表120）可知此類在家庭系統中能夠達成和諧的三元互動模式是：

> 夫向妻施予拉力，並拉近（或不推拒）第三元介入者—妻拉近（或不拒）夫和第三元介入者—第三元介入者對夫與妻施予拉力（或不推拒）

可見要形成三元間的凝聚力就要三方配合，彼此施予拉力，意即要達成這個目標就必須夫妻和美，第三元介入者又能接納媳婦或女婿。一旦三元間形成凝聚力，則較不易受到事件或人物的干擾。〈巧娘〉即是一例，女婿傅廉因受岳母華姑之恩而能人道，又獲其女三娘為妻，因此他對華姑存有恩情，三娘也克盡婦道，三人間相互形成拉力，因此不管華姑如何暗中破壞傅廉和

巧娘的姻緣，三娘如何昧著良心代為隱瞞，不管傅廉是否發現真相，都不曾改變三人間的關係。而這些以情感為交際基礎交織而成的三元互動關係，也比較能為家庭帶來和諧，因為他們彼此間有情感基礎，真心接納，便不太會去計較利益衝突。如：〈宮夢弼〉中夫妻和公婆間有雪中送炭的溫情；〈嬰寧〉有愛屋及烏的親情；〈雲蘿公主〉有岳婿間相互禮敬的尊重；〈鬼作筵〉和〈申氏〉滿溢的是祖先對後代的疼惜；〈青娥〉有婆媳間的惺惺相惜；〈邵臨淄〉有岳父與子輩夫妻難捨的情誼；〈陳錫九〉和〈封三娘〉中女婿基於對妻的愛護和後生敬老之意，化解了昔日的恩怨；〈白秋練〉中女婿因愛戀妻子而慨然救岳母於水火；〈阿纖〉則是夫家長輩拋棄現實的想法，改用內心柔軟的部分去接納媳婦，才恢復和樂的家庭關係。作者透過這些故事，同時也提示了：真心的寬容尊重、依理循禮才是夫妻與兩家長輩常保人際和諧的要素，其中關鍵還在真情。

相反的，當三元互動關係產生一組以上的阻力（即二元間彼此互拒或是拉鋸）時，三元關係便會失衡，有時甚至變得不堪一擊。其原因主要還是第三元家長介入攪亂一池春水，而他們所推拒的對象通常是「公、婆→妻」和「岳父、母→夫」兩種組合。造成人際排斥的原因有些是氣質不合，例如：〈青娥〉中岳婿間志趣秉性各不相同而相互排拒；〈珊瑚〉中不論珊瑚怎麼溫順婆婆就是百般排擠。有些是立場不同〈金生色〉和〈新郎〉女方家長便是為女兒未來著想，才強勢介入。不過主要還是牽涉家庭／個人利益，例如：〈阿纖〉、〈晚霞〉、〈甄后〉中夫家長輩擔心異類媳婦帶來災厄，始終難以接納，欲驅之而後快；〈小翠〉中不管小翠如何神通廣大，使用各種方式幫夫家趨吉避凶，最終卻因一個花瓶受夫家長輩的指責；〈鴉頭〉中鴉母為了自己的利益，強奪成家的女兒回妓院；〈宮夢弼〉和〈梅女〉中的岳父也因為女婿的成就而生嫌棄之意。

然而家庭中脫序的演出並非都是雙方家長介入而造成，有時是子輩夫妻發動。大致也可分為「妻→公、婆」、「夫→岳父、母」、「妻→夫」、「夫→妻」四種互動模式。〈馬介甫〉、〈珊瑚〉、〈杜小雷〉中悲劇就是源於妻欲擴張或確立家庭中的權力，因此對公、婆產生拒斥，而〈金生色〉中的妻子則是為了私慾而背叛婆婆；〈長亭〉中石太璞記恨岳父食言而肥，妄動殺機，因此相互拒斥；〈孫生〉中因妻子極度厭惡男女肢體的碰觸，因此百般推拒，導致彼此視若寇讎；〈仇大娘〉中的丈夫財迷心竅，竟鬻妻求財。

在以上六種二元組合中，有時是一方看對方不順眼，進而讓對方產生「你

討厭我，所以我也討厭你」的防禦機制，有時則是同時不滿對方。無論如何，當一組二元互動關係緊張產生推力的同時也推動了整個系統的互動模式。一般來說，當公、婆介入子輩婚姻後，便會使夫妻關係產生質變。〈阿纖〉、〈甄后〉和〈小翠〉妻都因公婆的排斥而推拒丈夫，〈江城〉甚至使雙方家長的矛盾浮上檯面，〈珊瑚〉（沈氏—珊瑚—安大成）則因夫家長輩的介入而使丈夫推拒妻子。當岳父、母介入子輩婚姻時，不但影響夫妻關係，妻和妻家長輩的關係也受到負面的影響：〈鴉頭〉、〈鳳仙〉、〈陳錫九〉和〈宮夢弼〉中伴隨著妻對妻家長輩的背離，而〈梅女〉中妻與妻家長輩還發生衝突，〈長亭〉中長亭不只背叛父親，夫妻之間也因翁老頭攪局而失和。反倒是夫妻間的互動較少受到影響，〈鴉頭〉、〈梅女〉、〈宮夢弼〉、〈鳳仙〉和〈封三娘〉中夫妻間的情感仍然緊密相連，不受動搖。

若是由子輩妻子發難，則丈夫不一定會基於孝道捍衛父、母親。〈馬介甫〉和〈珊瑚〉（沈氏—臧姑—安二成）中的丈夫便是唯婦命是從的例子，〈杜小雷〉和〈珊瑚〉（沈氏—珊瑚—安大成）中的丈夫基於孝道而與母親同一陣線；而子輩夫若與妻家長輩發生衝突通常是為了和妻常相廝守卻遭阻撓而起，主要是雙方同時推拒，較少丈夫主動推拒妻家長輩，有時女婿甚至還向妻家長輩靠攏。最後子輩妻推拒夫引發家庭變動的狀況只在〈孫生〉中見聞，此對夫妻關係的緊張，吸引公婆介入排解，幸獲平衡。其他也有子輩夫背棄妻子的故事（〈仇大娘〉），此作為引發兩家家長的不滿，造成家庭破裂。更為特殊的是〈青蛙神〉一篇，子輩夫、妻和夫家家長各在不同時間點發難，除了夫妻、婆媳失和，每次妻的離去都會激怒蛙神，蛙神一怒，便會牽連薛氏一家。為了停止災變，夫家長輩每每卑微的哀求祝禱，不論哪次都鬧得兩家雞犬不寧。由此可知，娘家勢力的厚實與否並不能保證能締造出和諧的家庭互動，卻也在某種程度上提供女兒情感及財資上的庇護功能，女婿因此能從中獲益。反之，若夫妻二人情誼甚篤，則夫家的財權，亦能庇蔭女家。

另外，此類《聊齋》故事中除了〈江城〉中高氏父母不堪受媳婦騷擾而逐出兒子，〈鏡聽〉中父母因勢力輕視二兒子，基本上較少見夫家長輩推拒兒子。但是在〈江城〉、〈青蛙神〉、〈鍾生〉、〈梅女〉和〈青娥〉中卻見妻家家長因女兒或女婿不順己意憤而推拒自己的女兒，雖再次應證男女地位的差別。然而，基本上大多數的父母對兒女都是拉近的，即使上述推拒兒女的篇章中〈青蛙神〉、〈江城〉都是基於愛護之意，並非真心推拒，而〈梅女〉、〈鍾生〉最後也被親情融化，而締造出和諧的互動關係。

　　綜觀之，我們可以發現若第三者以功利性為考量而介入的關係較易引發家庭戰爭。然而若第三元以任性的姿態介入，則此種自私的愛亦有莫大的破壞力，此現象好發於妻家長輩—夫—妻的三元互動關係，〈金生色〉是最好的例子。反之，長輩與子輩婚姻以較高的功利性成分相處，未嘗不可能帶來幸福，〈陳雲樓〉也是最好的示範。

　　藍采風《婚姻與家庭》中引用心理治療界的一種說法：「當配偶上床的時候，其實有六個人同時上床：妻子及她的父母；丈夫及她的父母。除性之外，配偶的日常行為及思想也都與父母們息息相關。」〔註23〕因此，婚姻並非兩個人的事，而是兩家人的事，我們從本章諸多例子便能得證，子代幾乎無法忽視親代的干涉而獲和諧。當婚禮禮成的那刻起便整合了兩個家族的人際關係，建立起更複雜而龐大的人際網絡。當家庭成員往來交際時，中國獨有的差序格局、倫理規範及各人心思的流轉便影響了家庭氛圍，一家的和諧幸福不論是家庭系統內的哪個成員都責無旁貸。

〔註23〕藍采風著：《婚姻與家庭》（臺北：幼獅文化事業有限公司，1996），頁157。

第五章　結　論

　　本論文以三元的觀點從眾多關於家庭互動敘寫的篇章中分從父—母—子／女、夫—妻—妾／婚外戀者和夫／妻家長輩—夫—妻三方面探查《聊齋誌異》的家庭互動關係。生活在中國傳統家庭中，個人顯然無法在家庭中獨立，甚至被視為財產、資源，必須永遠隸屬於家庭，成員間的互動於是息息相關。又第三元雖然可以使原本的二元互動發生質變，進而牽動三元間的共變，然而根據以上三章可知，在蒲松齡筆下，家庭的和諧與否無人可置身事外，它必須是各個家庭成員共同對彼此施予拉力或至少不排拒的狀況下才能達成。反之，只要有一元對其他一元產生拉鋸，家庭便難逃一陣動盪。因此沒有哪一個家庭成員可以為一家的和諧或破裂單獨被歸罪或是居功。雖然我們明明看見不肖子的荒唐，但他卻是承擔了家庭潛在的問題；雖然妒婦悍妻的殘暴令人髮指，不過那卻是對應丈夫的懦弱，同時也是婦女歷經時代長期壓抑的抗爭；雖然好色出軌的丈夫太過可恨，然而那卻是因為有男權的禮教撐腰，在那樣的時代只要不過份縱慾，多妻妾、女伴其實還象徵了地位和能力。

　　透過三元互動的觀點，首先，我們可以發現男權在《聊齋誌異》中的捍衛與鬆動。《聊齋》中有許多為夫者將自己傳統賦予的家庭角色弱化，成為依附者。例如：〈陳雲棲〉、〈珊瑚〉、〈馬介甫〉。此原因可能源於明清時期經濟發達，男性出外工作的機會增加造成家庭角色的缺位，進而給母教發揮的機會。蘭西・雀朵洛認為母子間本就有所謂的「獨佔關係」，「女人往往愛兒子勝過愛她的丈夫」〔註1〕。在中國母親尤其視兒子為生命的延伸，如同依田明

〔註 1〕 蘭西・雀朵洛（Nancy J. Chodorow）著，張君玫譯：《母職的再生產》（臺北：群學出版有限公司，2003），頁 260。

所說，在以男性為中心的社會，「男性可以憑靠自身力量創造自己的生活，而女性具有與丈夫、男孩子的一體感，是期待自身無力實現的人生由長夫和男孩子來實現。」〔註2〕因此母親透過影響兒子將自己的影響力擴大，因此獨佔兒子的慾望強烈，她一方面要讓兒子娶妻完成傳承後嗣的任務，一方面卻又不甘心僅有的、唯一可佔據的情感與兒媳分享。對兒子而言，她一方面對母親的生育功能感到敬畏，另一方面又將孝道內化，身體力行，因此對於母親的依附感甚強，這點在父親缺位的陰性家庭中尤其明顯。當男性無法完成與母親心理斷乳，對母親有強烈的依附感，會影響他往後的處世方式，使他變得懦弱，然後遇上一位精明的妻子，讓故事一代一代重演。〔註3〕導致有時父親在位的家庭，卻無能為力，彷彿不存在的情況。〈馬介甫〉中雖未交代身為公公的父親為何如此懦弱，但顯然楊萬石兄弟遺傳了懦弱的基因，才讓毒辣的尹氏肆虐。

然而在父子軸的社會脈絡下，他們卻往往處於關鍵位置。多數的父親或丈夫選擇逃避或置身事外成為旁觀者，總之就是避免介入衝突，讓其他次級系統諸如「母—子／女」、「公／婆—媳」或「妻—妾／婚外戀者」自行解決，似乎這麼做特別正當。因此《聊齋》中的父親都較少和兒女、媳婦互動，他們往往只在必要時執行所謂「男主外」的家庭分工，代表家庭出面發聲，即作撐場面用。雖然有一部份父親仍保有權威，卻在處理家庭問題上顯得十分僵硬，笨拙不通，往往出言相抗，成為勢利、不可理喻的反對者的角色。

我們不禁要問為何如此？《家誡要言》這本給男性子弟閱讀的家訓中，重點在鼓勵多讀書、慎交遊，對於家庭內容只勸持家勤儉，而家庭人際方面除了教孝外，竟是以「毋為妻子蠱……深兒女之懷，便短英雄之氣。」〔註4〕來警戒子弟提防女性，不要過分眷戀兒女之情。《鄭氏規範》中以積善規範男性，以賢規範女性，教導男性以孝悌、仁恕、濟人暨立家風，其在家庭中處世待人之道基本與工作場合奉行的應對無異；而對女性則明確的要求合宜的家庭人際互動：「事舅姑以孝順，奉丈夫以恭敬，待娣姒以溫和，接子孫以慈

〔註2〕〔日〕依田明著，蔣樂群、朱永新譯：《家庭關係心理學》，頁36。

〔註3〕〔日〕依田明著，蔣樂群、朱永新譯：《家庭關係心理學》，頁36～37中依田明觀察日本社會現象，認為不能心理斷乳的男性最大的危機在婚姻，尤其在母親殘留強烈的母子一體感時會造成婆媳間強烈的對立，這會讓他陷入困境，喪失男子的作用，他們會在妻子身上發現影子母親，然後安於受制、依附、被保護的狀態，並且此情形會代代相傳，更加嚴重。

〔註4〕〔明〕吳麟徵著，嚴一萍選輯：《原刻景印百部叢書集成‧學海類編‧家誡要言》（臺北：藝文印書館，1967），頁1。

愛。」〔註5〕並要求杜絕「淫狎妒忌，恃強凌弱，搖鼓是非，縱意徇私。」〔註6〕顯見社會對男女的期待截然不同。

　　蘭西‧雀朵洛說：「父親本身往往早已被社會化成為善於壓抑和拒絕關係，並參與著公共的非關係世界，更促進了孩子在親子關係上的獨立性。……父親也比較會將孩子視為與自己分別的個人。」〔註7〕，加上《禮記‧內則》：「男不言內，女不言外。」〔註8〕劃清男女活動、發聲的界線。這些禮教規範無形中提供身為家庭主軸（或主宰）的男性以一種「超然」的態度存在，將真情置後「扮演了一種工具性的角色（instrumental role）」〔註9〕參與家庭人際互動的正當性。

　　是父權禮教寵壞這些父親，讓他們變成母親或妻子的兒子，然後安於依附者的角色，不去盡父親真正的義務。他們吸收經典中教導理性處世的成分，執著於男女兩性分工和孝道的尊崇，卻無形中在這個男性家長缺位的時代對女性產生了依附的情結，讓女性相對有了鬆動男權規範的機會。「女人在家裡的活動，必須不斷地照顧、關心到孩子，顧及到成年男人的需要，這些活動都要求她把自己去和別人關連，而非區分。」〔註10〕故而女性較男性嫻熟於人際的溝通，於是「家庭中的妻子與母親體現了道德的自主性與權威，而丈夫與兒子必須仰賴這種自主性與權威，才能在外界獲得成功。」〔註11〕。然而，當權威過度擴張時，則適得其反，出現悍妻、惡婆婆的形象。

　　除此之外，我們還可以從作者利用妒婦悍妻的跋扈、異類女性的自主和母親家長主導經營家政的情節，和藉家父長的魂魄來匡正脫序的家政來伸張男權的寫作策略發現陰陽互滲的現象。他一面反映女性由過去的柔弱變為幹練，一面又讓陽性父親成為陰性鬼魂來解救人間的家庭，隱含了男權「典型在夙昔」的追悼和作者在捍衛男權及崇拜母性間的矛盾。

　　由於累積千年的孝道灌輸，母親得以在和兒子共度艱苦的生活中傾注生

〔註5〕　〔元〕鄭大和著，嚴一萍選輯：《原刻景印百部叢書集成‧學海類編‧鄭氏規範》（臺北：藝文印書館，1967），頁3。
〔註6〕　〔元〕鄭大和著，嚴一萍選輯：《原刻景印百部叢書集成‧學海類編‧鄭氏規範》，頁3。
〔註7〕　蘭西‧雀朵洛（Nancy J. Chodorow）著，張君玫譯：《母職的再生產》，頁231。
〔註8〕　〔漢〕鄭玄注，〔唐〕孔穎達疏，李學勤主編：《禮記正義》，頁836。
〔註9〕　蘭西‧雀朵洛（Nancy J. Chodorow）著，張君玫譯：《母職的再生產》，頁230。
〔註10〕蘭西‧雀朵洛（Nancy J. Chodorow）著，張君玫譯：《母職的再生產》，頁230。
〔註11〕曼素恩（Susan Mann）著，楊雅婷譯：《蘭閨寶錄：晚明至盛清時的中國婦女》（臺北：左岸文化出版，2005.11），頁59。

命，培養深厚的親情，並實施教化，使得男性在享受母親諸多恩澤下對母親深深依戀而開始對女性的困境漸漸同理〔註12〕，女性地位於是在經濟發展、禮教鬆動、理和情的衝擊、男性弱化及女性自覺諸多因緣際會下萌動，《聊齋誌異》不知不覺中建構了一個陽性趨於萎靡的時代。

　　據此，在男性弱化而女性強勢的態勢下，《聊齋》中卻有許多才色兼備的女性因鍾情男性前仆後繼自發地來到男性面前（有時即使男主角才低德寡），她們幾乎都不求回報，為人夫的生活帶來無比的助益。除了提供軟語溫香的情調，還登堂入室替其主持中饋，孝敬翁姑，繁衍後代，甚至給予富貴、功名。這種現象一方面體現中國傳統婚姻以功利性為導向的價值觀。第三元介入婚姻者，若能滿足家庭功能性，則家庭更容易獲得和諧；一方面說明男性對女性的要求提高，除了要求女性能達到功利性的服務，還希望能擁有一份浪漫的真情，即內涵性婚姻；另一方面透過男性作者及隱含讀者對理想女性的幻想，突顯了書生在家族不諧、炎涼世態、科舉不利下的內在匱乏與外在貧困。他們寂寞孤獨、懷才不遇，內心無以排遣，只好藉由書寫與閱讀將自己的慾望外射，既幻想獲得紅粉知己的認同，又透過異類的自薦為自己開脫。當心理防衛機轉啟動，便有助於消解逆境中生命的困頓，尋找現實生活中再出發的動力，因此我們常可見蒲松齡將自己的影子投射到《聊齋》士人的蛛絲馬跡。

　　另外，親子兩代間的矛盾中，父親通常擅長施展權力做有利於家庭的考量；母親雖順從父親，然而最後會在父—子／女代間雙邊調停，成為家庭的潤滑劑；而子代通常會挾持父母對自己的愛，以此作為達成慾望的籌碼。不過，若遇上沒有血緣關係的親代（公公、岳父、婆婆、岳母）則又另當別論。公公基本上較少和子代互動，因此出現時多展現權威，而婆婆則有施展權力與維持和諧的矛盾。她既肩負維持家庭人際和諧的責任，又有與兒子情感被剝奪的感受，因此婆媳的相處也須看婆婆如何抉擇。在岳父方面，他一樣面臨施展權力、依附與顧慮女兒在婿家處境的矛盾，因此有些岳父選擇討好女婿，與婿家維持良好關係；有些則選擇施展權力，強勢破壞。岳母與岳父面臨的矛盾大致相同，只是她們較不注重施展權威。然而不管是父—母、公—婆、岳父—岳母，他們基本上都站在一致的立場，務實的看待事情，然後由

〔註12〕顯然這樣的同理來自於母親，王小健著：《中國古代性別結構的文化學分析》（北京：社會科學文獻出版社，2008），頁306「在中國，男人很少把自己的愛與感激優先給予配偶，他有自己的母親，他尊重她，榮耀她」《聊齋》中男性雖對配偶有深情的癡戀，然而難以忽視父母的意見。

親代女性對內開導，親代男性對外發言，直到事情有了變化，親代夫妻才會有人開始決定是否改變立場及應對方式。若在親代男性缺位的家庭中，親代女性會身兼父職，展現莫大的自主性。在子代媳、婿方面，他們所面臨的是孝道和愛情的矛盾。因為親代長輩通常是他們追求愛情中的最大牽絆，因此他們必須在這之中做出選擇。在《聊齋》的故事裡，男女主角通常是選擇愛情，只是子代女性在追求愛情的過程中仍盼兼顧孝道。而子代男性大部分一意孤行，讓家庭其他成員配合，體現男性更具主體性的現象。

而異類介（進）入家庭時展現異於人類的能力、高自我價值及自主性。她們主動追求愛情，雖然還依照人類世界的規則，滿足人類夫婿的慾望，然而其高度的自主及自我區隔化讓她們能夠掌握自己的去留，快刀斬亂麻，既不過分的委屈自己，又能顧及舊情，這些人格特徵都是人類少有的。象徵女性開始有意識不依附男權社會而存活，是女性意識的超越。

當然仍有異類女性諸如長亭（〈長亭〉）和呂無病（〈呂無病〉）雖具異能，卻在家庭中喪失高自我價值及自主性，比人類更受委屈。觀此類異類皆深受人類世界禮教規範的洗禮，使其掌握自身界限的能力潰守，喪失操弄異能的能力和超然的思維，陷入左右為難的窘境。然而，我們也藉由此類女性追求愛情的篇章和〈青娥〉中具仙緣的人類女性——青娥追求成仙等故事中觀察到：小說中女性在人倫規訓下試圖自我實現、追求愛情等理想的掙扎。可惜，結局多半只能顧全大局，在「家」的框架下為家庭服務。

家庭系統中牽一髮而動全身，各成員間的行為動機，無非是對人類的欲望和安全感的索求。蒲松齡一邊以自身和周遭的經歷為讀者展演出各式嘈雜擾嚷的家庭互動，讓人體會其中的酸辛達到警世之用；一邊也傾注熱情為矛盾的家庭互動制衡，讓角色順隨自性發展，與人性、禮教、階級、律法、貧富等碰撞，企圖在小說中尋找一個能安頓身心的家園，品嘗圓滿秩序的幸福。最後，發現在他心中真情至性和禮教人倫兼容，「有節制的真情」和「權宜的尊卑關係」〔註13〕才是建構美滿家庭的能量。而明末清初的家庭互動樣貌也

〔註13〕參見本論文頁147，關於「主導家庭者也未必依照長幼尊卑之序。」一段，〈商三官〉和〈賈兒〉中由年最幼、位最卑的家庭成員補位，解決家庭問題；〈長亭〉中長亭母親為女兒的幸福主持公道；〈細柳〉中細柳掌握經理家業之大權，讓丈夫開心不已，也沒有牝雞司晨的問題。丈夫死後，更苦心教育前妻子和親生子，全非所謂「既嫁從夫，夫死從子。」之情狀，反而使高家綿延興盛。可見蒲松齡雖重視人倫禮教，卻不能忽略現實考量。

因此自《聊齋》中豁顯。

其實家庭人際的複雜並不僅止於此,其他還包括手足、妯娌、連襟、與家庭重要的友人都是系統中的一環,因此這些都是本研究可以延伸之處。再者,以推拒和拉力來判斷人際間的互動是化繁為簡的方法,因此雖以表格標示,卻難以標示拉鋸間的強度,只能以結果判斷,亦是可再思慮之處。

參考書目

一、古　籍（依成書朝代排序）

1. 〔漢〕鄭玄注，〔唐〕孔穎達疏，李學勤主編：《禮記正義》（北京：北京大學出版社，2001）

2. 〔漢〕鄭玄注，〔宋〕邢昺疏，李學勤主編：《孝經注疏》（臺北：台灣古籍出版社，2001）

3. 〔漢〕鄭玄注，〔清〕黃丕烈校：《儀禮（二）》（北京：中華書局，1985）

4. 〔漢〕趙岐注，〔宋〕孫奭疏，十三經注疏整理委員會整理：《孟子注疏（十三經注疏）》（北京：北京大學出版社，2000）

5. 〔漢〕班固等著，〔清〕陳立撰，吳則虞點校：《白虎通疏證》（北京：中華書局，1994）

6. 〔漢〕桓寬著，王貞珉注譯：《鹽鐵論譯注》（長春：吉林文史出版社，1995）

7. 〔漢〕許慎撰，〔清〕段玉裁著，王進祥注音：《說文解字注》（臺北縣：頂淵文化事業有限公司，2003）

8. 〔魏〕王弼注，〔東晉〕韓康伯注，〔唐〕孔穎達疏：《周易注疏》（臺北：台灣學生書局，1984）

9. 〔元〕鄭大和著，嚴一萍選輯：《原刻景印百部叢書集成・學海類編・鄭氏規範》（臺北：藝文印書館，1967）

10. 〔明〕吳麟徵著，嚴一萍選輯：《原刻景印百部叢書集成・學海類編・家誡要言》（臺北：藝文印書館，1967）

11. 〔明〕溫璜述之《溫氏母訓》引自：《文淵閣四庫全書內聯網版 3.0 版（Siku Quanshu）（網路五人版）》：子部／儒家類／溫氏母訓／溫氏母訓。

12. 〔明〕《明會典》引自：《文淵閣四庫全書內聯網版 1.2 版（Siku Quanshu）（網路五人版）》：史部／政書類／通制之屬／明會典／卷一百四十一。

13. 〔清〕張維屏輯：《國朝詩人徵略初編》，收於《清代傳記叢刊》（臺北：明文書局，1985）

14. 〔清〕《大清律例》引自：《文淵閣四庫全書內聯網版 1.2 版（Siku Quanshu）（網路五人版）》：史部／政書類／法令之屬／大清律例／卷十。

15. 〔清〕蒲松齡著，路大荒整理：《蒲松齡集》（上海：上海古籍出版社，1986）

16. 〔清〕蒲松齡著，張友鶴輯校：《聊齋誌異（三會本）》（臺北：里仁書局，1991）

17. 〔清〕陸圻著，四庫全書存目叢書編纂委員會編：《四庫全書存目叢書·子部九五·新婦譜》（濟南：齊魯書社，1995）

18. 〔民國〕林慶彰等主編：《晚清四部叢刊·第三編》（臺中：文听閣圖書，2010）

二、中文專著（依作者姓氏筆畫排序）

1. 于天池著：《蒲松齡與《聊齋誌異》脞說》（臺北：秀威資訊科技出版社，2008）王溢嘉著：《聊齋搜鬼》（臺北：野鵝出版社，1989）

2. 王溢嘉著：《不安的魂魄》（臺北：野鵝出版社，1995）

3. 王溢嘉著：《說女人》（臺北：野鵝出版社，2001）

4. 王先霈主編：《文學批評原理》（武漢：華中師範大學出版社，2005）

5. 王小健著：《中國古代性別結構的文化學分析》（北京：社會科學文獻出版社，2008）

6. 石育良著：《怪異世界的建構》（臺北：文津出版社，1996）

7. 史鳳儀：《中國古代婚姻與家庭》（武漢：湖北人民出版社，1987.7）

8. 朱一玄編：《《聊齋誌異》資料匯編》（天津：南開大學出版社，2002）

9. 朱立元主編：《當代西方文藝理論》（上海：華東師範大學出版社，2005）

10. 衣若蘭著：《三姑六婆：明代婦女與社會的探索》（臺北：稻鄉出版社，2002）

11. 宋記遠編著：《觥·聊齋：66 個你所不知道的聊齋誌異之謎》（臺北：咖啡田文化館，2006）

12. 何天傑著：《聊齋的幻幻眞眞》（臺北：遠流出版社，2000）

13. 汪玢玲著：《中國婚姻史》（上海：上海人民出版社，2001.8）

14. 李天道著：《婆媳之間》（臺北：佳言文化事業有限公司，1998）

15. 李貞德主編：《中國史新論：性別分冊》（臺北：聯經出版公司，2009）

16. 呆红星編著：《聊齋軼聞錄》（臺北：林鬱文化事業有限公司，1996）

17. 段江麗著：《禮法與人情——明清家庭小說的家庭主題研究》（北京：中華書局，2006）

18. 胡幼慧著：《三代同堂：迷思與陷阱》（臺北：巨流圖書公司，1995）

19. 胡亞敏著：《敘事學》（武漢：華中師範大學出版社，2004）

20. 袁世碩主編：《蒲松齡志》（濟南：山東人民出版社，2009）

21. 袁世碩著：《蒲松齡事蹟著述新考》（濟南：齊魯書社，1998）

22. 徐少錦、陳延斌著：《中國家訓史》（西安：陝西人民出版社，2003）

23. 畢恆達主編：《家的意義》（臺北：五南出版社，2000）

24. 畢誠著：《中國古代家庭教育》（臺北：台灣商務，1994）

25. 殷善培、周德良主編：《叩問經典》（臺北：台灣學生書局，2005）

26. 張景樵著，王雲五主編：《清蒲松齡先生留仙年譜》（臺北：臺灣商務，1970）

27. 梁曉萍著：《明清家族小說的文化與敘事》（天津：南開大學出版社，2008）

28. 陳文新著：《傳統小說與小說傳統》（武漢：武漢大學出版社，2005）

29. 陳東原著：《中國婦女生活史》（臺北：台灣商務印書館，1937）

30. 郭松義著：《倫理與生活——清代的婚姻關係》（北京：商務印書館，2000）

31. 陶毅、明欣著：《中國婚姻家庭制度史》（北京：東方出版社，1994）

32. 許美瑞、阮瑞昌編著：《家庭人類學》（台北縣：空中大學，2001）

33. 黃光國著：《知識與行動：中華文化傳統的社會心理詮釋》（臺北：心理出版社有限公司，1998）

34. 葉桂桐、葉蔚編：《《聊齋誌異》的傳說》（臺北：林鬱文化事業有限公司，1995）

35. 彭懷真編著：《婚姻與家庭》（臺北：三民書局股份有限公司，2001）

36. 曾文星編著：《家庭關係》（北京：北京醫科大學出版社，2004）

37. 楊昌年著：《聊齋誌異研究》（臺北：里仁出版社，1996）

38. 楊義著：《中國敘事學》（北京：人民出版社，1997）

38. 楊義著：《中國古典小說史論》（北京：中國社會科學出版社，1995）

40. 漢學研究中心主編：《中國家庭及其倫理研討會論文集》（臺北：漢學研究中心，1999）

41. 楚愛華著：《明清至現代家族小說流變研究》（濟南：齊魯書社，2008）

42. 熊秉眞、余安邦編：《情欲明清——遂欲篇》（臺北：麥田出版，2004）

43. 熊秉眞、張壽安編：《情欲明清——達情篇》（臺北：麥田出版，2004）

44. 廖炳惠著：《關鍵詞 200：文學與批評研究的通用詞彙編》（臺北：麥田

出版社，2003）

45. 魯迅著：《魯迅小說史論文集——中國小說史略及其他》（臺北：里仁書局，1992）

46. 蔡造珉著：《寫鬼寫妖 刺貪刺虐——《聊齋俚曲》新論》（臺北：萬卷樓圖書股份有限公司，2003）

47. 劉燕萍著：《古典小說論稿：神話、心理、怪誕》（臺北：台灣商務，2006）

48. 劉海鷗著：《從傳統到啟蒙中國傳統家庭倫理的近代嬗變》（北京：中國社會科學出版社，2005）

49. 藍慧茹著：《從《聊齋志異》論蒲松齡的女性觀》（臺北：秀威資訊，2005）

50. 藍采風著：《婚姻與家庭》（臺北：幼獅文化事業有限公司，1996）

51. 羅敬之著：《傳奇‧聊齋散論》（臺北：文津出版社，2002）

52. 羅敬之著：《蒲松齡年譜》（臺北：國立編譯館，2000）

53. 羅敬之著：《聊齋詩詞集說》（臺北：國立編譯館，1998）

54. 羅敬之著：《蒲松齡及其聊齋志異》（臺北：國立編譯館，1986）

55. 蘇力主編：《法律和社會科學‧第二卷》（北京：法律出版社，2007）

三、外文譯著（歐美國家依作者英文字母排序；日本依作者漢字筆畫排序）

1. 莫達爾（Albert Mordell）著，鄭秋水譯：《心理分析與文學》（臺北：遠流出版事業股份有限公司，1987）

2. 高彥頤（Dorothy Ko）著，李志生譯：《閨塾師：明末清初江南的才女文化》（南京：江蘇人民出版社，2005）

3. 余蓮（Francois Jullien）著，卓立譯：《勢：中國的效力觀》（北京：北京大學出版社，2009）

4. 傑瑞德‧柯瑞（Gerald Corey）著，李茂興譯：《諮商與心理治療的理論與實務》（臺北：揚智文化事業股份有限公司，1996二版一刷）

5. 哈夫洛克‧藹理士（Havelock Ellis）著，潘光旦譯注：《性心理學》（臺北：左岸文化事業有限公司，2002.8）

6. 戈爾登貝格（Irene Goldenberg）、戈爾登貝格（Herbert Goldenberg）著，翁樹澍、王大維譯：《家族治療理論與技術》（臺北：揚智文化事業股份有限公司，1999）

7. 姚斯（Jauss, Hans Robert）、霍拉勃（Holib, Robert C）著，周寧、金元浦譯：《接受美學與接受理論》（瀋陽：遼寧人民出版社，1987）

8. 約翰‧布雷蕭（John Bradshaw）著，鄭玉英、趙家玉譯：《家庭會傷人：自我重生的新契機》（臺北：張老師出版社，1993）

9. 拉文尼・鞏美之（Lavinia Gomez）著，陳登義譯：《客體關係入門——基本理論與應用》（臺北：五南圖書出版有限公司，2006）

10. 麥可・尼可斯（Michael P.Nichols）著，郭靜晃校閱，王慧玲、連雅慧翻譯，《家族治療的理論與方法》（臺北：洪葉文化事業，2002）

11. 拉曼納（Mary Ann Lamanna）、雷德門（Agnes Riedmann）著，李紹嶸、蔡文輝譯：《婚姻與家庭》（臺北：巨流圖書股份有限公司，1984）

12. 麥可・柯達（Michael Korda）著，呂理蛙、傅依萍譯：《揭開權力真相》（臺北：遠流出版社，1994）

13. 漢彌爾頓（N. Gregory Hamilton）著，楊添圍、周仁宇譯：《人我之間——客體關係理論實務》（臺北：心理出版社，1999）

14. 蘭西・崔朵洛（Nancy J. Chodorow）著，張君玫譯：《母職的再生產》（臺北：群學出版有限公司，2003）

15. 馬克夢（R. Keith McMahon）著：《吝嗇鬼、潑婦、一夫多妻者：十八世紀中國小說中的性與男女關係》（北京：人民文學出版社，2001）

16. 曼素恩（Susan Mann）著，楊雅婷譯：《蘭閨寶錄：晚明至盛清時的中國婦女》（臺北：左岸文化出版，2005.11）

17. 西蒙・波娃（Simone de Beauvoir）著，陶鐵柱譯：《第二性》（臺北：貓頭鷹出版社，1999）

18. 韓書瑞（Susan Naquin）、羅友枝（Evelyn S.Rawski）著，陳仲丹譯：《十八世紀中國社會》（南京：江蘇人民出版社，2008）

19. 維琴尼亞・薩提爾（Virginia Sitar）、約翰・貝曼（John Banmen）、珍・歌柏（Jane Gerber）、瑪莉亞・葛茉莉（Maria Gomori）著，林沈明瑩、陳登義、楊蓓譯：《薩提爾的家族治療模式》（臺北：張老師文化事業有限公司，1998）

20. 維琴尼亞・薩提爾（Virginia Sitar）著，吳就君譯：《新家庭如何塑造人》（臺北：張老師文化事業有限公司，1994）

21. 依田明著，蔣樂群、朱永新譯：《家庭關係心理學》（天津：天津人民出版社，1987）

22. 信田佐代子著，黃琳雅譯：《母愛會傷人》（新北市：世潮出版有限公司，2011.9）

四、期刊論文（依作者姓氏筆畫排序）

1. 王向東：〈《聊齋志異》錯綜纏繞的性別言說——蒲松齡進步婦女觀的另一面〉，《揚州大學學報（人文社會科學版）》，第 11 卷，第 4 期，2007年 7 月，頁 41～46、51。

2. 戈壁：〈聊齋志異析評（1）（2）（3）（4）（5）〉，《明道文藝》，1993.11～

1994.3。頁 212～216。胡萬川：〈人情慘刻——明清小說中搶絕產的故事〉，收錄於國立清華大學人文社會學院中國語文學系主編：《小說戲曲研究・第四集》（臺北：聯經出版社，1993），頁 311～330。

3. 田富軍：〈論古代文學中「女強男弱」現象的心理成因〉，《安徽教育學院學報》，第 21 卷，第 2 期，2003 年 3 月，頁 52～55。

4. 何天杰：〈《聊齋志異》情愛故事與女權意識〉，《文學評論》，2004 年 5 月，頁 150～155。

5. 何佳芳：〈敘事結構的勢能分析——以《聊齋誌異》為例〉，《中國語文》103 卷 1 期，2008 年 7 月，頁 86～95。

6. 李建民：〈「婦女媚道」考——傳統家庭的衝突與化解方術〉收錄於鮑家麟編著：《中國婦女史集六級》（臺北：稻香出版社，2004），頁 129～157。

7. 李文慧、王恒展：〈論《聊齋誌異》中兩性角色的錯位〉，《《聊齋誌異》研究》，第 3 期，2006 年，頁 5～14。

8. 李怡芬：〈《聊齋志異》中的女性形象析探〉，《國立編譯館館刊》，1997 年 6 月，頁 115～137。

9. 吳嘉瑜：〈配對研究的行與思——以一個受訪家庭為例〉，《輔導與諮商學報》，第 27 卷，第 2 期，2005 年，頁 71～92。

10. 吳嘉瑜、趙淑珠：〈以多重觀點建構代間矛盾經驗之新嘗試〉，《中華心理衛生學刊》，第 17 卷，第 1 期，2004 年，頁 75～111。

11. 林安梧：〈「心性之學」在教育上的運用——儒、道、佛義下的「生活世界」與其相關的「意義治療」〉，《新世紀宗教研究》，第 1 卷第 4 期，2003 年，頁 27～61。

12. 林邠芬：〈聊齋疾病詞研究〉，《思辨集》，2011 年 3 月，頁 41～57。

13. 尚繼武：〈對男權的沖擊和消解——論《聊齋志異》女權伸張〉，《《聊齋志異》研究》，2004 年，頁 41～54。

14. 胡曉眞：〈藝文生命與身體政治：清代婦女文學史研究趨勢與展望之探析〉，《近代中國婦女史研究》，第 13 期，2005 年 12 月，頁 27～64。

15. 洪秀桂：〈臺灣閩南人岳婿雙方儀式行為之分析研究〉，《國立臺灣大學文史哲學報》，第 23 卷，1974 年 10 月，頁 277～324。

16. 馬瑞芳：〈《聊齋志異》的男權話語和情愛烏托邦〉，《文史哲》，第 4 期（總第 256 期），2000 年，頁 73～79。

17. 馬克夢著，許暉林翻譯，李玉珍整理：〈第二講：奇女子的男伴與女性氣質的本體論〉，《清華中文學報》，第 1 期，2007 年 9 月，頁 315～326。

18. 高彥頤：〈「空間」與「家」——論明末清初婦女的生活空間〉，《近代中國婦女史研究》，第 3 期，1995 年 8 月，頁 21～50。

19. 徐志平：〈第二性中的他者——清初話本小說中的妾、媳與婢女〉收錄於

鮑家麟編著：《中國婦女史集六級》（臺北：稻香出版社，2004），頁 219 ～244。

20. 徐大軍：〈男權意識視野中的女性——聊齋中女性形象掃描〉，《聊齋志異研究》，第 1 期，2001 年，頁 68～75。

21. 倪乾：〈《聊齋誌異》男女性群像掃描〉，《聊齋志異研究》，第 2 期，2000 年，頁 38～52。

22. 張火慶：〈《聊齋志異中的愛情》評介〉，《書評》，1992 年，頁 27～30。

23. 張火慶：〈聊齋誌異的靈異與愛情〉，《中外文學》，1980 年，頁 68～85。

24. 陳然興：〈快感享用、肉身消耗與實惠補償——論《聊齋志異》中的愛欲與書寫策略〉，《明清小說研究》，第 1 期（總第 95 期），2010 年，頁 244 ～252。

25. 陳黎娜：〈現實的婚姻生活——《聊齋志異》部分女性婚姻分析〉，第 7 期，2009 年，頁 73。

26. 陳翠英：〈《聊齋誌異》夫婦情義的多重形塑〉，《臺大中文學報》第 29 期，2008 年 12 月，頁 269～316。

27. 黃盛雄：〈《聊齋》女性的主宰力〉，《臺中師院學報》，第 11 期，1997 年，頁 195～205。

28. 梅家玲：〈六朝志怪人鬼姻緣故事中的兩性關係——以「性別」問題為中心的考察〉收錄於國立成功大學中文系編：《第三屆魏晉南北朝文學與思想學術研討會》（臺北：文津出版社，1997）

29. 普實克（Prusek,Jaroslav）著，蘇正隆譯：〈蒲松齡聊齋志異誕生的背景之探討〉，《中外文學》，1977 年 8 月，頁 141～156。

30. 楊瑞：〈《聊齋志異》中的母親原型〉，《文史哲》，第 1 期，1997 年，頁 87～92。

31. 董佩娜：〈論《聊齋志異》中夫妻倫理觀〉，《承德民族師專學報》，第 27 卷，第 1 期，2007 年 3 月，頁 28～30。

32. 董佩娜、杜偉：〈論《聊齋志異》倫理中的末日審判〉，《承德民族師專學報》，第 26 卷，第 2 期，2006 年 5 月，頁 75～77、89。

33. 楊寧寧：〈「婆媳矛盾」文學現象的心理分析〉，《廣西民族大學學報（哲學社會科學版）》第 21 卷，第 1 期，1999 年 1 月，頁 106～108。

34. 劉佳：〈清代婆媳衝突管窺〉，《清史研究》，第三期，2007 年 8 月，頁 100 ～104。

35. 滕振國、董佩娜：〈論《聊齋志異》中的夫妻倫理模式及其觀念〉，《棗莊學院學報》，第 24 卷，第 3 期，2007 年 6 月，頁 34～35。

36. 羅書華：〈媚後之癡——《聊齋志異》中的男性研究〉，《學術研究》，第 4 期，1998 年，頁 80～84。

五、學位論文（依作者姓氏筆畫排序）

1. 王惠玲：《文本詮釋與意義治療——以聊齋誌異爲核心展開》，國立臺灣師範大學國文學系在職進修碩士班碩士論文，2005。

2. 吳俞嫻：《地方・性別・記憶——《聊齋誌異》中的鬼魅考察》，國立中央大學中國文學系碩士論文，2007。

3. 李昶：《〈聊齋誌異〉之倫理評析》，湖南師範大學碩士論文，2009。

4. 李瑪麗：《《聊齋誌異》三角模式婚戀小說》，湖南師範大學國文學系碩士論文，2006。

5. 林沛瑩：《明末清初小說中的繼母主題》，逢甲大學中國文學所碩士論文，2006。

6. 翁珮倫：《明代之婆媳關係》，國立中正大學歷史所碩士論文，2009。

7. 張麗敏：《《聊齋誌異》婚姻問題研究》，山東師範大學國文學系碩士論文，2007。

8. 郭增光：《《聊齋誌異》家庭倫理題材小說與蒲松齡的家庭倫理觀研究》，青島大學國文學系碩士論文，2009。

9. 郭蕙嵐：《《聊齋誌異》的敘事技巧研究》，靜宜大學中國文學系碩士論文，2000。

10. 陳昌遠：《蒲松齡《聊齋誌異》精怪變化故事研究——一個「常與非常」的結構性思考》，東海大學中國文學系碩士論文，1996。

11. 陳品雁：《《聊齋誌異》婚戀故事研究》，國立東華大學中國語文學系碩士論文，2006。

12. 程桂芳：《《聊齋志異》三論——以精神分析爲角度的探討》，東海大學中國文學系碩士論文，2007。

13. 童馨如：《蒲松齡《聊齋誌異》身體敘事研究》，國立臺灣師範大學國文學系碩士論文，2009。

14. 彭美菁：《《聊齋志異》影響之研究》，國立中正大學中國文學系碩士論文，2002。

15. 董佩娜：《《聊齋誌異》中的家庭倫理觀研究》，重慶師範大學政治與社會學院碩士論文，2008。

16. 劉惠華：《聊齋志異女性人物研究》，國立台灣大學中國文學系碩士論文，1996。

17. 劉美華：《《聊齋志異》中的家庭倫理觀》，輔仁大學中國文學研究所碩士論文，1977。